देश पुकार रहा है

देश-प्रेम की अनूठी गाथाएँ

प्रकाश मनु

डायमंड बुक्स

www.diamondbooks.in

प्रकाशक : डायमंड पॉकेट बुक्स (प्रा.) लि.
X-30 ओखला इंडस्ट्रियल एरिया, फेस -II
नई दिल्ली- 110020
फोन : 011-40712200
ई-मेल : wecare@diamondbooks.in
वेबसाइट : www.diamondbooks.in
संस्करण : 2025

Desh Pukaar Raha Hai (Desh-Prem Ki Anuthi Gaathayen)

by *Prakash Manu*

समर्पण

प्यारे कवि और गद्यकार
भगवतीप्रसाद गौतम जी को,
जिनका साहित्य के लिए समर्पण
बेमिसाल है,
स्नेहपूर्वक!

भूमिका

सुनो, पुकार भारत माता की!

'देश पुकार रहा है' मेरी नई पुस्तक है, जिसे मैं काफी लंबे अरसे से लिखने में डूबा था। मेरा मन बार-बार यह सोचकर खिन्न होता है कि हम सभी अपने छोटे-बड़े कामों और व्यस्तताओं में खोए रहते हैं, पर भला देश के लिए कौन सोच रहा है? और क्या नहीं सोचना चाहिए? कुछ अरसा पहले पाकिस्तान की गोद में पल रहे आतंकवादियों ने जिस तरह पहलगाम में बेकसूर पर्यटकों को मारा, उससे पूरा देश सन्न रह गया था। पूरा देश मानो जाग उठा, और देश के कोने-कोने से आवाज आई थी कि इस घृणित और कायरतापूर्ण कृत्य का बदला लिया जाना चाहिए। ऐसा बदला, कि दुश्मन हमेशा याद रखे!

और फिर ऑपरेशन सिंदूर के जरिए भारत सरकार ने जिस तरह पाकिस्तान की जमीन पर बने आतंकवादियों के शिविर नष्ट किए और उन्हें चुन-चुनकर मारा, उसे पूरे देश की जनता ने ही नहीं, सारी दुनिया ने देखा, और भारत का स्वाभिमान से उठा सिर गर्व से कुछ और ऊँचा हो गया। इससे सिर्फ दुश्मन को ही नहीं, सारी दुनिया को यह संदेश चला गया कि अगर हमारी अस्मिता पर हमला होता है, तो हम छोड़ेंगे नहीं। ऐसा बदला लेंगे कि दुनिया हमेशा-हमेशा के लिए याद रखे।

पर मैं सोचता हूँ कि क्या यह केवल सरकार का ही जिम्मा है कि वह भारत के गौरव और भारतीय स्वाभिमान की रक्षा करे। क्या हमारा दायित्व कुछ नहीं है? हम भारत के नागरिकों को क्या अपने देश के लिए कुछ नहीं करना चाहिए? देश जीता है तो हम जीते हैं। देश मरता है तो हम मरते हैं, यह एक उक्ति नहीं, बल्कि मार्मिक सच्चाई है। देश के बिना क्या हम अपने जीने की कल्पना कर सकते हैं। और वह जीना क्या जीना होगा? हम सबको अपने दिल पर हाथ रखकर इस सवाल का जवाब देना होगा। और तब पता चलेगा कि देश हमारे लिए कितनी बड़ी अहमियत रखता है।

लेकिन यहीं पर एक सवाल यह भी उठता है कि हमारे यहाँ अपने लोगों में, किशोरों, तरुणों और बड़ों में देशभक्ति का जज्बा जगाने वाला अच्छा साहित्य कहाँ है? कहना न होगा कि इस सवाल का जवाब कोई आशा जगाने वाला नहीं है। और यह वाकई बड़े दुख की बात है कि हमारे यहाँ देशप्रेम से छलछलाता ऐसा साहित्य नहीं है, जिसे पढ़कर देश के लिए कुछ कर गुजरने की प्रेरणा हमारे भीतर जाग्रत हो। और इसीलिए लगा, जिस पुस्तक को लिखने में मैं इतने अरसे से लगा था, उसे अब जल्दी से पूरा किया जाए।

मैंने भाई नरेंद्र जी से जिक्र किया तो उन्होंने हमेशा की तरह पूरे मन से स्वागत किया कि मनु जी, पुस्तक पूरी होते ही, आप इसे हमें दीजिए। हम इसे बड़े सम्मान से छापेंगे। इससे पहले भी वे मेरी रामकथा 'फिर आए राम अयोध्या में' छापकर उसे घर-घर पहुँचा चुके हैं। रामकथा मैंने बच्चों के लिए लिखनी शुरू की थी, पर वह तरुणों और बड़ों को भी अपनी सी लगी। उसी तरह 'देश पुकार रहा है' पुस्तक बच्चों और किशोर पाठकों के साथ तरुणों और बड़ों को भी लुभाएगी। जो भी इसे पढ़ेगा, उसका हृदय देशप्रेम की भावनाओं से झंकृत हो उठेगा।

'देश पुकार रहा है' में देशप्रेम से छलछलाती गौरव गाथाएँ हैं। इनमें पहली बलिदान कथा है, 'भारत माता की पुकार पर'। देशप्रेम की भावना से छलछलाती इस मर्मस्पर्शी गाथा में अपना सब कुछ छोड़कर देश की आजादी के लिए लड़ने वाले हीरेन दा हैं, जो गाँधी जी के सच्चे शिष्य हैं और सन् बयालीस के 'भारत छोड़ो आंदोलन' में घर-घर अलख जगाने निकल पड़े हैं। और एक जोशीली बालिका वनमाला भी, जिसके रोएँ-रोएँ में अपने देश के लिए कुछ करने की तड़प है।

वनमाला के भाषणों में कुछ ऐसी ललकार थी जिसने हजारों विद्यार्थियों में नया जोश भर दिया, और वे फिरंगी सरकार के अत्याचारों का विरोध करने के लिए सड़कों पर उतर आए। जोश से भरे विद्यार्थियों के जुलूस ने, जिसका नेतृत्व वनमाला कर रही थी, अंग्रेज सरकार की नींद उड़ा दी।

इतना ही नहीं, भारत माता की पुकार को घर-घर पहुँचाने के लिए धुन की पक्की वनमाला ने स्वदेशी रेडियो शुरू किया, जिसमें बापू के भाषणों के साथ-साथ जवाहरलाल नेहरू, नेताजी सुभाष चन्द्र बोस और सरदार पटेल जैसे स्वाधीनता सेनानियों के भाषण सुनकर जनता जोश से भर जाती। फिर वनमाला की जोशीली ललकार तो उसमें थी ही, जिसे सुनकर लोगों में हलचल मच जाती थी। अंग्रेज सरकार हक्की-बक्की थी। न उसे स्वदेशी रेडियो के स्टेशन का पता चल पा रहा था और न वनमाला को ही वह खोज पा रही थी।

'भारत माता की पुकार पर' गाथा देशप्रेम की भावना से सराबोर है। इसे पढ़कर अपने देश की आजादी की लड़ाई की पूरी झाँकी आँखों के आगे आ जाती है। समझ में आता है कि जब भारत अंग्रेजों का गुलाम था, तो यहाँ की जनता को कितनी भीषण तकलीफें झेलनी पड़ती थीं। सन् 1942 में महात्मा गाँधी के 'अंग्रेजों, भारत छोड़ो' के आह्वान के साथ ही पूरे देश की जनता में एक नई हिलोर दिखाई दी। लोग अंग्रेजी सत्ता के खिलाफ छाती तानकर खड़े हो गए। और विद्रोह की ऐसी आँधी आई कि अंग्रेजी सत्ता काँप उठी। तब देश के दूसरे शहरों की तरह ही कानपुर की हवाएँ भी 'भारत माता की जय' और 'वंदे मातरम्' के नारों से गूँज उठीं।

उस दौर में बापू के शिष्य हीरेन दा और एक छोटी सी हिम्मती बालिका वनमाला ने कानपुर में एक विशाल जुलूस निकालकर अंग्रेजी सत्ता को ललकारा था। पुलिस की लाठियाँ खाकर भी 'वंदे मातरम' और 'भारत माता की जय!' के नारे लगाती हुई, निर्भय वनमाला ने जनता में नया जोश

और जागृति पैदा कर दी थी। पुलिस ने उसे पकड़ने की हजार कोशिशें कीं, पर वनमाला आँधी की तरह कभी यहाँ तो कभी वहाँ पहुँच जाती। हर जगह उसके ललकारते हुए भाषणों के समाचार छपते। सुनकर अंग्रेज अफसर गुस्से से पागल हो जाते। वे वनमाला को हर हाल में पकड़ना चाहते थे। सारी कोशिशें भी कर लीं, पर हर बार उन्हें असफलता ही मिली। वनमाला का कहीं सुराग तक न मिलता। अंग्रेज अफसर गुस्से में अपने बाल नोंचते रह जाते।

फिर एक दिन वनमाला पकड़ी गई, पर जेल में रहकर भी उसने अलख जगा दिया। जेल में हो रहे अत्याचारों के विरोध में उसने अनशन शुरू कर दिया। इससे जेल का अंग्रेज अफसर हैनरी जॉनसन घबरा गया और आखिर वनमाला की सारी माँगें मान ली गईं।

जेल में भी वनमाला ने कैदी महिलाओं को पढ़ा-लिखाकर, उनमें नई चेतना पैदा की। जेल में बंद कैदी महिलाएँ उसे देवी की तरह पूजतीं। फिर जेल से बाहर आकर वनमाला ने देश की महिलाओं में जागृति लाने का नया अभियान शुरू किया, जिसके बिना आजादी अधूरी थी। यों अपने जीवन की एक-एक साँस वनमाला ने देश के लिए अर्पित की। वह देश की सच्ची स्वाधीनता सेनानी थी, जिसने देश के लिए जीने और देश के लिए मरने का व्रत लिया, और उसे पूरा कर दिखाया। देश की इस बहादुर बेटी के त्याग और बलिदान की कथा इतनी मार्मिक है कि पढ़ते हुए पाठकों की आँखें भीगने लगेंगी।

इस भावपूर्ण वीरगाथा को पढ़ते हुए आपको लगेगा कि जो लोग देश के लिए जीते, देश के लिए मरते हैं, उनका बलिदान इतना बड़ा और महान है कि जब हम उनकी याद में सिर झुकाते हैं, तो हमारे भीतर भी कुछ कर गुजरने का जोश और जज्बा पैदा हो जाता है।

इसी तरह 'जब भानुपुरा में लहराया तिरंगा' और 'शहीद हरनाम को सलाम' दोनों बड़ी ही भावपूर्ण कहानियाँ हैं। स्वाधीनता संग्राम में भाग लेने वाले बाल क्रांतिकारी शहीद हरनाम के बलिदान की गाथा पढ़कर आँखें नम हो जाती हैं और उसकी शहादत को याद करके ख़ुद-ब-ख़ुद हमारे हाथ जुड़ जाते हैं। इसी तरह 'जब भानुपुरा में लहराया तिरंगा' में सन् बयालीस के भारत छोड़ो आंदोलन में एक छोटे से बच्चे हरींद्र के साहस और वीरता के साथ-साथ उसकी अनूठी बलिदान गाथा मन में रोमांच करती है।

आश्चर्य होता है, कैसे थे वे महान बलिदानी, जिन्होंने देश की खातिर हँसते-हँसते अपने प्राणों का बलिदान कर दिया। आज भी हवाएँ उनकी महानता का जयगान करती हैं।

'देश के लिए', 'बच्चा पार्टी ने कर दिया कमाल', 'और फिर पकड़े गए दुश्मन के जासूस' उन बहादुर बच्चों की गौरव गाथाएँ हैं, जिन्होंने आजाद देश में भी अपने कर्तव्य को भुलाया नहीं। छोटी सी उम्र में भी उनमें देशप्रेम कूट-कूटकर भरा हुआ था। अपनी सतर्क निगाहों और चौकन्नेपन से उन्होंने देश के दुश्मनों को पहचाना और अनूठे कौशल, हिम्मत और सूझ-बूझ से देश के गद्दारों और दुश्मन के जासूसों को जेल के सींखचों के अंदर पहुँचाया। क्या इन बाल वीरों की शौर्यगाथा

किसी से कम है? बड़े भी चाहें तो उनसे बहुत कुछ सीख सकते हैं।

'जब मंगल ग्रह पर पड़े भारतवासियों के कदम', 'चंद्रलोक पर फहराया तिरंगा' और 'चले जब शब्दबेधी तीर' विज्ञान फंतासी होते हुए भी हमारे हिम्मती किशोरों की देशराग से छलछला रही ऐसी गौरव गाथाएँ हैं, जिनसे दूसरे भी प्रेरणा ले सकते हैं। ये कमाल की सूझ-बूझ वाले ऐसे किशोर हैं, जिन्होंने चाँद और मंगल ग्रह पर भी तिरंगा लहराकर, भारत की महानता का जयघोष किया। इसी तरह 'चले जब शब्दबेधी तीर' में युद्ध के समय देश की सुरक्षा का सवाल है। अनूठी सूझबूझ वाले एक किशोर सनत की यह जयगाथा दिखा देती है कि हमारे बच्चे और किशोर किसी से कम नहीं हैं और वे चाहें तो बड़े से बड़े दुश्मन के दाँत खट्टे कर सकते हैं।

'सुनो पुकार धरती की' में पूरे देश में हरियाली का आंदोलन खड़ा करके, भारत माँ को हराभरा आँचल ओढ़ाने वाली गोपा दादी की गौरव गाथा है तो 'स्वच्छता की निर्मल परी है जानकीबाई' में जानकीबाई के मन में बचपन से ही स्वच्छता की प्रेरणा जाग गई और फिर उसने जो किया, उसकी गूँज यूनेस्को तक पहुँची। 'सुनो पुकार धरती की' की गोपा दादी तो अस्सी बरस की उम्र में भी अपने लक्ष्य को पूरा करने के लिए इस कदर जुटी हैं, कि उनसे प्रेरणा लेने वाले हजारों युवक-युवतियाँ और बच्चे हैं। इसलिए जहाँ भी वे जाती हैं, हजारों लोगों का काफिला उनके साथ-साथ चलता है।

'फिर जला घर-घर में ज्ञान का दीया' में घोष बाबू अपना सब कुछ समर्पित करके एक सपना देखते हैं कि अब पूरे भारत में साक्षरता होगी। घर-घर ज्ञान का दीया जलेगा और अज्ञान का अँधेरा दूर भागेगा। वे मिल्टू जैसे ज्ञान के हरकारे के जरिए अपना सपना काफी हद तक पूरा करते हैं तो दूर-दूर तक मानो उजाला ही उजाला बिखर जाता है।

सच पूछिए तो 'देश पुकार रहा है' की वीरता और उत्साह भरी हर गाथा ऐसी है कि उसे पढ़ते हुए दिल में एक झंकार सी पैदा हो जाती है।

मुझे विश्वास है कि 'देश पुकार रहा है' मैं देश के लिए तन-मन-धन कुरबान करने वाले सच्चे वीर और साहसी भारतीयों की ये गौरव गाथाएँ पाठकों के मन को बाँध लेंगी, और उनके अंदर भी देश के लिए कुछ करने की भावना पैदा होगी। वे इस पुस्तक को खुद तो पढ़ेंगे ही, अपने दोस्तों को भी जरूर पढ़वाना चाहेंगे।

गाँधी जयंती

02 अक्टूबर, 2025

प्रकाश मनु

545 सेक्टर-29,

फरीदाबाद (हरियाणा), पिन-121008

मो. 09810602327

ईमेल – prakashmanu334@gmail.com

अनुक्रम

खंड-1

भारत माता की पुकार पर

[1]

परमेश्वरी बाबू की निराली धुन

राजेश्वर के पुराने मित्र हैं परमेश्वरी बाबू। अजीब, बड़े ही अजीब। बड़े हठी और धुन के पक्के। विश्वविद्यायल में अच्छे-खासे प्रोफेसर थे, पर सब कुछ छोड़-छाड़कर जगह-जगह भटकने लगे। एक ही धुन कि उनकी किताब जल्दी से पूरी हो, जिसमें जगह-जगह बिखरी देश के अनाम शहीदों की गाथाएँ वे लिखना चाहते थे।

काफी काम हो गया था, पर अभी बहुत कुछ बाकी था। और वे दीवानावार उसे पूरा करने में जुटे थे। आज यहाँ तो कल वहाँ, ताकि उनकी साँसों का हिसाब चुकने से पहले किताब सामने आ जाए।

क्रांतिकारियों की जीवन-गाथाओं से जुड़े परमेश्वरी बाबू के जोशीले लेख अखबारों में छपते थे, तो राजेश्वर सहाय उत्सुकता से पढ़ते। मन में जोश की लहर सी पैदा होती कि देखो, मेरा दोस्त कुछ काम कर रहा है। सच ही एक बड़ा काम। वरना आज के जमाने में किसे पड़ी है घरबार और जमाने की तीन-तिकड़ी भूलकर यों शहर-शहर, गली-गली की धूल फाँकता फिरे!

बरसों हो गए थे मिले हुए। पर इन लेखों को पढ़ा तो पुरानी पहचानें फिर से ताजा हो गईं। एक दिन राजेश्वर ने एक पत्रिका में परमेश्वरी शरण का पता देखा तो झट चिट्ठी डाल दी, “कहीं तुम वही परमेश्वरी तो नहीं जो मेरे साथ आगरा कॉलेज में पढ़े थे? जरूर वही होगे, वरना ऐसा धुनी परमेश्वरी इस धरतीतल पर दूसरा भला कहाँ हो सकता है?...तो आजकल कहाँ हो दोस्त? क्या कर रहे हो? हम लोग कैसे मिल सकते हैं?”

इस पर परमेश्वर बाबू की चिट्ठी नहीं, बल्कि वे खुद ही सशरीर मलखानपुर आ पहुँचे। आते ही धधाकर मिले और खूब जोर से हँसते बोले, “प्यारे दोस्त, तुमने पूछा था कि अपन कैसे मिल सकते हैं? तो मैंने सोचा कि अचानक तुम्हारे पास पहुँचकर बता ही दूँ, कि अजी मेरे प्यारे बालमित्र, हम ऐसे मिल सकते हैं!”

सुनकर दिल बाग-बाग हो गया राजेश्वर सहाय का। और सचमुच कोई चालीस बरस बाद दोनों पुराने मित्र मिले तो बातों का कोई ओर-छोर ही न रहा।

चायपान और नाश्ते के बाद बातें, बातें और तमाम बातें। दोनों सारी दुनिया भूल, मगन होकर पुरानी यादें ताजा कर रहे थे।

राजेश्वर सहाय को लगा, थोड़ी देर के लिए घड़ी और समय का चक्का जैसे पीछे की ओर मुड़ गया है और वे सचमुच अपने बचपन में लौट गए हैं। दोनों किस कदर शरारतें और हँसी-ठिठोली करते थे। पर इसके साथ ही पढ़ाई, वाद-विवाद प्रतियोगिता और समय-समय पर होने वाले व्याख्यान सबमें सक्रिय थे।

राजेश्वर सहाय को याद आया, परमेश्वरी तो उन दिनों भी कुछ ज्यादा ही सक्रिय था। तब भी बार-बार कहता था, "देखो राजेश्वर, देश ने हमें क्या कुछ नहीं दिया! कितनी खुशियाँ, कितनी महान परंपरा, अनमोल विरासतें। मगर हमने देश के लिए क्या किया? हमें भी तो कुछ लौटाना चाहिए न!"

तब उसकी बातें पूरी तरह समझ में नहीं आती थीं राजेश्वर सहाय को, पर अब तो समझ में आ रही हैं। एकदम। सामने मेज पर रखे कलम और कागज की तरह।

तब भी परमेश्वरी बीच-बीच में कई दिनों के लिए गायब हो जाता और लौटता तो उसके पास अनंत किस्सों का भंडार होता। कभी वह राजस्थान के भीलों से मिलने चला जाता तो कभी मध्यप्रदेश के आदिवासियों से। कभी पुराने ऐतिहासिक स्थलों की खोजबीन में जुट जाता तो कभी धुर दक्षिण की यात्रा करके लौटता और कहता, "देखो मित्र, अपना देश कितनी विविधताओं से भरा है। हमें कम से कम इसे जानना तो चाहिए।"

आज वे सारी बातें ताजा हो रही थीं और राजेश्वर को बहुत कुछ याद आ रहा था। जैसे उनके दिल के कैनवास पर किसी ने ताजा-ताजा चित्र उकेर दिया हो।

तभी अचानक बातों-बातों में उन्हें कुछ याद आया। बोले, "सुनो परमेश्वरी, तुम्हें कुछ याद है वनमाला की?...ऊँचा गाँव की वनमाला!"

"नाम सुना है!" कुछ बेध्यानी में परमेश्वरी बाबू बोले।

फिर एकाएक उन्हें जैसे झटका सा लगा। महसूस हुआ कि जैसे स्मृतियों के आगे से परदा हट गया है। जोश में आकर बोले, "हाँ-हाँ, याद है, बहुत कुछ...! बहुत कुछ याद आ रहा है। अरे, वही कानपुर की दुबली-पतली और साँवली सी लड़की ना, जो सन् बयालीस के भारत छोड़ो आंदोलन के समय खूब सक्रिय थी। उन दिनों दूर-दूर तक की परिक्रमा की थी उसने। हर ओर उसका नाम सुनाई देता। हर ओर उसके नाम की धूम।...यहाँ तक कि

स्वाधीनता आंदोलन के बड़े-बड़े नेता भी उसका नाम लेते थे, कि कितनी निडर है यह लड़की। ऐसे बुलंद हौसले वाले लोग हों, तो भला क्या नहीं हो सकता!"

कुछ देर बाद बोले, "और राजेश्वर भाई, मुझे याद आ रहा है, एक बार हमारे हॉस्टल में भी आकर उसने भाषण दिया था कि यह हम सबके लिए करने या मरने का समय है।... भारत माता हमें पुकार रही है। उसकी जंजीरें हम तोड़ दें, इतिहास देवता ने हमें यह अवसर दे दिया है और अगर हम चूक गए तो इतिहास में हमेशा के लिए कायरों में हमारा नाम लिखेगा!"

कहते-कहते परमेश्वरी बाबू को जैसे बिजली का करंट सा लगा हो। पुरानी यादों के तार झनझना उठे। बोले, "सच, बड़ी दिलेर थी वह लड़की। उसे कोई कैसे भूल सकता है!"

"बिल्कुल...बिल्कुल, तुम्हें याद आ गया?" राजेश्वर बोले, "उसके बाद ही तो हम विद्यार्थियों ने अगले दिन सुबह कचहरी के सामने जुलूस निकाला था। शहर की हवा में अचानक गर्मी आ गई थी। पुलिस ने वनमाला को पकड़ने की कोशिश की, पर वह सबकी नजरों से छिपकर निकलने में सफल हो गई थी और फिर अगले दिन अलीगढ़ में उसके वैसे ही जोशीले भाषण की खबर आई थी...!"

"हाँ-हाँ, भारत माता पुकार रही है...भारत माता पुकार रही है...भारत माता पुकार रही है...! भारत माता पुकार-पुकारकर अपनी वीर संतानों से कह रही है...! कुछ यही टेक होती थी वनमाला के भाषणों की।" कहते हुए परमेश्वरी बाबू जैसे पुरानी यादों में खो गए।

राजेश्वर की बातें सुनकर परमेश्वरी बाबू को धीरे-धीरे सब कुछ याद आता जा रहा था। वह दौर जैसे एकाएक दोनों मित्रों की आँखों के आगे साकार हो उठा। परमेश्वरी बोले, "वनमाला के भाषणों में बार-बार आता था, भारत माता पुकार रही है...! इससे सुनने वालों के दिल में जोश की आँधी सी मचल उठती थी। लगता था, जैसे वनमाला ही भारत माता बनकर हमारे सामने आ खड़ी हुई है...!"

"तुमने ठीक कहा परमेश्वरी, तुमने ठीक कहा! उसका हर भाषण यहीं से शुरू होता था, और यहीं खत्म होता था कि भारत माता पुकार रही है...!" कहते-कहते राजेश्वर सहाय की आँखों में कुछ अलग सी चमक थी। दिल में गहरी-गहरी सी उत्तेजना। खुद को किसी तरह सँभालकर बोले, "हममें से कुछ विद्यार्थियों ने तो उसे भारत माता कहकर ही पुकारना शुरू कर दिया था...!"

राजेश्वर कह रहे थे, और परमेश्वरी सुन रहे थे। उन्हें याद आ रहा था। सब कुछ याद आता जा रहा था।

❐

[2]

डायरी के पन्नों में एक भूला-बिसरा नाम

"परमेश्वरी बाबू, तुम क्रांतिकारियों के बारे में किताब तैयार तो क्या उसमें वनमाला का नाम नहीं होना चाहिए?" बातें करते-करते एकाएक राजेश्वर ने पूछ लिया।

"जरूर होना चाहिए!" आवेश में थरथराते हुए परमेश्वरी बाबू बोले, "पर उसके बारे में आधा-अधूरा ही तो हमें पता है। मैं चाहता था कि उनकी पूरी कहानी पता चले, तो उस पर भी कुछ लिखा जाए। पर कैसे...?"

"इसीलिए तो मैंने बात छेड़ी है!" राजेश्वर ने मुसकराकर कहा, "अगर चल सकते हो तो चलो। इटावा में उसके छोटे भाई दिवाकर से मुलाकात हो सकती है।"

"दिवाकर...?" परमेश्वरी कुछ अचकचाए।

"हाँ, वह एक स्कूल में हिंदी का अध्यापक है। मुझे एक बार रेलगाड़ी में मिला तो बातों-बातों में पता चला और उसने अपना पता लिखवाया। अब भी मेरी डायरी में जरूर होगा।" राजेश्वर ने बताया।

"तो चलो...!" परमेश्वरी बाबू एकाएक उठते हुए बोले, "अभी चलते हैं राजेश्वर। जो सोच लिया, वह कर ही डालें। वैसे भी वनमाला का वह जोशीला भाषण, उसकी वे क्रांतिकारी बातें...सब कुछ मुझे याद आ रहा है। और मैंने तो कहीं पढ़ा या सुना था कि उसने आजाद भारत का स्वतंत्र रेडियो भी बना लिया था, जिस पर रात-दिन देशभक्ति के गीतों का प्रसारण होता था और स्वाधीनता संग्राम के तीखे समाचार...! अंग्रेज सरकार हिल गई थी।"

"हाँ, परमेश्वरी, मैंने सुना था वह रेडियो, और उस पर वनमाला के जोशीले भाषण भी।" राजेश्वर सहाय भावुक होकर बोले, "मुझे याद है कि उस पर एक गीत बार-बार बजता था, 'भारत माँ ललकार उठी है...!' उसकी कुछ पंक्तियाँ तो मुझे आज भी याद हैं।" कहकर उन्होंने सुनाना शुरू किया, तो वह जोशीला गीत याद आता चला गया—

उठो-उठो, ओ वीर जवानो
भारत माँ ललकार उठी है,
उठो-उठो, सोई संतानों,
भारत माँ, ललकार उठी है।
काटो बंधन, लौह बेड़ियाँ
भारत माँ ललकार उठी है,
तोड़ो-तोड़ो सब हथकड़ियाँ
भारत माँ ललकार उठी है।
दूर भगाओ दुष्ट फिरंगी,
भारत माँ ललकार उठी है,
गरजो फिर से ओ रणचंडी,
भारत माँ ललकार उठी है...

"हाँ, हाँ, राजेश्वर, बिल्कुल यही गीत था...! किसी अखबार में उस पर लेख छपा था।" परमेश्वरी बोले, "आज भी सुनो तो जैसे खून खौल उठता है। वह जमाना फिर से याद आ जाता था। तब जनता में कितना जोश, कितनी सच्चाई और देशप्रेम की कैसी मतवाली आँधी हुआ करती थी, कि एक पल में देखते ही देखते हजारों लोग इकट्ठे हो जाते थे, जैसे कोई तूफान आ गया हो। अंग्रेज सरकार के बड़े-बड़े अफसर काँप उठते थे, कि न जाने क्या होने वाला है!...और जो होना होता था, होकर रहता था। लोग डरते नहीं थे। मौत का सामना करने के लिए छाती खोलकर आगे आ जाते थे। देखकर अंग्रेज सरकार थरथरा उठती थी। वह अलग ही जमाना था, राजेश्वर भाई, एकदम अलग जमाना था...!"

कहते-कहते परमेश्वरी बाबू जैसे कहीं खो से गए।

❐

[3]
वनमाला की जोशीली कहानी

अब खुद-ब-खुद वे सारे सूत्र मिलते जा रहे थे, जिससे वनमाला की जोशीली कहानी का ओर-छोर पता चलता। और जो बाकी बच गया था, उसे इटावा के फूलपुर मोहल्ले की एक तंग गली में वनमाला के छोटे भाई दिवाकर की भाव-गद्गद वाणी में हम लोग सुन रहे थे।

"मैं तो चाचा जी, उस समय छोटा था। बहुत छोटा। कोई चार-पाँच बरस का रहा होऊँगा।" दिवाकर बता रहा था—

"बस दीदी की बातें सुनना बहुत अच्छा लगता था। मैं कहानी सुनाने को कहता तो वह मुझे भगतसिंह की कहानी सुनाती, शहीद चंद्रशेखर आजाद की कहानी...बिस्मिल और अशफाकउल्ला की कहानी। सुनकर रोमांच होता था।

"मुझे अब भी याद है कि एक बार उसने गाँधी बाबा की पूरी कहानी सुनाई कि दक्षिण अफ्रीका में उन्होंने कैसी-कैसी लड़ाइयाँ लड़ीं। और फिर यहाँ आए तो अंग्रेजी सत्ता के खिलाफ युद्ध छेड़ दिया। पहली बार समझ में आया कि आजादी का क्या मतलब है, क्यों लड़ी जा रही है पूरे देश भर में आजादी की लड़ाई? क्यों इतनी कुर्बानियाँ...!"

"तो क्या उसने यह भी बताया कि वह खुद भी शामिल है आजादी की लड़ाई में?" परमेश्वरी बाबू ने जानना चाहा।

"नहीं, पर बड़ा हुआ तो धीरे-धीरे सब खुद ही समझ में आ गया। मुझे याद है कि एक बार घर में पुलिस का छापा पड़ा था। पर हमें कुछ भी पता नहीं था। पुलिस देर तक सारा घर खँगालती रही थी, पर उसे खाली ही लौटना पड़ा।...असल में दीदी ने जो भी किया, सिर्फ अपने बूते ही किया। हम लोगों को बहुत ज्यादा पता नहीं था। या फिर बाद में पता चला, धीरे-धीरे। ज्यादातर दूसरों से ही सुनते थे। या फिर अखबारों में छपी खबरों से पता चलता था।...वैसे यहाँ इटावा के लोग बड़ी इज्जत करते थे उसकी। कुछ लोग घर में आकर बता जाते थे सारी बातें कि आज कहाँ-कहाँ, क्या घटना हुई। या फिर दीदी के जोशीले भाषणों वगैरह के बारे में। उन्हीं से धीरे-धीरे हमने जाना...!"

"पर हम तो तुम्हारे पास वनमाला की पूरी गाथा सुनने आए थे दिवाकर। मेरे मित्र परमेश्वरी बाबू क्रांतिकारियों पर एक बड़ा ग्रंथ निकाल रहे हैं। उसी में वनमाला की भी गाथा...!" राजेश्वर सहाय ने अपने आने का आशय बताया।

इस पर दिवाकर कुछ सकुचा गया। बोला, "आप लोग आए, मुझे बड़ा अच्छा लगा।...पर मुझे भी सब कुछ कहाँ पता है! आजादी के बाद दीदी एक-दो बार घर आईं तो टुकड़ों-टुकड़ों में बहुत थोड़ा उन्होंने बताया। कुछ अखबारों से जाना। उसी सबको जोड़कर थोड़ा-बहुत मैं बता सकता हूँ, आप कहें तो!"

और फिर न जाने कब दिवाकर ने क्रांतिबाला वनमाला की कहानी सुनानी शुरू कर दी। बिल्कुल शुरू से ही। दोनों मित्र परमेश्वरी और राजेश्वर जैसे साँस रोके सुन रहे थे।...

वनमाला बचपन में ही अलग थी। काफी अलग। स्वभाव जोशीला था, और धुन की पक्की। जो सोच लिया, वह सोच लिया और उसे करके दिखाना है।...कुछ इस तरह की जिद। कई बार माँ, बाबू हैरान होते थे, दीदी की सहेलियाँ भी, उसके अध्यापक भी, कि यह कैसी लड़की है। दीदी की सहेलियाँ बताती हैं कि एक बार स्कूल के सालाना फंक्शन में उसे नाटक करना था। तो उसने रातोंरात पूरा नाटक लिखा, 'झाँसी की रानी'। अगले दिन कुछ ही घंटों में सहेलियों के साथ नाटक की रिहर्सल और बाकी सारी तैयारियाँ भी कर लीं। और जब नाटक हुआ तो उसकी ऐसी धूम मची कि हर कोई हैरान।

तो बचपन से ऐसी ही दीदी, कि हर कोई हैरान रह जाता था उसके कामों से। देखने में एकदम सीधी-सादी। अगर वह न बोले तो शायद किसी का ध्यान ही न जाए। लेकिन बोलती थी, तो जैसे माँ सरस्वती उतर आती थी उसमें। जो भी एक बार सुन लेता, कभी भूल नहीं सकता था। पढ़ाई-लिखाई में भी खूब होशियार थी। जो चीज एक बार पढ़ लेती थी, हमेशा के लिए उसे याद हो जाती थी। इसके अलावा नाटक, कविता, कहानी सबमें उसकी रुचि थी। स्वभाव बड़ा सरल, लेकिन काम करने का खूब जोश था उसमें। जिस काम में जुटती, उसे पूरा करके दिखा देती।...शरीर एकदम दुबला-पतला, साँवला। लेकिन इस दुबले शरीर में बड़ी मजबूत आत्मा थी। फौलादी। साथ ही मन में सच्चाई थी। कभी झूठ नहीं बोला उसने। और यह भी उसकी एक बड़ी शक्ति थी, जिससे चेहरा दमकता था उसका।...

बहुत छोटी थी वनमाला तो दादा जी से बातें करना उसे अच्छा लगता था। वे देश की गुलामी और अंग्रेजों के अत्याचारों की कहानी सुनाते तो वनमाला को अंदर ही अंदर बहुत गुस्सा आता। दादा जी बताते कि मुट्ठी भर अंग्रेजों ने धोखे और चालाकी से हमारे देश पर

कब्जा कर लिया। आए थे व्यापार करने और मालिक बन बैठे। और फिर उलटा हम पर ही एक के बाद एक ऐसे भीषण अत्याचार कि क्या कहें। जनता रोती और बिलखती है, पर इस दुष्ट फिरंगी सरकार को कोई परवाह नहीं।...

"तो क्या हम इन्हें अपने देश से निकाल नहीं सकते? पूरे देश में करोड़ों भारतीय हैं, वे अंग्रेजों को क्यों नहीं भगा देते?" वनमाला हैरान होकर पूछती।

"जिस दिन सारे हिंदुस्तानी इकट्ठे हो जाएँगे, अंग्रेज रातोंरात दुम दबाकर भागेंगे।" दादा जी मुसकराकर कहते, "लेकिन उन्हें एक करने के लिए किसी को तो आगे आना होगा न। तभी तो बनेगी बात!"

"हाँ-हाँ, तभी तो बनेगी बात...तभी तो बनेगी बात...!" दादा जी की बात बार-बार वनमाला के भीतर चक्कर खा रही थी, और उसे लग रहा था, कुछ न कुछ तो करना चाहिए। वह चाहे तो जरूर कर सकती है कुछ ऐसा काम।

बस, वही क्षण था, जब वनमाला वाकई वनमाला बनी। और उसके अंदर कुछ करने की चिनगारी पैदा हो गई।

दादा जी की बात दीदी के मन में कुछ इस कदर घर कर गई थी कि वह फिर कभी निकल नहीं पाई। बस, उसे काम करने के लिए सही माहौल चाहिए था। जब वह हाईस्कूल करने के बाद कानपुर के दयानंद कॉलेज में पढ़ने गई तो उसे वह माहौल मिल गया। उसने बहुत जल्दी लड़कियों का एक दल बना लिया, जो ऐसे ही एक से एक जोशीले काम कर दिखाता। उसका नाम उसने रखा था, लक्ष्मीबाई ब्रिगेड।

यों बड़ा साधारण परिवेश मिला था दीदी को। बड़ा सादा सा परिवार था हमारा चाचा जी। पिता की एक छोटी सी किताबों की दुकान थी। बड़ी मुश्किल से घर का खर्च चलता था, पर वनमाला पढ़ाई में होशियार थी और आगे पढ़ने की उसकी बहुत इच्छा थी तो पिता ने कानपुर पढ़ने भेज दिया।

वनमाला केवल पढ़ाई में ही नहीं, बाकी सारे कामों में भी आगे रहती। खासकर उसके जोशीले भाषणों की बड़ी धूम थी। कभी-कभी दिनकर या मैथिलीशरण गुप्त जैसे कवियों की जोशीली कविताएँ पढ़ती, तो पूरे सभा भवन में सन्नाटा सा छा जाता। देखते ही देखते दूर-दूर तक उसका नाम हो गया था। यहाँ तक कि शहर में स्वाधीनता सेनानियों का कोई कार्यक्रम या कांग्रेस का जलसा होता, तो उसे भाषण देने के लिए बुलाया जाता।...यों दीदी थी भी बड़ी हिम्मती और दिलेर। लड़कियाँ यह नहीं कर सकतीं, वह नहीं कर सकतीं, यह बात उसके दिमाग में कभी आती ही नहीं थी।

एक बार कॉलेज में उसने खुद अपना लिखा हुआ एक नाटक खेला था, 'भारत के लाल'। नाटक में देश की आजादी के लिए लड़ने वाले सपूतों के जीवन की झाँकी थी। और जब अंग्रेजों से लड़कर घायल हुई झाँसी की रानी के बलिदान का दृश्य सामने आया, तो सामने नाटक देख रहे लोगों की आँखों में आँसू थे।

अंत में उसने सुभद्राकुमारी चौहान की कविता 'झाँसी की रानी' बड़े जोशीले ढंग से पढ़ी। उसी कविता की पंक्ति थी— 'गुमी हुई आजादी की कीमत सबने पहचानी थी...!'

नाटक खत्म हुआ तो लोग उठें, इससे पहले ही मंच पर बेड़ियों में बंदी भारत माता नजर आई और उसके साथ ही नेपथ्य से वनमाला के शब्द जैसे हवा में गूँजने लगे—

"सन् सत्तावन में गुमी हुई आजादी की कीमत सबने पहचानी थी...और इसीलिए इतना बड़ा स्वाधीनता का युद्ध हुआ। आज अगर हम फिर से अपनी गुमी हुई आजादी की कीमत पहचानकर जाग जाएँ, तो भारत माता की बेड़ियाँ टूटेंगी...जरूर टूटेंगी। भारत माता तुम्हारी बाट जोह रही है। जागो...जागो भारत के लाल! जागो...जागो भारत की संतान! जागो...जागो मेरे देशवासियों! आज एक बार फिर से भारत माँ की बेड़ियाँ तोड़ने का वक्त आ गया है...!!"

वनमाला के उस नाटक ने देखने वालों पर इतना गहरा असर डाला था कि हर शख्स की आँखों में कुछ कर गुजरने का सपना था। इतना ही नहीं, कॉलेज में समय-समय पर उसके जोशीले भाषण होते तो छात्र और अध्यापक सभी जी भरकर तारीफ करते। वाद-विवाद प्रतियोगिताओं और तीखी बहसों में भी वह सबसे आगे रहती। अपनी कक्षा में सबसे होशियार थी और हर किसी की मदद करने में सबसे आगे रहती थी। इसलिए कक्षा के सारे विद्यार्थियों की वह नेता थी।

कभी-कभी कुछ लोग हँसकर तंज के साथ कहते, "अरे वनमाला, कुछ करो भी... या केवल कहती ही रहोगी कि हमें देश के लिए यह करना चाहिए, वह करना चाहिए!"

कहने वाले सोचते कि वनमाला लड़की है, तो भला वह क्या कर पाएगी? पर वह कभी चिढ़ती नहीं थी। हँसकर कहती, "समय आएगा तो मैं पीछे नहीं रहूँगी!"

उसके कॉलेज के पास ही एक पुरानी सी पीले रंग की कोठी थी। उसमें बहुत सी लड़कियाँ एक साथ रह रही थीं। वे साथ पढ़तीं, साथ घूमने जातीं। पर वे इस कदर भूचाल भी ला सकती हैं, कोई सोच भी नहीं सकता था। वे पुस्तकालय से महापुरुषों की जीवनियाँ लाकर पढ़तीं। फिर उन पर आपस में चर्चा होती। बार-बार एक ही बात सामने आती कि आज भी देश संकट में है। कुछ न कुछ तो हमें करना होगा।

❐

[4]

सन् बयालीस का आंदोलन

सन् बयालीस का आंदोलन छिड़ा तो वनमाला को भीतर से लगा कि कुछ करने का समय आ गया है। उसकी आत्मा जैसे पुकार करके कह रही थी, "वनमाला, यही समय है, बस यही समय...देश का ऋण उतारने का!"

कुछ समय पहले शहर में बापू आए थे, तो उनके स्वागत के लिए बड़ी विशाल सभा हुई। तब वनमाला ने ही बापू का प्रिय भजन बड़े सुरीले कंठ से गाकर सुनाया था, 'वैष्णव जन तो तेणे कहिए जो पीर पराई जाणे रे...!' सुनकर गाँधी जी एकदम भावविह्वल हो गए। वनमाला के सिर पर हाथ फेरते हुए कहा, "तुममें कुछ अलग बात है बेटी। तुम जरूर कुछ बड़ा काम करोगी। मेरा आशीर्वाद तुम्हारे साथ है।"

कुछ रोज बाद प्रसिद्ध गाँधीवादी हीरेन दा आए तो उनके स्वागत में फिर एक बड़ी सभा हुई। वनमाला को पता चला कि हीरेन दा एक बड़े सरकारी कॉलेज में प्रिंसिपल थे। खासी तनख्वाह थी, ढेर सारी सुख-सुविधाएँ थीं, पर बापू के कहने पर उन्होंने सरकारी नौकरी को तिनके की तरह छोड़ दिया और देशसेवा के काम में लग गए। अब पूरे देश में घूम-घूमकर वे लोगों को स्वाधीनता संग्राम से जुड़ने के लिए प्रेरित कर रहे हैं। वनमाला ने सोचा, वह हीरेन दा से जरूर मिलेगी।

जैसे ही सभा शुरू हुई, 'भारत माता की जय', 'महात्मा गाँधी की जय' के नारों से आसमान गूँज उठा। वनमाला ने पहले 'वंदे मातरम' गाया, फिर हीरेन दा के स्वागत में उसका बड़ा जोशीला भाषण हुआ। सुनकर हीरेन दा अभिभूत हो गए। बोले, "इस छोटी सी बालिका में इतना जोश है और इसकी वाणी में इतना तेज है कि बड़ी उम्र वाले हम जैसे लोग भी इससे प्रेरणा ले सकते हैं।"

सुनते ही सभाभवन तालियों की गड़गड़ाहट से गूँजने लगा। सभा में छात्रों की संख्या बहुत ज्यादा थी। उनकी ओर देखते हुए हीरेन दा ने कहा, "हमारे देश के बच्चे किसी से कम नहीं हैं। बच्चे चाहें तो बहुत कुछ करके दिखा सकते हैं। करना बड़ों को चाहिए, पर

बड़े सोए हों तो बच्चों को आगे आकर मोरचा सँभालना होगा, जिससे बड़े जो सो रहे हैं, वे भी अपनी नींद से जागें...!"

हीरेन दा के भाषण ने सचमुच नया जोश भर दिया। जाते-जाते वे वनमाला को आशीर्वाद देकर गए कि "बेटी, तुम आने वाले समय में देश की मशाल बनोगी। अपनी ताकत को पहचानो कि तुम कौन हो और क्या कर सकती हो। तुम्हें बहुत बड़े काम के लिए इस धरती पर भेजा गया है।"

सुनकर वनमाला ने उसी समय हीरेन दा के पैर छू लिए थे। फिर देर तक हाथ जोड़े, भावमग्न सी खड़ी रही थी।

उसे लगा, जैसे हीरेन दा ने उसके अंदर ऐसी अनोखी ताकत भर दी है कि वह बड़ी से बड़ी सेना से भी भिड़ सकती है। कोई उसका बाल बाँका नहीं कर पाएगा।

और अगले दिन ही जो मंजर दिखाई पड़ा, उससे हीरेन दा की बात सही होती जान पड़ी। छात्रों ने सोचा, हम भी देश की आजादी के लिए जुलूस निकालेंगे। दयानंद कॉलेज के सारे विद्यार्थी इकट्ठे हुए। सबसे आगे थी नारे लगाती हुई वनमाला। साथ-साथ उसकी कुछ पक्की सहेलियाँ भी, जो उस पर जान न्योछावर करने को तैयार थीं। पुलिस ने पहले छात्रों को धमकी दी, फिर लाठी चार्ज कर दिया।

वनमाला को सिर और दाहिने कंधे पर चोट आई थी, और दर्द के मारे उसका बुरा हाल था। इसके अलावा पसलियों पर भी जख्म थे। पर उसका जोश जरा भी कम नहीं हुआ। इस हालत में भी वह 'भारत माता की जय' और 'वंदे मातरम' के नारे लगा रही थी। उसके साथ-साथ जोशीले नौजवानों की आवाजें—

'भारत माता की जय...!'

'जय...जय...जय...!'

'वंदे मातरम...!'

'मातरम...मातरम...मातरम...!'

वनमाला पर लाठियाँ चलाने वाले सिपाही को फौरन वहाँ से हटा दिया गया, ताकि लोगों का गुस्सा न भड़क जाए।

जुलूस को वहीं रोक देना पड़ा, क्योंकि वनमाला की हालत बिगड़ गई थी, और दर्द के मारे उसका बुरा हाल था।

शाम को वनमाला ने दूध में हल्दी डालकर ली। सिर और कंधे पर भी हल्दी का लेप, और फिर तत्काल अपने काम में जुट गई। बीच-बीच में इतना दर्द होता कि उसकी चीख

निकलने को होती। पर वह उसे दबा लेती। और साथियों के साथ आगे की योजना बनाने में जुट जाती।

वनमाला की हालत देख, छात्रों का गुस्सा भी भड़क गया था। लोग समझ गए, अब कुछ न कुछ होगा। होकर ही रहेगा।

और वह हुआ भी।

अगले दिन आसपास के सारे स्कूलों के बच्चे एक जगह जुट गए। हजारों बच्चे...! दूर-दूर तक जहाँ भी नजर जाती, जोश और उत्साह से भरे बच्चे ही दिखाई देते। बच्चों की अपार सेना। जैसे पूरा एक समंदर उलट गया हो।

आगे-आगे वनमाला और उसकी सहेलियाँ। कुछ नवयुवक भी। वनमाला के सिर पर पट्टी बँधी हुई थी, पर हिम्मत में कोई कसर नहीं। उसके साथ-साथ वहाँ मौजूद हजारों बच्चों के होंठों पर नारे—

'स्वराज्य हम लेकर रहेंगे...!'

'लेकर रहेंगे...लेकर रहेंगे...!'

'भारत माता की जय...!'

'जय...जय...जय...!'

'अंग्रेजों, भारत छोड़ो...!'

'भारत छोड़ो...भारत छोड़ो...!'

हवाओं में एक थरथराहट सी भरती जा रही थी।

जुलूस के अंत में वनमाला के कहने पर सारे बच्चों ने कसम खाई—

'हम संकल्प करते हैं कि देश के लिए कुछ करने का अवसर आएगा, तो हम पीछे नहीं हटेंगे। देश के लिए जिएँगे, देश के लिए मरेंगे!'

हजारों बच्चों की जोशीली ललकार से आकाश गूँज उठा।

अंग्रेज सरकार के दर्जनों सिपाही भी वहाँ मौजूद थे। वे हैरान होकर देख रहे थे कि इन छोटे-छोटे बच्चों के मन में भी देश के लिए कुछ कर गुजरने की कैसी तड़प है। पर भला करते क्या? इन छोटे-छोटे बच्चों पर लाठियाँ बरसाने का पाप तो वे नहीं कर सकते थे।

लेकिन छोटे-छोटे बच्चों का जोश देखकर पूरा शहर ही जैसे अंग्रेजी अत्याचार का बदला लेने के लिए अंदर-अंदर सुलग उठा था। हर कोई कुछ करने के लिए बेचैन। और फिर जल्दी ही लोगों की वह बेचैनी और जोश सामने भी आ गया।

❐

[5]

शहर में अभूतपूर्व जुलूस

अंग्रेज सरकार हक्की-बक्की। छात्रों पर लाठी चलाने का अंजाम वह देख चुकी थी। फिर कल के जुलूस को लेकर सभी अखबारों में सरकार की कटु निंदा छपी थी। 'देश जागृति' अखबार ने लिखा, "अब छोटे-छोटे बच्चे भी स्कूल छोड़कर, अंग्रेजी सत्ता का विरोध करने के लिए सड़कों पर निकल आए हैं। इससे पता चलता है कि फिरंगी सरकार के अत्याचार कितने बढ़ गए हैं। अगर ये अत्याचार नहीं थमे, तो कल को कुछ भी हो सकता है। कुछ भी।..."

अंग्रेज सरकार ने अपनी नाक बचाने के लिए कुछ छात्रों को थोड़ी देर हिरासत में रखकर, फिर छोड़ दिया गया। वनमाला भी गिरफ्तार हुई, फिर छूटी।

अगले दिन छात्रों की गिरफ्तारी के विरोध में शहर के हजारों लोगों का जुलूस। किसी हरहराती हुई जोशीली आँधी जैसा।

इतना विशाल और भारी जुलूस, जैसा किसी ने आज तक न देखा, न सोचा था। केवल शहर के नौजवान ही नहीं, बल्कि सारे के सारे आदमी-औरतें, बच्चे, बूढ़े हर कोई उस जुलूस में शामिल होकर जैसे अंग्रेज सरकार को दिखा देना चाहता था कि देश की आजादी के लिए हम कोई भी कुर्बानी दे सकते हैं। अंग्रेज सरकार की लाठी और गोलियाँ भी हमारा रास्ता रोक नहीं सकतीं।

इस बार भी आगे-आगे वनमाला। जोशीले नारे लगाती हुई। किसी रणचंडी जैसी। लगता था, जैसे उसमें झाँसी की रानी लक्ष्मीबाई समा गई है। उसकी हिम्मत और बहादुरी ने सबको ताज्जुब में डाल दिया।

इतने में अंग्रेज अधिकारियों के इशारे पर कुछ पुलिस वालों ने वनमाला को पकड़ने के लिए उसके पास आने की कोशिश की। वे लगातार उस पर आँख रख रहे थे।

पर जुलूस के लोग भी कम सतर्क न थे।

जुलूस में मौजूद वनमाला की सहेलियों और युवकों ने यह देखा, तो चारों ओर से वनमाला के इर्द-गिर्द एक मजबूत घेरा बना लिया। ताकि पुलिस किसी तरह वनमाला के नजदीक न पहुँच सके।

तभी जुलूस में शामिल वनमाला की सहेलियों ने एकाएक उसे उठाकर अपने कंधे पर बैठा लिया। इसके साथ ही चारों ओर से मजबूत घेरा बनाए भारत माता की जय-जयकार करते युवक। उनके जोश का पारावार नहीं था।

मानो बिन कहे सबने पुलिस वालों को बता दिया हो, कि अगर वनमाला को पकड़ना है, तो पहले हमें पकड़ो। उसके बाद ही तुम वनमाला तक पहुँच सकते हो।

उस दिन का वह जुलूस अभूतपूर्व था। शहर में ऐसा जुलूस न पहले कभी निकला, न बाद में। हजारों लोग सीना ताने लाठियाँ खाने को तैयार। पर पुलिस की हिम्मत नहीं पड़ी कि किसी को छू भी ले। नहीं तो अंजाम क्या होगा, यह हर कोई जानता था।

जुलूस के बाद एक बड़ी सभा हुई, जिसमें वनमाला के भाषण ने लोगों के दिलों में देशभक्ति की ज्वाला धधका दी। उसने अंग्रेजी सत्ता को ललकारते हुए कहा—

"मेरे प्यारे साथियों, यह याद रखना। अंग्रेज सरकार लाठियाँ चलाकर मेरा सिर तोड़ सकती है। मेरे कंधे और पसलियों में घाव कर सकती है, पर मेरे मन, मेरे दिल और मेरी आत्मा को नहीं झुका सकती। वह चाहे तो मुझ पर लाठी नहीं, गोलियाँ चलाकर देख ले। मैं गोलियाँ खाकर भी 'भारत माता की जय' और 'वंदे मातरम' के नारे लगाती रहूँगी। और यही नारे लगाती हुई अपनी आखिरी साँस लूँगी।

"पर मैं एक बात जरूर अंग्रेज सरकार से कहना चाहती हूँ कि वनमाला अकेली नहीं है। इस देश में हजारों हजार वनमालाएँ हैं। एक वनमाला नहीं रहेगी तो हजारों वनमालाएँ पैदा हो जाएँगी। एक गाँधी नहीं रहेगा, तो हजार गाँधी पैदा हो जाएँगे। यह देश अब आजादी का दीवाना हो गया है। अंग्रेज सरकार चाहे अपना पूरा जोर लगाकर देख ले। पर हम अपनी आजादी लेकर रहेंगे, लेकर रहेंगे, लेकर रहेंगे और अब कोई हमें इससे रोक नहीं सकता।..."

उस दिन वनमाला ने हजारों दिलों में जो आजादी का अलख जगाया, उसे भला कोई कैसे भूल सकता है!

यहाँ तक कि अंग्रेज सरकार भी इसे नहीं भूल पाई। इसलिए वनमाला अब अंग्रेज सरकार की आँखों में खटकने लगी थी।

शहर की पुलिस अब वनमाला के पीछे पड़ गई। खुफिया विभाग से उसे सूचना मिली

थी कि दयानंद कॉलेज में बारहवीं जमात में पढ़ने वाली यही लड़की है सारी आफत की जड़। उसके साथ लड़कियों का एक दल है। वे ही यह हंगामा मचाए हुए हैं।

पर वनमाला यहाँ-वहाँ छिपकर पुलिस की आँखों में धूल झोंकती रही। कानपुर का डिप्टी कलेक्टर और पुलिस अधिकारी गुस्से के मारे अपने बाल नोंच रहे थे।

"कौन है यह वनमाला...! वनमाला कौन है? आखिर उसे गिरफ्तार क्यों नहीं किया जा रहा?" ऊपर से सवालों पर सवाल आ रहे थे, पर उनका जवाब कौन देता?

हीरेन दा ने कुछ भरोसेमंद कांग्रेस कार्यकर्ताओं के जरिए वनमाला को संदेश दे दिया था कि 'बेटी, अब तुम्हें कानपुर छोड़ना होगा। नहीं तो तुम्हारे लिए बड़ी मुसीबत आ सकती है। फिर इससे देश का काम भी रुकेगा। इसलिए कोशिश करो कि पुलिस तुम तक न पहुँच सके।'

इसके बाद शुरू हुईं वनमाला की देशयात्राएँ। हर जगह कांग्रेस कार्यकर्ताओं को पहले से उसके आने का पता चल जाता और वे अपने देशभक्त साथियों के घरों में उसके रहने का इंतजाम कर देते। लोग बिल्कुल अपनी बेटी की तरह विद्रोहिणी वनमाला को छिपाकर रखते। अखबारों में उसके भाषणों की खबरें छपतीं, पर भाषण देकर वह कहाँ गायब हो जाती है, यह किसी को पता नहीं था। और वनमाला तेजी से एक के बाद एक जगहें बदल रही थी।

अंग्रेज अधिकारी बुरी तरह खीजे हुए थे, पर लाचार थे। वनमाला ने उनकी नाक में दम कर दिया था। जगह-जगह उसके जोशीले व्याख्यान होते, जिससे लोगों में उबाल भर जाता। कुछ करने की लहर पैदा होती। लोग 'भारत माता की जय' और 'वंदे मातरम' के गगनभेदी नारे लगाते, जो हवा में गूँजते रहते।

अंग्रेजी सत्ता परेशान। वनमाला कहाँ है? वनमाला पकड़ में क्यों नहीं आती?

लेकिन तब तक वह पुलिस अधिकारियों की आँखों में धूल झोंककर किसी और शहर में पहुँच जाती।

अंग्रेज सरकार बहुत कोशिशों के बाद भी उसे गिरफ्तार नहीं कर पा रही थी, और लाचारी में हाथ मलती रह जाती।

❐

[6]

स्वदेशी रेडियो स्टेशन

हालाँकि कुछ अरसे बाद वनमाला गिरफ्तार हुई, पर वह तो एक बिल्कुल अलग कहानी है। शायद तब तक वनमाला ने ही सोच लिया था कि अगर गिरफ्तारी होती है तो हो, पर उससे पहले मैं सरकार को कँपा तो दूँगी ही। और वह इसमें कामयाब भी हुई।

देश में एक ऐसी घटना हुई, जिससे सबके मुँह खुले के खुले रह गए।

यह था वनमाला का स्वदेशी रेडियो स्टेशन। आजादी के रणबाँकुरों का रेडियो स्टेशन।

वनमाला ने सोचा, "देश को जगाना है, तो लोगों तक पहुँचने के लिए हम अपना स्वतंत्र रेडियो क्यों न बनाएँ, जिससे जनता को स्वाधीनता संग्राम की जोशीली खबरें मिलें।"

उसकी एक सहेली विनोदिनी के मौसा प्रबोध मजूमदार साइंटिस्ट थे। कलकत्ता में रहे थे तथा विज्ञान और टेक्नोलाजी के नए से नए आविष्कारों की उनको जानकारी थी। उन्हीं को जिम्मा सौंपा गया कि वे देशभक्तों का एक रेडियो स्टेशन बनाएँ, जहाँ से देशभक्ति से सराबोर गीत और आजादी की लड़ाई लड़ने वाले राजनेताओं और देशभक्तों के संदेश और भाषण प्रसारित किए जाएँ।

और सचमुच वनमाला का यह सपना भी पूरा हुआ। जिस दिन देशभक्तों का वह रेडियो स्टेशन बनकर तैयार हुआ, सबसे पहले वनमाला की आवाज सुनाई दी—

"यह भारत का स्वतंत्र रेडियो स्टेशन है। भारत का पहला स्वदेशी रेडियो स्टेशन। यहाँ आपको देश की आजादी के लिए लड़ने वाले देश के वीर सिपाहियों की बातें सुनने को मिलेंगी। बापू के व्याख्यान सुनाई देंगे और देशभक्ति के गीत भी। लीजिए, अब काकिली घोष से हमारा राष्ट्रीय गीत वंदे मातरम् सुनिए..!"

'वंदेमातरम्' के बाद फिर वनमाला की जोशीली आवाज सुनाई दी—

"महात्मा गाँधी जी के 'अंग्रेजों भारत छोड़ो' और 'करो या मरो' के नारे ने पूरे देश में भूचाल पैदा कर दिया है। जगह-जगह जनता सड़कों पर आकर माँग कर रही है, अंग्रेजों

भारत छोड़ो!...अब हमारी आजादी का दिन दूर नहीं है। भले ही अंग्रेज सरकार ने बापू समेत सभी बड़े नेताओं को जेल में डाल दिया है, पर यह लड़ाई अब थमेगी नहीं। इसलिए कि भारतीय जनता का गुस्सा और आक्रोश अब सारी हदें पार कर चुका है।

"अब हर भारतीय बापू का सिपाही है और हम तब तक चैन नहीं लेंगे, जब तक अंग्रेजों को इस देश से भगा नहीं देंगे। लीजिए, अब आप देश की जनता के नाम बापू का संदेश सुनिए।"

लोग रोमांचित थे। दिन-रात देश के कोने-कोने से 'भारत छोड़ो आंदोलन' के उत्साहपूर्ण समाचार। आजादी की लड़ाई के परवानों के विचार और भाषण। अभी कुछ ही दिन हुए थे, पर 'स्वदेशी रेडियो' की धाक जम गई थी।

वनमाला की जोशीली आवाज कानों में पड़ते ही लोग सारे काम छोड़कर रेडियो के पास सरक आते। बाजारों और चौराहों पर भी उसकी गूँज सुनाई पड़ रही थी। वनमाला की कुछ सहेलियाँ महात्मा गाँधी, जवाहरलाल नेहरू और सरदार पटेल के भाषणों के कुछ जोशीले हिस्से पढ़कर सुनातीं। लोग उनका एक-एक शब्द बड़े ध्यान से सुनते। इससे देश में जागृति की एक नई लहर पैदा हो रही थी।

बीच-बीच में वनमाला का गाया हुआ यह गीत हवा में गूँजने लगता, जिसमें बड़ी पुकार थी—

उठो-उठो, ओ वीर जवानो
भारत माँ ललकार उठी है,
उठो-उठो, सोई संतानों,
भारत माँ, ललकार उठी है।
काटो बंधन, लौह बेड़ियाँ
भारत माँ ललकार उठी है,
तोड़ो-तोड़ो सब हथकड़ियाँ
भारत माँ ललकार उठी है।
दूर भगाओ दुष्ट फिरंगी,
भारत माँ ललकार उठी है,
गरजो फिर से ओ रणचंडी,
भारत माँ ललकार उठी है...!

सुनकर लोगों के दिलों में जोश भर जाता। अंग्रेजी रेडियो के समाचार सरकारी भोंपू की तरह थे, जिन पर किसी को यकीन नहीं था। पहली बार स्वदेशी रेडियो से आजादी की लड़ाई की सच्ची खबरें सुनकर लोग उत्साहित थे।

उधर अंग्रेज सरकार बौखलाई हुई थी। वनमाला का नाम ही अब उसके लिए आतंक बन गया था।

जगह-जगह वनमाला की तलाश, पर किसी को नहीं पता था कि वनमाला कहाँ है

कोई कहता, वनमाला यहाँ है!

कोई कहता, वनमाला वहाँ है...!

कोई कहता, अभी यहाँ थी, पर अब वहाँ है...!

अंग्रेज अफसर दाँत पीसते। गुस्से में तिलमिलाकर कहते, "वनमाला कहाँ-कहाँ है, वह पकड़ में क्यों नहीं आती...? क्या वह कोई जादू जानती है कि जब चाहे अदृश्य हो जाती है, या फिर हवा में घुल जाती है...?"

फिर भी वनमाला का कुछ पता न चलता तो बुरी तरह झल्ला उठते, "वनमाला को पकड़ो! जल्दी और हर कीमत पर...नहीं तो अकेली यह लड़की सबको नाच नचा देगी।"

पर आखिर एक दिन अंग्रेजों ने पता लगा ही लिया कि स्वदेशी रेडियो का छिपा हुआ स्टेशन कहाँ है। कहाँ से यह विद्रोही वलबला आ रहा है?

फिर उस पर छापा डालने की पूरी तैयारी। दूर-दूर से कुमुक बुला ली गई, ताकि यह अभियान किसी तरह असफल न हो जाए।

रात-दिन अफसरों की बैठक। फोन पर बड़े-बड़े अफसरों से संपर्क, "यस सर, वनमाला का पता लग गया है।...यस सर, जल्दी ही हम उसे पकड़ लेंगे।...पूरी तैयारी है सर, आप बिल्कुल चिंता न करें। हमारे सिपाही एक साथ मिलकर घेर लेंगे। वहाँ से उसका बच निकलना असंभव है सर, एकदम असंभव!"

और फिर एक दिन सुबह-सुबह एक साथ डेढ़ सौ पुलिस वालों ने रेडियो स्टेशन को घेर लिया।

ऊपर सीढ़ियाँ चढ़कर धड़धड़ाते हुए कोई डेढ़-दो दर्जन पुलिस वाले प्रसारण-कक्ष में पहुँचे और वनमाला को गिरफ्तार करने के लिए आगे बढ़े।

उस समय रेडियो से 'वंदे मातरम्' का प्रसारण हो रहा था। पुलिस अधिकारी आगे बढ़ता, इससे पहले ही वनमाला की कड़क सुनाई दी—

"खबरदार, इस समय राष्ट्रगान हो रहा है। आप लोग अपनी जगह सीधे खड़े हो जाइए, अटेंशन...!"

वनमाला की आवाज में इतना दम था कि एकदम सन्नाटा छा गया। सारे सिपाही एकदम अवाक्। वे उसी समय अटेंशन की मुद्रा में खड़े हो गए।

जब तक 'वंदे मातरम्' बजता रहा, सभी राष्ट्रगान के सम्मान में चुपचाप सावधान की मुद्रा में खड़े रहे। उसके बाद उन्होंने वनमाला और उसके चार सहेलियों को गिरफ्तार किया।

पूरे डेढ़ सौ सिपाही...!

लग रहा है, आज कोई बहुत बड़ा क्रांतिकारी पकड़ा जाने वाला है। आसपास के लोग सोच रहे थे।

पर जब पुलिस वाले वनमाला और उसकी पाँच-सात सहेलियों को पकड़कर ले जा रहे थे तो सबने दाँतों तले उँगली दबा ली, "अरे, तो क्या ये लड़कियाँ इतनी खतरनाक हैं कि पुलिस को इतनी बड़ी फोर्स के साथ धावा बोलना पड़ा? लगता है, ये लड़कियाँ तो सचमुच बाघिन हैं।"

कई दिनों तक मुकदमा चला। मुकदमा नहीं, बल्कि अंग्रेज सरकार द्वारा मुकदमे का नाटक।

लेकिन वनमाला के लिए तो यह अवसर पूरे देश को झिंझोड़कर जगाने का था। ताकि लोग अंग्रेजी सत्ता की असलियत को समझें।

शहर के देशभक्त वकीलों ने बिना कोई फीस लिए वनमाला को जेल से छुड़ाने का जिम्मा लिया। इनमें प्रमुख थे, अजित पटवर्धन। उन्होंने अदालत में बहुत दमदार तरीके से तर्क दिए। बड़े प्रभावशाली ढंग से अपनी बात रखते हुए उन्होंने कहा—

"वनमाला ने कोई अपराध नहीं किया। इस देश में अपनी बात कहने का अधिकार हर किसी को है। वनमाला ने भी अपने ढंग से उसी अधिकार का प्रयोग किया है। उसने कोई गलत काम नहीं किया। किसी नियम को नहीं तोड़ा, बल्कि देश की जनता को जागरूक करने का काम किया है। और यह कोई गुनाह नहीं है। बल्कि इसके लिए तो उलटे उसकी प्रशंसा ही की जानी चाहिए।"

लेकिन सरकारी वकील बार-बार वनमाला के स्वदेशी रेडियो को देशद्रोह साबित करने की कोशिश कर रहा था। उसका तर्क था कि "वनमाला ने अपने अवैध रेडियो स्टेशन के जरिए जनता को भरमाने और भड़काने का काम किया है। देश की जनता को रेडियो के जरिए सही समाचार और सूचनाएँ देने का अधिकार सरकार का है। कोई और यह काम नहीं कर सकता। इसलिए वनमाला ने जो किया, वह देशद्रोह है।"

इस पर वनमाला के वकील अजित पटवर्धन का जवाब था, "जब देश की जनता की आवाज को दबा दिया जाए तो कोई क्या करे? आप बताइए, सरकारी रेडियो में जनता के दुख-दर्द और परेशानियों की खबरें कहाँ हैं? देश में इतना बड़ा स्वाधीनता संग्राम चल रहा है। उसकी खबरें कहाँ हैं?...अंग्रेजी शासन में जनता की क्या हालत है। उसके दुखदर्द, गरीबी और वास्तविक हालात...! ये हमें कहाँ पता चलते हैं? लोगों के मन की बात कहना और उनके आँसू पोंछना गुनाह है क्या...?"

आगे उन्होंने कहा, "अगर वनमाला ने अपने स्वदेशी रेडियो के लिए इजाजत नहीं ली, तो कोई इतना बड़ा अपराध तो नहीं किया। अगर उसने इजाजत नहीं ली, तो आप अब इजाजत दे दीजिए, ताकि देश के सही हालात लोगों तक पहुँचें। साथ ही लोगों के दुख-दर्द का पूरा हाल देश और दुनिया के सामने आए...!"

बहुत दिनों तक अदालत में बहस चलती रही। विद्वान कानूनदाँ अजित पटवर्धन के तर्कों को काट पाना सरकारी वकील के बस की बात नहीं थी। लेकिन वह जानता था कि जज को तो आँख मूँदकर वही फैसला देना है, जो अंग्रेज सरकार चाहती है। इसलिए उसे कोई चिंता भी नहीं थी।

अंग्रेज सरकार के न्याय की असलियत वनमाला भी जानती थी। लेकिन फिर भी अदालत में अपना बयान दर्ज कराते हुए, उसके चेहरे पर जरा भी शिकन नहीं थी। उसने स्वदेशी रेडियो की योजना का पूरा जिम्मा लिया और निर्भीकता से कहा--

"स्वदेशी रेडियो के जरिए मैंने भारतवासियों को आजादी की लड़ाई के सच्चे और सही समाचार दिए। इस पर मुझे गर्व है। मैंने देश की सेवा की है और यह कोई अपराध नहीं है। फिर भी सरकार सजा देना चाहे, तो मुझे मंजूर है। हाँ, मेरी सहेलियों ने जो कुछ किया, सिर्फ मेरे कहने पर किया। इसलिए जो भी सजा मिले, सिर्फ मुझे मिले। मेरी सहेलियों का कोई कसूर नहीं है।"

अदालत में मौजूद लोगों ने तालियाँ बजाकर वनमाला के बयान पर उत्साह प्रकट किया। अखबारों में बड़े-बड़े अक्षरों में वनमाला का यह बयान छपा। साथ ही उसका बड़ा सा फोटो भी।

सरकारी वकील की हालत पतली थी। पर आखिर एक-डेढ़ महीने में ही जज ने अपना फैसला सुना दिया—

"वनमाला को दो साल की कैद की सजा दी जाती है। साथ ही यह कड़ी चेतावनी भी, कि वह आगे कोई ऐसा काम न करे, नहीं तो उसे और सख्त सजा दी जा सकती है।"

हाँ, वनमाला की सहेलियों को छोड़ दिया गया था।

वनमाला भी यही चाहती थी।

जिस दिन मुकदमे का फैसला सुनाया गया, अदालत में 'वंदे मातरम्' और 'महात्मा गाँधी की जय' के नारे गूँजने लगे।

वनमाला के चेहरे पर कहीं भी दुख या उदासी की छाया नहीं थी। उलटे उसका चेहरा खुशी से दमक रहा था।

"देश के लिए जेल जाना मेरे लिए गर्व की बात है।" उसकी आवाज दूर तक गूँज रही थी।

जब अंग्रेज अधिकारी उसे हथकड़ियों में जकड़कर जेल ले जा रहे थे, तो उसका सिर गर्व से ऊँचा था। वह जोरजोर से 'वंदे मातरम' और 'भारत माता की जय' के नारे लगा रही थी।

रास्ते के पेड़-पौधे और हवाएँ भी उसके सुर में सुर मिलाकर बोल रही थीं—

'वंदे मातरम...!'

'भारत माता की जय...!!'

वनमाला ने सचमुच पूरे देश में एक नई जागृति की लहर पैदा कर दी थी। लोग उसे झाँसी की रानी लक्ष्मीबाई कहकर बुलाने लगे थे।

❒

[7]

जेल में वनमाला

जेल में थोड़ी फुर्सत मिली तो वनमाला ने देश-दुनिया के महान देशभक्तों और क्रांतिकारियों की जीवनियाँ पढ़ीं।

इससे उसके मन में देश के लिए कुछ कर गुजरने का जज्बा और अधिक बढ़ गया था। वह सोचती, 'ऐसा क्या किया जाए जिससे हमारे देश की गरीब और निरक्षर जनता का जीवन सुखी हो? उसके कष्ट थोड़े कम हों। साथ ही लोगों के मन में अपने देश और समाज के लिए कुछ करने की भावना उत्पन्न हो। लोग अपने से बाहर निकलकर, दूसरों के दुख-दर्द के बारे में सोचें। अगर हम मिल-जुलकर रहेंगे और एक-दूसरे के दुख-सुख में साथ देंगे, तो अंग्रेज ज्यादा दिन तक इस देश में टिक नहीं पाएँगे। फिर जल्दी ही हमें आजादी मिलेगी, मिलकर रहेगी।'

पर वनमाला के लिए एक मुश्किल यह थी कि जेल का वातावरण अच्छा नहीं था। एक-एक कोठरी में दो-दो, तीन-तीन कैदियों को ठूँसकर रखा गया था। बात-बात पर उत्पीड़ित किया जाता और खाना बहुत खराब मिलता।

हालत यह हुई कि वनमाला ने जेल में अनशन शुरू कर दिया। उसने जेल के अंग्रेज अफसर हैनरी जॉनसन को ललकार करके कहा, "हम कोई अपराधी नहीं हैं। हम देश की आजादी के लिए जेल में आए हैं।...पर हम भी इनसान हैं। हमें साफ-सुथरा भोजन मिलना चाहिए!"

कोई हफ्ते भर वनमाला का उपवास चला। केवल पानी के सहारे वह जीवित थी।

उसके अनशन के बाद अखबारों में जेल के अंदरूनी हालात लोगों के सामने आए। जनता को सच्चाई पता चली। इससे अंग्रेज सरकार परेशान हो गई।

आखिर वनमाला की सभी माँगें मान ली गईं। जेल अधिकारियों को कैदियों के लिए साफ-सुथरे भोजन का प्रबंध करना पड़ा। जेल में उत्पीड़न बंद हुआ। पढ़ने के लिए अखबार और किताबें मिलने लगीं।

लेकिन इतने लंबे अनशन के कारण वनमाला बीमार पड़ गई। उसकी सेहत बिगड़ती जा

रही थी। थोड़े ही दिनों में वह सूखकर काँटा हो गई, पर उसकी हिम्मत बरकरार थी।

इस हालत में जेल की महिला कैदियों ने वनमाला की बहुत मदद की। इससे वह जल्दी ही फिर से स्वस्थ हो गई। पर अब उसके मन में जेल में बंद दूसरी महिला कैदियों के लिए बड़ी हमदर्दी पैदा हो गई थी।

उसने प्यार से उनसे बात की, तो उसे पता चला कि देश में कितनी गरीबी, कितनी अशिक्षा और अंधविश्वास है, जिसकी वजह से स्त्रियों की बुरी हालत है।

अगर हमारे देश में स्त्रियों की यही हालत रही तो भला देश कैसे ऊँचा उठेगा? आजादी मिलने पर भी जनता के हालात कैसे सुधरेंगे?

वनमाला अब दिन-रात बस यही सोचती। उसने मन ही मन जैसे कुछ निश्चय कर लिया था।

आखिर उसने जेल में महिला कैदियों को पढ़ाना शुरू कर दिया। उसने सबको पढ़ना-लिखना सिखाया। उन्हें जीवन की नई-नई बातें बताईं। धीरे-धीरे उसने स्त्रियों में हिम्मत, हौसला और स्वाभिमान पैदा किया। साथ ही देश के लिए कुछ करने की भावना पैदा की।

जब सब स्त्रियाँ मिलकर गीत गातीं, तो जेल की दीवारें तक बोल पड़तीं—

बदलेंगे हालात देश के, बदलेंगे हालात,
नए-नए दिन होंगे अपने, नई-नई सी रात,
कि होगी खुशियों की बरसात,
कि होगी सपनों की सौगात।
नई दुनिया बनाएँगे,
नया भारत बनाएँगे,
भगाकर दूर दरिद्दर को
नई गंगा बहाएँगे,
नई उम्मीद लेकर फिर
नया सपना सजाएँगे
नया भारत बनाएँगे...
यह अपना देश प्यारा है,
जहाँ में सबसे न्यारा है,
इसे अच्छा बनाएँगे,
इसे सुंदर बनाएँगे,

पढ़ेंगे, हम पढ़ाएँगे,
अँधेरा यों भगाएँगे,
नई दुनिया बनाएँगे,
नया सपना सजाएँगे,
नया भारत बनाएँगे...

सुनकर जेल के अधिकारियों के मन में भी वनमाला के लिए प्यार और सम्मान की भावना पैदा हो गई।

वे सोचते, वनमाला ने आखिर कुछ गलत तो नहीं किया न। वह तो रात-दिन सबके दुख-दर्द की चिंता करती है। उसके मन में हर किसी के लिए प्यार है। तो आखिर क्यों हम उसे परेशान करें?

जेल में कैद महिलाओं के साथ ही अब जेल के अधिकारी भी उसकी बहुत इज्जत करने लगे थे। कई बार कैदी औरतें कहतीं, "दीदी, आप परेशान न हों। आपके सारे काम हम कर दिया करेंगी।"

पर वनमाला मना कर देती। कहती, "नहीं, हम सभी को अपना काम खुद करने की आदत डालनी चाहिए। यहाँ छोटा-बड़ा कोई नहीं है। सब बराबर है।"

वनमाला महिला कैदियों को रोज एक नई कहानी सुनाती। उसकी सुनाई कहानियाँ सबके दुख-दर्द की कहानियाँ थीं। जीवन की सच्ची कहानियाँ। इसलिए वे सबके दिलों को छू लेतीं।

नए जेलर शोभाकांत सहाय की पत्नी यशोदादेवी को पता चला तो कभी-कभी वे भी अपनी बेटी राधिका के साथ सुनने आ जातीं।

उन्हें वनमाला भी अपनी बेटी जैसी ही लगती थी। वे कभी-कभी उसे अपने पास बुलाकर बातें करतीं। कहतीं, "देखो वनमाला, हम गाँधी जी की तसवीर अपने पास नहीं रख सकते। पर सच पूछो तो वे हमारे दिल में रहते हैं। हर रोज अखबार में उनका फोटो देखकर मैं सुबह सबसे पहले उन्हें सिर झुकाकर प्रणाम करती हूँ और ईश्वर से माँगती हूँ हमारे गाँधी बाबा को कामयाबी मिले। ताकि हमें भी इस गुलामी के बंधन से मुक्ति मिले...!"

फिर कुछ रुककर कहतीं, "मैं तो इनसे भी कहती हूँ कि तुम्हारी वर्दी गुलामी की वर्दी है। लेकिन जिस दिन देश आजाद होगा तो यही देश के स्वाभिमान की वर्दी हो जाएगी। इसलिए मेरी तरह तुम भी यही मनाया करो कि हमारा देश जल्दी आजाद हो।"

तब वनमाला को समझ में आया कि गाँधी बाबा के लिए सबके दिल में कितनी इज्जत, कितना सम्मान है। और जिन्हें हम पराया समझते हैं, वे भी दिल से तो हमारे साथ ही हैं। ❐

[8]

वनमाला की नई राह

वनमाला दो साल बाद जेल से छूटी, तो महिला कैदियों ने भीगी आँखों से उसे विदाई दी। कहा, "दीदी, तुम हमें याद आओगी। बहुत याद आओगी।"

वनमाला की आँखें भी गीली थीं। उसे लगा, वह अपने परिवार से बिछुड़कर जा रही है।

और यशोदादेवी ने तो उसे पास बुलाकर, बड़े प्यार से छाती से लगा किया। कहा, "वनमाला, तुम्हारा यह काम अच्छा है। बहुत अच्छा। मेरा कहना है बेटी, कि आगे से तुम यही काम करो। इस जेल को तुमने कितना अच्छा बना दिया। जितनी महिलाएँ जेल में हैं, वे सब देवी की तरह तुम्हें पूजती हैं। तुमने उन्हें नई राह दिखा दी। अब जेल से बाहर जाकर भी यही काम करना। इस देश को अच्छा और सुंदर बनाना। इसके लिए महिलाओं में जागृति आए, यह बहुत जरूरी है।...आज कोई इस बारे में नहीं सोच रहा। पर तुम यह काम करना बेटी। मेरी किसी सहायता की जरूरत हो तो बेहिचक बताना। मेरा आशीर्वाद हर पल तुम्हारे साथ है।"

सुनकर वनमाला ने आदर से यशोदादेवी के पैर छू लिए थे। बोली, "आप मेरे लिए माँ से बढ़कर हैं। आपने मुझे राह दिखा दी।"

जेल से छूटने के बाद वनमाला बापू से मिली और कहा, "मैं स्त्रियों की भलाई और उनमें नई चेतना पैदा करने के लिए काम करना चाहती हूँ। आप मुझे आशीर्वाद दीजिए।"

बापू ने उसे सुदूर गाँवों में जाकर काम करने की सीख दी। और वनमाला ने यही किया। जिन गरीब गाँव वालों के बीच वह काम करती थी, उन्होंने उसके लिए एक छोटा सा आश्रम बना दिया। वनमाला वहाँ रहती और स्त्रियों को लिखना-पढ़ना सिखाती। उनके बीच नई जागृति की लहर पैदा करती।

फिर बरसों की लंबी लड़ाई के बाद देश को आजादी मिली। पर वनमाला तो देश

को एक नई आजादी दिलाने के लिए काम कर रही थी। वह इस सारे शोर-शराबे और चकाचौंध से परे, चुपचाप अपने काम में जुटी रही।

फिर देश में नया गणतंत्र बना। चुनाव हुए। कांग्रेस के बड़े-बड़े नेताओं ने वनमाला के पास संदेश भेजा, "देखो वनमाला, तुमने देश के लिए बड़ा काम किया है, बड़ी कुर्बानी दी है। हम यह कभी भूल नहीं सकते।...अब तुम जहाँ से भी चुनाव लड़ना चाहो, बता दो। वहाँ का टिकट तुम्हें मिल जाएगा।"

पर वनमाला तो किसी और ही मिट्टी की बनी थी। उसने जवाब दिया, "मुझे तो खुद बापू ने टिकट दिया था। देशसेवा का टिकट। उससे बड़ा टिकट भला कोई क्या देगा? बापू चले गए, पर मेरे दिल में तो वही बसे हैं, जो हर पल मुझे राह दिखाते रहते हैं।...तो मेरी चिंता इस समय दूसरी है। देश को अभी आधी आजादी मिली है। उस आधी आजादी को पूरी आजादी में बदलने के लिए मुझ जैसे हजारों लोगों को अपनी जान कुर्बान करनी होगी।"

और सचमुच उसने देश के लिए अपनी जान कुर्बान कर दी। उसने अपनी एक-एक साँस देश पर कुर्बान की, जब तक कि कैंसर ने एक दिन...!

यों एक दिन उसकी कहानी खत्म हुई।

तारीख थी 15 अगस्त, 1961...जिस दिन खत्म हो गई वह विद्रोहिणी वनमाला...!!

❒

[9]

दीदी, अब घर चलो

वनमाला की कहानी के आखिरी छोर तक पहुँचते-पहुँचते दिवाकर का स्वर भर्रा गया था। अपनी रुलाई को रोकते हुए उसने धीरे से आँसू पोंछ लिए।

"पर कैंसर...?" परमेश्वरी बाबू ने पूछा।

"हाँ, ब्लड कैंसर था...! पता चला तो मैं गया था। रोते-रोते बोला कि अब घर चलो दीदी। अब तक तो तुमने मेरी कभी नहीं सुनी, पर अब...?" दिवाकर बोला।

"पर नहीं, मेरी बात नहीं मानी उन्होंने।...बस इतना ही कहा कि देख, मेरी कहानी तो अब खत्म हो रही है दिवाकर। मुझे शांति से मृत्यु की गोद में सो जाने दो मेरे अच्छे भैया।... वैसे भी ये ग्रामीण बंधु मेरे भाई-बंधु हैं। जिंदगी भर इन्होंने मेरा खयाल रखा। अब आखिरी समय इनसे दूर ले जाएगा, तो ये क्या सोचेंगे?...कहकर दीदी ने बड़े प्यार से समझाकर मुझे घर भेज दिया।

"और उसके ठीक एक महीने बाद समाचार—वनमाला नहीं रहीं। कैंसर के कारण बहुत कमजोर हो चुकी थीं। पर आत्मा की ताकत बहुत थी। फिर 15 अगस्त 1961 को रात में सोते हुए उनके प्राण...!"

❐

[10]

और वह आखिरी पत्र

दिवाकर चुप। जैसे आगे कुछ बोला ही न जा रहा हो। फिर एक पल रुककर हमने कहा, "हम लोग भागे-भागे गए। मैं, मेरी पत्नी मालिनी और बेटा नवेंदु शेखर।...दीदी के चेहरे पर इतनी शांति थी, जैसे बहुत गहरी नींद में सो रही हो...!"

कहते-कहते दिवाकर ने परमेश्वरी बाबू के चेहरे पर एक नजर डाली। फिर एक गहरी साँस लेकर कहा—

"हाँ, मेरे लिए एक चिट्ठी भी छोड़ गई थी दीदी। उसकी आखिरी चिट्ठी। 12 अगस्त, 1961 तारीख उस पर पड़ी है। दीदी ने लिखी था—मेरे लिए शोक मत करना मेरे प्यारे भाई। मैंने देश के लिए अपना सब कुछ अर्पित किया। ऐसी मृत्यु शोक नहीं, गर्व करने लायक है।

अभी तो भाई, आगे देश के लिए बहुत काम करने की दरकार है। देश की आजादी की लड़ाई से सौ गुनी लंबी और मुश्किल लड़ाई है अपनी इस अधूरी आजादी को पूरी आजादी में बदलने की। अभी तो मेरे जैसी बहुत वनमालाओं को अपनी जान कुर्बान करनी होगी। पर समय आएगा एक दिन...जरूर आएगा!"

परमेश्वरी बाबू और राजेश्वर चुपचाप सुन रहे थे। इतने शांत कि एक-दूसरे की साँस भी सुनाई पड़े।

फिर किसी से कुछ कहा नहीं गया।

"अच्छा...विदा दीजिए, अब चलूँ!" परमेश्वरी बाबू ने कहा, तो वहाँ बैठे सभी लोगों की आँखें गीली थीं।

थोड़ी देर बाद परमेश्वरी बाबू और राजेश्वर लौट रहे थे तो द्वार तक छोड़ने आए दिवाकर, मालिनी जी और उनका बेटा नवेंदु...सभी चुप। एकदम चुप। लेकिन वह चुप्पी बहुत बोल रही थी। भीतर-भीतर हलचल मचाती हुई।

अगले दिन परमेश्वरी बाबू लौट गए। चलते-चलते उन्होंने कहा, "बहुत अच्छा रहा

राजेश्वर कि तुमने वनमाला की याद दिला दी। वरना वनमाला की कहानी न जुड़ती तो मेरी किताब हमेशा अधूरी ही रहती...!"

आगे न उनसे कुछ कहा गया, न राजेश्वर सहाय से।

❐

खंड-2

जब भानुपुरा में लहराया तिरंगा

[1]
अजीब हैं परमेश्वरी बाबू

अजीब हैं परमेश्वर बाबू...एकदम अजीब। लगता है, आज की दुनिया के तो हैं ही नहीं। पता नहीं, कहाँ से आया है यह बंदा और करना क्या चाहता है, जिसके लिए रात-दिन मारा-मारी, रात-दिन भागमभाग...!

हमेशा साँस फूली सी रहती है और बिस्तरबंद तैयार। आज यहाँ, कल वहाँ, परसों कहीं और।

पता नहीं, अभी क्या-क्या करना बाकी है!

पूरे देश की हजारों बार परिक्रमा कर चुके हैं, पर चैन नहीं। पूछो तो एक ही जवाब, "अभी तो किया ही क्या है मैंने? मुझे बहुत काम करना है, बहुत काम। देश पुकार रहा है, भारत माता पुकार रही है...!"

सुनने वाले हैरान रह जाते हैं। यह कैसा बंदा है? इस धरती का तो नहीं लगता, जहाँ सबको अपनी-अपनी पड़ी है। सुबह से शाम तक जाने किस-किस तरह की आपाधापी में लगे रहते हैं लोग यहाँ। और कहाँ यह शख्स, जो अपना घरबार छोड़कर शहीदों की जीवनियों पर एक महाग्रंथ लिखने की तैयारी में रात-दिन दुबला हुआ जाता है।

अभी यह करना है, अभी वह, अभी वह...! कामों का कोई अंत ही नहीं।

परमेश्वरी बाबू से उनकी बातें सुनो, तो दिमाग जैसे झनझना जाता है।

जानने वाले बताते हैं, अभी कुछ बरस पहले तक इलाहाबाद यूनिवर्सिटी में प्रोफेसर थे परमेश्वरी बाबू। आराम का जीवन था, मजे में लिखते-पढ़ते थे। हालाँकि तब भी बहुत मेहनत करते, और पढ़ाते बड़ी लगन से थे। दूर-दूर तक नाम था। इसलिए विद्यार्थी उन पर जान छिड़कते थे।

साथ के लोग कहते, "यूनिवर्सिटी की प्रोफेसरी तो ठाट की चीज है। थोड़ा-बहुत पढ़ाना और आराम ही आराम...! ऐसा आनंद भला कहाँ मिलेगा?"

पर परमेश्वरी बाबू को तो एक दिन भी चैन नहीं। भीतर 'भाग...भाग...भाग' ही लगी रहती। जैसे कोई दूर से पुकार रहा हो, "आ जाओ परमेश्वरी...! सब छोड़-छाड़कर आ जाओ, जल्दी...जल्दी...! देश को तुम्हारी जरूरत है...भारत माँ गुहार रही है...!"

इसलिए जब भी यूनिवर्सिटी के कामकाज से थोड़ी फुरसत मिलती, उनके भीतर एक बेचैनी सी भर जाती।

दिल में बड़ी गहरी उधेड़बुन सी थी कि इस देश की आजादी के लिए बहुत लोगों ने खुद को कुर्बान किया। कितने ही शहीदों का लहू बहा। पर हम तो ठीक से उनके नाम तक नहीं जानते। याद करना तो दूर की बात है।

और उन शहीदों में से कुछ तो एकदम गुमनाम...! यह कितनी लज्जा की बात है।

किसी न किसी को तो जगह-जगह घूमकर उनका पता लगाना चाहिए और फिर उन पर एक बड़ा सा ग्रंथ...!

और फिर यह हलचल बढ़ी तो बढ़ती ही चली गई। मन एकदम बेकाबू। उन्होंने फौरन नौकरी से इस्तीफा दिया और काम में जुट गए।

घर वालों ने समझाया, दोस्तों ने भी, यह क्या परमेश्वरी बाबू...? भला यह कैसा पागलपन!...

पर परमेश्वरी बाबू सोच चुके थे। मन ही मन काम की पूरी योजना भी बना ली थी। जगह-जगह घूमे। हर शहर, हर कसबे में गए। कुछ जगहों पर तो कई-कई बार।...और उनके हाथ लगा एक अनमोल खजाना, जो समय के साथ बढ़ता ही जाता था।

इतनी जोशीली कहानियाँ थीं उसमें, कि कभी-कभी परमेश्वरी सुनाने बैठते तो सुनने वालों की आँखों में आँसू उमड़ते और दिल में जोश की आँधी...!

पूरे बीस बरस हो गए। परमेश्वरी बाबू की किताब अब काफी बड़ी हो गई है।

वे सोच रहे थे, हाथ के लिखे पूरे डेढ़ हजार पन्ने हो गए। कम से कम चार-पाँच खंड तो बनाने ही होंगे। उन्होंने मन ही मन तय किया, जल्दी से एक बार आखिरी नजर डालकर पांडुलिपि प्रकाशक के हवाले की जाए, ताकि उनका यह जीवन यज्ञ पूरा हो।

पर संयोग की बात, अगले ही दिन उनके बचपन के मित्र देवकांत घोष का पत्र आ गया। उन्होंने बड़ी कशिश के साथ लिखा था :

'मेरे प्यारे मित्र परमेश्वरी, बरसों से तुमसे मुलाकात नहीं हुई। पर यह मत समझो कि मुझे कुछ पता नहीं। तुम्हारे काम की बराबर खबर रहती है। तुमने यूनिवर्सिटी की प्रोफेसरशिप

छोड़ दी, इसकी भी। तुम्हें सनकी कहने वाले लोग बहुत हैं। कहें, पर अनगिनत चाहने वाले भी तो हैं।

इस छोटे से शहर भानुपुरा में भी, जहाँ मैं रहता हूँ—तुम्हारे प्रशंसक बहुत हैं और ऐसे दो शहीदों की कथा तुम्हारे हाथों कलमबंद होने की प्रतीक्षा कर रही है, जिनकी याद ही रुला देती है। आओगे तो पता चलेगा और यह भी कि सन् 1942 का भारत छोड़ो आंदोलन तो सचमुच एक आँधी था। जोशीली आँधी, जिसमें सचमुच अंग्रेज सरकार के बड़े-बड़े कंगूरे ढह गए। ऐसा न पहले कभी देखा गया और न बाद में।

मेरा तो मानना है कि पूरा देश इसमें शामिल था। गाँव के कक्का की लाठी और बूढ़ी दादी का चरखा भी। यह सचमुच गाँधी की आँधी थी, महा आँधी...! उस समय पूरे देश में कैसा गुस्सा, कैसा उबाल था, जानना हो तो एक बार यहाँ आओ।

इस भानुपुरा की धरती पर ही तकली बाबू आकर रहे थे। उन्होंने पूरे भानुपुरा में अलख जगाया और फिर तहसील पर तिरंगा लहराते हुए शहीद हुए। और यहीं वह नन्हा शहीद हरींद्र जनमा था, जो भले ही आज नहीं है, पर उसकी यादों की पुकार हवाओं में उठती है तो मन विकल होता है।

वह तो देश पर अपनी जान कुर्बान करके वहाँ चला गया, जहाँ पुण्यात्मा जाते हैं, पर उसके बूढ़े दादा जी अभी हैं। गौरी दा। होंगे कोई पंचानबे बरस के। कुछ बरस पहले तक अकसर सुबह घूमने जाते तो दिखाई पड़ जाते थे। आजकल नजर नहीं आते। लोग बताते हैं, अब थक से गए हैं। कोई कुछ पूछता है तो अकसर चुप ही रहते हैं। उस चुप्पी में क्या कुछ है, जानने की मेरी बहुत बार इच्छा हुई, पर कभी हिम्मत नहीं पड़ी।

तुम कभी आओ तो मिलकर उनके घर चलेंगे। शायद उनके मुँह से सुन सकें हम वह कहानी, जो वे हर किसी को नहीं सुनाते। पर सुनाते हैं तो उनका खुद पर काबू नहीं रहता। पूरा शरीर हवा में पत्ते की तरह काँपने लगता है...!'

चिट्ठी पढ़ते-पढ़ते परमेश्वरी बाबू की बड़ी अजीब हालत हुई। बड़ी मुश्किल से उन्होंने अपने आँसुओं को रोका हुआ था, पर छाती में जैसे कोई आँधी-तूफान सा मचल रहा हो।

चिट्ठी में देवकांत ने घर का पता भी लिखा था—मकान नंबर 655, पीपल वाला चौक, बंगाली टोला, भानुपुरा।

❐

[2]

अरे परमेश्वरी, तुम?

देवकांत घोष मित्र की चिट्ठी का इंतजार कर रहे थे। चिट्ठी तो नहीं आई, पर तीसरे दिन सुबह-सुबह चार बजे दस्तक हुई। उन्होंने दरवाजा खोला तो चौंके, "अरे, परमेश्वरी तुम...?"

परमेश्वर बाबू पुराने मित्र से धधाकर मिले। बोले, "देबू, तुमने पहचान लिया? वाह, भई! मैं तो फिर भी बदल गया, पर हुलिया बिल्कुल नहीं बदला तुम्हारा...!"

देवकांत बचपन के मित्र को आदर से अंदर लाए। खिड़की के पास सामान जमाया। फिर बैठने के लिए बेंत की कुरसी सरकाते हुए बोले, "आओ बैठो मित्र। इतने बरस कहाँ रहे, जरा सुनाओ तो हाल। वैसे मैं तो शुरू से ही जानता हूँ तुम्हें। आगरा कॉलेज में साथ पढ़ते थे अपन, तब भी तुम कई-कई दिन के लिए गायब हो जाते थे। और फिर लौटते थे तो तुम्हारे पास सुनाने को इतनी सारी बातें होती थीं, इतनी बातें कि महीनों तक खत्म ही नहीं होती थीं।"

इस पर परमेश्वरी बाबू हँसने लगे। बोले, "यह तो एक ऐसा कीड़ा है मित्र, कि एक बार काट लेता है तो उसका असर जिंदगी भर नहीं जाता। मेरी हालत भी कुछ ऐसी ही समझो!"

फिर उन्होंने बताया, "सुनो देबू, हुआ यह कि अपने शहर इलाहाबाद में मैंने देखा। एक बूढ़े सज्जन थे, भालचंद। एक छोटी सी चाय की दुकान थी उनकी। उसी चाय की दुकान से पूरे घर का गुजारा होता था। एक बार बातों-बातों में मैंने पूछा तो उन्होंने खोखली हँसी हँसते हुए बताया कि बाबू जी, एक बेटा था, वह देश की आजादी के काम आया। अब घर तो चलाना ही है किसी न किसी तरह!..

सुनकर मैं झनझना गया। अरे, एक शहीद के परिवार की यह हालत? किसी ने इस बारे में कुछ नहीं किया? जानकर दिल फटा जा रहा था।

मैंने बिना उन्हें बताए, अपनी तरफ से कोशिश की। बहुत चिट्ठियाँ लिखीं, ताकि उन्हें कुछ सहायता मिले।

कहीं कुछ नहीं हुआ तो हर महीने अपनी तनखा का एक हिस्सा देने की बात कही,

ताकि उन्हें पैसे की कमी न रहे। पर उनका स्वाभिमान नहीं माना। बोले, बाबू जी, जब सोने जैसा लाल निछावर कर दिया, तो अब कंकड़-पत्थर का क्या करेंगे? जिंदगी तो जैसी भी है, गुजर ही जाएगी!...”

देवकांत बड़े ध्यान से सुन रहे थे मित्र की बातें। और परमेश्वरी अपनी रौ में थे—

“देबू, सच्ची कहता हूँ। भालचंद की बात सुनकर बड़ा धक्का सा लगा। बल्कि भीतर हडकंप सा मच गया। मैं सोचने लगा, पता नहीं कहाँ-कहाँ, कितने लोग हैं? उनके बारे में खोज करके सबकी कहानियाँ लिखूँ तो शायद लोगों का ध्यान जाए। खासकर हमारे देश के नौजवान और बच्चे...! उनके भीतर सच्चाई है, जोश है। वे जरूर मिलकर कुछ करेंगे, जिससे हम कम से कम शहीदों को आदर से याद तो करें।”

“तुम्हें लगता है, किताब से कोई फायदा होगा...?” परमेश्वरी बाबू की बात पूरी होते ही देवकांत ने सवाल किया।

परमेश्वरी बोले, “फायदा-नुकसान मैं नहीं जानता, मित्र। बस, देश के किशोरों और नौजवानों को यह बताने की दरकार कि हमें आजादी ऐसे ही नहीं मिली। कितनों ने इसे अपने खून से सींचा। और ऐसे-ऐसे नौजवान थे, जिन्होंने ऊँची से ऊँची पढ़ाई की। पर देश की पुकार सुनकर आगा-पीछा कुछ नहीं सोचा और इस लड़ाई में शामिल हो गए।

कुछ रुककर बोले, कोई लड़ाई आसान नहीं होती देबू। कोई बलिदान भी इतना आसान नहीं होता।...मैं जानता हूँ, कितने ही घरों के चिराग बुझ गए। शायद हजारों लोग होंगे ऐसे। हजारों घर।...आज वहाँ दीवारों में भी आँसू और सिसकियाँ सुनाई देती हैं। पर किसी को मतलब नहीं। तो क्या हमें भी कुछ नहीं सोचना चाहिए, देबू?”

कहते-कहते परमेश्वरी बाबू का चेहरा जैसे गरम लपटों में तपने लगा हो। आवाज भर्राई हुई सी। किसी तरह खुद को सम्भलकर बोले—

“एक तो ऐसी लड़की थी, जिसने उस अंग्रेज पुलिस अफसर को सरेआम थप्पड़ मारा था, जिसने औरतों के जुलूस पर लाठियाँ चलवा दी थीं। उसमें कई बूढ़ी औरतों को भी चोटें आई थीं। बाद में पता ही नहीं चला, वह कहाँ गई?...क्या उसे चुपचाप खत्म कर दिया गया? या हो सकता है कि उसे हमेशा-हमेशा के लिए जेल की अँधेरी कोठरी में डाल दिया गया हो।...आगे की कहानी हम नहीं जानते। बस, सोच ही सकते हैं, कि कितना खतरनाक समय था वह।...

“ऐसे कई युवक थे, जो अपने माँ-बाप की इकलौती संतान थे, पर उन्होंने सरकारी नौकरी छोड़कर देश के लिए अलख जगाने का फैसला किया। बहुत सारे पुलिस

अधिकारियों और अंग्रेज सरकार के अफसरों ने भी इस्तीफे दिए। सुख-सुविधाओं को ठोकर मारी और आजादी की लड़ाई में शामिल हो गए। अपनी जानें दे डालीं, पर किसी के चेहरे पर पछतावा नहीं।...”

एक पल रुककर अपनी बात को पूरा करते हुए बोले, “मैंने सब लिखा है, तुम पढ़ना। फूल जैसे बच्चों में भी अपार जोश था। वह आँधी थी ही ऐसी कि कोई खुद को रोक नहीं सकता था। लोगों को लगने लगा था, अब अंग्रेज जाएँ, जल्दी यहाँ से निकलें, वरना जैसे भी हो, हम उन्हें अपने देश से निकाल बाहर करेंगे...!”

कुछ देर बाद परमेश्वरी बाबू को याद आया, “हाँ देबू, तुमने चिट्ठी में लिखा था कि इस शहर में एक ऐसा नन्हा शहीद हरींद्र था, जिसने अपनी जान देकर भी तिरंगा फहराया! और तकली बाबा की शहादत। मैंने भी कहीं पढ़ा है उनके बारे में। पर ज्यादा नहीं जानता। तो क्या चलें हम लोग...?” देवकांत के चेहरे पर नजर गड़ाकर परमेश्वरी बोले।

“हिम्मत नहीं होती, परमेश्वरी। लोग कहते हैं कि गौरी दा इन दिनों ज्यादा बात नहीं करते। पर...तुम आए हो तो चलेंगे।” देवकांत बोले। फिर तेज भावनाओं की लहर में बहते हुए वे बताने लगे—

“कभी इस शहर के सबसे धनी आदमी थे गौरी दा। बहुत बड़े कपड़ा व्यापारी, जिनके यहाँ सीधे मिलों से कपड़ा आता था और दूर-दूर छोटे-बड़े व्यापारी और दुकानदार उनके यहाँ से कपड़ा लेने आते थे। खूब सारे नौकर-चाकर, पर काम ईमानदारी से करते थे। परिवार में देशभक्ति की भावनाएँ।

“एक बार तो गाँधी जी भी आकर ठहरे थे। वह चित्र बड़े आदर से उन्होंने अपनी बैठक में लगाया हुआ था। कई लोग कहते थे, अरे, बैठक में यह फोटो क्यों...? कहीं अंग्रेज सरकार की नजर पड़ गई तो...?”

“इस पर उनका जवाब होता था, कि गाँधी जी तो हर हिंदुस्तानी के दिल में हैं। सरकार किस-किस को पकड़ेगी? तो इन्हीं गौरी दा का पोता है हरींद्र। आगे की बातें तुम उन्हीं से सुनना।...”

“तो फिर चलो, देबू। देर क्यों की जाए? चलते हैं अभी।” परमेश्वरी उठने को हुए।

“अरे, अभी तो आए हो, मित्र। नहा-धो लो। चाय पीकर फिर निकलेंगे।” देवकांत बोले।

“ठीक है!” परमेश्वरी बोले। पर मन उनका कहीं खोया हुआ था।

❑

[3]

पुराने शहर की ऊबड़-खाबड़ गलियाँ

थोड़ी देर बाद ही दोनों मित्र एक रिक्शे पर बैठे थे। रिक्शा पुराने शहर की ऊबड़-खाबड़, तंग गलियों से होकर गुजरने लगा। कोई आधे घंटे में वे बड़े चौक के सामने एक पीले रंग के मकान के सामने जा पहुँचे। मकान के गेट पर दोनों ओर काले पत्थर के दो विशालकाय हाथी।

"शहर में सब इसे हाथी वाली कोठी कहते हैं।" देवकांत ने बताया।

परमेश्वरी बाबू ने दस्तक दी तो एक अधेड़ उम्र के नौकर ने आकर दरवाजा खोला। पूछने पर देवकांत ने उसे बताया, "गौरी दा से कहो, इलाहाबाद से परमेश्वरी बाबू आए हैं मिलने। कुछ हरींद्र के बारे में जानना चाहते हैं...!"

उसी नौकर ने उन्हें बैठक में ले जाकर बैठाया। कुछ देर में हाथ में छड़ी का सहारा लिए आहिस्ता-आहिस्ता चलते गौरी बाबू आए, तो परमेश्वरी और देवकांत ने हाथ जोड़कर नमस्कार किया।

गौरी बाबू ने भी हाथ जोड़े और चुपचाप कुरसी पर बैठ गए। फिर ध्यान से उनकी ओर देखने लगे। कुछ देर बाद धीरे से बोले, "अब तो ये सब बीते युग की बातें हैं। वो जमाना कुछ और था, आज का कुछ और। आप क्या करेंगे जानकर...?"

परमेश्वरी बाबू बोले, "मैंने कहीं तकली बाबा के बारे में एक लेख पढ़ा था। उसी से हरींद्र की शहादत के बारे में भी पता चला। देवकांत मेरे मित्र हैं, इसी शहर में रहते हैं। इनसे आपका पता चला तो रहा नहीं गया। इलाहाबाद से टिकट कटाया और आज यहाँ भानुपुरा...!"

कुछ देर बाद उन्होंने आग्रह किया, "कुछ थोड़ा सा आप बताएँ तो....!" वाक्य अधूरा ही छूट गया।

"अब कहाँ से शुरू करूँ, क्या बताऊँ आपको?" गौरी बाबू कुछ देर कशमकश में रहे।

असहज से। फिर धीरे से उन्होंने सुर उठाया, कुछ कँपकँपाता हुआ सा—

आप इतनी दूर से आए हैं, तो याद करके कुछ बताता हूँ। कहने को बहुत बातें हैं, पर अब कुछ सूझता नहीं है। मेरा एक ही पोता था, हरींद्र। पूरे घर का लाड़ला। मुझसे कुछ ज्यादा ही प्यार था। अपने माँ-बाप से भी ज्यादा।...बस, समझिए, सारा दिन मुझसे चिपका ही रहता था, "दादा जी...दादा जी...दादा जी...!"

यहाँ तक कि जब बिल्कुल छोटा था, तभी से उसका यह हाल था। मैं कहीं भी जाता, तो मेरे साथ लग जाता। चाहे बाजार जाऊँ या कहीं और। यहाँ तक कि मंदिर जाता, तो भी साथ चल देता। मैं पूजा करने बैठता, तो वह भी साथ में हाथ जोड़कर बैठ जाता, 'ओम नमः शिवाय...!'

इतनी अबोध उम्र में उसका यह व्यवहार बड़ी हैरानी में डाल देता। हर कोई उसे देखकर मुग्ध होता।

फिर जो चीज एक बार देख लेता, वह कभी भूलता नहीं था। बड़े लोग क्या, कैसे करते हैं, वह बड़े ध्यान से देखता और फिर वैसा ही करने की बराबर कोशिश करता। छोटी सी उम्र में ऐसा बड़प्पन। देखकर कभी हँसी आती, कभी जी गद्गद हो जाता कि यह बच्चा है कैसा। बस, समझिए कि लाखों में एक।

और मेरी तो छोटी सी छोटी चीज का परवाह। जिन दिनों मेरी तबीयत ठीक न होती, सारे दिन मेरी चारपाई की परिक्रमा, कि "दादा जी आपने खाया क्या...! दादा जी आपके लिए दूध लाऊँ?...दादा जी, आपकी दवा ले आऊँ अलमारी से...?"

और रात को तो अपनी छोटी सी खाट मेरी चारपाई के साथ ही डाल लेता, "दादा जी, मैं आज आपके कमरे में ही सोऊँगा। रात में आपको किसी चीज की जरूरत पड़ी तो दौड़कर ले आऊँगा।"

मैं हैरान था, भला इतने छोटे से बच्चे को इतनी चीजों का खयाल कैसे रहता है।...

पर वह एकदम अलग ही था। छुटपन से ही एकदम अलग सा। बातें करने का शौकीन, कहानियों का भी। और बातें इतनी मीठी करता था कि वे दिल में बस जाती। बिल्कुल नन्हा कृष्ण कन्हैया। इसलिए मेरे होंठों पर भी दिन भर उसी का नाम रहता था। मुझे कभी फल खाने की इच्छा हो, या फिर मेरी कोई किताब, चश्मा, छतरी वगैरह-वगैरह न मिल रही हो, तो मैं उसी को पुकारता। और वह किसी नन्हे फरिश्ते की तरह दौड़कर आता, और हर चीज ढूँढ़कर दे देता।

ऐसे एक-दो नहीं, बीसियों काम वह पलक झपकते कर दिया करता था, जो मुझे झंझट लगते। फिर पास बैठकर कहता, "दादा जी, कहानी सुनाइए, कोई नई कहानी!"

अब मुझे ज्यादा कहानियाँ तो याद नहीं थीं। वह गुलामी का समय था। मन अंदर ही अंदर कचोटता था। तो मैं उसे सुनाया करता था कहानियाँ। ज्यादातर गाँधी बाबा की, तिलक महाराज की, जवाहरलाल नेहरू और सरदार पटेल के जीवन की कहानियाँ। या फिर झाँसी की रानी लक्ष्मीबाई की वीरता की कहानी। आजादी के लिए कितनी कुर्बानियाँ दी हैं लोगों ने। वही सब कहानियों की शक्ल में सुनाया करता था। और बड़े ही ध्यान से सुनता था हरींद्र। छोटा सा था, पर बहुत समझदार।

उसका दिल बड़ा था और उसमें बहुत सारी हलचलें होती रहतीं। दिन भर वह कुछ न कुछ सोचता ही रहता।

छोटे से बच्चे की दुनिया बड़ी हो रही थी। बहुत बड़ी। इसलिए जो चीजें बड़े भी नहीं सोच पाते थे, उन्हें यह नन्हा सा बच्चा सोचता और मेरे आगे सवालों की झड़ी लगा देता।

मैं जब झाँसी की रानी लक्ष्मीबाई, चंद्रशेखर आजाद, भगतसिंह और दूसरे क्रांतिकारियों की वीरता और बलिदान की कहानियाँ सुनाता, तो सुनते-सुनते वह एकदम चुप सा हो जाता। फिर एकाएक उसका बेचैनी भरा सवाल मेरे कानों में पड़ता, "पर बाबा, इसके बाद भी हमें आजादी नहीं मिली? क्यों बाबा, ऐसा क्यों...?"

"इसलिए कि अब तक हममें उसके लिए तड़प नहीं है। जिस दिन सारा देश एक हो जाएगा, तो अंग्रेज पल भर भी यहाँ टिक नहीं पाएँगे।" मैंने उसे समझाया।

हरींद्र पसोपेश में पड़ गया, "पता नहीं दादा जी, यह कब होगा, कैसे होगा...?" फिर एकाएक बोल उठा, "अगर बच्चे मिलकर करें तो कुछ हो सकता है?"

"हाँ बेटे, क्यों नहीं? जरूर हो सकता है!" मैंने कहा तो हरींद्र के चेहरे पर तसल्ली नजर आई। क्या पता, वह क्या सोच रहा था।

उसी समय शहर में गाँधी जी की स्वदेशी की भावना को लेकर एक पाठशाला खुली। उसमें बहुतों का योगदान था, कुछ मेरा भी। नाम रखा गया, 'स्वदेशी पाठशाला'। हरींद्र को मैंने उसमें पढ़ने डाल दिया।

स्कूल में कई बड़े अच्छे अध्यापक थे जो उसे अपने विषय के अलावा देश के बारे में बहुत सी बातें बताते थे। हरींद्र को अच्छा लगता।

वह रोज स्कूल से लौटकर वहाँ की कोई न कोई बात बताता, कि आज उसने स्कूल में क्या सीखा...कौन सी बात उसे अच्छी लगी...?

एक नई प्रेरणा उसे मिल रही थी। नई दिशा भी। और अपने मन के उलझे सवालों का उत्तर भी शायद उसे मिल गया था।

मुझे लगा, हरींद्र बदल रहा है।

रोज थोड़ा-थोड़ा बदल रहा है।

उसमें अब बेचैनी के साथ-साथ हिम्मत भी आ गई थी। कुछ करने की हिम्मत।

वह मुझसे कहा करता था, "दादा जी अब मुझे समझ में आया कि बच्चे भी चाहें तो कुछ न कुछ जरूर कर सकते हैं। वे देश की तस्वीर बदल सकते हैं!"

"हाँ बेटा, हाँ!" कहकर मैं उसे छाती से लगा लेता। मेरी आँखें छलछला उठतीं।

'हरींद्र जैसे बच्चे हों जिस देश में, उसे कोई ज्यादा समय तक गुलाम बनाकर नहीं रख सकता।' मैं मन ही मन कहता।

और कहते-कहते धीरे से मेरे हाथ जुड़ जाते।

मैं गीली आँखों से ऊपर आकाश की ओर देखता, और धीरे से कहता, "हे ईश्वर सब अच्छा करना, सब भला करना...!"

छोटा सा हरींद्र भला क्या समझ पाता! पर मैं कँपकँपाते होंठों से मन ही मन उसकी सलामती की दुआ कर रहा था।

❐

[4]

तकली बाबा की कहानी

उन्हीं दिनों शहर में तकली बाबा आए। उनकी कहानी भी बड़ी अजब है। कहते हैं, वे बड़े उद्योगपति थे। पूना में कपड़े की बड़ी मिल थी। पर उन्हें सब बेकार लगा। उन्होंने सोचा, "भला मुझे कितना धन चाहिए? करूँगा क्या इतने पैसे का?"

बहुत दिनों तक सोचा उन्होंने। फिर वह कारखाना मजदूरों को ही सौंप दिया और खुद गाँधी जी के चरणों में आ बैठे। बोले, "मैं सब कुछ छोड़ आया हूँ, बापू! अब आप मुझे काम बताइए।"

गाँधी ने कहा, "मुझे तो बस एक ही बात कहनी है, स्वावलंबी बनो। खुद काम करने की आदत डालो।...और हाँ, कल ही भानुपुरा चले जाओ। वहाँ कुछ लोगों ने स्वदेशी विद्यालय खोला है। कभी-कभी वहाँ जाकर बच्चों को थोड़ा देश और आजादी की लड़ाई के बारे में बताओ। बड़ों को भी। धीरे-धीरे वहाँ लोगों में थोड़ी चेतना आएगी।"

बस, तकली बाबा का दिशा मिल गई। भानुपुरा आए और यहीं उन्हें यह नाम 'तकली बाबा' मिला। असली नाम तो शायद बालकृष्ण बजाज था, पर वह तो किसी को याद नहीं। बस, वे तकली बाबा हो गए।

जगह-जगह जाते, लोगों को इकट्ठा करके बोलते, भाषण देते। पर हाथ में तकली रहती। थोड़ा भी खाली समय मिलता तो तकली चलाने लगते।

इस तरह धीरे-धीरे काफी सारा सूत तैयार हो जाता तो किसी गरीब परिवार को दे देते। कभी किसी कार्यकर्ता को शाबाशी देनी होती तो अपने हाथ से बना सूत भेंट करते। कहते, "अब तो मेरे पास देने को बस यही है।"

सुनने वाले कहते, "ऐसा क्यों कहते हैं? यह तो अनमोल उपहार है तकली बाबा!"

सुनकर तकली बाबा की आँखें भीग जातीं।

हर रोज वे किसी स्कूल में जाते और बच्चों से बातें करते। स्वदेशी स्कूल में तो रोज उनकी कक्षा लगती थी। बातों-बातों में बच्चों को देश की समाज की बातें बताते। कहते,

"देखो, हमारा देश दुनिया के सबसे संपन्न देशों में से था। फिर आज हमारी यह हालत कैसे हो गई?" और फिर पूरी कहानी सुनाते।

बच्चे सुनते, तो उनकी आँखें खुल जाती थीं। देश का पूरा इतिहास किसी चलचित्र की तरह उनकी आँखों के आगे आ जाता।

कैसे-कैसे इस देश को लूटा गया...! क्या-क्या धोखे हुए यहाँ की जनता के साथ...?

सब कुछ तकली बाबा की बातें सुनकर उन्हें समझ में आता।

'अरे, ऐसी बातें तो कोई नहीं बताता उन्हें। कोई नहीं। जबकि सच्चाई तो कुछ अलग ही है।'

'सच्चाई तकली बाबा की बातों में हैं।...'

अब बच्चों को समझ में आ रहा था, क्यों तकली बाबा ने अपना सब कुछ छोड़ा और पूरी तरह देश के काम में लग गए।

वे सोचते, 'देश को ऐसे बहुत तकली बाबा चाहिए, बहुत सारे।...तभी तो बदलेगी इस देश की तसवीर।'

तकली बाबा के लिए उनका प्रेम बढ़ता ही जाता था। स्कूल के सारे बच्चे तकली बाबा पर जान छिड़कते, और उनकी एक-एक बात बड़े ध्यान से सुनते।

अकसर छुट्टी वाले दिन वे उनकी कुटिया में जाते। उनके छोटे-छोटे काम कर देते। कुछ और नहीं तो उनके छोटे से बगीचे की सफाई में जुट जाते।

तकली बाबा ने अपनी कुटिया के सामने पड़ी खाली जगह में टमाटर, मूली, गाजर उगा रखे थे। एक अमरूद का पेड़ भी था, जिसमें बहुत मीठे फल आते। वे सब बच्चों को बड़े प्यार से फल, सब्जियाँ खाने को देते।

बच्चों को बड़ा आनंद आता। तकली बाबा की कुटिया उनके लिए स्वर्ग से कम न थी, जहाँ सब ओर प्यार बरसता था।

कभी-कभी बच्चे तकली बाबा के साथ सभाओं में भी जाते। फिर तकली बाबा के कहने पर बच्चों ने अपने घर में सत्याग्रह शुरू कर दिया कि सब लोग खद्दर पहनेंगे। और वाकई उनकी जीत हुई।...यों होते-होते भानुपुरा का माहौल बदलने लगा।

फिर आया सन् 1942 का अगस्त महीना। हवा में एक अलग गंध थी। जोश था। दीवानगी का आलम। हर चीज कुछ बदली-बदली सी लग रही थी। जनता आजादी के लिए बेकरार थी। लगता था, कुछ होगा, कुछ होकर रहेगा।

गाँधी जी ने जब 'अंग्रेजों, भारत छोड़ो!' का नारा दिया तो भानुपुरा में भी जोश की

आँधी उठने लगी। पर अभी तक वह लोगों के दिलों में थी। फिर कुछ ऐसा हुआ कि सारा मंजर ही बदल गया...!

असल में तकली बाबा ने तय किया था कि 9 अगस्त को भानुपुरा की तहसील पर तिरंगा फहराया जाएगा। कुछ भरोसेमंद कांग्रेस कार्यकर्ताओं को साथ लेकर वे उसकी योजना बनाने लगे। योजना को काफी गुप्त रखा गया था। फिर भी शायद अंग्रेज सरकार को कुछ भनक लग गई।

उस समय तहसीलदार एक अंग्रेज था। मि. हैरी रॉबिस्टन। खासा जालिम। उसने सुना तो आगबबूला हो गया।

तकली बाबा शांत थे। एकदम चुप, गंभीर। लेकिन सब लोग जानते थे कि वे एक बार जो तय कर लेते हैं, वह टल नहीं सकता, चाहे कुछ हो जाए।

कुछ भरोसेमंद कार्यकर्ताओं को उन्होंने साथ लिया था। पर उनका सबसे ज्यादा भरोसा था अपनी बालमंडली पर।

एक दिन स्वदेशी स्कूल के अपने शिष्यों को बुलाकर उन्होंने कहा, "देखो, 9 अगस्त को तहसील पर हमें अपना प्यारा तिरंगा झंडा फहराना है। हो सकता है कि झंडा फहराते समय मेरी जान चली जाए। पर तुम्हें वचन देना होगा कि उस दिन तिरंगा जरूर फहराया जाएगा। मैं नहीं तो तुम फहराना, ताकि वह हवा में लहर-लहर लहराए और लोग देखें। इससे लोगों के मन में भी जोश उमड़ेगा, डर खत्म होगा।...चाहे कुछ हो जाए, हमें यह करके दिखाना ही है।"

फिर एक पल रुककर उन्होंने बड़ी जोशीली आवाज में कहा, "यह हिम्मतवालों का काम है, डरने वालों का नहीं। बताओ तो, तुममें से कौन-कौन ऐसे हिम्मती हैं जो किसी चीज से नहीं डरते?"

"हम...हम...हम...हम...हम!" पाँच आवाजें एक साथ सुनाई दीं। उनमें हरींद्र का स्वर सबसे तेज था। उसके चेहरे पर चमक थी। आँखों में आत्मविश्वास।

बिना कहे ही उसकी आँखें कह रही थीं, 'हाँ, यह मैं कर सकता हूँ। करूँगा, जरूर करूँगा।' साथ ही राघव, बलवंत, सुखविंदर और आसिफ।

ये पाँचों बच्चे पढ़ाई में भी अच्छे थे, खेल में भी। और जो काम उन्हें सौंपा जाता, वह जरूर पूरा होता था। उनमें दोस्ती भी ऐसी थी कि लोग देखते और हैरान होते थे।

इन्हीं पाँच दोस्तों पर अब एक बड़े काम को पूरा करने का जिम्मा था। और अब यह भानुपुरा की इज्जत का सवाल बन चुका था।

❐

[5]

तहसील पर लहराया तिरंगा

आखिर वह दिन भी आया, जब तिरंगा फहराया जाना था। उस दिन तहसील पर पुलिस कुछ ज्यादा सतर्क थी। पर तकली बाबा वेश बदलकर पहुँच गए। जोगिया कुरता-धोती। काली दाढ़ी, लंबे बाल। इस वेश में भला उन्हें कौन पहचानता?

उनके साथ हरींद्र और बलवंत थे, जो उनका हाथ पकड़कर चल रहे थे। बाद में एक-एक करके आसिफ, राघव और सुखविंदर भी आ गए।

अब इंतजार हो रहा था, सही समय का, जब अपनी योजना को पूरा किया जाए। और वह भी जल्दी ही आ गया।

अंग्रेज तहसीलदार रॉबिस्टन आया तो कुछ भगदड़ सी मची। पुलिस वालों ने दौड़कर उसे सैल्यूट किया। हैरी रॉबिस्टन को तरह-तरह की बातें सुनने को मिल रही थीं। इसलिए वह चौकन्ना था।

उसने सभी पुलिस वालों को अपने कमरे में बुलाया, ताकि जरूरी निर्देश दे सके।

यह शानदार मौका था। तकली बाबा भला कैसे चूक सकते थे? उन्होंने इशारा किया। एक साथ कोई दर्जन भर लोग अपनी तेजी से अपनी-अपनी जगह उठे और उस ऊँचे चबूतरे के पास आकर खड़े हो गए, जहाँ यूनियन जैक फहरा रहा था।

तकली बाबा और उनके साथी पलक झपकते उस चबूतरे के ऊपर चढ़ गए। पाँचों बच्चे भी। तकली बाबा ने साथियों के कंधों पर खड़े होकर बड़ी फुर्ती से यूनियन जैक उतारा। वे वहाँ तिरंगा फहराना ही चाहते थे कि किसी पुलिस वाले की निगाह पड़ गई। उसने वहीं से गोलियाँ चलानी शुरू कर दीं...

तकली बाबा अब खड़े न रह सके। वे घायल परिंदे की तरह तड़पकर नीचे गिरे।

पूरा शरीर लहूलुहान...!

अब तो भयानक अफरातफरी सी मच गई। "मारो, पकड़ो...! जल्दी से पकड़ो... जल्दी! गोली...पुलिस...!" की आवाजें गूँजने लगीं।

भारत माता की जय!

तकली बाबा की हालत खराब थी। गोली छाती में लगी थी, शरीर खूनमखून। कपड़े भी खून से लाल। असह्य वेदना थी, फिर भी उन्होंने हिम्मत नहीं हारी। जोर से नारा लगाया, "भारत माता की जय, गाँधी बाबा की जय...!!"

"जय-जय...! भारत माता की जय...!" चारों तरफ से आवाजें सुनाई पड़ रही थीं।

जनता भी जोश में थी। आसपास के बहुत से युवक वहाँ आकर खड़े हो गए और जोर से भारत माता का जय-जयकार करने लगे। पुलिस अब कैसे गोली चलाए, किस-किस पर चलाए?

तकली बाबा के साथियों का जोश और बढ़ गया। वे तकली बाबा के घाव धोकर, जल्दी से पट्टी बाँधना चाहते थे, ताकि ज्यादा खून न बहे। पर घायल पड़े बाबा उसी हालत में निर्देश दे रहे थे, "भाइयों, जिस काम के लिए हम यहाँ आए हैं, उसे भूलो मत। मुझे छोड़ो, अपना लक्ष्य पूरा करो।"

पुलिस की गोलियों और हवाई फायर के बीच भी किसी ने हिम्मत नहीं हारी। यूनियन जैक के चारों ओर लोगों का घेरा और मजबूत हो गया। उसमें बहुत से जनता के लोग भी थे, जो किसी काम से वहाँ आए थे। पर तकली बाबा का जोश और हिम्मत देखकर खुद को रोक नहीं पाए।

उधर तकली बाबा के गिरते ही हरींद्र को अपना कर्तव्य समझ में आ गया। वह झट बिजली की सी फुरती से तिरंगा फहराने के लिए आगे आ गया। उसके आसपास और बच्चे भी थे, जिन्होंने हरींद्र के चारों ओर घेरा बनाया हुआ था।

सबने पलक झपकते हरींद्र को ऊँचा उठाया और जहाँ पहले यूनियन जैक था, वहाँ अब शान से तिरंगा झंडा लहरा रहा था। हरींद्र ने नारा लगाया, "भारत माता की जय...!" और देर तक जय-जय की आवाजें आती रहीं।

पर अफसोस, तभी एक गोली उसके सीने में लगी और वह कटे हुए परिंदे की तरह नीचे आ गिरा।

फिर भी वह जोर-जोर से नारे लगा रहा था, "भारत माता की जय...भारत माता की जय...वंदे मातरम!"

हरींद्र के दोस्तों ने उसे चारों और से घेरा हुआ था। देखते ही देखते और लोग भी घेरा बनाकर खड़े हो गए।

❐

[6]

गोलियों की बौछार के बीच घायल हरींद्र

बहुत सारे लोग जो लोग तहसील में अपने कामों से आए थे, वे काम-धाम भूलकर इस ऐतिहासिक दृश्य के साक्षी बन गए थे।

अब वे केवल दर्शक नहीं, इस स्वाधीनता आंदोलन का हिस्सा थे। देश के लिए कुछ करने का जज्बा जैसे सबके दिलों में जाग गया हो।

तिरंगे के आसपास लोगों का बेशुमार भीड़ थी। अब भी बीच-बीच में गोलियाँ चलतीं, पर लग रहा था किसी को गोलियों की परवाह नहीं है। इस बीच लोग हरींद्र और तकली बाबा के लिए पानी लेने भागे। कुछ लोगों ने झट अपने कपड़े फाड़े और तकली बाबा और हरींद्र को पट्टियाँ बाँधने लगे।

अजब दृश्य था। तहसील का पूरा अहाता 'भारत माता की जय' के नारों से गूँज रहा था। गोलियाँ चलतीं तो लोग जमीन पर लेट जाते, फिर खड़े होकर नारे लगाने लगते।

अंग्रेज तहसीलदार हैरी रॉबिस्टन चौंका।

वह गुस्से में फनफनाता हुआ बाहर आया तो तकली बाबा अपने बहादुर साथियों के साथ मिलकर तिरंगा फहरा चुके थे।

तकली बाबा बुरी तरह घायल होकर जमीन पर पड़े थे, हरींद्र भी। कुछ और लोगों को भी गोली लगी थी। भगदड़ में हरींद्र के साथी बच्चों को भी चोट आई। पर किसी को अपनी परवाह न थी। सब एक ही बात सोच रहे थे, जो तिरंगा फहराया गया है, उस पर कोई आँच न आए।

पुलिस वाले लगातार 'भागो, वरना गोली मार देंगे!' की धमकी दे रहे थे। पर लोग डटे हुए थे। कोई अपनी जगह से हिला नहीं था। यहाँ तक कि हरींद्र के साथी बच्चे भी बेखौफ होकर उसके इर्द-गिर्द बैठे थे।

अंग्रेज तहसीलदार हेरी रॉबिस्टन को गुस्सा आ गया। उसने तिरंगे को देखा तो चीखते हुए बोला, "उतारो, उतारो इसे अब्बी...! आई से...!"

तकली बाबा वेश बदलकर आए थे, पर अब तक लोगों ने उन्हें पहचान लिया था। अंग्रेज तहसीलदार को भी पता चल गया था। वह चिल्ला रहा था, "पकड़ो टैकली बाबा को, जल्दी गिरफ्तार करो। अम सबको जेल भेजेगा...! कोई भागने न पाए...!"

पर भाग कौन रहा था...? लोग तो अपनी जान देने के लिए खुद-ब-खुद आगे आ गए थे। सबके चेहरे पर निर्भयता। जो बात तकली बाबा और उनके साथियों ने भी नहीं सोची थी, वह यहाँ देखने को मिल रही थी। जनता इस तरह जोश में घेरा बनाकर खड़ी थी, जैसे सब के सब आजादी के सिपाही हों।

तब तक साठ-सत्तर पुलिस वाले वहाँ पहुँच गए थे। सबके सब हथियारों से लैस। उन्होंने आगे बढ़कर तिरंगे को उतारने की कोशिश की, तो घायल तकली बाबा धीरे से बुदबुदाए, "तिरंगा मत उतरने देना...!"

बस, बच्चे अपनी जगह अड़ गए, "नहीं, तिरंगा नहीं उतरेगा,...! नहीं उतरेगा...!!" साथ में और लोग भी।

बच्चों को बड़ी-बड़ी मूँछों वाले पुलिस सार्जेंट ने धमकाया, "देखो, बच्चा लोग हट जाओ, वरना गोली....!"

पर उसकी बात का कोई असर नहीं हुआ। तब अंग्रेज तहसीलदार धम-धम करता हुआ आगे आया। उसने उबलकर कहा, "ये झंडा किसने टाँगा...? जरूर टैकली बाबा, टुमने...? हमको पता, टुमने इस शहर की हवा खराब की है। लड़कों को बिगाड़ रहे हो। तुम्हें इसकी सजा...!"

कहकर घायल पड़े तकली बाबा को उसने जोर से पैर की ठोकर मारी और सिपाहियों से कहा, "गिरफ्तार कर लो सबको।...जल्दी!"

पर तकली बाबा को ठोकर मारते हुए वहाँ जिन-जिन लोगों ने देखा, सबकी आँखों में खून उतर आया। इसकी इतनी हिम्मत...? और देखते ही देखते वहाँ जनता का सैलाब इकट्ठा हो गया।

सड़क पर चलते लोग भी वहाँ आकर इकट्ठे होते जा रहे थे। सब जोश की लहर पर सवार। ऐसे गगनभेदी नारे लग रहे थे कि तहसील की दीवारों से भी गूँजने लगा था, "जय-जय, भारत माता की जय...गाँधी बाबा की जय!"

अब तो पुलिस वाले भी आगे बढ़ने से इनकार कर रहे थे।

कुछ नौजवान छाती निकालकर अंग्रेज तहसीलदार के आगे आकर खड़े हो गए, "हमें मारो...! मारो गोली, मारो ठोकर....अब्बी!!"

लोगों की आँखों में खौलते क्रोध की लपटें देखीं तो एकबारगी तो अंग्रेज तहसीलदार भी सहम गया। चुपके से कमरे के अंदर जाकर छिप गया। वहीं से उसने कलेक्टर को फोन किया, "सर, हालात ठीक नहीं हैं। आप और पुलिस फोर्स भेजिए!...जल्दी!"

कुछ ही देर में लारियों से धमाधम कूदते पुलिस वाले। बड़ी संख्या में और पुलिस दल आ गया। तहसील पुलिस छावनी में बदल गई थी।

पुलिस ने तकली बाबा और हरींद्र दोनों को ही सरकारी अस्पताल में दाखिल करवाया। दोनों की हालत नाजुक। इलाज चल रहा था। कुछ और लोग भी गोलियों से घायल हुए थे। दो बच्चे राघव और आसिफ भी। वे भी अस्पताल में भरती थे।

अस्पताल के बाहर स्वदेशी स्कूल के बच्चे इकट्ठे थे। धीरे-धीरे शहर के सारे स्कूलों के बच्चे वहाँ इकट्ठे होते गए। सबके चेहरे गमगीन।

"तकली बाबा को ठोकर मारी तहसीलदार ने..! उन्हें गोली लगी, हरींद्र को भी...!" हवा में बस ये दो ही बातें गूँज रही थीं।

शाम के समय वहाँ इतने बच्चे इकट्ठे हो गए थे कि पुलिस को जबरन उन्हें हटाना पड़ा। पर कोई घर नहीं जाना चाहता था। देखते ही देखते बच्चों का बड़ा सा जुलूस बन गया और वह शहर की ओर चल पड़ा। अब शहर की सड़कों पर नारा गूँज रहा था, "भारत माता की जय, गाँधी बाबा की जय...!"

बच्चों का यह जुलूस अभूतपूर्व था। देखते ही देखते पूरा शहर इसमें शामिल हो गया। किसकी हिम्मत थी जो इस जुलूस को रोक पाए?

धीरे-धीरे भानुपुरा की स्त्रियों को भी पता चला तो वे भी जगह-जगह टोलियाँ बनाकर आईं और बड़े जोश में नारे लगाती हुई जुलूस में शामिल होती गईं। तकली बाबा के लिए हर किसी के दिल में आदर था, और हरींद्र में तो हर किसी को अपने बेटे की सूरत नजर आ रही थी।

तो फिर जो कुछ आज हुआ, उसे सुनकर भला कौन घर के अंदर रह सकता था?

'हे भगवान, इतना जुल्म! जमीन पर घायल पड़े तकली बाबा को लात मारी इस अंग्रेज तहसीलदार ने। यह आदमी है या हैवान...!'

'इसकी इतनी हिम्मत...! अब हम और बरदाश्त नहीं करेंगे। इस दुष्ट फिरंगी को ऐसा सबक सिखाएँगे कि जिंदगी भर याद रखेगा।"

भानुपुरा में हर किसी का दिल धधक रहा था। चारों ओर बस, यही आवाजें...!

होते-होते जुलूस लंबा होता जा रहा था। मीलों लंबा जुलूस, जैसा भानुपुरा में न पहले कभी निकला, और न किसी ने सुना। सच तो यह है कि आज जो नजारा भानुपुरा में देखने को मिल रहा था, उसके बारे में लोग पहले कभी सोच भी नहीं सकते थे।

खुद भानुपुरा के लोगों को नहीं पता था कि उनमें इतनी ताकत है कि वे चाहें तो फिरंगी शासन को कँपा सकते हैं।

हैरी राबिस्टन इस कदर डर गया था कि वह चूहे की तरह अपने कमरे में दुबका हुआ था।

और पूरे भानुपुरा की दीवारें 'भारतमाता की जय!' और 'वंदे मातरम' के नारों की गूँज के साथ-साथ, जैसे आजादी के रंग में रँग गई थीं।

❐

[7]

डर गया हैरी रॉबिस्टन

उस दिन अंग्रेज तहसीलदार हैरी रॉबिस्टन पुलिस के साए में छिपकर और डरा-डरा सा अपने घर गया। पूरे शहर में पुलिस की सीटियों की आवाज गूँज रही थी। पर लोग निडर थे, बेखौफ।

उसी रात को हरींद्र ने और अगली सुबह को तकली बाबा ने दम तोड़ दिया। दोनों की एक साथ बड़े सम्मान से अंत्येष्टि हुई। अपने बलिदान से उन्होंने पूरे भानुपुरा को झिंझोड़कर जगा दिया था।

अगले दिन तकली बाबा की कुटिया पर जाने वालों की अपार भीड़ थी। हमारे घर भी लोग टूटे पड़ रहे थे। उन पर लगातार पुलिस और सरकारी जासूसों की निगाह रहती थी। पर सुबह-शाम शहर में दोनों ही जगहों पर मेला लगा रहता।

गाँधी जी जेल में थे, पर उनके पास भी समाचार पहुँच गया था। जेल से छूटकर वे भानुपुरा आए तो लोग उन्हें सुनने के लिए उमड़ पड़े। गहरे दुख के साथ उन्होंने कहा—

“मेरे प्यारे भाइयों, तकली बाबा का दुख तो मेरे अंदर, बहुत अंदर है। लगता है कि उसे सह भी लूँगा। पर हरींद्र...! वह तो छोटा बच्चा ही था। उसने अभी दुनिया देखी ही क्या थी। उसके दादा गौरीशंकर के घर मैं गया हूँ। वे सच्चे देशभक्त हैं। पर मैं क्या कहकर उनके दिल को समझाऊँ, मैं नहीं जानता। मेरा दिल करता है, मैं आप सबके सामने एक बच्चे की तरह फूट-फूटकर रो पड़ूँ, तब भी शायद यह दुख हलका नहीं होगा...!”

कुछ देर रुककर गाँधी जी ने बड़े ही दुख भरे स्वर में कहा—

“तकली बाबा लगातार मुझे चिट्ठियाँ लिखते थे कि बापू, इस शहर में बच्चे ऐसे वीर बहादुर हैं कि बड़ों को भी मात दें। पाँच बहादुर बच्चों की टोली है और उनका नायक है हरींद्र। उसके जोश का तो कहना ही क्या! आज सारी दुनिया ने देख लिया कि वह सच्चा वीर था, सच्चा शहीद।...

"इसका सबसे बड़ा सबूत तो यही है कि इस छोटे से शहर भानुपुरा में भी सभा में कोई दस हजार लोग इकट्ठे हो गए। इसका मतलब यह है कि अब लोगों को कोई डर नहीं। डरे तो वह अंग्रेज अफसर जो हमेशा पुलिस के साए में छिपकर आता-जाता है। आजादी के सिपाही को कैसा डर...?"

पूरे शहर की आँखें नम थीं। कुछ लोग तो फफककर रो रहे थे।

बापू की सभा समाप्त होने को थी। तभी चमत्कार...! एकाएक तेजी से चलता हुआ एक शख्स आया और उनके चरणों में जा गिरा। बापू कुछ समझ पाएँ, इससे पहले ही वह बोला—

"बापू, आप मुझे मारिए, मैं अपराधी हूँ। आज आप से और सब लोगों से माफी माँगने आया हूँ।...मेरी ही बंदूक से वो गोलियाँ चली थीं, जिनसे तकली बाबा और हरींद्र की जानें गईं। तब मैं सरकारी आदेश से बँधा था। मजबूर था...पर तब से मैं एक रात भी ठीक से सो नहीं पाया। मेरी बीवी और बच्चों ने मुझसे बोलना छोड़ दिया।...मैं बदनसीब हूँ बापू, बहुत बदनसीब!" कहते-कहते वह फूट-फूटकर रो पड़ा।

फिर रोते-रोते बोला, "बापू, आज मैं उस सरकारी नौकरी पर लात मार आया हूँ। छोड़ दी नौकरी। मेरी आत्मा अब शांत है। अब जितना भी जीवन है, आपके आदेश पर देश के लिए काम करूँगा। तभी मेरे पाप का प्रायश्चित होगा। आप मुझे आशीर्वाद दीजिए बापू, अपने कर्तव्य से कभी डिगूँ नहीं।..."

सुनाते हुए गौरी दा कुछ देर के लिए रुके। जैसे अपने दुख पर काबू पाने की कोशिश कर रहे हों। फिर धीरे से बोले—

"अब न वह जज्बा है और न वह बात...! तकली बाबा, हरींद्र...शहादत! किसी को याद भी नहीं। जहाँ तकली बाबा की कुटिया थी, वहाँ अब ऊँची बिल्डिंग खड़ी हो गई है एक विधायक की। देश आजाद हुआ तो इस घर में बड़े-बड़े नेता आते थे। एक बार तो राजेंद्र बाबू भी आए। बोले, 'यह आजादी का पवित्र मंदिर है, जहाँ आकर सिर झुकाने का मन होता है!'

"वह पीढ़ी बलिदानी पीढ़ी थी। उन लोगों के भीतर देश का दर्द था। सच्चा जज्बा था सबके दिलों में।...पर बाद में स्वार्थ बढ़ता गया, लोभ बढ़ता गया। देश को भुला दिया सबने। आजादी के लिए कुर्बानी करने वालों को भी।...

"और अब तो किसी को क्या फर्क पड़ता है? सबको बस, अपनी-अपनी पड़ी है।...

कोई जिए, कोई मरे। स्वाधीनता के सेनानियों को भी कौन याद करता है? किसी को पता ही नहीं कि गुलामी का दर्द क्या होता है। कैसी-कैसी ख्वारियाँ झेलीं हमने, और किन अँधेरों से निकलकर आए।...खैर, आप आए तो यह सब याद आ गया, वरना तो...!"

फिर धीरे से उठे गौरी दा। डगमगाते कदमों से अलमारी तक गए। अंदर से एक फोटो निकाला।

हँसता हुआ हरींद्र...!

कितना भोला और मासूम सा बच्चा। उसके भीतर देश पर मर मिटने की कैसी तड़प, कैसा जज्बा था, कौन समझ सकता है।

फिर एक और फोटो। उसमें पाँचों दोस्त तकली बाबा के साथ खड़े थे। हरींद्र और उसके साथ राघव, बलवंत, सुखविंदर और आसिफ।

सबके सब किस बेफिक्री से हँस रहे थे। पर चेहरे पर आत्मविश्वास, दिप-दिप करता हुआ, और आँखों में कुछ कर गुजरने का सपना।

तकली बाबा खद्दर के कुरते-पजामे में थे। सिर पर खद्दर की टोपी। एकदम सादा सा वेश। और चेहरे पर हमेशा रहने वाली हलकी सी मुसकान। जैसे अभी बोल पड़ेंगे।

आँखें ऐसी, जैसे उनमें से हर किस के लिए प्यार झर रहा हो।

मगर इस आदमी के भीतर कैसा ज्वालामुखी उबल रहा था, यह भला गौरी दा की अद्भुत कथा सुने बगैर कौन जान जान सकता था।

गौरी दा काँपती सी आवाज में कह रहे थे, "बस, एक यही निशानी अब बची है मेरे पास...! कभी-कभी सीने से लगा लेता हूँ। बड़ी ठंडक पड़ती है।"

❐

[8]

मातृभू गुहारती स्वतंत्रता पुकारती !

परमेश्वरी बाबू की आँखें नम थीं। देवकांत भी जैसे कानों से सुन रहे थे और आँखों से वह सारा कुछ देख रहे थे, जो अभी-अभी गौरी दा ने बताया।

दोनों चुप। एक-दूसरे की ओर देखा, फिर कमरे की दीवारों पर नजर गड़ा दी। भूल गए थे, क्या कहना है क्या नहीं?

कमरे की एक दीवार पर सफेद कागज की शीट। उस पर टेढ़ी-मेढ़ी सतरों में लिखी कविता की पंक्तियाँ दिखाई पड़ीं—

उठो साथियो, बढ़ो साथियो
मातृभू गुहारती...
स्वतंत्रता पुकारती!
बढ़े चलो, बढ़े चलो
आगे बढ़ो, डरो नहीं,
निडर तुम्हीं,
अमर तुम्हीं,
देश के लिए जियो,
देश के लिए मरो।
स्वतंत्रता पुकारती,
मातृभू गुहारती...!
आगे बढ़ो,
बढ़े चलो,
सिंह के समान तुम
हो निडर, हो प्रखर,
बढ़ो छाती तानकर

संकल्प दिल में ठानकर,
स्वतंत्रता पुकारती,
मातृभू गुहारती!
हाथ में ध्वजा लिए
साथ में ध्वजा लिए,
बढ़े चलो, बढ़े चलो,
अजेय, तुम चले चलो
कंटकों के बीच भी
चलो सीना तानकर,
आगे चलो, बढ़े चलो,
गीत गाते ही चलो—
स्वतंत्रता पुकारती,
मातृभू गुहारती!

परमेश्वरी को उस ओर ताकते देख, गौरी दा बोले, "यह कविता हरींद्र को प्रिय थी। अकसर गाया करता था। कविता काफी लंबी थी। मैंने कुछ लाइनें लिखकर दीवार पर टाँग दीं, ताकि याद आती रहें...!"

"परमेश्वरी बाबू देश के शहीदों पर किताब लिख रहे हैं। इसमें यह पूरी दास्तान आएगी, जो आपने सुनाई...!" कहना चाहते थे देवकांत घोष, पर लगा, व्यर्थ है।

उहोंने फिर गौरी बाबू की ओर देखा। पर वे तो जैसे अपनी दास्तान सुनाकर स्मृतियों में कहीं और ही पहुँच गए थे।

परमेश्वरी बाबू और देवकांत उठे। दोनों हाथ जोड़कर नमस्कार किया, तो बूढ़े गौरी दा के भी हाथ जुड़ गए। बोले, "आप लोग आए, अच्छा लगा। वरना तो आज किसको पड़ी है...!"

परमेश्वरी बाबू और देवकांत वहाँ से लौटे, तो जैसे पैर चल ही नहीं पा रहे थे।

दोनों चुप, एकदम चुप। न परमेश्वरी कुछ बोल पा रहे थे, न राजेश्वर। पर दोनों के दिल भरे हुए थे।

❐

खंड-3

शहीद हरनाम को सलाम

शहीद हरनाम को सलाम

परमेश्वरी बाबू भी अजीब हैं। सारी दुनिया से अलग। अच्छे खासे इलाहाबाद विश्वविद्यायल में प्रोफेसर थे, पर सब कुछ छोड़-छाड़कर दीवानावार जगह-जगह भटकने लगे। एक ही धुन कि उनकी किताब जल्दी से पूरी हो, जिसमें जगह-जगह बिखरी देश के अनाम शहीदों की गाथाएँ वे लिखना चाहते थे। काफी काम हो गया था, पर अभी बहुत कुछ बाकी था।

ग्रंथ मोटा होता जा रहा था। पर जितना उन्होंने लिखा, उससे ज्यादा शायद अभी बाकी था।

कोई परमेश्वरी बाबू को टोकता, तो वे मानो शून्य में आँखें गड़ाए खोए-खोए से कहते, "कोई चिंता नहीं। एक खंड नहीं, तो दो में आ जाएगा। दो में नहीं, तो तीन सही। मगर वह सब लिखा जाना चाहिए जो देश की हवाओं में अब भी थरथराता है...!"

सुनकर हर किसी की आँखों में परमेश्वरी बाबू के लिए प्यार और आदर उमड़ पड़ता।

मन से हर कोई चाहता था यह काम हो। जल्दी हो और खूब अच्छे से हो। पर भला आगे कौन आए? सब कुछ छोड़कर इस दीवानगी की राह पर...

आखिर हर बड़ा काम उतना ही बड़ा त्याग और कुरबानी माँगता है। और परमेश्वरी बाबू ने एक क्षण भी नहीं लगाया बरसों से जमी-जमाई नौकरी को तिनके की तरह छोड़कर सड़क पर आने में।

कोई दस-ग्यारह बरसों से अब वे अपने मन के काम को पूरा करने में जुटे थे। और उन्हें बिल्कुल चैन नहीं था। रात-दिन एक ही चिंता। शहीदों की महागाथा वाला यह काम पूरा होना चाहिए। मैं रहूँ न रहूँ, इससे क्या? लेकिन...काम बड़ी चीज है। वही लोगों को याद रहेगा।...आखिर लोगों को पता तो चलना चाहिए कि कौन थे वे अमर सेनानी, जो देश के कोने-कोने से सिर पर कफन बाँधकर निकले, और एकाएक अंग्रेजी सत्ता की नींव हिलने लगी।

पूरे देश में जैसे एक भूडोल आ गया हो, "अंग्रेजों, भारत छोड़ो...!"

सन् बयालीस का भारत छोड़ो आंदोलन। अंग्रेज अफसरों के चेहरों पर हवाइयाँ उड़ रही थीं कि आखिर यह हुआ क्या? सौ फन वाला नाग अब घेरे से बाहर आ चुका था, और झूठे कागजी आश्वासन देकर उसे काबू नहीं किया जा सकता था।

गाँधी बाबा समेत देश के सब बड़े-बड़े नेता जेलों में बंद थे। अंग्रेजों ने सोचा, शायद इस तरह आंदोलन दबाया जा सकता है, लेकिन...!

लेकिन पूरे देश की जनता जाग गई थी। दूर-दराज के गाँवों में खेत जोतने वाले किसान और मजदूर तक। यहाँ तक कि चरखा कातने वाली बूढ़ी दादी-नानियाँ भी आजादी की लड़ाई की सेनानियाँ थीं। गान्ही बाबा के असहयोग आंदोलने की आँधी पूरे देश में उठ रही थी।

तो फिर स्कूलों में पढ़ने वाले किशोर और तरुण भी कैसे पीछे रहते? उनके मन में भी उबाल था।...भारत माता पुकार रही है...भारत माता की बेड़ियाँ तोड़ने के लिए चाहे जो करना पड़े, वह करेंगे...!

हाँ-हाँ, करेंगे...! जान पर खेलकर भी करेंगे!

एक भगत सिंह फाँसी के फंदे पर झूल गए तो क्या? देश में असंख्य भगत सिंह पैदा होंगे। असंख्य सुखदेव और राजगुरु और बिस्मिल और...

वह हवा ही कुछ अलग थी। वह फिजाँ ही कुछ अलग।...

परमेश्वरी बाबू के लेख अखबारों में छपते थे, तो राजेश्वर सहाय उत्सुकता से पढ़ते। सोचते, "भला यह परमेश्वरी सहाय कौन हैं? इतना अच्छा लिखते हैं। कहीं यह मेरा दोस्त परमेश्वरी तो नही, जो आगरा में मेरे साथ पढ़ा था? तब भी ऐसा ही धुनी था, कुछ न कुछ अलग सा काम करने में जुटा रहता। कालेज से आने के बाद देर तक जाने कहाँ-कहाँ भटकता रहता और फिर लौटकर ऐसे-ऐसे किस्से-कहानियाँ सुनाता कि कुछ न पूछो।"

एक पत्रिका में परमेश्वरी सहाय का पता देखा तो राजेश्वर ने झट चिट्ठी डाल दी, "कहीं तुम वही परमेश्वरी तो नहीं जो मेरे साथ-साथ आगरा कॉलेज में पढ़े थे?...आजकल कहाँ हो दोस्त? क्या कर रहे हो? हम लोग कैसे मिल सकते हैं?"

जवाब में दो-ढाई पंक्ति का पत्र आया, "मैं वही हूँ राजेश्वर, और आजकल इलाहाबाद में हूँ!...सुनो, मैं आ रहा हूँ तुम्हारे कसबे में। इतवार को मलखानपुर के रेलवे स्टेशन पर सुबह दस बजे मिलो।"

और सचमुच कोई चालीस बरस बाद दोनों पुराने मित्र मिले। राजेश्वर मित्र को स्टेशन पर लेने आए थे। परमेश्वरी उन्हीं के साथ रिक्शा में आते हुए मगन होकर पुरानी यादें ताजा कर रहे थे।

फिर रिक्शा सड़क से बाएँ घूमकर एक तंग-सी गली में मुड़ा। गली के मोड़ पर एक धुँधली-सी पटिया लगी थी। उस पर लिखा था, 'शहीद हरनाम गली'। देखकर परमेश्वरी बाबू चौंके। बोले, "शहीद हरनाम गली...! यह हरनाम कौन, राजेश्वर भाई? जरूर इस पटिया की कोई कहानी है। है न? मैं सुनना चाहूँगा।"

"है, पर...!" कहते-कहते राजेश्वर रुके। बोले, "शाम को मेरे साथ चलना। मैं तुम्हें हरनाम की बूढ़ी दादी से मिलवाऊँगा। उन्हीं से सुनना हरनाम की शहादत की कहानी।"

कहते-कहते उनका स्वर कुछ काँप-सा गया।

"पर शाम को क्यों, अभी क्यों नहीं! क्या यह रिक्शा अभी वहाँ नहीं जा सकता?" परमेश्वरी बाबू की बात सुनकर राजेश्वर बोले, "ठीक है। मेरे घर से कुछ आगे ही है हरनाम का घर, जिसकी शहादत की कहानी मानो यहाँ की हवा में घुली हुई है। चलो, चलते हैं...!"

रिक्शा जिस मकान के आगे रुका, वह पुराने ढंग की एक बड़ी-सी कोठी थी, पर उदास। चुप-चुप-सी। उसके दरवाजे पर दस्तक देते हुए, राजेश्वर को लगा, भीतर तेजी से कोई अंधड़ मच गया है। यही हालत परमेश्वरी बाबू की भी थी।

अंदर आने पर जिस कमरे में उन्हें बैठाया गया, वहाँ उस दिलेर और हिम्मती किशोर हरनाम की एक झलक दिखाई पड़ी। वह एक छोटे-से फ्रेमदार फोटो में मुसकरा रहा था! इतने बरस बाद भी उसकी मुसकान धुँधली नहीं हुई थी। फिर उसकी माँ सुभद्रा आईं, पिता उमानाथ जी भी। वे चुपचाप आकर पास बैठ गए। हरनाम की बूढ़ी दादी सुरसती लाठी के सहारे ठक-ठक करती आ गईं।

हरनाम के पिता बोले, "अम्माँ, इन्हें तो जानती हो न! ये अपनी गली के ही राजेश्वर हैं। इलाहाबाद से इनके दोस्त आए हैं हरनाम की शहादत के बारे में जानने। तुम बता दो इन्हें। हमसे तो बताया न जाएगा।" कहते-कहते उनकी आँखें भीग-सी गईं।

सुरसती दादी बोलीं, "मैं भी क्या बताऊँ, कौन बता सकता है?...वह तो एक जलजला था बेटे। उस समय कोई उससे बचा नहीं था। फिर हरनाम ही कैसे बचता! एक तो वह उम्र ही थी जोशीली, फिर उसने कसम खाई थी कि इस बार अंग्रेजों वाली पीली कोठी पर तिरंगा झंडा लहराएगा। शहर के बीचोंबीच थी अंग्रेजों वाली कोठी। बड़ी विशाल और

आलीशान। जिले के बड़े-बड़े अफसर और हाकिम आते तो यहीं ठहरते थे। दरवाजे पर रात-दिन संतरी बंदूकें लिए पहरा देते। एक पत्ता तक नहीं हिलता था उनकी मरजी के बगैर...!"

सुरसती दादी धीरे-धीरे सुर साधकर बताती जा रही थीं। कभी-कभी बीच में रुककर कुछ बुदबुदाने-सी लगतीं। फिर आगे का सिरा पकड़ लेतीं। और फिर धीरे-धीरे सुरसती दादी के शब्दों में हरनाम की पूरी कहानी सामने आ गई।

...उस समय मुश्किल से पंद्रह-सोलह बरस का था हरनाम। पर देखने में बड़ा सजीला लगता। चौड़ी छाती। एकदम गबरू जवान!...था भी हिम्मत वाला। दोस्तों में सबसे अलग नजर आता था और मन में जोश ऐसा कि जो सोच ले, मजाल है कि तिल भर उससे इधर-उधर हो जाए। उसकी आँखों में रात-दिन यह पीली कोठी बुरी तरह चुभती थी।

अकसर वह दादा जी से देशभक्तों की कहानियाँ सुना करता था। वे बातों-बातों में एक कराह-सी भरकर कहते, "मुट्ठी भर अंग्रेज हमारे देश में व्यापारी बनकर आए और फिर देखते ही देखते हमारे सिर पर राजा बनकर बैठ गए। देखो, है न तमाशा!...और अब तो इनके जुल्मों की इंतिहा हो गई!! बात-बात में हमारे ही देश में हमारा अपमान करते हैं। इनके लिए बड़ा हो या छोटा, आदमी या औरत, किसी की कोई इज्जत नहीं। जिसे भी चाहें, जब भी चाहें, ढोर-पशुओं की तरह पकड़ते हैं और कोड़े मार-मारकर पीठ उधेड़ देते हैं...या फिर लाठी-गोलियों की बरसात...! जलियाँवाल बाग में कैसा कत्लेआम मचाया? एकदम अंधे हो गए हैं ये, अंधे! सत्ता का ऐसा नशा चढ़ा है कि सही-गलत कुछ नहीं।... सच, गुलामी होती ही बुरी चीज है। हम भारतीय अगर सही समय पर चेत जाते तो क्या इनकी ये हिम्मत होती?..."

वे जैसे अंदर ही अंदर विलाप करते। फिर धीरे से बुदबुदाने लगते, "अब भी देर कहाँ हुई है?...अब भी बहुत कुछ हो सकता है। अगर हम सब मिलकर हिम्मत से खड़े हो जाएँ तो क्या नहीं हो सकता?...वे चालाक है, धूर्त हैं, पर कमजोरी तो हमारी भी है न! वरना क्यों मुट्ठी भर अंग्रेज इतने ताकतवर हो जाते कि..."

हरनाम पर इसका गहरा असर पड़ा। वह भी अपने दादा जी की तरह ही जुनूनी था। दिन में भी सपने देखने वाला। बार-बार एक ही सपना उसके भीतर बिजली की तरह कौंधता कि अंग्रेजी शासन की बेड़ियाँ एक-एक कर टूट रही हैं, और भारत माँ फिर से आजाद है।

यह सपना देखते-देखते वह जैसे किसी और दुनिया में पहुँच जाता। और उसके होंठों से ये जोशीले शब्द फूट पड़ते—

अपना वतन आजाद करेंगे
हम, हम, हम,
आँधी बनकर गरज उठेंगे
हम, हम, हम,
बिजली बनकर टूट पड़ेंगे
दुश्मन पर,
सीना ताने खूब लड़ेंगे
हम, हम, हम!

उस समय वह एकदम बदला-बदला सा लगता था। जैसे सब कुछ देखता हुआ भी वह कुछ नहीं देख रहा। और फिर बिना बात उसकी आँखों में आँसू छलछला आते।

कभी-कभी वह मुझसे भी देश के हालात पर बात करता। कहता, "दादी माँ, कितना बुरा समय आ गया। हम अपने देश में भी आजादी की साँस नहीं ले सकते। मन हमेशा घुटता रहता है। क्या हम अंग्रेजों को भगा नहीं सकते? क्यों उन्होंने हमारे देश पर कब्जा किया हुआ है?...गुलामी कितनी खराब चीज है न दादी माँ। गुलाम आदमी का क्या जीना, क्या मरना...!" कहकर पता नहीं वह कहाँ देखने लगता।

लगता, जैसे उसके भीतर बहुत कुछ चल रहा है, जो उसे चैन नहीं लेने दे रहा। उसके भीतर की आँधी का थोड़ा, बहुत थोड़ा सा हिस्सा कभी-कभार उसकी बातों में छलक आता, नहीं तो वह अकसर चुप ही रहता। बस, हल पल कुछ न कुछ सोचता रहता।

मैं उसे समझने और समझाने की कोशिश करती कि "बेटा, अभी तेरी उम्र ही क्या है। बड़े होकर तू ये सारी बातें सोचना। वैसे भी, समय अब बदल रहा है तो देखना, अब बहुत कुछ बदलेगा। अंग्रेजी राज भी जाएगा। अब यह ज्यादा दिन चलने वाला नहीं है।"

"मगर कब दादी माँ?...कब? और कैसे...? यहाँ हर कोई तो बस अपने बारे में मैं ही सोचता नजर आता है। तो देश के बारे में कौन सोचेगा? किसी को तो सोचना चाहिए न।" कहते-कहते वह उदास हो जाता।

मैं चुपचाप उसके सिर पर हाथ फेरती। और कर भी क्या सकती थी? उसके भीतर की बेचैनी कैसे दूर हो, घर में कोई नहीं समझ पा रहा था। मैं भी नहीं।

कभी-कभी लगता, इस उम्र में सब बच्चे ऐसे ही होते हैं। धीरे-धीरे शायद सब ठीक हो जाएगा।

उन्हीं दिनों उसने कविताएँ लिखनी शुरू की थीं। दादा जी जो बातें उसे कहते थे, उसने उन्हें भी एक छोटी सी कविता में पिरो लिया था, और वही अपने दोस्तों को सुनाया करता था।

बहुत बरस हो गए, पर उस कविता की कुछ लाइनें मुझे अब भी याद हैं...सुनाती हूँ—कहते-कहते सुरसती दादी एक क्षण चुप रहीं। जैसे पुराने दिनों में लौटकर, कुछ याद करने की कोशिश कर रही हों। फिर मानो कविता की पंक्तियाँ उनके भीतर एकाएक बिजली की तरह कौंधीं और वे सुनाने लगीं—

आओ बच्चो, तुम्हें बताऊँ कथा पुरानी भारत की,
इतिहासों को बदला जिसने, वही कहानी भारत की!
जिसने सबको ज्ञान सिखाया, एक समय था ऐसा,
समझ न पाओगे भारत का परचम था तब कैसा।
सोने की चिड़िया कहलाता था तब देश हमारा,
सारे जग में झिलमिल करता खुशियों का ध्रुवतारा।
लेकिन नजर पड़ी दुश्मन की, हुए वार पर वार,
खुशियों पर कालिख चढ़ आई, फैल गया अँधियार।
क्रूर फिरंगी की लाठी से खाई सबने मार,
सिसक उठी थी भारत माता, कैसा अत्याचार!
हाय, गुलामी की वह पीड़ा मैं कैसे समझाऊँ,
बिलख रही थी जनता सारी, बस, इतना बतलाऊँ।
यह है करुण कहानी, बच्चो—बोले अपने दादा जी।
बोले अपने दादा जी, हाँ, बोले अपने दादा जी...

हरनाम ने यह कविता अपने दादा जी को सुनाई तो वे हैरानी से उसका मुँह देखते रह गए। बोले, "अरे, हरनाम बेटा, तूने तो मेरी सारी बातें लिख दीं इसमें। कैसे...?"

"दादा जी, आप इतने अच्छे ढंग से सुनाते हैं कि अपने आप कविता बनती गई। आपकी बातें मैंने कविता में ढाल लीं तो अब कभी भूलेंगी नहीं। इस कविता के जरिए मैं अपने दोस्तों को भी बताऊँगा सब कुछ...!"

ऐसे ही मैं उसे अकसर रामायण की कहानियाँ सुनाया करती थी। हरनाम बड़े ध्यान से सुनता था। एक दिन मेरी सुनाई रामकथा को भी उसने बड़े अच्छे ढंग से एक कविता

में पिरो लिया। इस कविता की थोड़ी सी लाइनें मुझे आज भी याद हैं। तुम लोग कहो तो सुना देती हूँ।...

कहकर सुरसती दादी चुप हुईं तो परमेश्वरी बाबू बोले, "आप सुनाइए न दादी। हम यही तो सुनने आए हैं।"

सुरसती दादी बोलीं, कविता की शुरुआती लाइनें तो याद आ गईं, "बच्चा-बच्चा राम बनेगा मेरे भारत का, उजला माथा फिर चमकेगा, मेरे भारत का...!" आगे रावण की लंका का वर्णन था। लो, आगे की लाइनें भी याद आ गईं--

दुष्ट इरादों वाली लंका, पल भर में ढह जाए,
नफरत की बंदूकों वाला हाथ जोड़कर जाए।
नन्हे-नन्हे तीर गिरा देंगे झूठी दीवारें,
दुर्ग गिरेंगे सब दुश्मन के, टूटेंगी तलवारें।
हर जर्रा जयगान करेगा, मेरे भारत का,
बच्चा-बच्चा राम बनेगा, मेरे भारत का!

सुरसती दादी फिर थोड़ी देर साँस लेने के लिए रुकीं। बहू सुभद्रा ने हाथ में पानी का गिलास पकड़ा दिया। उसे होंठों से लगाकर थोड़ा पानी उन्होंने पिया। फिर गिलास सामने वाले स्टूल पर रखकर धीरे से बोलीं-

सपने तो सारे बच्चे देखते हैं। हरनाम भी देखता था। बस, फर्क सिर्फ यह कि उसने सपने क्रांति के होते थे। उसे लगता, मैं मरकर भी कुछ तो ऐसा कर दूँ कि दुनिया याद करे। कम से कम उन लोगों की छाती तो ठंडी हो, जिन्हें अंग्रेजों ने बिना किसी कुसूर के, दिन-दहाड़े सबके सामने मारा और अपमानित किया है!...और यह सोचते ही फिर से अंग्रेजों की पीली कोठी उसकी आँखों में कौंध जाती।

"अगर इस कोठी हम तिरंगा फहरा दें, तो दूर-दूर तक इसकी लहर फैलेगी। अंग्रेज हिल जाएँगे। समझ जाएँगे कि भारत अब गुलाम रहने वाला नहीं है।" हरनाम हर वक्त यही सोचता था। और यह सोचते ही उसकी मुट्ठियाँ भिंच जातीं।

उन्हीं दिनों शहर में कांग्रेस का बड़ा जलसा हुआ। उसमें बड़े-बड़े नेताओं के भाषण हुए। सबसे जोशीला भाषण था खद्दर काका का, जिसने सबको झकझोर दिया। ज्यादा पढ़े-लिखे नहीं थे खद्दर काका, पर बरसों पहले महात्मा गाँधी का भाषण सुनकर उन्होंने खद्दर पहनना शुरू कर दिया था। सरकारी नौकरी छोड़कर, वे देश की आजादी की मुहिम में शामिल हो गए। इसीलिए सब प्यार से उन्हें कहते—खद्दर काका।

शहर के रामलीला मैदान में कोई पाँच-सात हजार लोग इकट्ठे थे और दूर-दूर तक खद्दर काका की आवाज गूँज रही थी। बड़ी जोश भरी आवाज थी उनकी। उन्होंने अंग्रेजी सरकार को ललकार करके कहा, "अंग्रेज अपने देशभक्त वीरों की बड़ी इज्जत करते हैं, पर हम शांतिपूर्वक आजादी की माँग करें तो भी वे हम पर लाठियाँ और बंदूकें चलाते हैं। क्यों भला? इसलिए कि वे हमें इनसान ही नहीं समझते। जबकि हम अपने मनुष्य होने का हक और आजादी लेकर रहेंगे। बहुत हो गया, हम अब और इंतजार नहीं कर सकते।..."

अपने भाषण के अंत में उन्होंने बापू का "करो या मरो...!" का संदेश सुनाया। पूरी सभा एक साथ ललकार उठी, "अंग्रेजों, भारत छोड़ो...! भारत छोड़ो...भारत छोड़ो...!!"

हरनाम भी अपने दोस्तों के साथ उस जलसे में शामिल हुआ था। खद्दर काका के भाषण ने उसके मन में हलचल मचा दी। रह-रहकर वह 'वंदेमातरम' के नारे लगा रहा था, भारत माता की जय-जयकार कर रहा था। वहाँ नौजवान बहुत थे। जोशीले बच्चे भी। पर हरनाम की आवाज सबसे अलग सुनाई देती।

खद्दर काका ने उसे मंच पर बुला लिया। बोले, "बच्चे, तुम तिरंगा गीत सुना सकते हो?"

"हाँ!" हरनाम बोला, "मुझे अच्छे से याद है खद्दर काका!"

"तो फिर सुनाओ!" खद्दर काका की बात पूरी होते ही हरनाम की जोशीली आवाज दिशा-दिशा में गूँज उठी—

विजयी विश्व तिरंगा प्यारा, झंडा ऊँचा रहे हमारा।
सदा शक्ति बरसाने वाला,
प्रेम सुधा सरसाने वाला
वीरों को हरषाने वाला,
मातृभूमि का तन-मन सारा, झंडा ऊँचा रहे हमारा।
विजयी विश्व तिरंगा प्यारा, झंडा ऊँचा रहे हमारा।
इसकी शान न जाने पावे,
चाहे जान भले ही जावे,
विश्व-विजय करके दिखलावे,
तब होवे प्रण-पूर्ण हमारा, झंडा ऊँचा रहे हमारा।...

सुरसती दादी अपनी काँपती आवाज में झंडा गीत सुना रही थीं, तो पता नहीं कैसे

परमेश्वरी बाबू को उनमें हरनाम का अक्स दिखाई दिया। जैसे जाने के बाद वह अपनी प्यारी दादी में ही समा गया हो।

परमेश्वरी गौर से सुरसती दादी का एक-एक शब्द सुन रहे थे।

दादी माँ के बूढ़े झुर्रीदार चेहरे पर फिर से थकान नजर आने लगी थी। थोड़ी देर के लिए वे रुक गईं। उनकी आवाज रुँध गई थी। लगता था, पूरी कोशिश करके वे खुद को सँभालने की कोशिश कर रही हैं।

"आपको मुश्किल हो रही है, तो यहीं रोक देते हैं। हम लोग कल फिर आ जाएँगे।" राजेश्वर जी ने कहा, "अब आप थोड़ा आराम कर लीजिए। हम लोग चलते हैं...!"

कहकर राजेश्वर और परमेश्वर बाबू उठना चाहते थे। पर तभी सुरसती दादी की आवाज सुनाई दी, "न...न, बेटा! कहाँ परेशान होते रहोगे? अब पूरी बात सुनकर ही जाना। मुझे भी, तब तक कहाँ नींद आएगी, जब तक हरनाम की कहानी पूरी नहीं हो जाती...!"

कहते-कहते पता नहीं क्या हुआ कि सुरसती दादी की आँखों से अचानक टप-टप आँसू टपकने लगे। बहते-बहते वे गालों तक आ गए।

देखकर हर कोई अवाक। हक्का-बक्का...!

लग रहा था, कहीं दादी सुबकियाँ ले-लेकर रोना न शुरू कर दें। लेकिन वे हरनाम जैसे बहादुर पोते की दादी थीं। बड़ी मुश्किल से उन्होंने खुद को सँभाला...ताकि उस नन्हे शहीद की कहानी अधूरी न छूट जाए।

कुछ देर बाद उन्होंने आँचल से आँसू पोंछे। किसी तरह खुद को सँभालकर फिर से सुर पकड़ा। और बीच-बीच में कुछ कँपकँपाती सी उनकी आवाज फिर सुनाई देने लगी—

"हाँ, तो बेटा, खद्दर काका की वो सभा...! मैं उसका बता रही थी आप लोगों को... कि उस दिन कुछ अलग ही आलम था। समझो कि रामलीला का पूरा मैदान पुलिस ने घेरा हुआ था, ताकि थोड़ी भी अशांति हो तो गोलियाँ चलाकर अंग्रेजी शासन की बहादुरी का सबूत दिया जाए। पर लोगों की हिम्मत का कोई जवाब नहीं था। हजारों लोगों की ललकार के आगे लाठी-गोलियाँ चुप थीं। बेबस।

हरनाम अपने दोस्तों के साथ लौट रहा था तो उसके मन में भी आँधी-तूफान मचल रहा था। बोला, "मेरा मन कहता है, हमें भी कुछ करना चाहिए। आखिर हम किसी से कम तो नहीं।"

"बिल्कुल...!" उसका साथी जगदीश भी शायद यही सोच रहा था।

हरनाम के दोस्तों में राजन और जगदीश वाकई बड़े दिलेर थे। राजन बोला, "मुश्किल कुछ भी नहीं है मित्र। अभी कुछ दिन पहले मैंने पढ़ा था, बिहार के छात्रों ने एक थाने पर महात्मा गाँधी की जय का नारा लगाते हुए झंडा लहरा दिया। उससे बिहार ही नहीं, पूरे देश में हलचल मच गई...! अंग्रेज ऐसे बौखलाए कि पूछो ही मत।"

"बिल्कुल...! और हम अंग्रेज कोठी पर तिरंगा फहराएँगे। फहराकर रहेंगे, हर हाल में!" हरनाम ने धीरे से कहा। राजन और जगदीश से उसकी आँखें मिलीं और तीनों ने एक साथ जैसे इस फैसले पर मुहर लगा दी।

यह पक्की मुहर थी। करो या मरो जैसी!

हरनाम का हाथ राजन और जगदीश के कंधों पर था। अपने आप पर काबू पाकर वह धीरे से बोला, "चाहे कुछ भी हो, हम मलखानपुर में झंडा लहराएँगे। अब यह फैसला आखिरी फैसला है। कोई यह न कहे कि अंग्रेजों के खिलाफ सारा भारत जागा, पर उस समय मलखानपुर सो रहा था।"

तय हुआ कि इतवार की रात को पूरी तैयारी की जाए और सोमवार सुबह-सुबह मोहल्ला भागमल में अंग्रेजों की इस पीली कोठी पर सबको तिरंगा झंडा लगराता हुआ नजर आए। उन्हें पता था कि इतवार को रात में देर तक अंग्रेज हाकिमों की पार्टी चलती है। सुबह वे गहरी नींद में होंगे। बस, वही समय ठीक है।

हरनाम और उसके दोस्तों ने अगले दिन अच्छी तरह कोठी के आसपास घूमकर देखा। शाम होते ही उस विशाल कोठी के पीछे अँधेरा पसर जाता था। वहाँ पीपल का खूब बड़ा-सा छतनार पेड़ था, जहाँ मोहल्ले के बच्चे दिन भर खेलते थे। उसके पीछे कुछ दूर तक घने पेड़ों का झुरमुटा।

"अगर हम इतवार को रात में ही उस पेड़ पर छिपकर बैठ जाएँ, तो संतरियों की निगाहों से बच सकते हैं। क्यों, ठीक है न?" हरनाम बोला।

उसके दोस्तों राजन और जगदीश को भी बात जँच गई और उन्होंने सारी योजना बना ली।

हालाँकि हालत यह थी कि अपनी भावनाओं पर काबू पाना उन्हें मुश्किल लग रहा था। जैसे उनके भीतर-बाहर एक बवंडर चल रहा हो।...

बीच-बीच में कुछ रुकती-रुकाती हरनाम की दादी की कहानी जारी थी। और उसके साथ ही राजेश्वर और परमेश्वरी बाबू की हालत भी कुछ अजब। वर्तमान से हटकर वे दोनों

थोड़ी देर के लिए उसी गुलामी के दौर में पहुँच गए थे, जिसमें चारों ओर बंदिशें थीं और खौफ भी। अपने देश से प्यार करना गुनाह था, और 'वंदे मातरम' कहने पर जेल की सजा हो जाती थी।...

वे दिन, जब भारत माता की जय कहने पर चंद्रशेखर आजाद को बचपन में कोड़े खाने पड़े थे। वे कोड़े खाते जाते थे और साथ ही पूरे जोश के साथ बोलते जाते थे, भारत माता की जय...!!

ओफ, कैसे थे वे दिन!...अंग्रेजों की हर तरह की बेरहमी और अत्याचार जनता झेलती और आठ-आठ आँसू रोती थी। जो उनका विरोध करने के लिए आगे आता, उसे निर्दयता से कुचल दिया जाता, और...और फिर...काला पानी, फाँसी और न जाने क्या-क्या!...

सुरसती दादी फिर कुछ देर रुकीं। वे शायद थकने लगी थीं। परमेश्वरी बाबू ने धीरे से उठकर उन्हें पानी का गिलास पकड़ाया। सुरसती दादी ने दो घूँट पानी पिया और गिलास वापस उन्हीं को दे दिया। परमेश्वरी बाबू ने तनिक झुककर गिलास पास के एक स्टूल पर रखा, और फिर अपनी कुरसी पर आकर बैठ गए।

उनकी उत्सुक आँखें एकटक सुरसती दादी पर टिकी थीं।

सुरसती दादी ने बड़ी करुण नजरों से घर में आए दो सहृदय मेहमानों, राजेश्वर और परमेश्वरी बाबू को देखा। दीवार पर लगे हरनाम के फोटो पर एक नजर डाली, आँचल से चेहरा पोंछा और फिर सुर में आकर सुनाना शुरू किया :

हाँ, तो बेटा, मैंने बताया तुम्हें कि वह इतवार की शाम थी। तीनों दोस्त उस पुराने तालाब के पास मिले, जो पीली कोठी से थोड़ी ही दूर था। तालाब के चारों ओर कुस, कनेर और गुलबाँसा की घनी झाड़ियाँ थीं और पीछे जंगल। तीनों ने अच्छी तरह घूमकर देखा, अगर सिपाही उन्हें पकड़ने की कोशिश करेंगे, तो वे आराम से यहाँ छिप सकते हैं। फिर घने पेड़ों के बीच छिपते-छिपाते किसी तरह बच निकला जा सकता है।

और फिर अँधेरा होते ही तीनों पीपल के घने पेड़ की डालों में छिपकर बैठ गए। जैसे ही चार का घंटा खड़का, तीनों ने एक-दूसरे को इशारा किया। पहले हरनाम निकला, पीछे-पीछे राजन और जगदीश।

कोठी की पिछली दीवार की ईंटें कहीं-कहीं निकली हुई थीं। उन्हीं के सहारे एक-एक कर तीनों ऊपर पहुँच गए। बिना कोई खड़का किए। चुप्प एकदम। पूरी कोठी में सन्नाटा था। अंग्रेज हाकिम रात देर तक जागने के बाद गहरी नींद में सो रहे थे और संतरी ऊँघ रहे थे।

हरनाम नंगे पैर धीरे-धीरे अगले हिस्से की ओर बढ़ा। देखा, हाथ में बंदूक लिए संतरी नींद की गिरफ्त में है। इससे अच्छा मौका भला और क्या हो सकता था? वह बड़ी होशियारी और चौकन्नेपन से छत की पतली-सी मुँडेर पर खड़ा हुआ। फिर राजन और जगदीश की मदद से एक बाँस का सहारा लेकर बिजली की-सी फुरती से यूनियन जैक उतारा। अगले ही पल वहाँ बड़ी शान से तिरंगा झंडा लहरा रहा था।

तीनों दोस्त इतने खुश थे, जैसे उन्होंने अपने देश की आजादी की एकदम सच्ची झाँकी देख ली हो। उनका काम पूरा हो चुका था। सुबह होते ही इस कोठी के पास से गुजरने वाले जान जाएँगे, कि मलखानपुर के बहादुर लोग भी आजादी की लड़ाई में किसी से पीछे नहीं।

सोचते हुए वे इतने खुश, इतने आनंदित थे, कि सारा शरीर जैसे थर-थर काँप रहा हो। उन्हें लग रहा था, कहीं जरा भी खटका हुआ, तो अभी गोलियाँ चलने लगेंगी और फिर...?

मित्रों की मदद से हरनाम उस मुँडेर से नीचे उतर रहा था, तो वही हुआ जिसकी आशंका थी। ईंटों की ढेरी पर पाँव टिकाकर नीचे-नीचे उतरते समय, अचानक एक ईंट अपनी जगह से खिसक गई और हरनाम लड़खड़ाकर ईंटों के ढेर पर गिरा। साथियों ने फौरन सहारा देकर उसे खड़ा किया।

अब जल्दी ही उन्हें कोठी के पीछे जाकर फिर उसी पीपल के पेड़ की आड़ लेकर भाग निकलना था।

पर...यह क्या! देखते ही देखते चारों ओर एक साथ सीटियाँ बजने लगी थीं। असल में हरनाम के ईंटों के ढेर पर गिरने की वजह से जो आवाज हुई, उससे कोठी के दरवाजे पर बैठा संतरी जाग गया था। अचकचाकर उसने जोर से सीटी बजाई तो एक साथ कई सीटियाँ बजीं। जोर-जोर से लाठियाँ खड़कने लगीं।

देखते ही देखते "अरे, कौन है...? कौन! दौड़ो जल्दी से, पकड़ो-पकड़ो...! जाने मत देना!" की आवाजों के साथ-साथ हवा में गोलियों की बौछारें शुरू हो गईं।

शायद संतरी समझ गए थे कि जब वे नींद में थे तो क्या हो चुका है। यूनियन जैक की जगह हवा में शान से लहराते तिरंगे पर सबकी निगाह गई, तो जैसे साँप सूँघ गया हो।

थोड़ी देर में ही अंग्रेज हाकिम भी जाग गए थे। वे फटी-फटी आँखों से तिरंगे की ओर देख रहे थे।

"अरे, किसने यह टिरंगा जंडा फेराया याँ पे?...पकड़ो, पकड़ो! अब्बी हाल के

हाल...!! वो अब्बी यहीं पे होगा, घेर लो!" का विकट शोर हवा में गूँज रहा था। तीनों किशोर घिर गए थे और समझ गए थे कि अब बच पाना आसान नहीं है।

हरनाम ने पहले राजन और जगदीश को पीछे तालाब की ओर भागने का इशारा किया, फिर खुद भी कूदकर पीपल के पेड़ पर छिपना चाहा। पर इसी बीच उसके सिर पर गोली लगी। राजन और जगदीश उसकी मदद के लिए आना चाहते थे, पर हरनाम ने इशारा किया, "जल्दी से भागो, यहाँ से निकल जाओ...! जल्दी...!!"

राजन और जगदीश भागकर पुराने तालाब के पीछे वाले जंगल में पहुँचे और फिर झाड़-झंखाड़ के बीच छिपते हुए कब अपने-अपने घरों में सुरक्षित पहुँच गए, किसी को पता नहीं चला।

लेकिन हरनाम तो बुरी तरह घायल था। खून ही खूब बह रहा था उसके सिर और माथे से...! थोड़ी देर में ही वह अंग्रेजों की पकड़ में आ चुका था।

अंग्रेजों को लगा कि या तो इसके पास कोई बड़ा खतरनाक हथियार है, या फिर यह किसी खतरनाक क्रांतिकारी दल से जुड़ा हुआ है। पर तलाशी ली गई तो उसके पास एक पेन और छोटी सी डायरी के सिवा कुछ न निकला। एक सूई तक नहीं। उस डायरी में हरनाम की कविताएँ लिखी हुई थीं, जिन्हें वह अकसर अपने दोस्तों को सुनाया करता था।

हरनाम बहुत बुरी तरह घायल था और उसकी साँसें टूट रही थीं। खून लगातार बह रहा था।...पर उस वक्त भी उसे पट्टी बाँधकर पानी-वानी पिलाने या अस्पताल ले जाने के बजाय वे पापी दरिंदे उससे यह राज जान लेना चाहते थे कि उसके साथ कौन-कौन इस काम में शामिल था। लेकिन हरनाम बहादुर था। सच्चा देशभक्त! सच्चा सेनानी! मरते-मरते भी उसके होंठों से धीरे से निकला, 'जयहिंद...! भारत माता की जय...!!' और फिर वह मातृभूमि की बलिवेदी पर चढ़ गया, जहाँ सिर्फ जान पर खेल जाने वाले बहादुर लोग जाते हैं, और उनके दिल में बस एक ही तराना होता है—

अपना वतन आजाद हो, अपना वतन आजाद!
लाठियाँ हों, गोलियाँ, सीने पे खा-खा के चलें,
आगे मगर बढ़ते रहें, बढ़ते रहें, बढ़ते रहें,
आँधी, पानी, वलवलों से हम मगर इतना कहें,
अपना वतन आजाद हो, अपना वतन आजाद!...

कुछ रुककर सुरसती दादी ने आँसुओं से भरी अपनी कहानी पूरी की—

हाँ, तो बेटे, मेरा बहादुर पोता हरनाम शहीद होकर अंग्रेजों की पकड़ से आजाद हो चुका था। उधर पीली कोठी के आसपास और पूरे मलखानपुर में सीटियाँ बजती रहीं। अंग्रेज हरनाम के साथियों को पकड़ना चाहते थे। उन्हें पता चल गया था कि हरनाम के साथ उसके दो दोस्त और थे। सो उन्होंने खूब हाथ-पैर मारे। यहाँ-वहाँ धर-पकड़ की। पर उन्हें बुरी तरह निराशा का सामना करना पड़ा। वे दोनों तो जैसे हवा में गायब हो चुके थे।

"ऐसा कैसे हो सकता है कि इतने सख्त पहरे के बावजूद वे यहाँ से भाग निकलें? जरा ढूँढ़ो, वे आसपास ही कहीं छिपे होंगे...!" अंग्रेज हाकिम के माथे की त्योरियाँ चढ़ती जाती थीं और वह बुरी तरह पैर पटक रहा था। रोज क्लाइडली...या पता नहीं, ऐसा ही कोई नाम था उसका।

अंग्रेज पुलिस ने पूरा जंगल छान मारा। मलखानपुर की गली-गली खँगाल डाली। पर कहीं कोई सुराग नहीं। सबको हैरानी हो रही थी, बच्चों ने कितनी पक्की योजना बनाकर काम किया था।

अगले दिन सुबह उठते ही मलखानपुर में आग की तरह यह खबर फैल गई कि अंग्रेजों की पीली कोठी पर तिरंगा फहरा दिया गया और अंग्रेज हाथ मलते रह गए।

पूरे जिले के हाकिम इकट्ठे हुए। दिन भर मीटिंगें। दिन भर खोजबीन, तफ्तीश। जाने कहाँ-कहाँ तार दिए गए। खूब गहमागहमी थी, खूब उत्तेजना। अंग्रेजों ने हम सबको भी थाने में पूछताछ के लिए बुलाना चाहा, पर हमारे घर तो सुबह से शाम तक आने वाले लोगों का ऐसा ताँता लगा रहता कि अंग्रेज डर गए और चुपचाप उन्होंने तिरंगा लहराने की इस कहानी को भुला दिया।

पर यह अमर कहानी न शहर के लोगों को भूली और न देश के बड़े-बड़े नेताओं ने बिसराया। बरसों बाद आजादी के जलसे में हरनाम के दोनों दोस्तों जगदीश और राजन ने सामने आकर पूरी कहानी सुनाई तो हर कोई हैरान था! तभी समझ में आया कि उस छोटे से बच्चे हरनाम का इरादा कैसा फौलादी था। और कैसी दीवानगी उसकी नस-नस में भरी थी।

आजादी के बाद राज्य के मुख्यमंत्री खुद यहाँ आए। उन्होंने शहीद हरनाम के नाम की पटिया लगवाई। फिर आदर से सिर झुकाया और दोनों हाथ जोड़कर उसे श्रद्धांजलि दी। कहा, "यह वीरप्रसूता धरती है, जहाँ हरनाम जैसा शहीद पैदा हुआ था! वह सच्चा क्रांतिकारी है। सच्चा हीरो! हम सब जिंदगी भर उससे प्रेरणा लेते रहेंगे।"

हर बरस उसकी शहादत वाले दिन यहाँ सब स्कूलों के बच्चे इकट्ठे होते हैं और

मिलकर गाते हैं—

ऐ मेरे वतन के लोगो, जरा आँख में भर लो पानी,
जो शहीद हुए हैं उनकी, जरा याद करो कुर्बानी।
साथ ही तिरंगे झंडे का गीत, जो हरनाम को बहुत प्रिय था—
विजयी विश्व तिरंगा प्यारा, झंडा ऊँचा रहे हमारा।
इसकी शान न जाने पावे,
चाहे जान भले ही जावे,
विश्व-विजय करके दिखलावे,
तब होवे प्रण पूर्ण हमारा, झंडा ऊँचा रहे हमारा।...

पूरी कथा सुनाकर दादी चुप हुईं, तो राजेश्वर को उनकी आँखों में दीए की लौ की तरह दिप-दिप करता हरनाम का चेहरा दिखाई दिया। मानो वह मुसकराकर कह रहा हो, 'मैं मरा कहाँ! मैं तो अभी जिंदा हूँ चाचा जी। भला शहीद भी कभी मरते हैं...?'

उन्होंने अपने मित्र परमेश्वरी बाबू की ओर देखा, उनकी आँखों से रह-रहकर बरसते आँसू भी शायद यही कह रहे थे।

सबसे विदा लेकर वे खड़े हुए, तो सबकी आँखें गीली थीं। सुभद्रा जी, बाबू उमानाथ, और घर के नौकर-चाकर...सबकी नम आँखें वही कथा दोहरा रही थीं, जो अभी-अभी सुरसती दादी ने सुनाई थी।

बाबू उमानाथ ने बहुत कहा, "आप लोग पहली बार आए हैं। थोड़ी-थोड़ी चाय पीकर जाएँ।" पर उस समय चाय पीने का तो किसी का मन न था।

उस दिन परमेश्वरी बाबू और राजेश्वर सहाय किस तरह घर आए, यह शायद उन्हें भी पता नहीं।

राजेश्वर जी के घर आकर बाहर आँगन में पड़े तख्त पर बैठे, तो परमेश्वरी बाबू का पहला वाक्य यही था, "राजेश्वर भाई, बहुत अच्छा किया कि तुमने मुझे पत्र डाल दिया।... इसके पीछे भी कुछ निमित्त था शायद। अगर तुम्हारा पत्र पढ़कर मैं यहाँ न आता तो मेरा ग्रंथ अधूरा ही रहता। आजादी की बलिवेदी पर बहुतों ने कुरबानी दी। मैंने लिखा है उन सबके बारे में। पर जाने क्यों किशोर बच्चों और तरुणों की बहादुरी की दास्तान सुनता हूँ तो भीतर कुछ थरथराने लगता है...!" कहते-कहते परमेश्वरी बाबू के होंठ कँपकँपा उठे। लगा, अभी आँखें बरस उठेंगी।

राजेश्वर सहाय ने मित्र के कंधे पर हाथ रखा। फिर बड़े संजीदा स्वर में बोले, "हाँ, बहुत अच्छा रहा परमेश्वरी कि तुम यहाँ आए। तुम्हारे आने से हरनाम की शहादत की यह करुण गाथा तो सुनने को मिली ही, साथ-साथ और भी बहुत कुछ याद आ गया...वे दिन, वह जोश, वह तूफान, और वे आँखों में मचलते सपने...!"

"हाँ, मित्र!" परमेश्वरी बोले। फिर न परमेश्वरी और न राजेश्वर ही कुछ कह पाए।

अलगे दिन परमेश्वरी विदा हुए इस वादे के साथ कि अब वे साल में कम से कम एक बार मलखानपुर जरूर आया करेंगे, ताकि उस धरती पर माथा टेक सकें, जहाँ हरनाम जैसा अमर शहीद पैदा हुआ था!

❐

खंड-4

मंगल ग्रह से दोस्ती का पैगाम

[1]
वह छोटी सी लाल चिड़िया

सुहासपुर के लोग नीली आँखों वाली उस अजीबोगरीब लाल चिड़िया से सबसे ज्यादा परेशान थे।

यह एक छोटी, बहुत छोटी-सी लाल चिड़िया थीं, जिसकी गरदन पर सफेद धारियाँ थीं और पंखों पर सफेद चक्र बने थे। चिड़िया के पैर भूरे और चोंच सुनहरी थी।...ऐसी चिड़िया जो पहले कभी किसी ने देखी न थी।

शुरू में वह सुहासपुर के खूब बड़े से महात्मा गाँधी पार्क में दिखाई दी थी।

सर्दियों की सुबह! पार्क में एक ओर कुछ छोटे बच्चे धूप में आँख-मिचौनी खेल रहे थे। दूसरे कोने में कुछ बच्चे तितलियों का पीछा कर रहे थे। खासकर दो पीली तितलियाँ सबसे आकर्षक थीं, जिनके पंखों पर काली-लाल धारियाँ थीं। ज्यादातर बच्चे उन्हीं को पकड़ना चाहते थे। पर वे मजे में गुलाब के फूलों पर बैठतीं, फिर टिली-लिली करती हुई, झट हवा। में उड़ जातीं। जैसे हँसकर बच्चों को मुँह चिढ़ा रही हों।

इस पर बच्चे हारकर पार्क की हरी घास पर मजे में कलामुंडियाँ खाने लगे थे। यह नया खेल भी कम मजेदार न था।

पार्क की उत्तर दिशा में एक बड़ा मैदान था, जहाँ मुहल्ले के कुछ बड़े बच्चों का क्रिकेट मैच जमा था। और उस मैच में बिट्टू ऐसे बढ़िया शॉट्स लगा रहा था कि सभी को सचिन के चौकों-छक्कों की याद आ रही थी।

इससे थोड़ी ही देर पहले नील ने अपनी शानदार बॉलिंग से सिर्फ इकतीस रन देकर दूसरी टीम के चार विकेट उड़ा दिए थे। उसकी टीम के लोग बहुत खुश और उत्साहित थे और तय नहीं कर पा रहे थे कि उसे 'इरफान पठान' की उपाधि दी जाए या फिर 'अनिल कुंबले' की!

नील बार-बार अपनी शानदार कैप को हवा में लहराकर अपनी खुशी जता रहा था।

आज उसने पहली बार अपना ही रिकार्ड तोड़ा था। इस पर उसकी अपनी टीम के खिलाड़ी ही नहीं, दूसरी टीम के खिलाड़ी भी दिल खोलकर बधाइयाँ दे रहे थे। और बिट्टू को तो कुछ दोस्तों ने अपने कंधे पर बैठाकर, अच्छा-खासा डांस शुरू कर दिया था।

सुहासपुर के महात्मा गांधी पार्क में ऐसा मस्ती भरा माहौल था, जब वह अजीबोगरीब लाल चिड़िया दिखाई दी थी। और उसे देखने के बाद न जाने छोटे-बड़े सभी बच्चों पर कैसे जादू हुआ कि सभी अपना-अपना खेल भूलकर उस सुंदर, लुभावनी लाल चिड़िया के पीछे दौड़ पड़े।

पर चिड़िया जरा भी नहीं डरी। बच्चे पास आए तो वह नीचे घास के मैदान से उड़ी। फुदककर चंपे की ऊपर वाली डाल पर जा बैठी और मजे से अपना गाना गाने लगी—

तिरु-तिरु-तिरु...

तिरु-तिरु,

तिरु-तिरु तिरुक्क...!

अजीब-सा गाना था, जैसा बच्चों ने पहले कभी सुना न था।

अजीब-सी चिड़िया थी, जैसी बच्चों ने पहले कभी देखी न थी। और तो और, उसके बारे में पहले किसी से कभी कुछ सुना भी न था।

"यह शायद मैना है, मैना...! मैंने सुना है कि पहले एक सुंदर-सी चिड़िया होती थी मैना, जो आदमियों की आवाज में भी बोलती थी। आजकल थोड़ी कम हो गई है।" मीना ने अपना ज्ञान बघारा।

"नहीं-नहीं, मैना ऐसी थोड़े ही होती है, बुद्धू! किसने तुझसे कहा कि मैना लाल रंग की हाती है?" बिट्टू ने उसका मजाक उड़ाया।

"पर पक्षी रंग भी तो बदल लेते हैं। मैंने किसी किताब में पढ़ा था!" अमित ने भी अपना पक्ष रखा।

"हाँ जी, हाँ! तब तो कल कोयल काली नहीं, सफेद होने लगेगी। और बगुला काला, हा-हा हा!" नीतू ने मजाक उड़ाया।

"मगर यार, पकड़ो इसे...जैसे भी हो!"

"बातें कम करो, पकड़ो!"

"यह तो ऐसी है कि देखते रहो तो जी न भरे।" नील ने कहा, "पकड़ो मत, इसके साथ खेलो। देखो, यह हमें खेलने के लिए बुला रही है।"

"नहीं-नहीं, मैं तो इसे पकड़ूँगा।" चिंटू ने कहा।

"तो फिर पकड़, पकड़ता क्यों नहीं?" और बच्चों ने उकसाया।

"पकड़ तो लूँ, पर बेचारी मर जाएगी।...अच्छा चलो, कोई पिंजरा ले आएँ।" चिंटू ने कहा और पेड़ पर चढ़ने लगा।

पर वह अनोखी लाल चिड़िया उड़ी नहीं। उसी तरह निर्भय होकर उसे देखती रही, जैसे कहना चाहती हो, "हिम्मत है तो पकड़ो, पकड़कर दिखाओ!"

चिड़िया की आँखों की चंचलता गायब हो चुकी थी और इस समय उसकी आँखों में सख्त चेतावनी थी।

चिंटू पेड़ पर चढ़ा तो वह लाल चिड़िया उसी तरह सख्ती से ललकारते हुए उसे देखती रही। बस, देखती ही रही। जैसे बिना कहे ही बहुत कुछ कह रही हो। उसकी आँखें इस समय लाल अंगार जैसी हो रही थीं।

चिड़िया को यों अपनी ओर एकटक देखते पाया, तो चिंटू की हिम्मत जवाब दे गई। वह झट पेड़ से नीचे उतर आया। बोला, "यार, पेड़ की डाल कच्ची है। लगता है टूट जाएगी।"

इस पर सब बच्चे एक साथ हँसे और लगा कि चिड़िया भी साथ-साथ हँसी, "तिरु-तिरु-तिरु...तिरु-तिरु-तिरुक्क...!"

बेचारा चिंटू शर्मिंदा हो उठा।

फिर चिड़िया खुद-ब-खुद पेड़ से नीचे उतर आई और घास के मैदान में इधर-उधर फुदकने लगी।

अब फिर बच्चे एक साथ दौड़े और उस अनोखी चिड़िया को घेरकर खड़े हो गए। वे उस चिड़िया को पकड़ना चाहते थे, पर चिड़िया अब भी पकड़ाई में नहीं आ रही थी। बच्चे अपनी छुआ-छाई भूल चुके थे और अब एक नई छुआ-छाई शुरू हो चुकी थी।

"कुछ भी हो, चिड़िया है तेज! मैं तो सोचता था कि पकड़ाई में आ जाएगी पर...!" चिंटू कह रहा था।

बच्चों को ज्यादा बेसब्र देखा तो चिड़िया फिर पेड़ की ऊपर वाली डाल पर बैठ गई और मुसकराने लगी।

"लगता है, हम परेशान हो रहे हैं और इसे हँसी आ रही है।" बीरू थोड़ा गुस्से में आकर बोला, "मैं इसे पत्थर मारकर भगाता हूँ।...यह समझती क्या है अपने आप को!"

"नहीं-नहीं, बीरू, नहीं!" और बच्चों ने समझाया, पर बीरू नहीं माना। उसका पारा एकदम गरम था।

तभी उसे जमीन पर पड़ी एक बड़ी सी कंकड़ी दिखाई दी। वह तेजी से उसे उठाने के लिए झुका। कंकड़ी उठाकर उसे जोर से चिड़िया की ओर उछालना चाहता था कि अचानक चिड़िया गुस्से में बोली, "तिरुक्क-तिरुक्क-तिरुक्क...!" और उड़ गई।

और इधर बीरू की हालत अजीब थी। कंकड़ी उसके हाथ से ऐसे चिपक गई थी, जैसे किसी ने के बारीक तारों से उसे हथेली से बाँध दिया गया हो।

एक बच्चे को याद आया, उड़कर जाने से पहले चिड़िया गुस्से में तीन बार बोली थी, "तिरुक्क-तिरुक्क-तिरुक्क...।" तो क्या यही वजह तो नहीं कि...?

ओहो, फिर तो जरूर चिड़िया के गाने का कोई मतलब है। लेकिन क्या...? यह किसी की समझ में नहीं आ रहा था।

❐

[2]

बीरू की मुसीबत

बीरू को साथ लेकर सारे बच्चे उसके घर आए। बीरू के मम्मी-पापा ने उसकी हालत देखी तो बुरी तरह परेशान हो गए। उसकी मम्मी तो रोने ही लगी, "अरे, यह क्या बला चिपक गई मेरे बेटे के साथ?"

झटपट बीरू को सुहासपुर के कैलाश नर्सिंग होम ले जाया गया। सुहासपुर का यह सबसे बड़ा नर्सिंग होम था, जिसमें एक से एक बड़े और काबिल डाक्टर थे।

डॉक्टरों ने बीरू का यह अजब हाल देखा, तो चकरा गए। उनकी समझ में नहीं आ रहा था कि कंकड़ी हथेली में चिपक कैसे सकती है?

बहुत ध्यान से देखा तो उन्हें सुनहरी धातु के तीन बारीक-बारीक तार भी दिखाई पड़े, जिनसे वह कंकड़ी मानो हथेली से बाँध दी गई। पर हैरानी की बात यह है कि न तो तार काटे जा सके थे और न कंकड़ी किसी तरह हथेली से अलग हो पा रही थी।

"अगर किसी तरह इस कंकड़ी को ही तोड़ दिया जाए, तो...?" एक सीनियर डॉक्टर अशोक मनचंदा ने सुझाव दिया।

पर आश्चर्य, उस कंकड़ी पर जरा भी कोई चोट मारी जाती तो बीरू बिलबिला उठता। जैसे वह कंकड़ी अब कंकड़ी नहीं रही, उसके शरीर का जीवित हिस्सा हो गई हो।

डॉक्टर बार-बार बीरू से पूछ रहे थे कि हुआ क्या था? और बीरू ने जो कुछ बताया, उस पर किसी को यकीन नहीं आ रहा था। पर अकेला बीरू ही क्यों, उस समय पार्क में मौजूद दर्जनों बच्चे भी तो यही कह रहे थे।

आखिर "कुछ दिन बाद आकर फिर दिखाना!" वाली चालू हिदायत देकर डॉक्टरों ने बीरू को घर भेज दिया और इस विचित्र बला से पिंड छुड़ा लिया।

उधर बीरू अकेले में कान पकड़कर माफी माँग रहा था, "बड़ी गलती हुई! हाय, मैंने

उस सुंदर चिड़िया को मारने के लिए कंकड़ी उठाई ही क्यों थी?...भला उसने मेरा क्या बिगाड़ा था?"

ऐसे ही दो-तीन दिन गुजरे। बीरू झेंप के मारे स्कूल भी नहीं जा रहा था। सोच रहा था, स्कूल गया और बच्चों ने इस कंकड़ी के बारे में पूछना शुरू कर दिया, तो क्या जवाब दूँगा।

आखिर एक दिन डरते-डरते बीरू फिर उसी पार्क में पहुँच गया। पार्क खाली-खाली सा था, क्योंकि ज्यादातर बच्चे स्कूल गए थे।

बीरू उदास-सा पार्क में टहल रहा था कि अचानक फिर उसे वही चिड़िया दिखाई दी। बीरू डर के मारे सिहर गया। सोच रहा था, हाय-हाय, आज कोई और मुसीबत न खड़ी हो जाए!

पर आश्चर्य! लाल चिड़िया उसे एकटक देख रही थी और आज उसकी आँखों में नाराजगी नहीं, प्यार था।

बीरू जिस बैंच पर बैठा था, वह उसके सामने लाल गुलाब के पौधे पर आकर बैठ गई। और मजे में झूमते हुए गाने लगी, "तिरु-तिरु-तिरुक्क... तिरु-तिरु तिरुक्क... तिरु-तिरु...!"

चिड़िया का गाने का ढग इतना मजेदार था कि अचानक बीरू को हँसी आ गई, जैसे वह अपना सारा दुख भूल गया हो।

पर जैसे ही उसकी हँसी थमी, उसे हैरान हुई। यह क्या? वह कंकड़ी तो कब की छूट गई! मगर कैसे? बीरू को कुछ समझ में नहीं आया।

फिर चिड़िया और बीरू पार्क में देर तक खेलते रहे। चिड़िया गाती रही, फुदकती रही और बीरू भी उसके साथ झूमता-गाता रहा। यहाँ तक कि आज तो उसने चिड़िया को प्यार से गोद में बिठाकर उसके नरम-नरम पंखों पर हाथ भी फेरा। उसे बड़ी गुदगुदी महसूस हुई।

बीरू पार्क से घर लौटा तो वह इतना खुश था कि मजे में झूम-झूम कर गाना गाने लगा, "तिरु-तिरु-तिरु...!"

पहले तो बीरू की मम्मी कुछ समझीं नहीं, पर फिर जब बीरू के दाहिने हाथ पर उनका ध्यान गया तो वे मारे खुशी के चीख उठीं, "अरे बीरू, तेरी वह कंकड़ी तो हथेली से छूट गई।...कैसे?"

बीरू ने पूरी बात बताई तो उन्होंने प्यार से उसे पुचकारा। कहा, "बेटे, वह कोई चमत्कारी चिड़िया लगती है। आज से तू कसम खा ले, कभी किसी चिड़िया को पत्थर नहीं मारेगा।"

शाम को बीरू के पापा घर आए तो वे भी इस अनाखे चमत्कार के बारे में सुनकर चकित रह गए। बोले, "अभी मैं नर्सिंग होम के डॉक्टरों के पास जाता हूँ। वे कह रहे थे, चिड़िया की बात पूरी गप्प है। अब बताओ भला, वह कंकड़ी कैसे छूट गई, बिना आपरेशन के?"

यह तो बीरू की मम्मी ने रोका, वरना वे उसी समय बीरू को साथ लेकर नर्सिंग होम जा रहे थे।

पर...आश्चर्य! रात होते-होते बात इतनी तेजी से पूरे सुहासपुर में फैल गई कि नर्सिंग होम के तीन सीनियर डॉक्टर जिनमें चीफ सर्जन मि. कैलाश सेठानी भी थे, खुद-ब-खुद घर आ गए।

उन्होंने बड़े ध्यान से बीरू की हथेली देखी। वहाँ किसी किस्म का कोई निशान न था। तो यह क्या हुआ? कैसे...?

उन्हें कुछ समझ में नहीं आ रहा था।

'तो क्या यह कोई और विज्ञान है, जहाँ तक उनकी बुद्धि नहीं जाती?' सब सोच रहे थे। पर कोई कुछ कह नहीं रहा था।

ऐसी हार उनकी शायद पहले कभी नहीं हुई थी। डॉ. कैलाश सेठानी समेत सब डाक्टरों के चेहरे उतरे हुए थे।

❐

[3]
तरह-तरह की बातें

होते-होते पूरे सुहासपुर में उस अनोखी लाल चिड़िया की कहानी फैल गई। जिससे भी पूछो, वह अब बता देता कि प्यारे भाई, वह एक छोटी सी सुंदर-सी लाल चिड़िया है, जिसकी गरदन पर सफेद धारियाँ हैं और दोनों पंखों पर दो सफेद चक्र बने हैं।

"कहीं यह चिड़िया किसी ने खास मकसद से भेजी न हो?" एक कहता।

"हाँ, मुझे भी लगता है।" दूसरा अपना जासूसी दिमाग लगाकर रहस्यमय अंदाज में कहता, "कहीं यह दूत तो नहीं है किसी दूसरे ग्रह की?... हम धरती वालों के लिए कोई खास संदेशा लेकर आई हो।"

"मुझे तो लगता है, यह किसी तांत्रिक या जादूगर का कमाल है।..." तीसरे की राय और भी आला।

चौथा बात को सीधे अमरीका पहुँचा देता, "आजकल बड़े देशों में जासूसी के बड़े अजब-अजब तरीके अपना लिए गए हैं। हो सकता है, अमरीका से...!"

यों बातों से बातें निकल रही थीं और सुहासपुर के अखबार उस चिड़िया के बारे में अजीबोगरीब किस्से-कहानियों और वर्णन से भरे थे। एक-दो न तो बच्चों से उसके बारे में सुनकर कल्पित स्केच भी बनवा लिए थे और हर बार खबर के साथ उन्हें प्रमुखता से छापते थे। इन खबरों में बार-बार एक बात आती थी कि सुहासपुर के बच्चे इस चिड़िया के दीवाने हैं और चिड़िया भी इन बच्चों को खूब प्यार करती है।

ज्यादातर अखबारों ने लिखा था, "यह सचमुच दोस्त चिड़िया है। पर इसे पकड़ने की कोशिश न करें, नहीं तो यह खतरनाक भी साबित हो सकती है!..."

'प्रभात खबर' ने एक दिलचस्प घटना के जरिए अपनी पूरी रिपोर्ट लिखी। उसमें लिखा गया—

"यह एक अजब वाकया है। इसे सच मानने को जी तो नहीं करता, पर यह सच ही है।

हमारे संवाददाता ने खुद पार्क में जाकर देखा।... बच्चे खेल रहे थे और बच्चों के साथ यह खूबसूरत जादूगरनी सी लाल चिड़िया भी। बच्चे इसके पंखों पर, जहाँ सफेद चक्र बने हैं, बार-बार उगलियों से गुदगुदी करते और चिड़िया की आँखो से एक प्यारी-सी हँसी छलक उठती।...वह मजे से गाना गा रही थी। तभी एक बच्चे ने सोचा, अब तो यह चिड़िया इतने पास है, अगर मैं पकड़ लूँ तो...?

"लेकिन आश्चर्य, बच्चे ने पकड़ने की कोशिश की और उसे हाथों से दबोचना चाहा, तो अचानक उसके पंखों के नरम रोएँ काँटों में बदल गए। जहाँ उसके पंखों के सफेद चक्र हैं, वहाँ से इतने गरम रेडिएशंस निकले कि अचानक बच्चे को लगा, जैसे उसका हाथ झुलस गया हो। चिड़िया की आँखें उस समय हमेशा की तरह नीली नहीं, बल्कि लाल अंगारों जैसी लग रही थी।...देखकर बच्चा डर के मारे भाग गया।"

अखबार ने आगे लिखा—

"इस घटना के बाद चिड़िया थोड़ी देर असहज रही। पर जल्दी ही वह फिर पहले जैसी हो गई और बाकी बच्चों के साथ बड़े प्यार से खेलती रही, मानो अनकहे वह यह कह रही हो कि मैं तो शांति और प्यार की दूत हूँ और प्यार का संदेश देने इस धरती पर आई हूँ। पर जो मुझे पकड़ने या मुट्ठी में कैद करने की कोशिश करेगा, उसके लिए मैं चिड़िया नहीं, काल हूँ, काल!"

धीरे-धीरे उस लाल चिड़िया के बारे में इतनी बातें कही जाने लगीं कि अगर कोई लिखता तो पूरा एक उपन्यास बन जाता। यह एक साथ प्यारी और सख्त चिड़िया थी, जैसी पहले धरती पर कभी न देखी गई थी।

वैसे तो ज्यादातर बच्चे इस चिड़िया के नरम पंखों की तारीफ करते थे, पर जिस किसी दुष्ट बच्चे को इसके पंखों में छिपे लोहे जैसे कांटों ने छलनी किया, वह भी शायद इसे जीवन भर भूल न पाएगा। यों भी इस चिड़िया की सबसे बड़ी खासियत तो यह थी कि वह बच्चों के मन के भाव बहुत जल्दी पढ़ लेती थी। किसी बच्चे की ओर हँसकर देखती, तो किसी को लगता जैसे डाँट रही हो।

लोगों की उस चिड़िया के बारे में अलग-अलग तरह की राय थी। कुछ लोगों का मानना था यह किसी और ग्रह से आई दूत चिड़िया है। यह अपनी जुबान में हमसे कुछ कहना चाहती है, पर हमीं शायद समझ नहीं पा रहे।

किसी-किसी ने कहा 'तिरु-तिरु तिरुक्क' का मतलब है, "नमस्ते... खुश रहो।"

लोगों ने अपने बड़े बुजुर्गों से पूछा, "क्या आपने अपने जीवन में पहले कभी ऐसी चिड़िया देखी है?" पर बड़े बुजुर्गों तक ने न मे सिर हिला दिया।

कुछ लोगों ने शिकारियों से पूछा, "क्या आप लोगों ने जंगल में या दूर पहाड़ों की घाटियों में कभी ऐसी कोई चिड़िया देखी है?" पर शिकारियों ने भी अचरज के साथ कहा, "नहीं।"

किसी-किसी ने सालिम अली की विश्वविख्यात किताबें खोलकर इस तरह की चिड़िया को ढूँढ़ने की कोशिश की, पर उन्हें भी सफलता नहीं मिली।

❐

[4]
लेकिन यह चिड़िया आई कहाँ से?

अगले दिन टीवी के सब चैनलों पर इस अजब-अनोखी चिड़िया की ही चर्चा थी।

चिड़िया के दोनों पंखों पर सफेद रंग के गोल चक्र थे। इसका क्या मतलब हो सकता है? रह-रहकर यह सवाल सबके मन में उठ रहा था।

इस पर लंबी बहस चली। अंत में इसकी यही व्याख्या लोगों ने स्वीकार की कि यह चिड़िया 'विश्व-दूत' है। देशों की सीमाएँ इसके लिए नहीं हैं। यह सारी दुनिया में शांति और प्यार का संदेश देने निकली है। गोल च्रक इसी का प्रतीक है!

मगर इसे सुहासपुर का यह महात्मा गांधी पार्क ही इतना क्यों भा गया कि अकसर यह यहीं उड़ानें भरती और फुदकती दिखाई पड़ती है?...

"और फिर एक सवाल यह भी है," महात्मा गांधी पार्क में खड़े एक बुजुर्ग अपने आसपास खड़े लोगों ओर बच्चों से कह रहे थे, "कि भले ही यह विश्व-दूत हो, मगर यह आई कहाँ से?"

"हाँ-हाँ, यह आई कहाँ से?" लोगों ने चौंककर एक-दूसरे से पूछना शुरू किया।

तब बिट्टू ने अपना दिमाग दौड़ाया। बोला, "मैं बताता हूँ। यह चिड़िया मंगल ग्रह से आई है!"

इस पर लोग हँसे। पूछा, "बिट्टू, तुझे कैसे पता?"

बिट्टू थोड़ी देर चुप रहा। फिर बोला, "पता नहीं, पर मेरा दिल कह रहा है कि यह मंगल ग्रह से आई है!"

किसी और ने कहा, "बिट्टू ठीक ही तो कह रहा है। देखते नहीं हो, यह चिड़िया लाल रंग की है। मंगल ग्रह भी तो लाल है।" तब बुजुर्ग-से दिखने वाले एक सज्जन ने बिट्टू से पूछा, "बिट्टू, क्या इसी वजह से तुम कह रहे थे कि यह मंगल ग्रह से आई है?"

बिट्टू बोला, "पता नहीं। बस अभी-अभी मेरे मन में आया कि कह दे बिट्टू, यह मंगल ग्रह से आई है। और मैंने कह दिया।"

जब वह कह रहा था तो एकाएक सबका ध्यान फिर उस लाल चिड़िया की ओर गया। इस वक्त वह सामने वाले आम के पेड़ पर बैठी मजे में गा रही थी, "तिरु-तिरु-तिरुक्क... तिरु-तिरु-तिरुक्क!"

"जरूर इस चिड़िया ने ही कहा होगा तुझसे कि कह दे बिट्टू, कह दे!" नील ने बिट्टू के कान में फुसफुसाकर कहा।

"हाँ-हाँ, इसी चिड़िया ने कहा था, बड़ी मीठी बोली में।" बिट्टू ने कहा तो सब हँस पड़े।

किसी-किसी ने इस चिड़िया का सुहासपुर पर मँडराने वाली 'अशुभ छाया' कहा, किसी ने दुश्मन की जासूस भी।

"अरे, देखते क्या हो, हिम्मत करो, पकड़ो और मार दो।" एक पहलवान जैसे आदमी ने मुट्ठी तानकर कहा, "एक जरा-सी चिड़िया ने लोगों को पागल बना रखा है।"

इस पर लोगों ने हिकारत से उस आदमी की ओर देखा। वह कोई और नहीं, बल्कि नत्था पहलवान ही था, जो खासा घमंडी था।

पर पहलवान ऐसे कैसे मान जाता? उसके साथ दस-बारह चेले-चपाटे भी थे। उसने सबको ललकारा। सबने एक साथ दंड-बैठक लगाई और उछलते-कूदते हुए आगे बढ़े, जैसे दुश्मन का किला फतह करने जा रहे हों।

पर आश्चर्य! चिड़िया उसी तरह निर्भय आँखों से उन्हें देखती रही। वह एकदम अडोल बैठी थी। एकदम चौकन्नी सी।

पहलवान और उसके चेलों ने उछल-उछलकर पेड़ की शाखाएँ पकड़ी और ऊपर चढ़ने लगे। लग रहा था, वे जरूर हाथों में लेकर चिड़िया की गरदन मरोड़ देंगे।

लेकिन चिड़िया ने अब भी कुछ नहीं किया। बस, एक बार आँखें घुमाकर उनकी तरफ देख भर लिया...और लो, पार्क में एक अनोखा अजूबा नजर आने लगा। जो जिस तरह पेड़ की शाखाएँ पकड़कर ऊपर चढ़ रहा था, वह वैसा का वैसा टँगा रह गया।

चिड़िया की आँखों से निकले तेज रेडिएशंस ने उन्हें इस तरह पेड़ से जकड़ दिया, जैसे बारीक सुनहरे तारों से उन्हें पेड़ के साथ सी दिया गया हो! और ये बारीक तार किसी ऐसी धातु के थे, जिसका लोगों को कुछ पता नहीं था।

चिड़िया का रहस्य अब और गहराता जा रहा था। सब समझ गए थे कि यह कोई मामूली चिड़िया नहीं है। यह न सिर्फ बुद्धिमान, बल्कि बड़ी ही ताकतवर चिड़िया है, जिसके आगे बड़े-बड़े फन्ने खाँ पानी माँग जाते हैं।

जरूर इसके पीछे कुछ है। मगर वह है क्या? बस, यही तो एक पहली थी, जो किसी को समझ में नहीं आ रही थी। ❐

HOTEL

[5]

सुहासपुर सुर्खियों में

पूरे दिन यह अजीबोगरीब नजारा पार्क में लोगों को नजर आता रहा। आसपास लोगों की भारी भीड़ हो गई और उनमें साइंस के प्रोफेसर, डॉक्टर, इंजीनियर वगैरह भी थे। किसी की समझ में नहीं आ रहा था कि यह चक्कर क्या है? इस घटना को वे क्या नाम दें!

चिड़िया अब भी उस पेड़ की सबसे ऊपर वाली डाल पर बैठी थी। पर अब वह कुछ बोल नहीं रही थी और खूब गुस्से में लगती थी।

सुहासपुर अब दूर-दूर तक सुर्खियों में आ चुका था। आसपास के कई शहरों से लोग वहाँ आ रहे थे। यहाँ तक कि कई विश्वविद्यालयों के साइंस के प्रोफेसर और रिसर्च स्कालर्स भी वहाँ चले आए थे। सिर्फ उस चिड़िया को देखने के लिए, जिसके बारे में बातें तो बहुत कही जा रही थीं, पर उसकी असलियत अब भी सामने नहीं आ पाई थी।

उसकी खोज-खबर लेने की कोशिशें बराबर हो रही थीं, पर वे सब की सब नाकाम थीं।

सुहासपुर में जगह-जगह झुंड बनाकर खड़े लोग कानों पर मोबाइल चिपकाए दूर-दूर तक अपने जानने वालों को बता रहे थे कि यहाँ कुछ ऐसा घट गया है, जो कल्पनातीत है।

होटल, ढाबे और दुकानों पर भारी भीड़। सुहासपुर के पुराने बाजार में खासी हलचल थी। लोग जैसे अपने काम-काज भूलकर बस, उस जादुई चिड़िया की खोज में लग गए थे।

पूरे सुहासपुर के लिए यह एक असाधारण घटना थी, जैसी लोगों ने न पहले कभी देखी, न सुनी। शहर में दूर-दूर से आए लोग कहीं परेशान न हों, यह सोचकर सेठ लखमीमल ने अपनी विशाल कोठी के सामने वाले मैदान में दिन भर लंगर का इंतजाम कर दिया था, जहाँ हर वक्त गरम पूरी-सब्जी बाँटी जा रही थी। वहाँ से कुछ दूर एक बड़ी धर्मशाला में सबके ठहरने और आराम करने का इंतजाम था।

टीवी खबरों की सुर्खियों में बस चिड़िया, चिड़िया और चिड़िया। पल-पल की खबर

कि अब ऐसा हुआ...अब ऐसा...अब ऐसा...!! कि जल्दी ही आपको गाँधी पार्क का हैरतअंगेज नजारा दिखाया जाएगा।...

चौबीसों घंटे लोग टीवी से चिपके हुए थे, जिसके परदे पर चित्रों की नुमाइश थी, खबरें और कौतुक भी। दो-तीन टीवी चैनलों पर माथे पर तिलक लगाए कुछ लंबी दाढ़ी वाले बाबा भी नजर आ रहे थे, जो गरज-गरजकर कलियुग के बारे में बड़ी विचित्र भविष्यवाणियाँ कर रहे थे।

❐

[6]
पार्क में अजीबोगरीब नजारा

उधर सुहासपुर के गाँधी पार्क का नजारा वाकई विचित्र था। हैरानी भरा।

पहलवान नत्था और उसके चेले अभी तक जस के तस पेड़ से टँगे थे, जैसे उन्हें कीलित कर दिया गया हो।

पहलवान नत्था के चेहरे पर अब हवाइयाँ उड़ रही थीं। यही हालत उसके चेलों की थी। सब रोने-रोने को हो रहे थे।

कुछ लोग खासकर बच्चे चिड़िया से मिन्नतें कर रहे थे कि वह नत्था पहलवान और उसके चेलों को माफ कर दे। लग रहा था कि चिड़िया ने उनकी बातें सुनकर गुस्सा थूक दिया है ओर अब थोड़ी शांत है...

पर पुराने फौजी चौधरी करतार सिंह ने फिर मामला उलट दिया। वे अपनी बंदूक लेकर आ गए। बोले, "हैं रे भई, तुम लोगों ने मेरा सिर खा लिया कि चिड़िया...चिड़िया... चिड़िया! जैसे चिड़िया न हो गई, डायन हो गई। मैं इसका खेल ही अभी खत्म किए देता हूँ।"

गुस्से में फनफनाते हुए चौधरी करतार सिंह ने अपनी बंदूक से निशाना साधा और बंदूक का घोड़ा दबाने ही वाले थे कि अचानक ऐसा चक्कर आया कि जमीन पर आ गिरे... और अब बंदूक उनके हाथों में ऐसे चिपक गई थी कि लाख लोग छुड़ाएँ, मगर वह छूटने का नाम ही न लेती। उनके परिवार के लोग बुरी तरह रो रहे थे और करतार सिंह की हालत ऐसी थी कि दिल करता था, धरती फटे और वे उसमें समा जाएँ।

उस दिन चिड़िया उड़ी नहीं, अपनी जगह से हिली भी नहीं। वहीं डटी रही और मारे गुस्से के, तीखे स्वर में गाती रही, "तिरु-तिरु-तिरु...तिरु-तिरु-तिरुक्क...!"

आसपास के मोहल्लों से आई कुछ औरतों ने कहा, "हमारी मानो, यह गुस्से में शाप दे रही है। अगर इसे प्रसन्न कर लो, तो मामला अब भी सुलझ सकता है।"

"तो क्या करें...कैसे करें? तुम्हीं बताओ।" दो-तीन नौजवानों ने तनिक गुस्से में आकर कहा।

"तुम कुछ न करो। बस, यहाँ से दूर हो जाओ।" उनमें से एक बूढ़ी औरत ने कहा, तो वाकई वे नौजवान खिसककर दूर खड़े हो गए।

तब तक कुछ औरतें चिड़िया को प्रसन्न करने के लिए थालियों में मंगल-दीप सजाकर ले आईं। आगे-आगे बच्चे थे। उन्होंने मधुर गाने गाकर चिड़िया को प्रसन्न किया, तो वह फिर पहले की तरह चहचहाई, "तिरु-तिरु तिरु...!"

तभी चिड़िया के एकदम पास खड़े नील को कुछ सूझा। उसने कल रात को ही एक कागज पर चिड़िया का सुंदर सा चित्र बनाकर उस पर एक कविता भी लिखी थी। उसने जेब में पड़ा वह कागज निकालकर, चिड़िया का वह चित्र सबको दिखाया। बोला, "जरा पहचानिए तो, यही चिड़िया है न?"

सचमुच चिड़िया का बड़ा ही नायाब चित्र बनाया था नील ने। हर किसी ने उसकी तारीफ की।

मोहल्ले के ही मोटे दद्दा रामलुभाया नील को बहुत प्यार करते थे। स्वभाव से थोड़े हँसोड़ थे। उन्होंने नील का बनाया चित्र देखा तो हँसकर बोले, "आहा जी, चिड़िया का चित्र तो बड़ा गजब का बनाया हमारे नील ने। लगता है, अभी-अभी बोल पड़ेगी चिड़िया।... सच्ची-मुच्ची, चिड़िया से दिल की दोस्ती है हमारे नील की। वरना बताओ, ऐसा प्यारा चित्र कैसे बन जाता?"

रामलुभाया के लँगोटिया मित्र छक्कन बाबू बोले, "बिल्कुल...बिल्कुल, एकदम दुरुस्त फरमाया मोटे दद्दा ने। बल्कि सच्ची कहूँ मुझे तो लगता है, यह रहस्यमय चिड़िया धरती पर बस नील से ही मिलने आई है। तभी तो सारी दुनिया छोड़कर सीधे सुहासपुर के माँधी पार्क में चली आई...!"

मोटे दद्दा ने झट छक्कन बाबू की बात पकड़ी। फिर मूँछों में हँसते हुए बोले, "हाँ, भई, इसे पता था न, कि सुहासपुर के गाँधी पार्क में अपना नील जरूर किरकिट खेलता नजर आ जाएगा।...वाह, क्या गजब जोड़ी बनाई है राम जी ने भी, चिड़िया और नील...नील और चिड़िया...!"

सुनकर आसपास खड़े सब लोग जोर से हँस पड़े।

नील कुछ शरमा सा गया। फिर उसे चिड़िया पर लिखी कविता याद आई। बोला, "अब मैं तिरु-तिरु चिड़िया के लिए लिखी कविता सुनाता हूँ। इसे सुनकर चिड़िया को

जरूर खुशी होगी। आप सबको भी।" और फिर नील ने सुर में आकर कविता की वे लाइनें सुनानी शुरू कीं—

तिरु-तिरु चिड़िया, प्यारी चिड़िया,
प्यारी और दुलारी चिड़िया।
धीरे से मुसकाती हो तुम,
जादू सा कर जाती हो तुम।
तिरु-तिरु करके कुछ कहती हो,
इसीलिए अच्छी लगती हो।
भूल अगर कुछ हुई है हमसे
बुरा न मानो प्यारी चिड़िया,
तुम तो प्यारी अतिथि हमारी
तुम तो दोस्त हमारी चिड़िया।
अब तो हँस दो चिड़िया प्यारी,
खिल-खिल हँस दो चिड़िया प्यारी।

सुनकर चिड़िया खुश होकर चहचहाई, "तिरु-तिरु तिरु...!" और फिर एकाएक बड़े जोर से हँस पड़ी।

और फिर देखते ही देखते पार्क के अंदर का सारा नजारा बदल गया। पेड़ से लटके नत्था पहलवान और उसके साथियों के हाथ खुल गए थे। वे अब सिर झुकाए पार्क से वापस जा रहे थे।

फौजी करतार सिंह के हाथों से बंदूक छूट गई थी, पर अभी घाव थे। चुपचाप थके कदमों से वे भी वापस चल पड़े। हाँ, बच्चे खुश थे और चिड़िया के साथ झूम-झूमकर गा रहे थे, "तिरु-तिरु-तिरु...तिरु-तिरु-तिरुक्क...!"

दूर-दूर से आए लोग हैरानी से यह देख रहे थे और कानों पर मोबाइल लगाए अपने साथियों को बता रहे थे, "सचमुच, बड़ा ही अद्भुत दृश्य हमने देखा। खुद अपनी आँखों से। कोई और कहता, तो यकीन न होता। पर चिड़िया का जादू हमने देख लिया, और यह भी कि बच्चों से उसकी दोस्ती कितनी पक्की है!"

अखबारों के पत्रकार और टीवी के खबरची अब पार्क में मौजूद लोगों से बात करके, इस रहस्यमय चिड़िया के बारे में उनके विचार जान रहे थे। साथ ही बार-बार पूछ रहे थे,

"बताइए, अभी-अभी पार्क में आपने क्या नजारा देखा?"

बताते हुए लोगों की उत्तेजना और रोमांच देखने लायक था।

अब तो सुहासपुर का शायद ही कोई कोना हो, जहाँ उस जादूगर चिड़िया की चर्चा न हो। लोग परेशान नजरों से एक-दूसरे की ओर देखकर पूछते थे, "आखिर क्या चाहती है वह? क्यों आई है? अपनी बात साफ-साफ क्यों नहीं कहती?"

पुरानी सोच वाले लोगों का दिमाग कहीं और घूम रहा था। वे बार-बार एक ही बात कहते, "कहीं यह कोई प्रेतात्मा तो नहीं, जो चिड़िया की शक्ल में ढल गई हो...या फिर कलियुग में ईश्वर ने अपना दूत...?"

तरह-तरह की बातें! बातों में और बातें। इस तरह कुछ दिन और गुजरे और ये सचमुच पहेलियों जैसे दिन थे।

❒

[7]

मंगल ग्रह से आई चिट्ठी

फिर एक दिन उस पहेली के हल की एक छोटी-सी कुंजी भी मिल गई। यह लाल रंग का छोटा-सा पत्र था, जिसमें मोती जैसे सफेद अक्षरों में एक संदेश लिखा हुआ था। यह पत्र नील को मिला था।

जब वह सुबह उठा, तो उसके सिरहाने एक लाल रंग का सुंदर-सा लिफाफा पड़ा था। उसने झटपट खोला, तो अंदर से पत्र निकला, जिस पर लिखा था :

'प्रिय नील,

मैं मंगल ग्रह का तुम्हारे जैसा ही एक छोटा-सा बच्चा आस्तिक हूँ। तुम भारत देश के प्यारे से बच्चे हो। एकदम भोले-बाले। मुझे तुम्हारे बारे में उस लाल चिड़िया ने बहुत अच्छी तरह बता दिया, जिसे तुम जानते ही होगे। वह चिड़िया जब-जब आती है, तुम्हारी शराफत और भोलेपन की तारीफ करती है। इसीलिए लगा, तुम्हें यह पत्र लिखा जाए। शायद उस चिड़िया को लेकर तुम्हारे यहाँ काफी उथल-पुथल है। इसलिए कि तुम उसका संदेश नहीं समझ पा रहे हो। यह पत्र लिखना इसीलिए जरूरी लगा।

वह सुंदर लाल चिड़िया, जैसा कि तुम्हारे यहाँ बिट्टू ने एक दिन कहा था, मंगल ग्रह की ही चिड़िया है। इसे पकड़ने की कोई कोशिश न करे, क्योंकि यह आणविक शक्तियों से पूर्ण चिड़िया है। यह चाहे तो एक क्षण में हजारों लोगों को अपनी अणु-शक्ति से नष्ट कर दे। हालाँकि इसे सिखाया गया है कि अपने सफेद गोलकों और आँखों में छिपे अणु-अस्त्रों का इस्तेमाल इसे सिर्फ संकट के समय अपने आपको बचाने के लिए ही करना है।

यह हमारी शांति-दूत चिड़िया है, जो मेरा और मेरे जैसे लाखों मंगलवासियों का शांति का संदेश भारत के लोगों के लिए लेकर आई है।...

इस पत्र के साथ एक सी.डी भी है जिसमें मंगल ग्रह की भव्य इमारतों और प्रकृति की सुंदर दृश्यावलियाँ हैं। इससे हम लोगों के घर, रहन-सहन, व्यक्तित्व और वेशभूषा भी तुम्हें

पता चलेगी। खासकर यहाँ के सुंदर बच्चों के मुखमंडल, जो धरती के बच्चों से दोस्ती के लिए बेकरार हैं। हो सके, तो तुम भी एक छोटा-सा पत्र लिखो, जो यह चिड़िया हम तक पहुँचा देगी। साथ ही लिफाफे में कुछ फोटो भी डालना। हम भी भारत देश की सुंदर झाँकी देखना चाहते हैं।...अगर तुम भी एक ऐसी ही सी.डी. भेज सको भारत देश के लोगों और वहाँ के सुंदर प्राकृतिक नजारे के बारे में, तो क्या कहने!

शुभकामनाओं सहित—

तुम्हारा नया दोस्त, आस्तिक'

❐

[8]

नील का जवाब

नील ने बार-बार उस छोटे-से पत्र को पढ़ा जिसमें सचमुच सीधी-सच्ची निश्छल भावनाएँ थीं। पत्र बहुत अच्छी लिखाई में था और उस पर मंगल ग्रह के किस्म-किस्म के फूलों के चित्र बने हुए थे।

नील ने उसी समय एक सुंदर से सफेद कागज पर उस पत्र का जवाब लिखा :

'प्यारे आस्तिक, मैं नील। भारत देश का एक छोटा सा बच्चा। तुम्हें यह जानकर खुशी होगी कि इस सुंदर लाल चिड़िया को अब हमारे देश में सभी प्यार करने लगे हैं। हममें से बहुतों की पहले ही राय थी कि यह चिड़िया जरूर मंगल ग्रह से आई होगी। अब तुम्हारे पत्र से तो बात बिल्कुल साफ हो गई।... हम भारत देश के बच्चे तुमसे मंगल ग्रह के दूसरे लोगों से मिलने के लिए इतने ही व्याकुल हैं।

तुम्हारी भेजी हुई सी.डी. देखूँगा, फिर विस्तार से पत्र लिखूँगा। धरती के सुंदर दृश्यों की एक सी.डी. भी जल्दी ही भेजूँगा।

सस्नेह, तुम्हारा मित्र—नील'

नील ने अपना पत्र तहाकर एक लिफाफे में रख दिया और सोचने लगा, 'काश, वह चिड़िया अभी यहाँ आ जाती!' और यह सोचते ही झट से कमरे के अंदर उसे वही लाल चिड़िया दिखाई दी।

उस अनोखी चिडिया ने अपनी चोंच में पत्र को दबाया और आसमान में उड़ गई। हाँ, जाते-जाते उसने धीरे से कहा था, "धन्यवाद नील, धन्यवाद!"

यह देख, नील को बड़ी हैरानी हुई। 'अरे, यह तो बड़ी समझदार चिड़िया है!' उसने मन ही मन कहा।

साथ ही उसके मन में एक बात और भी आ रही थी। आस्तिक ने इस चिड़िया को 'शांतिदूत चिड़िया' कहा है। पर कहीं न कहीं यह चिड़िया मंगल ग्रह वालों की उन्नत

सभ्यता की भी प्रतीक है। मानो मंगल ग्रह के निवासियों ने बिना कुछ कहे, इस चिड़िया को भारत में भेजकर बता दिया हो कि सच्ची सभ्यता क्या होती है। और इनसान जैसे-जैसे सभ्य होता जाता है, उसका दिल भी बड़ा और उदार होता जाता है।

'सचमुच मंगल ग्रह और वहाँ के निवासियों में ऐसी बहुत सारी विलक्षण बातें हैं, जिससे हम लोग बहुत कुछ सीख सकते हैं। कम से कम मैं तो सीखने की कोशिश करूँगा, जरूर करूँगा।' नील ने अपने आप से कहा।

उसका हृदय उत्साह से छलछला रहा था।

❐

[9]

मंगल ग्रह के मोहक दृश्य

नील के पापा ने उसी शाम आस्तिक का वह पत्र सुहासपुर के अखबार 'प्रभात समाचार' में छपवा दिया। साथ ही मंगल ग्रह से आई सी.डी. के बारे में भी लिखा कि पहली बार मंगल ग्रह के मनमोहक प्राकृतिक दृश्य इस सी.डी. के जरिए भारतवासियों को देखने को मिलेंगे।

शाम तक हालत यह थी कि नील के घर के सामने हजारों लोग जमा थे, जो मंगल ग्रह से आई सी.डी. देखना चाहते थे। एक बड़े स्क्रीन पर प्रोजेक्शन की तैयारियाँ हुईं और सबने पहली बार मंगल ग्रह के लोगों को चलते-फिरते बोलते और हँसते देखा। उनके खूबसूरत मकान, दफ्तर, महल, इमारतें, पेड़ और रंग-बिरंगे फूल देखे। देख-देखकर लोग अघा नहीं रहे थे।

अगले दिन के अखबारों में इसे 'वैज्ञानिक दुनिया का एक बड़ा चमत्कार' कहा गया कि जिस मंगल ग्रह को सिर्फ 'सूखे पत्थरों का ग्रह' कहा जाता है, वहाँ इतना जीवन, इतनी हरियाली और इतनी धूमधाम है। और यही नहीं, वहाँ का विज्ञान धरतीवासियों से कहीं आगे पहुँचा हुआ है!

फिर तो हालत यह हुई कि रोज भारत देश से कोई न कोई संदेश मंगल ग्रह तक जाता और मंगल ग्रह से यहाँ तक आता। जो मंगल ग्रह पर जीवन की कल्पना को गप मानते थे, अब उन्हें भी यकीन हो गया था कि वे इस रहस्यमय ग्रह को ठीक से नहीं समझ पाए थे। उस ग्रह के चारों ओर पत्थर जरूर हैं, लेकिन बीच में जीवन की धारा भी बह रही है और लोग हजारों सालों से यहाँ रहते आ रहे हैं, बल्कि निरंतर तरक्की भी कर रहे हैं।

सुहासपुर के युवा वैज्ञानिक योगेश कुमार ने यही बात एक बार अपने पत्र में लिख भेजी थी। उसने लिखा—

"अभी तक के हमारे शोधों से तो यह निष्कर्ष निकलता था कि मंगल ग्रह पर कतई जीवन नहीं है, पर अब...यह चमत्कार! यकीनन चमत्कार!! विश्वास नहीं होता, पर करना ही पड़ता है।"

इस पर मंगल ग्रह की एक महिला वैज्ञानिक सुशांतिका का जवाब बड़ा ही कमाल का था। उसे सुहासपुर के सभी अखबारों ने पहले पन्ने पर सुर्खियों में छापा। मिस सुशांतिका ने लिखा—

'श्रीमान योगेश कुमार जी,

भारत देश के युवा वैज्ञानिक आपका प्यारा-सा जिज्ञासापूर्ण पत्र मिला, जिसका जवाब देने के लिए मंगल ग्रह के इस संचार-संस्थान में मुझसे कहा गया है। चाहूँ तो बहुत लंबा पत्र लिखकर मंगल ग्रह के जीवन और विकास के लिए लंबी जद्दोजहद की कहानी लिख सकती हूँ। पर वह फिर कभी।

अभी तो सिर्फ इतना ही कहना चाहती हूँ कि हम मंगल ग्रह के निवासी वैज्ञानिक खोजों और तकनीकी ज्ञान के मामले में आपसे कहीं ज्यादा विकसित हैं। सच तो यह है कि इसी के बल पर हमने खुद को छिपाना सीख लिया है।...हम लोग प्यार और शांति के पुजारी हैं और कई बार यह सोचकर काँप उठते हैं कि आह! धरती के लोग अब भी इतने बर्बर हैं और हथियारों की होड़ से नहीं उबर पा रहे हैं।

फिर भी मंगल ग्रह के कुछ लोगों का कहना था कि हम शांति की पहल करें तो धरती पर भी एक नया शांति का दौर आ सकता है। वह चिड़िया हमारी ओर से भेजी गई शांतिदूत ही थी।...

पहल हमने की और वहाँ लोगों ने तो उसे ही पकड़ने की कोशिश की। यह तो भला हो हमारे वैज्ञानिकों का, जिन्होंने उस चिड़िया को दिव्य अणु शक्तियों से संपन्न करके भेजा है, वरना तो धरती पर लोग न जाने उसका क्या हाल करते? अब तो आप अच्छी तरह समझ ही गए होंगे कि धरतीवासियों से खुद को छिपाकर रखना क्यों हमारी मजबूरी थी? आशा है, आप मेरी साफगोई का बुरा न मानेंगे।

शुभकामनाओं सहित, सुशांतिका'

इस पर युवा वैज्ञानिक योगेश कुमार ने अपनी कुछ और जिज्ञासाएँ लिख भेजीं, जो बहुत समय से उन्हें परेशान कर रही थीं।

जवाब में सुशांतिका ने और भी विस्तार से अपनी बातें लिख भेजीं। उसने कहा, मंगल ग्रह पर जल की खोज करने की जो कोशिशें आज आप लोग कर रहे हैं, क्षमा करें, वे हम लोगों ने कोई दो-ढाई हजार बरस पहले ही कर ली थीं। हमारे प्रतिभावान पुरखों ने, जिन्होंने पहले पहल वहाँ पाँव रखे, न सिर्फ वहाँ जल की खोज की, बल्कि बस्तियाँ बसाईं और हर

तरह की वनस्पतियाँ उगाईं। अब मंगल ग्रह केवल उच्चतम वैज्ञानिक खोजों में ही अग्रणी नहीं है, बल्कि एक बड़ी उन्नत सभ्यता की विजय पताका लहरा रहा है।

जल्दी ही धरती के लोग भी उससे सीखेंगे, और यहाँ के सभी देशों में मंगल पर नए सिरे से शोध और आविष्कारों की शुरुआत होगी।

अंत में उसने लिखा, "मैं जल्दी ही आपके देश में आने की योजना बना रही हूँ। जब भी आऊँगी, आपसे मुलाकात जरूर होगी।"

दिलों का यह संवाद धीरे-धीरे आगे बढ़ रहा था। और इतना ही नहीं, पहली बार भारत देश और मंगल ग्रह के बीच बारीक तारों से एक ऐसा सेतु बन रहा था, जो एक नए भविष्य की कहानी सुना रहा था।

कल तक जो अकल्पनीय था, वह अब सामने था, और आँखों से नजर आता था।

हर कोई इस नए परिवर्तन का साक्षी बनना चाहता था।

❐

[10]

नील गया मंगल ग्रह पर

भारत देश और मंगल ग्रह के बीच आपसी विश्वास का एक नया रिश्ता कायम हो चुका था। और फिर थोड़े ही समय बाद, मंगल ग्रह के लोगों का भारत भूमि पर और भारत के लोगों का मंगल ग्रह पर आना-जाना शुरू हो सके, इसके लिए अच्छे यान बनाने की जरूरत हर किसी ने महसूस की।

यह ऐसी चीज थी, जिसे कुछ समय पहले लोग असंभव मानते थे। लेकिन असंभव अब संभव हो रहा था।

भारत और मंगल ग्रह के निवासियों, दोनों ने ही इसे एक ऐतिहासिक घटना माना कि हजारों बरस पहले का संबंध अब एक ठोस रूप लेना चाहता है।

इसी का नतीजा था कि भारत में बड़े-बड़े वैज्ञानिकों को भी अपनी धारणाएँ बदलनी पड़ रही थीं। मंगल ग्रह अब एक नई चौंकाने वाली परिकल्पना और नई थीसिस के साथ सामने आया था। और विज्ञान की पुरानी सोच के आगे एक के बाद एक नई चुनौतियाँ खड़ी कर रहा था।

पूरी दुनिया में इसे महसूस किया गया। साइंस जर्नल्स में भी इस पर कई अचंभित करने वाले शोध-पत्र सामने आ रहे थे।

यों पिछले कुछ वर्षों में दुनिया बड़ी तेजी से बदली थी, और इसके कुछ अच्छे पहलू भी थे। इसलिए मंगल की यात्रा धरती पर किसी एक देश से दूसरे देश की यात्रा सरीखी ही थी।

प्रधानमंत्री ने इसरो को यह जिम्मा दिया था कि वह भारत देश से मंगल ग्रह तक की यात्रा के लिए विशेष यान बनाए। यह भी बता दिया गया कि यह यात्रा मानव रहित यात्रा न होगी। बल्कि भारतीय यात्रियों का पहला दल मंगल की यात्रा पर जाने वाला था। उनमें बच्चे ही अधिक होंगे, और सारी दुनिया की निगाहें उस पर होंगी। इसलिए यान के सुरक्षित मंगल ग्रह पर जाने और लौटने की पूरी व्यवस्था की जाए।

और कुछ महीनों बाद ही ऐसा यान बनकर तैयार हो गया, जिसमें हर तरह की सुविधा थी। यात्रा पूरी तरह सुरक्षित हो, इसके लिए भी कई तरह के इंतजाम थे।

आस्तिक और मंगल ग्रह के दूसरे बच्चों के आग्रह पर, धरती से सबसे पहले नील अपने कुछ मित्रों के साथ गया। यान के मंगल ग्रह पर पहुँचते ही, सारी दुनिया में उत्सव जैसा माहौल नजर आने लगा।

नील ने वहाँ की एक विशाल सभा में मंगल ग्रह के लाल-सफेद झंडे के साथ-साथ भारत का तिरंगा भी लहराया। इसके चित्र दुनिया के सारे टेलीविजन चैनल्स पर बड़ी प्रमुखता के साथ दिखाए जा रहे थे। उसने कैसे खुशनुमा रंगों वाले कपड़े पहने हैं, या उसकी चाल में कैसी चुस्ती-फुर्ती और बेबाकी है, उसका बात करने का ढंग कितना आकर्षक है, हर चीज की चर्चा हो रही थी।

मंगल ग्रह पर नील और उसके मित्रों का बड़ा भव्य स्वागत हुआ। आस्तिक और मंगल ग्रह के हजारों बच्चों ने उनके लिए एक शानदार आयोजन किया। यह ऐसा कार्यक्रम था, जिसमें कोई बड़ा आदमी न था। बस, बच्चे ही सारा कुछ कर रहे थे। आपस में एक-दूसरे का परिचय जानने से कार्यक्रम की शुरुआत हुई।

फिर भारत देश और मंगल ग्रह के कुछ बच्चों ने अपने घर-परिवार, गली-मोहल्ले के दोस्तों और स्कूल के बारे में एक से एक मजेदार बातें बताईं।

कार्यक्रम अब रंग पकड़ चुका था।

इसके बाद तरह-तरह के स्वादिष्ट पकवानों की दावत का जोरदार इंतजाम था। अंत में गीत-संगीत और नृत्य, जिसमें बच्चे इतनी मस्ती से थिरक रहे थे, कि उन्होंने अपने साथ-साथ पूरे मंगल ग्रह को भी झुमा दिया।

आस्तिक से नील की दोस्ती पत्रों के जरिए शुरू हुई थी। पर अब यह इतनी गहरी हो चुकी थी कि हर जगह नील और आस्तिक एक-दूसरे का हाथ पकड़े, मंगल ग्रह के दर्शनीय स्थलों की यात्रा करते नजर आते। कभी किसी बात पर वे एक साथ खिलखिलाकर हँस पड़ते, तो चारों ओर आनंद का संगीत सा बिखर जाता।

धरती और मंगल ग्रह के सभी टेलीविजन चैनलों में नील और आस्तिक के हँसते हुए, प्रसन्न चेहरों को प्रसारित करने की होड़ थी।

अगले दिन मंगल ग्रह के प्रधानमंत्री अक्षय कीर्तितिलके ने नील और उसके दोस्तों को अपने कार्यालय में मिलने के लिए बुलाया। वहाँ उनकी नील और उसके दोस्तों के साथ बड़ी अच्छी बातचीत हुई।

मंगल ग्रह के प्रधानमंत्री अक्षय कीर्तितिलके ने जब बताया कि इस सुंदर ग्रह को भारतीयों ने ही बसाया है, तो हर कोई हैरान रह गया। उन्होंने बताया कि हजारों बरस पहले भारत से ही यहाँ बड़े धुनी और दिलेर लोग आए, जिन्होंने खूब मेहनत करके यहाँ मानव बस्तियाँ बसाईं। हमारे लिए यह बड़े गौरव की बात है कि हम उनकी संतानें हैं। यही कारण है कि यहाँ लोगों के मन में भारतीय संस्कृति के लिए ब्रड़ा प्रेम और आदर भाव है।

नील बड़े गौर से मंगल ग्रह के प्रधानमंत्री अक्षय कीर्तितिलके की बातें सुन रहा था। उनकी बात पूरी होते ही उसने कहा, "प्रधानमंत्री जी, आपका नाम जानकर मेरे मन में बड़ी उत्सुकता थी। मैं जानना चाहता था कि आपका नाम बिल्कुल भारतीय नामों जैसा क्यों है? पर अब आपकी बात सुनकर मन में जो सवाल था, उसका खुद-ब-खुद उत्तर मिल गया।"

सुनकर अक्षय कीर्तितिलके हँसने लगे। बोले, "नील, मुझे यह जानकर खुशी हुई कि तुम समझदार भी हो, और नई-नई चीजों के बारे में सोचते भी हो। यही बात एक दिन तुम्हें बहुत आगे ले जाएगी।"

सुनकर नील ने सिर झुकाकर उनके प्रति आदर प्रकट किया।

प्रधानमंत्री कीर्तितिलके से नील की यह बातचीत मंगल ग्रह के सभी दूरदर्शन चैनल्स पर छाई रही।

जल्दी ही मंगल ग्रह के निवासी नील से प्यार करने लगे। सब उसके बारे में ज्यादा से ज्यादा जानना चाहते थे। इसलिए मंगल ग्रह के सबसे बड़े राष्ट्रीय चैनल भुवन भास्कर ने नील से एक विशेष बातचीत को प्रसारित किया। नील से यह बातचीत आस्तिक ने की थी, जिसने उसके घर-परिवार के लोगों, स्कूल और उसकी विशेष रुचियों के बारे में बहुत सी बातें पूछीं। नील ने इतने रोचक ढंग से आस्तिक के सवालों का जवाब दिया कि हर कोई उसकी प्रशंसा कर रहा था।

फिर तो अगले कई दिनों तक नील मंगल ग्रह के सभी चैनल्स पर छाया रहा।

फिर नील की इच्छा जानकर उसे मंगल ग्रह के कुछ स्कूल दिखाने की योजना बनी।

'हरित अभियान' स्कूल की प्रधानाचार्य सुरीना देवमालिका ने इस काम में नील की बड़ी मदद की। उनके साथ जाकर नील ने एक-एक स्कूल में पढ़ाई का ढंग, खेलकूद का मैदान तथा मंगल गह के विद्यार्थियों के तरह-तरह के खेलों के बारे में जानकारी ली। उसे आश्चर्य हुआ कि मंगल ग्रह के बच्चों के बहुत से खेल भारतीय खेलों से एकदम मिलते-जुलते थे। हाँ, उनके नाम कुछ अलग थे।

फिर वे नील को अपना 'हरित अभियान' स्कूल दिखाने ले गईं। नील को यह स्कूल सबसे अधिक भाया। उसे पता चला कि यहाँ के अध्यापक क्लास के आगे खड़े होकर नहीं पढ़ाते, बल्कि कक्षा में बच्चे और अध्यापक साथ-साथ कुर्सियों पर बैठते हैं, और बड़े प्यार से बातें करते हैं। इससे बच्चों को पढ़ाई बोझ नहीं लगती। बल्कि वे पढ़ने-लिखने का आनंद लेते हैं, और बहुत जल्दी सीखते हैं।

नील ने एक बात और नोट की कि मंगल ग्रह पर ज्यादातर कक्षाएँ गोलाकार होती हैं, और एकदम बीच में क्लास मैडम की कुर्सी होती है, ताकि वे सबसे बात कर सकें। बच्चे भी उनसे हँसी-खुशी बात करते हैं।

नील को सबसे अधिक यही बात पसंद आई। उसे लगा, पढ़ाई-लिखाई का इससे प्यारा और दोस्ताना ढंग कुछ और हो नहीं सकता।

इतना ही नहीं, बल्कि महीने में कम से कम दस-पंद्रह दिन बच्चों को गाँव के खेतों, बाग-बगीचों आदि में ले जाया जाता था, ताकि वे जानें कि फसलें उगती कैसे हैं। साथ ही हम लोग जो गेहूँ, चावल, दालें और सब्जियाँ खाते हैं, वे आखिर कहाँ से आती हैं। इसी तरह कपड़े, चाकलेट, बिस्कुट, खिलौने, खेल-कूद का सामान, और तरह-तरह की उपयोगी चीजें बनाने वाले उद्योगों और फैक्टरियों में भी उन्हें घुमाने के लिए ले जाया जाता था, ताकि वे जानें कि जिन चीजों का हम लोग रोजाना इस्तेमाल करते हैं, वे आखिर बनती कैसे हैं, और फिर कैसे हमारे घरों तक आती हैं?

यहाँ तक कि जंगलों और अभयारण्यों में बच्चों को घुमाने के लिए विशेष तरह की आकर्षक रेलगाड़ियाँ बनाई गई थीं। बच्चे उन पर सवार होकर घूमते हुए पिकनिक का आनंद लेते। साथ ही इस मजेदार यात्रा में वन्यजीवों के बारे में उन्हें बड़ी ही अच्छी जानकारी भी मिल जाती थी।

'वाह सुंदर! यही तो होना चाहिए था। कितनी अच्छी बात है कि मंगल ग्रह की शिक्षा किताबी शिक्षा नहीं है।' नील ने मन ही मन कहा।

उसने सोच लिया था कि भारत में जाकर वह यह बात सब लोगों को बताएगा, ताकि वे इस बारे में नए ढंग से सोचना शुरू करें। वहाँ के अखबारों और टीवी में इस पर खुलकर चर्चा हो, तो शायद कुछ बात बन सकती है।

उधर थोड़े ही दिनों में नील ने मंगल ग्रह के लोगों के दिल में जगह बना ली थी। वे नील की प्रशंसा करते अघाते न थे।

"नील सचमुच एक बुद्धिमान बच्चा है। उसे तो बहुत पहले यहाँ आना चाहिए था।... अफसोस, हमने भारत देश में जाकर वहाँ आपसी विश्वास कायम करने का अभियान बहुत देर से शुरू किया। नहीं तो नील जैसे बच्चे बहुत पहले हमारे यहाँ आ सकते थे।" मंगल ग्रह के लोग अकसर यह कहते सुनाई देते।

लेकिन फिर बात अकसर यहीं आकर खत्म होती कि "जो भी हो, हँसी-खुशी के ये पल भुलाए नहीं जा सकते।"

नील ने मंगल ग्रह पर रहकर वहाँ के खेल के मैदान देखे, जो हर वक्त गुलजार रहते थे। साथ ही उसने वहाँ छपी बच्चों की सुंदर किताबें पढ़ीं। उनमें 'नानी की कहानियों की किताब' उसे बहुत पसंद आई। इतना ही नहीं, वहाँ छपी विज्ञान की किताबें भी बड़ी सुंदर और रोचक थीं। नील यह देखकर हैरान रह गया कि वहाँ पहली कक्षा के बच्चे भी ज्ञान-विज्ञान के बारे में उससे कहीं अधिक जानते थे। हालाँकि यह सब उन्हें खेल-खेल में किस्से-कहानियों के रूप में ही पढ़ाया जाता था।

नील को मंगल ग्रह की पढ़ाई-लिखाई का ढंग आदर्श लगा। और उसने एक चुनौती भी महसूस की कि हम भी अपने प्यारे देश भारत में पढ़ाई-लिखाई का यह नया ढंग लाकर दिखाएँगे।

प्रकृति के बीच कक्षाएँ लगाना सचमुच पढ़ाई का नया तौर-तरीका था। नील ने इस बारे में बहुत सोचा। बहुत सीखा भी।

❒

Tiru-tiru-tiru

[11]

मंगल ग्रह से आए मेहमान

नील मंगल ग्रह से लौटा तो वहाँ के बारे में महीनों तक इतनी बातें बताता रहा कि लोग सुनते और चकित होते। सुशांतिका दीदी ने किस तरह उसे मंगल ग्रह की हैरान कर देने वाली वैज्ञानिक खोजों के बारे में बताया, उसने इस पर एक लंबा लेख लिखकर भी अखबार में छपवाया।

कुछ समय बीता। फिर मंगल ग्रह से पहली बार आस्तिक और सुशांतिका आए। वे नील से मिले और सुहासपुर में जगह-जगह घूमे। जिधर भी वे जाते, उन्हें देखने और बातें करने के लिए लोगों का हुजूम उमड़ पड़ता। वापस लौटने से पहले सुशांतिका डॉ. योगेशकुमार से भी मिली। बोली, "युवा वैज्ञानिक क्षमा करें, आपने मेरी बात का बुरा तो नहीं माना?"

योगेशकुमार ने इस पर हँसते हुए कहा, "हर दोस्ती और सच्चे प्यार की शुरुआत साफगोई से ही होती है।...क्यों, मैं ठीक कर रहा हूँ न!"

इस पर योगेशकुमार ओर सुशांतिका साथ-साथ खिलखिलाए।

जब मंगल ग्रह के निवासियों का दल धरती से विदा हो रहा था, तो नारे लग रहे थे, 'भारत और मंगल ग्रह की दोस्ती अमर रहे!...'

प्रधानमंत्री ने एक विशेष संदेश भेजकर मंगल ग्रह से आए निवासियों का स्वागत किया था।

हवा में भारत का तिरंगा और मंगल ग्रह का लाल-सफेद झंडा साथ-साथ लहरा रहे थे। और मंगल ग्रह की लाल जादूगरनी चिड़िया हवा में मँडराती हुई, अपना मीठा गाना गा रही थी, "तिरु-तिरु-तिरु... तिरु-तिरु-तिरु... तिरु-तिरु-तिरुक्क!"

❐

खंड-5

सुनो पुकार धरती की

[1]

गोपा दादी का अनोखा जुलूस

गोपा दादी अब बूढ़ी हो चुकी थीं। माथे पर झुर्रियाँ। हाथ-पैर, शरीर थोड़ा दुबला ही। पर मन मजबूत था गोपा दादी का। शायद पहले से भी ज्यादा। वे महान देश भारत की बेटी थीं, और अपने देश के लिए कुछ कर गुजरने का जज्बा इस उम्र में भी, उनके मन में जरा भी कम नहीं हुआ था।

कोई अस्सी बरस की तो जरूर होंगी गोपा दादी। सो कमर कुछ झुक आई थी। चलते वक्त लाठी का सहारा लेना पड़ता था। लेकिन पैरों में अब भी फुर्ती थी। लोगों से मिलने या टहने निकलतीं तो इस अवस्था में भी चार-पाँच मील तो आराम से चल लेतीं।

अब भी वे गाँव-गाँव जाती थीं और लोगों में धरती को हरा-भरा बनाए रखने का अलख जगाती थीं।

वे जगह-जगह जाकर लोगों से संकल्प करवातीं कि कुछ और नहीं तो पाँच पेड़ तो हर साल हम जरूर लगाएँगे। सिर्फ लगाएँगे ही नहीं, बड़े होने तक उनकी पूरी देखभाल भी करेंगे। बेटे-बेटियों की तरह।

गोपा दादी के कहने पर लोग अपने लगाए हुए पेड़ों के सुंदर से नाम भी रखते। सोनम, बिट्टू, निम्मू, अलका, जस्सू, पुंपू, देबू, मुटकल, माखन, मिसरी, अलामू, श्यामल, फूलाँदेई, निक्कू, ललुआ और भी न जाने क्या-क्या। फिर अपने बेटे-बेटियों की तरह लाड़-प्यार से उनका पालन-पोषण करते।

शुरू में लोगों को यह अटपटा लगता था। कुछ तो गोपा दादी पर हँसते भी थे। हँसते-हँसते कहते, "लगता है, इनका दिमाग कुछ चल गया है। जब देखो, तब दौड़ती रहेंगी। यहाँ से वहाँ, वहाँ से वहाँ। और फिर पता नहीं, क्या-क्या अल्लम-गल्लम भाषण देती रहती हैं। अब बताओ भला, पेड़ लगाने से क्या हो जाएगा? कोई स्वर्ग तो धरती पर उतर नहीं आएगा!"

पर गोपा दादी पर कोई फर्क न पड़ता। वे तो बस, मगन होकर अपने काम में लगी रहतीं। यही उनकी जिंदगी थी, यही तपस्या। कभी-कभी लोगों को बड़े शांत मन से अपनी बात समझातीं। बोलतीं तो जैसे मुँह से प्यार के मोती झरते। दूर-दूर से लोग उनकी ओर खिंचते चले आते।

धुन की पक्की थीं गोपा दादी। लिहाजा वे अपनी राह पर चलतीं, तो बस चलती चली जातीं। आँधी हो, बारिश या फिर भीषण लू-लपटें, कोई उनकी राह को न रोक पाया। उनके बढ़ते कदम बस आगे बढ़ते ही चले जाते।

राह में जो भी निकट आया, उसके कंधे का तनिक सहारा वे ले लेतीं। फिर उसे बस एक ही बात समझातीं कि "देखो भाई, ये पेड़-पौधे हमारे प्यार और ममत्व के भूखे हैं। अगर हम इनको प्यार से पालेंगे तो वे इतनी खुशियों से हमारी झोली भर देंगे, कि जिंदगी भर वे खत्म नहीं होंगी।...पेड़ों की हरियाली बची रही तो हमारे चेहरे पर भी हँसी-खुशी की छाप होगी, नूर होगा। हमारे दिलों में प्यार और मोहब्बत होगी। और यह दुनिया सुंदर, सुंदर और बहुत सुंदर बन जाएगी।..."

लोग गोपा दादी की बातें सुनकर अपने आप को भीतर-बाहर से बदलता महसूस करते। एक-दूसरे से कहते, "हाँ भाई, हाँ! बात तो सोलह आने सही है गोपा दादी की।...वे तो सच्ची-मुच्ची, देवी हैं, देवी। गोपा दादी के दिल में हर किसी के लिए प्यार है। उनका अपना कोई स्वार्थ तो है नहीं। वे तो बेचारी रात-दिन मेहनत कर रही हैं धरती की हरियाली बचाने के लिए। इसमें हम सबका ही भला है।...तो फिर हम क्यों न इनका साथ दें?"

गोपा दादी अपनी बुढ़ापे वाले शरीर में भी तेज-तेज कदमों से चलतीं। कोई कुछ पूछता तो धीरे से कहतीं, "मैं तो दुनिया को सुंदर बनाने के लिए निकली हूँ। जिनको भी लगता है कि हमें एक नई और सुंदर दुनिया बनानी चाहिए, वे मेरे साथ चलें! दीए से दीया जलेगा तो यह सारी धरती जगमग हो जाएगी!"

गोपा दादी की बातों का लोगों पर जादू जैसा असर होता। इसलिए जहाँ भी वे जातीं, देखते ही देखते सैकड़ों लोग उमड़ पड़ते और उनके साथ हो लेते। एक अनोखा जुलूस-सा बन जाता। हरियाली के कद्रदानों का जुलूस!

रोशनी के जगमग-जगमग दीयों का जुलूस! प्यार और हमदर्दी का जुलूस...!

और तब सारी धरती सचमुच जगमग-जगमग सी लगने लगती।

मधुर धुन में गीत गाते हुए लोग आगे चल पड़ते। यह धरती की हरियाली को बचाने

का गीत था। साथ ही इस धरती पर जो कुछ भी सुंदर है, उसे बचाने का गीत। गोपा दादी ने बच्चों के साथ बैठकर, खुद लिखा था यह गीत—

धरती की हरियाली को
हम बचाएँगे,
पेड़ों की हर डाली को
हम बचाएँगे,
गेहूँ-जौ की बाली को
हम बचाएँगे,
नई सुबह की लाली को
हम बचाएँगे।
नदियों की निर्मलता को
हम बचाएँगे,
कलियों की कोमलता को
हम बचाएँगे,
फूलों की मुसकानों को
हम बचाएँगे,
हँसी-खुशी के गानों को
हम बचाएँगे।
धरती पर हम खुशियों की
फसल उगाएँगे,
ऊसर में भी हरियाली
लेकर आएँगे!
नया इतिहास बनाएँगे,
समूचा देश जगाएँगे—
यही संकल्प हमारा है,
यही संकल्प हमारा है...!

ऐसे और भी गीत थे। एक से एक मधुर गीत, जिनमें गोपा दादी का हृदय बोलता था। वे गोपा दादी के साथ-साथ और लोगों को भी याद हो गए थे। खासकर बच्चों को। प्यारे-प्यारे

गीतों के सुर उठाता यह जुलूस जिधर जाता, लोगों में एकदम जोश छा जाता।

साथ में छोटे-छोटे पौधे, खुरपी, फावड़ा, रस्सी और पानी से भरी बालटियाँ लिए लोग थे। वे चलते-चलते रुककर सड़क के किनारे पौधे लगाते।

गोपा दादी हर पौधे में अपने हाथ से पानी डालकर परिक्रमा करतीं, फिर आगे बढ़ जातीं।

पीछे-पीछे लोगों का पूरा जुलूस भी चलता। जैसे आनंद और उत्साह की आँधी उठ रही हो। गोपा दादी के साथ-साथ जैसे आसमान भी पुकार रहा हो—

धरती की हरियाली को
हम बचाएँगे,
पेड़ों की हर डाली को
हम बचाएँगे,
गेहूँ-जौ की बाली को
हम बचाएँगे,
नई सुबह की लाली को
हम बचाएँगे।
हम बचाएँगे, हम बचाएँगे,
अजी, हम बचाएँगे...!

समय बदला था, और समय के साथ बहुत कुछ बदलता जा रहा था। गोपा दादी ने साबित कर दिया था कि दिल मजबूत हो, तो हम सच्ची-मुच्ची दुनिया बदल सकते हैं।

❐

[2]

रुनकपुरा की बेटी

ऐसा एक-दो नहीं, कोई सत्तर बरसों से हो रहा था। जी हाँ, पूरे सत्तर बरसों से!

इस इलाके में जो पहले रूखा-सूखा सा था, अब हरियाली और खुशहाली इस कदर छा गई थी कि देश के नक्शे पर रुनकपुरा का नाम रोशनी की मीनार की तरह चमकने लगा था।

लोग कहते, "गोपा दादी रुनकपुरा की आत्मा हैं। जब वे चलती हैं तो उनके साथ-साथ रुनकपुरा का भाग्य चलता है।...सब ओर खुशियों की रुनझुन सुनाई देती है।"

कोई-कोई यह भी कहता, "रुनकपुरा को बनाया तो भगवान ने। पर इसे सँवारा गोपा दादी ने।"

सचमुच, अपने हाथों से गोपा दादी ने रुनकपुरा को तराशा था, और इसमें नए प्राण डाल दिए थे।

गोपा दादी का व्यक्तित्व सदाबहार था। इसलिए हर वक्त वे हँसती, मुसकराती सी लगतीं। दुख की तनिक सी छाया भी कभी उनके चेहरे पर नजर न आती। हमेशा वे जोश से भरी हुई दिखाई देतीं और लोगों को अपने इस अनोखे कारवाँ से जोड़ती चलतीं।

बूढ़ी हो चुकी थीं गोपा दादी, पर अब भी उनके भीतर बच्चों का-सा दिल था। बच्चों का सा उत्साह। इसलिए बच्चे, बूढ़े हों या नौजवान, सबमें वे कुछ न कुछ करने का जोश भर देती थीं। सभी गोपा दादी से रोशनी की एक किरण पाने के लिए दौड़ पड़ते। उनका एक शब्द या कोई छोटी सी बात भी लोगों का जीवन बदल देती।

शायद इसीलिए गोपा दादी ने इतना काम किया कि दुनिया भर के लोग हैरान होकर देख रहे थे कि एक गाँव की साधारण सी अनपढ़ औरत में इतनी ताकत आई कहाँ से?...क्या गोपा दादी कोई जादू जानती हैं?

उनका बस, एक शब्द ही कैसे हजारों लोगों में जोश भर देता है कि देखते ही देखते एक कारवाँ बन गया, और वह लगातार आगे बढ़ता जा रहा था।

बहुत मामूली सी भाषा। बहुत मामूली से शब्द। मामूली रहन-सहन। सब कुछ मामूली। पर उनमें एक जगमग आत्मा थी, जिससे सब कुछ जगमग होता जाता था।

पिछले सत्तर सालों में उन्होंने जगह-जगह जाकर लाखों पेड़ लगाए। धरती को हरियाले वस्त्र

पहनाए। दुख और मुश्किलों में भी आशा के दीए जला दिए। इसलिए केवल रुनकपुरा के लोग ही नहीं, सारी दुनिया के मशहूर लेखक, पत्रकार, चिंतक और पर्यावरण मित्र भी उन्हें 'धरती की सच्ची बेटी' कहकर पुकारते हैं।

कोई साल भर पहले दूरदर्शन ने उन पर बनी पूरी एक घंटे की फिल्म दिखाई। उसमें उनके दुख-दर्द और तकलीफों की पूरी कहानी थी। आँसुओं से डब-डब कहानी। और उनका लंबा संघर्ष भी। रोंगटे खड़े कर देने वाला।

जिसने भी देखा, उसकी आँखें भीगती चली गईं।

तब दुनिया भर के लोगों ने पहली बार उनके अनकहे दुख और तकलीफों को जाना, जिन्हें अंदर ही अंदर छिपाए, गोपा दादी हमेशा हँसती-मुसकराती रहती हैं।

दूरदर्शन पर बनी इस फिल्म को देखकर, गोपा दादी के भीतर बैठी एक और गोपा को लोगों ने देखा। बड़े ही मजबूत दिल, मजबूत इरादों वाली एक छोटी सी बच्ची, जो मुश्किलों से जरा भी नहीं घबराई। और फिर एक दिन उसने अपनी तकदीर बदलकर दिखा दी। साथ ही रुनकपुरा की तसवीर भी।

इस फिल्म के जरिए लोगों ने गोपा दादी की कहानी को पहली बार जाना। और तब देश-दुनिया से एक साथ आवाजें आई थीं—

'ओह, शी इज ग्रेट...!'

'वे गौतम बुद्ध का नया अवतार लगती हैं...!'

'नहीं-नहीं, वे अन्नपूर्णा देवी हैं...!'

'सच, गोपा दादी जैसा कोई नहीं...!'

'वे धरती की सबसे महान पुत्री हैं...!'

अगले दिन दुनिया के कई जाने-माने अखबारों और पत्रिकाओं की यही मुख्य सुर्खी थी। हर कोई गोपा दादी के बारे में ज्यादा से ज्यादा विस्तार से बताना चाहता था। समाचारों के साथ-साथ बड़े-बड़े लेख भी। किसी-किसी ने तो गोपा दादी के आसपास के लोगों से बात करके, उनके लंबे संघर्ष की कहानी भी छाप दी थी।

पर लोग थे जो उनके बारे में और जानना चाहते थे। वह सब, जो सिर्फ गोपा दादी को ही पता था। पर उनसे पूछो तो कभी वे थोड़ा बतातीं। कभी एकदम चुप्पी साध लेतीं। तब उनसे एक शब्द भी निकलवा लेना मुश्किल था।

तो क्या गोपा दादी की पूरी कहानी कभी सामने न आएगी? लोग हैरान होकर सोचते। पर करते भी क्या!

❐

[3]

दादी, कैसा था आपका बचपन?

फिर एक बार की बात। गोपा दादी अपनी कुटिया में छोटे-छोटे बच्चों के साथ बैठी बातें कर रही थीं। उनके चेहरे पर काफी झुर्रियाँ दिखाई देने लगी थीं। जैसे झुर्रियों ने अपना घर बना लिया हो। पर आवाज एकदम कड़क। बीच-बीच में उनकी मीठी हँसी बच्चों को रिझा लेती।

वे बच्चों के बीच बैठकर बिल्कुल एक नन्ही बच्ची बन गई थीं। शायद इसीलिए पुराने दिन उन्हें याद आने लगे थे। खासकर उनका बचपन, जिसमें बहुत सारी दुख-तकलीफें थीं। फिर भी उन्होंने हार नहीं मानी। कोई था जो उनसे कहता, 'नहीं गोपा, नहीं, तुझे हारना नहीं है। तुझे जीना है। देखना, एक दिन तू सारी दुनिया के लिए आशा की किरण बनेगी गोपा। तू बड़े-बड़े काम करेगी और सारी दुनिया में तेरा नाम होगा...!'

गोपा दादी पुरानी यादों में एकदम खो सी गई थीं। उन्हें चुप देखकर नन्हे देबू ने पूछ लिया, "आप क्या सोच रही हैं गोपा दादी? हमें नहीं बताएँगी!"

कोई पाँच-छह बरस का नन्हा-मुन्ना सा देबू। एकदम गोलू-मटोलू। गोपा दीदी का लाड़ला।

सुनकर गोपा दादी का ध्यान टूटा। वे थोड़ा अचकचाईं। फिर एक झटके से जैसे पुराने दिनों की याद से निकलकर वर्तमान में आ गई हों। नन्हा देबू और उससे थोड़ी सी बड़ी लतिका। दोनों एकटक उनकी ओर देख रहे थे। जैसे, जानना चाहते हों, आज गोपा दादी को हुआ क्या?

अब गोपा दादी को कुछ तो बताना ही था। मगर क्या बताएँ, क्या नहीं। और फिर कहाँ से शुरू करें, कहाँ खत्म? उन्हें कुछ समझ में नहीं आया।

वे धीरे से हँस पड़ीं। फिर हँसते-हँसते बोलीं, "कुछ नहीं, बच्चो। कुछ नहीं...! बस, जरा अपना बचपन याद आ गया।"

"आपका बचपन...! कैसा था गोपा दादी, आपका बचपन?" साँवले रंग की हँसमुख लतिका ने जानना चाहा।

वह बोलती थी तो उसकी दोनों चोटियाँ हवा में हिलतीं। देखकर गोपा दादी को बड़ा अच्छा लगता।

गोपा दादी कुछ बतातीं, इससे पहले ही गोलू-मटोलू देबू ने कहा, "गोपा दादी, आप रोज हमें कहानियाँ सुनाती हैं, पर आज हम आपकी कहानी सुनेंगे।...जरा बताइए तो, आपने यह पेड़ लगाने का सिलसिला कब से शुरू किया, और क्यों शुरू किया? किसने आपको यह राह सुझाई? और हाँ, अपने बचपन की कहानी भी जरूर सुनाइए। आप क्या बिल्कुल हमारे जैसी थीं?"

पास बैठी छोटी सी शीना ने भी देबू के सुर में सुर मिलाकर कहा, "हाँ-हाँ, दादी सुनाइए...! आप आज सुनाइए ना अपनी कहानी! मेरी दादी कहती हैं, गोपा दादी से बड़ा कोई पेड़ों का दोस्त नहीं है इस दुनिया में। उनकी तो जान ही पेड़-पौधों में बसती है।"

गोपा दादी हँसकर बोलीं, "बेटा, शरीर में कहीं जख्म होता है तो दवा लगाकर पट्टी बाँधी जाती है। यह किसी से सीखने की जरूरत नहीं। यह तो सभी जानते हैं।...ऐसे ही धरती के जख्म मैंने देखे। बड़े-बड़े जख्म, तो मेरा दिल रो पड़ा और मैंने पेड़ लगाने शुरू किए। ताकि फिर कभी धरती के मन और शरीर पर ये जख्म न हों।...तुम लोग समझ गए न मेरी बात?"

"जख्म...धरती के जख्म...!" लतिका अचकचाई, "कैसे जख्म, दादी...?"

"बेटी, जब धरती की हरियाली खत्म हो जाती है, कहीं पेड़ नहीं नजर आते, और धरती पर जगह-जगह दरारें पड़ने लगती हैं, हर ओर भीषण गरमी, सूखा, तबाही...! तो कैसा लगता है, तुम खुद सोचो। यही तो धरती के जख्म हैं बेटी, मानो धरती माँ रो-रोकर अपने घाव दिखा रही हो!...क्या यह हालत अच्छी है? नहीं न!"

सुनकर लतिका ही नहीं, देबू और शीना भी गंभीर हो गए। धीरे से सिर हिलाकर उन्होंने बताया, 'हाँ, गोपा दादी, हम समझ रहे हैं आपकी बात..!'

गोपा दादी एक पल के लिए रुकीं। फिर उन्होंने आगे कहा, "वैसे सच तो यह है कि इतनी सी बात भी मेरे दिल में एकाएक नहीं आई थी।...मैं तो छोटी सी थी, बहुत छोटी सी। बस समझो, कि इस लतिका जैसी। या फिर शीना जैसी। तब मुझे सब्जपरी ने राह दिखाई थी। और सच्ची बात तो यह है कि मैं आज जो कुछ भी हूँ, सब्जपरी के कारण हूँ। उसी ने मुझमें यह धुन पैदा की कि...!"

कहते-कहते गोपा दादी की आवाज कुछ डूब सी गई। वे भावुक होकर बोलीं—

"मुझसे सब्जपरी ने एक ही बात कही थी कि देखो गोपा, धरती की आत्मा उदास है।...तुम कुछ कर सकती हो तो करो, जरूर करो। इससे बड़ा पुण्य का काम कोई और नहीं है। लोग समझ ही नहीं रहे कि वे धरती को इस कदर उजाड़ बनाने पर तुले हैं कि अगले कुछ वर्षों में धरती आदमी के रहने लायक रह ही नहीं जाएगी।...कोई नहीं सोच रहा यह बात। कोई नहीं। पर तुम सोचो गोपा। कुछ करो।...जो भी कर सकती हो, करो।

"सुनते ही मेरे शरीर में जैसे सिहरन सी हो उठी।...मैंने कहा कि सब्जपरी, ओ सब्जपरी, बहुत-बहुत शुक्रिया! तुमने एक नेक राह मुझे सुझाई है। मैं इस नेक काम के लिए अपना पूरा जीवन अर्पित करती हूँ।...औरों की बात तो कह नहीं सकती, पर आप यकीन कीजिए, अब मेरे जीवन का एक-एक पल इसी में बीतेगा। मेरी एक-एक साँस धरती को जीवन देने में खर्च होगी!

"मेरी बात सुनकर सब्जपरी का चेहरा खिल गया। उसने मेरे सिर पर हाथ फेरते हुए, मुसकराकर कहा था—मुझे यकीन है, मुझे यकीन है गोपा कि तुम यह करोगी!...तुम यही करने के लिए पैदा हुई हो! कहकर वह गायब हो गई, न जाने कहाँ!"

"सच! गोपा दादी, सच...?" गोपा दादी जब सुना रही थीं, तो नन्हे देबू की आँखें अचरज से फैल गईं।

उसे यकीन नहीं हो रहा था कि बरसोंबरस पहले, जब गोपा दादी छोटी सी थीं, तो कोई सब्जपरी आई थी उनके पास। भला कौन सब्जपरी? कैसी सब्जपरी? वह देखने-भालने में कैसी थी और गोपा दादी ने उसे पहचाना कैसे...? उसके प्रश्नों का कोई अंत नहीं था।

"हाँ भई, हाँ! सब्जपरी ही थी वह।" गोपा दादी पोपली हँसी हँसते हुए बोलीं, "बहुत सुंदर थी सब्जपरी। बहुत ही सुंदर। एकदम गोरी-चिट्टी। खूब लंबी और ऊँची सी। और हँसती तो ऐसा लगता, जैसे चाँदनी बरस रही हो। पूरा शरीर जगमग-जगमग सा।...क्यों, यकीन नहीं आता?"

'जैसे...जैसे चाँदनी बरस रही हो। पूरा शरीर जगमग-जगमग सा!' दुबली-पतली, साँवले रंग की लतिका ने दोहराया। चेहरे पर गहरी उत्सुकता। फिर बोली, "तब तो सचमुच बड़ी ही सुंदर रही होगी सब्जपरी। है न दादी?" कहते हुए उसकी आँखों में अजब सी चमक थी।

"हाँ, बिल्कुल, इतनी ही सुंदर! और हरी साड़ी में तो वह और भी सुंदर लगती। पर

दिल उसका इससे भी सुंदर था। बिल्कुल सोने का। किसी का दुख-दर्द तो वह देख ही नहीं सकती थी। फिर भला मेरा दुख वह कैसे देखती? इसलिए फौरन मेरी मदद के लिए आ गई। फिर उसी ने मुझे आगे का रास्ता दिखाया, और मेरी मुसीबतें एक-एक करके हल होने लगीं।"

"वो कैसे दादी...?" नन्ही सी शीना ने बड़ी मासूमियत से पूछा।

तीनों बच्चों की आँखें गोपा दादी के चेहरे पर ही अटकी थीं।

बच्चों को एकटक अपनी ओर देखते पाया, तो गोपा दादी हँस पड़ीं। देर तक उनकी प्यारी खिलखिलाहट हवा में गूँजती रही। फिर वे बोलीं, "सब्जपरी ने मुझे भरोसा दिया था कि गोपा, जब तुम किसी परेशानी या सकट में होओ, तो रुनकताल के पास वाले बरगद के पेड़ के नीचे खड़ी होकर पुकारना।...बस, मैं झटपट आ जाऊँगी।"

"सच्ची!...तो क्या सब्जपरी फिर आई आपसे मिलने के लिए?" देबू की तरह नन्ही लतिका की आँखें भी अचरज से फैल सी गईं। उसके स्वर में गहरी उत्सुकता थी।

"हाँ, बहुत बार...बहुत बार। जैसे तुम, जैसे देबू...जैसे शीना, और जैसे तुम सारे बच्चे। ऐसे ही, बस ऐसे ही देखा था मैंने सब्जपरी को!" गोपा दादी मानो पुरानी यादों के रेले में बहती हुई बोलीं।

❐

[4]

रुनकपुरा में अकाल

अब तो सभी बच्चों की आँखों में कुछ नया जानने की उत्सुकता और चमक भर गई थी। वे एकटक गोपा दादी को देख रहे थे और गोपा दादी आहिस्ता-आहिस्ता सुर में आ रही थीं।

"देखो बच्चों, ऐसा तो नहीं कि इस काम में मुश्किलें नहीं आईं! बहुत मुश्किलें आईं, बहुत।...पर जब-जब मन दुखी होता, मैंने सब्जपरी को अपने सिर पर हाथ फेरते महसूस किया। मेरे पुकारने पर वह जरा देर न करती। दौड़ी-दौड़ी चली आती और बस, फिर कोई मुश्किल, मुश्किल न रहती।" गोपा दादी जैसे पुरानी यादों में डूबती जा रही थीं।

"अच्छा दादी, आप पहली बार कब मिलीं सब्जपरी से...?" लतिका ने जो ठुड्डी पर हाथ रखे बड़े ध्यान से दादी की बातें सुन रही थी, ठुनठुनाकर पूछ लिया।

"पुरानी बात है, बहुत पुरानी...!" कहते-कहते गोपा दादी फिर से उन दिनों की यादों में खो गईं।

उनकी आँखों में बड़ी अनोखी चमक थी। जैसे आँखों के आगे कुछ झिलमिल-झिलमिल कर रहा हो। गुजरा हुआ सब कुछ उन्हें अपनी आँखों के आगे नजर आ रहा था।

फिर खुद में खोई-खोई सी, न जाने कब वे कहानी के सुर में बहने लगीं। बहती चली गईं। कोई सत्तर बरस पुरानी उनकी कहानी चल पड़ी थी। जैसे बहुत ऊँचे, बर्फीले पहाड़ से कोई झरना बह उठा हो—

हाँ, तो बच्चों, आज से एक-दो नहीं, पूरे सत्तर बरस पहले की बात है। सत्तर बरस!... जानते हो, तब तुम्हीं नहीं, तुम्हारे मम्मी-पापा भी पैदा नहीं हुए थे। इतनी पुरानी बात! तब मैं भी छोटी सी थी। एकदम बच्ची, तुम्हारी तरह। तो उन्हीं दिनों की बात है कि अचानक रुनकपुरा में अकाल पड़ा। बड़ा ही भीषण अकाल। हालत यह थी कि रुनकपुरा का मशहूर रुनकताल भी सूख गया था।

लोग दुखी और उदास होकर कहते, "ऐसा तो हमले पहले देखा, सुना नहीं था।... रुनकपुरा को पिछली कई सदियों से वरुण बाबा का वरदान था कि जब तक रुनकताल का पानी नहीं सूखेगा, गाँव पर कोई विपत्ति नहीं आ सकती। पर अब...? अब तो रुनकपुरा के भाग्य फूट गए। उसे कोई नहीं बचा सकता, कोई नहीं!"

सब ओर हाहाकार मच गया। जिसे भी देखो, उतरे हुए चेहरे के साथ कहता, 'अब रुनकपुरा के अच्छे दिन नहीं रहे। जान बचानी हो तो भैया, अब भाग चलो यहाँ से!'

हर किसी का चेहरा ऐसा लगता, जैसे अभी-अभी रोकर आया हो, और जरा सी बात पर फिर रोना शुरू कर देगा। आदमी, औरतें, बच्चे-बूढ़े, सबका एक ही हाल।

उस साल रुनकपुरा में ऐसी भीषण गरमी पड़ी थी, जैसी आसमान ही नहीं, धरती से भी गरम लपटें निकल रही हों। ऐसी लू-लपटें जिसमें आदमी पशु, पेड़-पौधे सब झुलस रहे थे। चारों ओर आग ही आग! लपटें ही लपटें...! धरती पर जगह-जगह चौड़ी दरारें पड़ गई थीं, जैसे धरती रो-रोकर अपने घाव दिखा रही हो।

पर कौन देखे? कौन सुने, भैया रे! पहले किसी को अपना होश तो हो।

हालत यह थी कि धरती का करुण आर्तनाद हवाओं में फैलता चला जा रहा था। आसमान तक फटी-फटी आँखों से देख रहा था। उफ, वैसा अकाल न देखा, न सुना!..

चारों ओर मौत का तांडव। मरते हुए आदमियों और जानवरों की लाशें।...आसमान में उड़ते गिद्ध और चीलों का महाभोज।

रोते-रोते लोगों के आँसू सूख गए थे। कौन किसे तसल्ली दे? कहाँ से मिले सहारा...?

सबकी तो एक ही हालत थी। गरीब हो या अमीर। आदमी, औरतें, बच्चे—सबके सिर पर मौत का साया! मौत कभी रुनकपुरा के एक घर में दस्तक देती, कभी दूसरे, कभी तीसरे, और कभी एक साथ पाँच-पाँच, सात-सात घरों में मौत का विलाप।

सुन-सुनकर छाती फटती थी।

लगता था, कोई चिल्ला-चिल्लाकर बोल रहा है, "भागो, नहीं तो मौत आई! भागो... भागो...बस, भागो यहाँ से!...कहीं भी जाओ, मगर जाओ यहाँ से!"

उफ, कैसा हाहाकार। याद करती हूँ, तो आज भी कलेजा दहलता है...

"दुश्मन भी न देखे, ऐसा अकाल था वह।" कहते-कहते गोपा दादी जैसे सिहर उठीं। उनकी आँखों में पुराने दिनों का वही उजाड़ दृश्य जैसे फिर से कौंध गया था।

❐

[5]

रुनकपुरा छोड़कर नहीं जाऊँगी

"फिर क्या हुआ दादी?" भूरी आँखों वाले नन्हे से बिल्लू ने डरते-डरते पूछ लिया।

"वही तो बता रही हूँ, बेटा।" गोपा दादी ने बड़े प्यार से उसके सिर पर हाथ फेरते हुए कहा।

उनकी आवाज में दर्द, बहुत गहरा दर्द था। उदासी भरे स्वर में फिर से कहानी की टेक पकड़ते हुए गोपा दादी आगे चलीं, तो कहानी फिर साँय-साँय करती हवा सी, उनके साथ-साथ बहने लगी...

"बहुत बुरा समय था वह। इतना बुरा कि आज सोच पाना भी मुश्किल है।" गोपा दादी जैसे अब भी उन्हीं पुराने दिनों में खोई हुई थीं। आवाज भी ऐसी, जैसे कहीं दूर से आ रही हो—

लोग दुखी थे। एकदम लुटे-पिटे से। जैसे किसी ने एक साथ पूरे रुनकपुरा में डाका डाला हो। जिधर भी देखो, आदमी, पशु-पक्षी मर रहे थे। पेड़-पौधे तक लपटों में घिरे, उदास नजर आते थे। लोग एक-एक कर गाँव छोड़कर जा रहे थे।

अजीब सी हालत। डरावनी। पर मैंने तय कर लिया था कि चाहे जो हो, मैं रुनकपुरा छोड़कर नहीं जाऊँगी।

वैसे भी मैं अकेली थी। बचपन में ही माता-पिता दोनों चल बसे थे। लोग बताते हैं कि मेरे पिता सोना पंडित बड़े महान विद्वान थे। संस्कृत के पंडित। बहुत रस लेकर भागवत की कथाएँ सुनाया करते थे। दूर-दूर से लोग उन्हें भागवत की कथा सुनाने के लिए आमंत्रित करते थे। साल में एक बार वे वृंदावन में कथा सुनाने जरूर जाते, जहाँ सैकड़ों लोग उन्हें सुनने उमड़ पड़ते थे।

माँ बिल्कुल सीधी-सरल थीं। इतनी ममतालु कि पूरे गाँव के बच्चों को संतान की तरह प्यार करती थीं।

पर मैं तो अभागी थी, खुद उस ममता की छाँव में ज्यादा देर तक न रह सकी। दो-ढाई साल की थी, तो पिता नहीं रहे। पाँच साल की हुई तो माँ भी चल बसीं, और मैं अकेली

रह गई। एकदम अकेली।...कभी कोई दया करके दो रोटी देता तो खा लेती, नहीं तो भूखी सो जाती।

जब अकाल की उस बुरी घड़ी में सब गाँव छोड़कर जा रहे थे, तो सबने मुझसे भी कहा कि चलो गोपा, तुम भी चलो, अब यहाँ क्या बचा है?...पर पता नहीं क्यों, मेरे अंदर से आवाज आई कि नहीं गोपा, नहीं। यह तो कायरता है। तुम हिम्मत से डटी रहना, ताकि लोग यह न कहें कि पूरे रुनकपुरा में कोई बहादुर नहीं था!

पर लोगों को तो जाना ही था। वे एक-एक कर चले गए।...सारा गाँव इस बुरी तरह उजाड़ हो गया कि वाकई मुझे डर लगने लगा। अकेले में अजीब-अजीब सी बातें और खयाल आते। अकसर शाम के समय किसी पेड़ के पास गुजरती तो पेड़ के तने में मुझे भूत का चेहरा नजर आता।

कहीं चूहे-बिल्लियों के कारण बरतन खड़कने या जमीन पर गिरने की आवाज आती, तो जी थरथरा उठता। लगता, कहीं कोई जंगली जानवर तो नहीं आ गया गाँव में?

बिल्कुल छोटी सी तो थी ही मैं। कोई सात बरस की समझो। और पूरे गाँव में अकेली। कोई एक बंदा नहीं, जिसे मुसीबत में मदद के लिए पुकार सकूँ।

फिर न खाने को अन्न, न पीने को पानी। पेड़ों की पत्तियाँ चबाकर किसी तरह दिन काट रही थी।...

"ओह, दादी!...कैसी कहानी है आपकी। सोचकर रोना आता है। बड़े दुख झेले न आपने!" कहते हुए लतिका के चेहरे पर बड़ा दुख और उदासी नजर आ रही थी।

"हाँ, बेटी, बिल्कुल यही हाल था। तुम सोच भी नहीं सकती, कैसे वे दिन थे, और कैसे मैं जी रही थी ऐसे समय में!" कहते हुए गोपा दादी ने धीरे से कहानी आगे बढ़ाई—

कभी-कभी तो मन बुरी तरह अकुला उठता। बचपन में पड़ोस की जानकी अम्माँ से सुनी सब्जपरी की कहानी याद आ रही थी। उन्होंने बताया था, हमारे गाँव रुनकताल के पास सब्जपरी आती है। वह बहुत दयालु है। किसी का दुख-परेशानी नहीं देख सकती।...मैं विकल होकर सोचती थी, क्या सचमुच सब्जपरी होती होगी? होगी भी तो क्या मेरे कहने पर आएगी?

फिर एक दिन तो मैं अकेले में रोने लगी। रोते-रोते सोचा, रुनकताल के पास वाले बरगद के पेड़ के नीचे जाकर सब्जपरी को जाकर पुकारूँ! देखूँ, मेरी पुकार सुनकर आती है कि नहीं?...पर हिम्मत नहीं हो रही थी। लगता था, शरीर में खड़े होने की भी ताकत नहीं है।

तभी अचानक किसी का प्यार से भरा हाथ सिर पर महसूस हुआ। बहुत नरम, बहुत कोमल सा हाथ।...बिल्कुल मखमल की तरह।

जैसे किसी ने एक पल में ही मेरे भीतर का सारा दर्द, सारी तपन खींच ली हो।

मैंने चौंककर पीछे देखा, तो आश्चर्य! मुझे सब्जपरी दिखाई दी।...हाँ, सच्ची-मुच्ची सब्जपरी...! वही चमकती हुई हरी साड़ी, हरियाला मुकुट, जैसा अम्माँ ने बताया था। साथ ही हरी पत्तियों के खूबसूरत गहने और लकदक-लकदक रूप। होंठों पर बड़ी ही मीठी मुसकान।

उस वक्त मैं अकेली और बुरी तरह उदास थी। एकदम डरी, घबराई हुई। सब्जपरी को देख मुझे कितनी खुशी हुई, बता नहीं सकती। जैसे प्यास से मरते हुए को ठंडे मीठे पानी का पूरा घड़ा मिल जाए।

हाँ बच्चों, ठीक यही मेरी हालत थी।...मारे खुशी के मेरी आँखों से आँसू छलक आए। और फिर न जाने क्या हुआ, मैं सब्जपरी का कंधा पकड़कर जोर-जोर से रोने लगी।

सब्जपरी ने मीठी फटकार लगाते हुए कहा, "अरे गोपा, तू इसी बूते इतना बड़ा काम करने चली थी।...मैंने सुना, अभी तू मन ही मन कह रही थी कि मैं रुनकपुरा को अकाल से बचाऊँगी। सबके लिए हरियाली लेकर आऊँगी।...पर तू तो बड़ी कमजोर निकली गोपा! क्यों...? फिर इतने बड़े-बड़े काम तुम कैसे करोगी गोपा?"

"बस, मेरे आँसू उस वक्त थम गए और थमे तो ऐसे कि उसके बाद मुझे कभी रोना नहीं आया। बुरे से बुरे वक्त में भी।..."

कहते-कहते गोपा दादी चुप हुईं, तो फिर देर तक उनके मुँह से कोई शब्द नहीं निकला।

"फिर...फिर आगे क्या हुआ गोपा दादी?" नन्ही शीना ने जानना चाहा। उसके भोले से चेहरे पर बड़ी उत्सुकता थी।

"हाँ, बता रही हूँ बेटी। वही तो बता रही हूँ।" गोपा दादी कुछ सोचती हुई सी बोलीं—

सब्जपरी के मुकुट में कुछ छोटी-छोटी हरी बालें थीं। उनमें से अजब सा सुनहला प्रकाश निकल रहा था। झिलमिल-झिलमिल सा प्रकाश।...उसे देखकर मुझे बड़ा अच्छा लग रहा था। मैं चुपचाप उसे देख रही थी। बस, देखती ही जा रही थी।...जैसे उसे देखकर भीतर थोड़ी ठंडक पड़ रही हो। मन को कुछ चैन सा मिला।

मैं सोच रही थी कि सब्जपरी से इस बारे में पूछूँ। पर इससे पहले ही सब्जपरी ने उनमें से तीन सुनहरी बालें निकालकर मुझे देते हुए, बड़े प्यार से कहा—

"इन्हें जमीन में बो देना, गोपा।...ये कहने को बस तीन नन्ही बालें है। पर इसमें अपार जीवन छिपा है। अगले दिन तुम्हें ऐसी बहुत सी बालें मिलेंगी। जितनी लगाओगी, उतनी ही तेजी से और-और उगेंगी। इनके लिए बारिश की भी जरूरत नहीं।...और तो और, जितनी तेजी से ये उगेंगी, बारिश भी उतनी ही जल्दी आएगी और सबके कष्ट दूर हो जाएँगे।..."

ओह, मुझे ये शब्द सुनकर कैसा लगा, मैं बता नहीं सकती।

मैंने खुशी-खुशी वे सुनहरी बालें ले लीं। अभी मैं यह सोच रही थी कि इन्हें कहाँ रोपूँ? इतने में ही देखा, सब्जपरी गायब। हाँ, वह जहाँ खड़ी थीं, वहाँ देर तक रोशनी की किरणें झिलमिल-झिलमिल करती रहीं। खुद मेरा मन अंदर-बाहर झिलमिल-झिलमिल हो रहा था।

मुझे लगा, जैसे मेरे दिल में कोई उम्मीद सी पैदा हो गई है। अँधेरे में एक उजली सी किरण।...

"आगे वही तो मेरा सहारा बनने वाली थी।" कहते-कहते गोपा दादी धीरे से मुसकराईं।

उनकी वह मुसकान बच्चों के दिल में उतर गई।

❐

[6]
वह झिलमिल सपना

गोपा दादी की कहानी दुख के काले सायों से निकलकर, अब उम्मीद की पटरी पर आ गई थी।

यह जानकर बच्चों के चेहरे भी खुशी से दमकने लगे थे।

गोपा दादी भी कुछ याद करके धीरे से हँस पड़ी थीं। एक बड़ी मीठी और भली-भली सी हँसी, और कहानी फिर उसी सुर-ताल में चल पड़ी थी।

"सब्जपरी के जाने के बाद मैंने उन तीनों सुनहरी बालों को जमीन खोदकर, घर के आँगन में ही आसपास लगा दिया।" गोपा दादी अपनी धुन में बता रही थीं...

उन सुनहरी बालों को सींचने के लिए पानी तो था नहीं। बस, मैंने ईश्वर से ही प्रार्थना की कि वह इन्हें बचाए। हाथ जोड़े-जोड़े न जाने कब मेरी आँखों से आँसू टप-टप टपक पड़े और वे उन्हीं बालों पर गिरे। मुझे लगा, मेरे आँसुओं ने उन्हें सींच दिया है।

जब सारी उम्मीदें चली गई हों, तो दिल की प्रार्थना भी उम्मीद बन जाती है। मैं रात-दिन ईश्वर से प्रार्थना करती थी कि हे ईश्वर, इस धरती को हरियाली का वरदान दो।... वरदान दो, हे प्रभु!

दिन भर मैं उझक-उझककर उन नन्हे पौधों को देखती, कि अभी बड़े हुए कि नहीं? अभी हरे तो हैं न, कहीं सूख तो नहीं गए!

रात सोती तो भी मन में यही विचार उमड़-घुमड़ करता। पूरी रात सपने में मुझे वे तीन नन्हे-नन्हे हरे पौधे ही दिखाई देते। कभी-कभी मैं नींद में चौंक जाती, कहीं वे हरियाले पौधे सूख तो नहीं गए। आखिर उन्हीं में तो जीवन का एक नया मंत्र था।

नई खुशी, नया आलोक...!

मैं हर हाल में उन्हें बचा लेना चाहती। इसलिए रात में ही मैं दौड़ पड़ती। आँगन में जाकर देखती। वे सुरक्षित दिखाई पड़ते, तो मन को चैन पड़ जाता।

आकर लेटती, पर आँखों में नींद कहाँ! बार-बार वही तीन पौधे आँखों के आगे झिलमिल करते नजर आते।

कभी लगता, वे खूब बड़े से आदमकद पेड़ों में बदल गए हैं और उनकी पत्तियाँ दूर-दूर तक फैल गई हैं। बस, फैलती ही चली जा रही हैं। लगातार। फैलते-फैलते आसमान तक पहुँच गई हैं।

कभी उन पर खूब चंचल लाल-पीली तितलियाँ मँडराती नजर आतीं। चिड़ियाँ चह-चह करतीं। गिलहरियाँ तेजी से भागती हुई, उनकी डालों पर उछल-कूद करतीं।

बंदरों की खों-खों सुनाई देती।...

कभी आसमान में बादल उमड़-घुमड़ करते नजर आते। और उन पेड़ों के आसपास तमाम मोर थर-थर नाचते दिखाई पड़ते। बिजलियाँ कौंधतीं और जोर-जोर से हवाएँ चल पड़तीं।

कभी दिखाई देता, उन बड़े-बड़े छतनार पेड़ों के नीचे सैकड़ों पथिक आराम करते हुए, मजे में गपशप कर रहे हैं।...गाँव छोड़कर गए लोग लौट आए हैं और आपस में हँस-बोल रहे हैं। जोर-जोर से हँसते-खिलखिलाते हुए, एक-दूसरे से मजाक कर रहे हैं।

लड़कियाँ, औरतें नए-नए कपड़े पहने झूला झूल रही हैं, और खुशी से भरकर गीत गाते हुए हरियाली तीज मना रही हैं। साथ-साथ मैं भी गा रही हूँ—

आज गाओ रे, गाओ रे, आज गाओ रे,
हरियाली तीज मनाओ, आज गाओ रे!
उड़ के अंबर छू आओ, आज गाओ रे,
जल्दी पेंग बढ़ाओ, आज गाओ रे...!

गाते-गाते मैं भी सचमुच पेंग बढ़ाने लगती, और भूल जाती कि मैं सपना देख रही हूँ।

फिर एकाएक वे तीनों पेड़ एकाएक खूबसूरत सब्जपरी के रूप में बदल जाते। और मैं देखती, बस देखती ही रह जाती। लगता, सब्जपरी ने मेरे कंधे पर अपना प्यार भरा हाथ रख दिया है। वही कोमल-कोमल सा, मखमली हाथ, और मुसकरा रही है।

उसके कंधों से प्रकाश निकल रहा है। वही सुनहरा प्रकाश, जिसमें मुझे सैकड़ों सुनहरी बालें दिखाई दी थीं।

और फिर एकाएक लगता, सब्जपरी ने दोनों हाथ बढ़ाकर अपनी ममता भरी गोद

में मुझे उठा लिया है। मेरे माथे को प्यार से चूमकर कह रही है, 'उठ मेरी बेटी, उठ। उठ गोपा...! मैं तुझे अपने साथ परीलोक ले जाना चाहती हूँ!'

और लो, अचानक सब्जपरी उड़ी, तो उसके साथ-साथ मैं भी उड़ने लगी।

सचमुच...! उड़ती रही, उड़ती रही, जब तक कि धरती और आसमान के दूसरे छोर पर नहीं पहुँच गई।

और आश्चर्य, वहाँ सब्जपरी के साथ-साथ मेरी माँ, मेरे बापू भी थे, जो हाथ फैलाए मुझे पास बुला रहे थे। दोनों ने मुझे बाँहों में भर लिया। खूब-खूब प्यार किया और कहा, "देख गोपा, तू घबराना मत। जरा भी न घबराना। हम तेरे साथ हैं। कल को तुझे बड़े-बड़े काम करने हैं। हमारा आशीर्वाद हर पल तेरे साथ है।"

सुनकर मुझे लगा, 'ओह, मेरे पास क्या नहीं है! सब कुछ तो है। सारी दुनिया मेरी है। तो फिर मैं रोती किसलिए हूँ?'

सब्जपरी ने मुझे सब कुछ दिया था। पर सबसे बड़ी खुशी तो यह कि मुझे माँ और बापू से मिलवा दिया था। भले ही मैं सपने में मिली होऊँ। पर उनका वह प्यार भरा आशीर्वाद मैं भूली नहीं हूँ। मुझे उससे बड़ी हिम्मत मिली। आज भी मिलती है।...

कहते-कहते गोपा दादी पल भर के लिए रुकीं, तो नन्हे देबू और लतिका ने देखा, उनका चेहरा खुशी से दमक रहा था।

❐

[7]

नन्ही-नन्ही कोंपलें

गोपा दादी चुप थीं, पर वे चुप कहाँ थीं! उनकी दोनों आँखों में नन्हे-नन्हे दीए जल रहे थे। झिलमिल-झिलमिल। जरूर उनमें कोई मीठा सपना पल रहा था।

बच्चे समझ गए, अब दुख की अँधेरी रात बीत गई, नया सवेरा होने को है। और सचमुच गोपा दादी ने कहानी आगे बढ़ाई, तो खूब उजाला हो चुका था। नन्ही उम्मीदों का उजाला। गोपा दादी ने धीरे से मुसकराते हुए सुर पकड़ा—

अगले दिन मैं उठी तो मेरी खुशियों की कोई सीमा नहीं थी। वे तीनों पौधे सचमुच बड़े हो चुके थे। उन पर खूब सारी नन्ही-नन्ही कोंपलें लग गई थीं और उनके इर्द-गिर्द सैकड़ों नन्हे-नन्हे पौधे उग आए थे।

उन नन्हे पौधों को उखाड़-उखाड़कर मैंने सड़क और पगडंडियों के किनारे लगाया। मैं इस कदर दौड़-दौड़कर काम कर रही थी, जैसे सारी धरती पर प्रलय आने वाली हो। ये नन्हे-नन्हे हरे पौधे लगाकर मैं पूरी ताकत से उस प्रलय को रोक देना चाहती थी।

जैसे ये पौधे नहीं, सृष्टि के नन्हे-नन्हे देवदूत हों। नई जिंदगी के रखवाले!

नई उम्मीदों के खूबसूरत सपने...!

दो-चार दिनों के अंदर ही गाँव में और आसपास सैकड़ों हरे-हरे पौधे नजर आने लगे। उनकी पत्तियों से बड़ा अजब सा हरा सुनहला प्रकाश निकल रहा थी। और ऐसी चमक, जो मन की सारी निराशा खत्म कर देती थी। आँखों में नई ज्योति भर देती।

पौधे खूब तेजी से बड़े होने लगे और महीने भर के भीतर वे पेड़ों की शक्ल में दिखाई देने लगे।

अब उनका रूप भी बदल गया था। कोई आम का पेड़ नजर आता, कोई जामुन का। कोई अमरूद, कोई अनार का, कोई शीशम, कोई नीम का। कोई-कोई बरगद का भी।

मुझे अचरज होता, अरे, यह क्या? यह कैसा जादू...! जरूर यह सब्जपरी का करिश्मा

है। वह मुझे बचाना चाहती है। मुझे ही नहीं, पूरे गाँव रुनकपुरा को। और रुनकपुरा ही क्यों, पूरी इस धरती को।

सब्जपरी कोई सब्जपरी नहीं। वह तो इस धरती की आत्मा है। परमात्मा की बेटी, जिसे परमात्मा ने इस धरती को बचाने के लिए भेजा है।

अब धीरे-धीरे मन में हिम्मत आ रही थी। नया हौसला। भीतर कोई कहता कि 'गोपा, कुछ होगा, अब कुछ न कुछ जरूर होगा।...'

'उम्मीद रख गोपा। उम्मीद का दामन न छोड़ना।'

कुछ ही दिनों में सड़क के दोनों ओर हरे-भरे पौधों की कतारें नजर आने लगी। ज्यादातर फलों के पेड़ थे। इसलिए खाने की अब ज्यादा मुश्किल न रही। लेकिन पानी फिर भी नहीं मिलता था।

'क्या सब्जपरी से कहूँ? वह जरूर मेरी फरियाद सुनेगी।' बार-बार मन में यही आता।

'पर नहीं, जब तक चलता है, चलाती हूँ। आखिर इन मीठे-मीठे फलों में भी तो कितना जल है, रस है। क्या उससे प्यास नहीं बुझ सकती?' मैंने अपने आप से कहा।

तब तक मेरे लगाए काफी सारे गन्ने भी उग आए थे। प्यास लगती, तो मैं गन्ने का रस पी लेती। भूख लगती तो फल खा लेती। यों काम चल जाता। और मैं धरती को हरा-भरा बनाने के काम में जुटी थी, रात-दिन।

दिन-रात...!

मैंने सब्जपरी को मन ही मन लाख-लाख धन्यवाद दिया। आखिर उसी के कारण तो इस उजाड़ में हरियाली लहलहा उठी थी।

अब तो जहाँ भी मैं पेड़ लगाने जाती, हाथ अपना काम करते और होंठ एक अजानी खुशी से भरकर गुनगुना उठते—

हरियाली चादर लहराओ, आज आओ रे,
जग को सुंदर बनाओ, आज आओ रे,
बादल नभ के झुकाओ, आज आओ रे,
हरियाली चादर लहराओ, आज आओ रे!

मैं अकेली ही थी। पर लगता था, मैं अकेली नहीं, हजारों लोग मेरे साथ हैं। धरती और आकाश मेरे साथ है। और सब मेरे साथ-साथ कदम से कदम मिलाते हुए आगे बढ़ते जा रहे हैं, और गा रहे हैं—

हरियाली चादर लहराओ, आज आओ रे,
जग को सुंदर बनाओ, आज आओ रे...!

तब तक गाँव वालों को भी किसी तरह खबर लगी कि गाँव में अब तो खूब हरियाली हो गई है। सूखे का अभिशाप खत्म हो गया है।

सुनकर सब हैरान थे, अरे, यह कैसा चमत्कार?

कहाँ तो वे सोच रहे थे कि गोपा अब तक मर-खप गई होगी। और कहाँ उन्हें नजर आता कि गोपा दौड़-दौड़कर धरती को हरियाले कपड़े पहना रही है। हरे-हरे पेड़ उगा रही है। खूब छतनार, अच्छे-अच्छे पेड़। फल-फूलों से लदे हुए।...

एक-दो लोगों ने गाँव में आकर यह कमाल देखा, तो उन्होंने दौड़-दौड़कर सबको खबर कर दी। और बस, यह सुनते ही रोजाना आठ-आठ, दस-दस लोग लौटने लगे। फिर उनके पीछे और भी। और फिर जल्दी ही लौटने वालों की सख्या दिन पर दिन बढ़ने लगी।

रुनकपुरा में पानी की अब भी मुश्किल थी। पर और तो कोई परेशानी नहीं थी। लोग ऊँट-गाड़ियों से दूर-दूर से पानी मँगवा लेते। और यों जीवन फिर से चल निकला।

पानी भले ही न हो, पर जीवन का सोता तो बह निकला था। और यों रुनकपुरा मरते-मरते फिर जी उठा।

फिर हरियाली के बढ़ने से उसमें नई चमक, नई रौनक आ गई थी।

कहते-कहते गोपा दादी साँस लेने के लिए रुकीं, तो उनके चेहरे पर गहरा सुकून था। कुछ कर पाने की खुशी भी।

❐

[8]

पेड़ लगाओ, पेड़ लगाओ रे!

"फिर आगे क्या हुआ, दादी?" नन्ही लतिका ने हलका सा टहोका दिया, तो गोपा दादी मुसकराईं। फिर नए उत्साह से भरकर उन्होंने आगे बढ़ाई कहानी—

हाँ, तो बच्चों, जब गाँव में खूब अच्छी हरियाली हो गई, तो मैंने साथ के कुछ लोगों से विचार करके आसपास के गाँवों में भी इसी तरह हरियाली का आंदोलन शुरू किया। वहाँ भी नन्हे-नन्हे हरे पौधे खूब उगे।

शुरू में मुझे अकेले या सिर्फ दो-चार लोगों के साथ सड़क के किनारे पौधे लगाते देख, लोग मजाक उड़ाते। मुझे भी कुछ अटपटा लगता। बस, तभी मुझे सब्जपरी की याद आ जाती और उसका दिया हुआ मंत्र भी। मेरे लिए वह जीवन का मंत्र बन गया।

मुझे याद आया कि सब्जपरी ने कहा था कि 'यह जीवन की हरी कोंपल है गोपा, जो मैं तुम्हारे हाथों में सौंप रही हूँ।...इसे बहुत सँभालकर रखना।'

शुरू में मैंने कुछ दिन अकेले ही काम किया। पर फिर एक-एक कर कई बच्चे आ गए। उन्हें कौतुक था कि यह कौन पगली लड़की है, जो सड़क के किनारे और मैदानों में नन्ही पौध लगा रही है। पर मैंने उन्हें समझाया। सब्जपरी की बात बताई, तो वे झट मेरा साथ देने को तैयार हो गए।

अब हम सब बच्चे मिलकर काम करते। एक-एक दिन में हजारों पौधे लगाते। फिर भी सुनहली पौध इतनी थी कि बच रहती। लिहाजा अगले दिन हम और अधिक जोश तथा फुर्ती से अपने काम में जुट जाते।

धीरे-धीरे आसपास के इलाके के लोग भी हमारी मदद के लिए आगे आने लगे। हम लोग इकट्ठे होकर गीत गाते हुए आगे बढ़ते तो अंदर जोश उमड़ पड़ता। लगता, हम धरती माँ की खुशहाली के लिए काम कर रहे हैं। हम धरती के सच्चे बेटे-बेटियाँ है क्योंकि उसकी

पुकार को हमने अनसुना नहीं किया।

हमारे होंठों पर धरती माँ की हरियाली का गीत लहराता था—

पेड़ लगाओ, पेड़ लगाओ, पेड़ लगाओ रे,
आगे हाथ बढ़ाओ अपना, पेड़ लगाओ रे!
कुछ करना कुछ बनना है तो पेड़ लगाओ रे,
तनकर आगे चलना है तो पेड़ लगाओ रे,
अंबर जैसा बनना है तो पेड़ लगाओ रे,
नदिया जैसा बहना है तो पेड़ लगाओ रे,
पेड़ लगाओ, पेड़ लगाओ, पेड़ लगाओ रे...!

देखते ही देखते यह 'पेड़ लगाओ आंदोलन' इतना लोकप्रिय हो गया कि हमारे कारवाँ के आते ही, गाँव के बड़े बुजुर्ग और मुखिया लोग आकर हमारे स्वागत के लिए खड़े हो जाते। वे बड़ी खुशी और उत्साह से हमारे काम में हाथ बँटाते।

फिर हम सब मिलकर खूब जोश से काम में जुट जाते। जब आगे बढ़ते तो उस गाँव के लोग भी हमारे साथ-साथ चल पड़ते।

गाँवों से बढ़कर यह आंदोलन कस्बों और शहरों तक भी पहुँच गया। हर जगह हमारा साथ देने वाले हजारों हाथ, हजारों पैर नजर आने लगे। अब लगता, मैं अकेली नहीं हूँ। एक गोपा हजार गोपाओं में बदल गई है!...

रोज रात को मैं बुरी तरह थककर बिस्तर पर लेटती तो लगता था, शरीर एकदम टूट रहा है। पर सपने में सब्जपरी नजर आती और वह प्यार से मुझे पुचकारते हुए कहती—

"देख री गोपा, तेरे कारण धरती की आत्मा अब तृप्त है।...बहुत से लोग इस धरती पर जन्म लेते हैं, पर सिर्फ इसका भार ही बढ़ाते हैं। तूने गोपा, धरती के दुख को जाना है, उसकी पुकार को सुना है। और उसके कष्टों को कम किया। मेरी और धरती की ममता बार-बार तुझ पर बलि जाती है।...समझ गई न गोपा!"

सुनकर लगता, मानो किसी ने तपते हुए बदन पर प्यार की ठंडी-ठंडी बूँदें बरसा दी हों।

कड़ी धूप में भी जब लोगों के लिए जीना मुहाल होता, हम लू-लपटों में तपते हुए आगे बढ़ रहे होते। पीने को पानी तक नहीं मिलता था। कभी-कभी तो घंटों पानी की दो बूँदों के लिए तरसना पड़ता था। लगता, चक्कर खाकर गिर पड़ेंगे।...

पर जाने कौन था, जो हिम्मत बँधाता।

जाने कौन था, जो लगातार पुकार-पुकारकर कहता था, 'बढ़ती चलो गोपा, आगे बढ़ती चलो! तुम्हारे साथ-साथ इतने उम्मीदों भरे हाथ हैं। तुम रुकोगी तो ये भी थम जाएँगे और तुम चलती रहोगी तो ये भी जोश में भरकर आगे चलते जाएँगे।...'

कोई डेढ़-दो महीने के कठोर तप के बाद आखिर आसमान में बादल दिखाई पड़ने लगे।

ओह, कैसी थी वह खुशी...!

लोग इतने खुश थे, इतने खुश जैसे धरती पर कोई अनोखा उत्सव हो रहा हो।

तमाम लोग जो पसीने से लथपथ होकर काम कर रहे थे, अचानक काम छोड़कर खुशी से भरकर नाचने-गाने लगे। नाचते रहे, नाचते रहे देर तक। जैसे धरती पर आया अभिशाप टल गया हो।

फिर थोड़ी देर बाद ही जमकर वर्षा हुई। इतनी वर्षा हुई, इतनी वर्षा कि सारी धरती जल-थल हो गई। कोई तीन दिन, तीन रात तक पानी लगतार बरसता रहा। जगह-जगह नदियाँ बह निकलीं। सूखी नदियों और तालाबों में नया जीवन आ गया।

रुनकपुरा का मशहूर रुनकताल भर गया और इसके साथ ही बरसों से चला आता रुनकपुरा का जो अभिशाप था, वह भी टल गया।

अब तो रुनकपुरा वालों की खुशी का क्या ठिकाना। सब के सब रुनकताल के किनारे आकर इकट्ठे हो गए। आदमी, औरतें, बच्चे-बूढ़े, सब। सारे मिलकर एक साथ नाचने-गाने लगे।

ढोली ढोल बजा रहा था, और सैकड़ों लोगों की ताल के साथ हवा में इस वर्षा गीत के बोल गूँज रहे थे—

सारे मिलकर नाचो-गाओ, वर्षा आई झूम के,
आओ-आओ मिलकर गाओ, वर्षा आई झूम के।
तारों की पैंजनिया लाओ, चंदा की लाओ बेंदी,
धरती को चूनर पहनाओ, वर्षा आई झूम के।
खुश है धरती, खुश है अंबर, खुश हैं बाग-बगीचे,
हरियाली चादर लहराओ, वर्षा आई झूम के।
खेत-खेत में उगता सोना, अमरित बरसा नभ से,
रुनकपुरा को स्वर्ग बनाओ, वर्षा आई झूम के।

रुनकपुरा में बहुत मेले लगते थे। पर उस दिन रुनकताल पर लोगों का जैसा मेला लगा, वैसा न पहले किसी ने देखा, न सुना।

फिर तो हर साल वहाँ मेला लगने लगा, और इसका नाम पड़ा, हरियाली का मेला। दूर-दूर से लोग इसे देखने आते और कहते, "रुनकपुरा में बहुत मेले देखे, पर हरियाली के मेले की तो बात ही क्या है!"

जल्दी ही रुनकपुरा में चारों ओर इतनी हरियाली छा गई, जैसे हर कोने-कतरे से हरापन छलछला रहा है। फसलें इतनी शानदार उगतीं कि पिछले बीस सालों से रुनकपुरा में वैसी लहलाती फसलें नहीं देखी गई थीं।

अब तो दूर-दूर तक लोग उदाहरण देते कि "देखो, रुनकपुरा वालों ने खुद पर आया अभिशाप तो टाला ही, वहाँ दूर-दूर तक हरियाली का समंदर लहराने लगा। ऐसे ही कोई चाहे तो अपने यहाँ भी धरती पर हरियाली की ऐसी ही चादर बिछा सकता है। और धरती माँ को भला इससे बड़ा सुख क्या मिलेगा!"

"हाँ, सचमुच! धरती माँ का इससे बड़ा सुख तो कुछ और हो नहीं सकता था। धरती माँ का इससे बड़ा कोई और उत्सव भी न था।"

कहते-कहते गोपा दादी रुकीं, तो उन्हें बच्चों के दमकते हुए चेहरे दिखाई दिए।

"वाह गोपा दादी, वाह! फिर तो कितना अच्छा लगा होगा न आपको।" नन्ही लतिका ने पूछा, तो गोपा दादी कुछ बोलीं नहीं, बस, धीरे से हँस दीं।

उनकी आँखों की चमक बता रही थी, "हाँ बच्चों, वह बहुत-बहुत...बहुत खुशियों भरा दिन था मेरे लिए, जिसे मैं जिंदगी भर भूल नहीं सकती।"

❒

[9]

काफिला चलता रहा

"फिर आगे क्या हुआ दादी...?" चार साल की भोली-भाली छुटकी ने बड़ी उत्सुकता से गोपा दादी की ओर देखते हुए पूछा।

"फिर उसके बाद...?" गोपा दादी हँसीं। बड़ी ही मीठी-मीठी हँसी। फिर सुर में आकर कहानी को आगे बढ़ाते हुए बोलीं—

एक खुशियों भरी जिंदगी हमारे सामने थी। खेतों में लहलहाती फसलों की तरह हर ओर आनंद से लहलहाती जिंदगी। लेकिन इसके बाद भी हमारे कदम रुके नहीं। काफिला चलता रहा। चलता रहा।...

क्योंकि अभी चुनौतियाँ खत्म नहीं हुई थीं।

रुनकपुरा हरा-भरा हो चुका था। पर अभी बहुत काम बाकी था। इसलिए कि हम तो पूरी धरती को हरा-भरा करने चले थे।

तो आसपास के जितने भी गाँव-कस्बे थे, वहाँ अब हरियाली के लिए पुकार उठी। सबने समझ लिया कि यह हरापन ही जिंदगी है, जिसे हमने बस थोड़े से फायदे के लिए बर्बाद डाला। और चेतना आई तो सब ओर हरापन लहरा उठा। लिहाजा अब सोचा कि दूर-दूर तक इस हरियाली का संदेश भिजवाया जाए।

मैंने साथ के लोगों से पूछा, "देखो भाई, अब काम बढ़ेगा तो घबराओगे तो नहीं?"

पर सभी का जवाब था, "गोपा जी, आप आगे-आगे चलिए, हम सभी आपके साथ हैं!"

मेरे साथ-साथ इतने लोग चल दिए कि राह चलते लोग भी ठिठक खड़े हो जाते। कहते, "देखो-देखो, पेड़ उगाने वाली गोपा का काफिला आ रहा है।"

अब यह खाली बच्चों का काफिला नहीं रहा था, नौजवान लोग भी खूब आ गए थे। यहाँ तक कि औरतें, लड़कियाँ और बुजुर्ग भी।

जहाँ-जहाँ हम जाते, ऐसी खुशी बिखर जाती जैसे कोई त्योहार हो। सब कहते, "धरती की बेटी गोपा आई है। अब सूखा नहीं पड़ेगा।..."

हाँ, अब कहीं सूखा नहीं पड़ेगा...!
हम कहीं सूखा नहीं पड़ने देंगे!

यही तो हमारा लक्ष्य था। यही हमारी मंजिल।...और कारवाँ बढ़ रहा था। लगातार आगे बढ़ता जा रहा था।

❐

[10]

रुनकपुरा में विशाल सभा

"कितनी अच्छी कहानी है न गोपा दादी।" शीना ने मुसकराते हुए कहा, "मुझे ऐसा लगा, जैसे मेरी आँखों के आगे पूरी एक फिल्म चल रही है। पहले अकाल, सूखा...फिर सब्जपरी, हरी-हरी कोंपलें, फिर 'पेड़ लगाओ, पेड़ लगाओ' वाला आपका काफिला...!"

"हाँ, क्योंकि यह जिंदगी की कहानी है।" गोपा दादी हँसीं, "और जिंदगी की कहानियाँ ऐसी ही होती हैं।"

"पर गोपा दादी, तब तो बिल्कुल छोटी सी थीं न आप।...इतनी छोटी सी उम्र में इतने बड़े-बड़े काम कैसे कर लिए आपने?"

"यह तो मुझे भी नहीं पता।" गोपा दादी बोलीं, "बस, यही कह सकती हूँ, यह मेरा नहीं, शायद सब्जपरी का ही जादू था। वह लगातार मेरा हौसला बढ़ा रही थी। मैं कहीं भी मुसीबत में होती तो वह चुपचाप सामने आकर मेरे कंधे पर हाथ रख देती, और मुझे लगता कि मेरे भीतर तो इतनी ताकत है कि मैं चाहूँ तो पूरी दुनिया बदल सकती हूँ।"

कहते-कहते गोपा दादी के चेहरे पर अजब सा नूर नजर आने लगा।

"फिर गोपा दादी...आगे क्या हुआ?" नन्हे देबू ने पूछा। उसे कहानी के पूरे होने का इंतजार था।

"हाँ, बताती हूँ।...वही तो बता रही हूँ बेटा!" गोपा दादी ने फिर सुर में आकर, आगे की कहानी सुनानी शुरू की—

इसके कुछ रोज की बात है, रुनकपुरा में एक बहुत बड़ी सभा हुई। हम सबने सोचा था कि सभा में हरियाली आंदोलन के उन उत्साही बेटे-बेटियों को पुरस्कार दिया जाए, जिन्होंने 'पेड़ लगाओ आंदोलन' में खूब काम किया था। इनमें सुरजो बाई थी, लीलादेवी

थी, मालिनी दीदी थी, भोले पहलवान और उनका चेला बदरी था, काशी भाई और बनवारी थे, मुरारी कक्का थे, बिरजू था, और भी बहुत सारे लोग।

हमने इक्कीस उत्साही और समर्पित कार्यकर्ताओं को छाँटा। उन्हें मंच पर बुलाकर चाँदी का एक-एक मेडल दिया गया। साथ में हरी टोपी भी, जिस पर सामने सुनहरी बालें टँकी हुई थीं। सभा में लोग खूब तालियाँ बजाकर उनका स्वागत कर रहे थे।

बड़ा ही जोश भरा माहौल था। देखने वालों को भी अच्छा लग रहा था, क्योंकि इसके साथ ही बहुत सी पुरानी बातें भी उन्हें याद आ रही थीं। वे भूली-बिसरी बातें, जिनमें रुनकपुरा का पुराना इतिहास छिपा था।

"मुझे भी अच्छा लग रहा था। बहुत अच्छा। जैसे धूप में बहुत देर तक तपने के बाद ठंडी-ठंडी छाया अच्छी लगती है।" कहते-कहते गोपा दादी मुसकराईं।

"फिर गोपा दादी, आगे...?" लतिका ने जानना चाहा।

"अंत में, जब सबको पुरस्कार दिए जा चुके, तो मुझसे भी दो शब्द कहने के लिए कहा गया। पर मैं अपनी बात शुरू करती, इससे पहले ही...!"

कहते-कहते गोपा दादी एक पल के लिए रुकीं। जैसे पुराना कोई दृश्य उनकी आँखों के आगे आकर अटक गया हो।

"आप बात शुरू करतीं, इससे पहले क्या हुआ दादी? आप रुक क्यों गईं!" देबू ने पूछा।

"इसलिए कि मैं बात शुरू करती, इससे पहले ही एक चमत्कार हुआ। ऐसा चमत्कार, जिसे मैं कभी भूल नहीं सकती।" कहते-कहते गोपा दादी कुछ भावुक सी हो गईं। उनकी आँखें भीग गई थीं।

फिर किसी तरह उन्होंने खुद को सँभाला, और आगे की कहानी सुनानी शुरू की—

असल में हुआ यह कि जैसे ही मैंने बोलने के लिए माइक आगे खींचा, मुझे एकदम सामने सब्जपरी नजर आई। अपनी सुंदर सी बूटेदार हरी साड़ी पहने हुए। सिर पर हरी पत्तियों का शानदार मुकुट। एकदम उजला सा चेहरा। जगमग-जगमग करता हुआ।

आते ही उसने बड़े प्यार से सभी को हाथ जोड़कर नमस्कार किया। मैं भौचक, "अरे, सब्जपरी, आप...?"

सब्जपरी मुसकराई और मुझे चुप रहने का संकेत करके सभा में उपस्थित लोगों से बोली—

"आप लोग मुझे देखकर हैरान हो रहे होंगे। वैसे भी सच तो यह है कि इस मंच पर

जहाँ गोपा पहले से ही विराजमान है, मेरा कोई काम नहीं था।...मुझे लोग सब्जपरी जरूर कहते हैं, पर असली सब्जपरी मैं नहीं, गोपा है, जिसने इस उजाड़ इलाके को चमन में बदल दिया। गोपा ने इतनी बहादुरी से अकाल और सूखे का मुकाबला किया कि सच्ची वीर स्त्री का खिताब इसे ही मिलना चाहिए। लिहाजा मैं अपना मुकुट गोपा को पहनाती हूँ।..."

और इतना कहकर सब्जपरी ने सचमुच अपना मुकुट उतारकर मुझे पहना दिया।

मैं तो मानो संकोच से ही गड़ गई, पर सब्जपरी मुसकरा रही थी। उसने गूँजती हुई आवाज में कहा, "अब आप लोगों के साथ में भी धरती की इस बेटी का अभिनंदन करती हूँ।"

इस पर सभा में इतने जोर की तालियाँ बजीं कि देर तक गड़गड़ाहट थमने का नाम ही नहीं ले रही थीं। सब्जपरी ने मधुर आवाज में कहा, "यह धरती की बेटी का सच्चा अभिनंदन है।...हम यहाँ इसलिए इकट्ठे हुए है, ताकि आसमान के देवता को भी पता चल जाए कि धरती की बेटी में कितनी ताकत, कितना दम है। वह चाहेगी तो आसमान के बादलों को भी बुला लेगी। उन्हें बरसना पड़ेगा, बसरना ही पड़ेगा!"

इस पर वैसी ही जोरदार तालियों की गड़गड़ाहट। और जैसे ही लोगों की तालियाँ खत्म हुई कि आश्चर्य, सब्जपरी गायब।...सचमुच गायब!

देखने वाले भौचक्के। सब आँखें फाड़े इधर-उधर देख रहे थे, मानो एक-दूसरे से पूछना चाह रहे हो कि अभी-अभी जो उन्होंने देखा, वह सच था या सपना? खुद मैं नहीं समझ पा रही थी कि हे भगवान, यह कैसा जादू है!

अब एक और मुश्किल आई कि मैं बोलूँ क्या? मुझे भाषण देना तो आता नहीं था। आखिर मैंने तय किया मैं अपनी कहानी सुनाऊँगी, एकदम शुरू से अब तक कि कैसे अचानक मुझे सब्जपरी मिली, कैसे मैंने धरती की पुकार सुनी और फिर कैसे मेरा पूरा जीवन ही बदल गया।

टूटी-फूटी भाषा में मैं अपनी बातें कह रही थी, पर सभा में मौजूद हजारों लोगों ने मेरा इतना हौसला बढ़ाया कि मुझे लगा, मेरा जीवन सफल हो गया है। आखिर में मैंने कहा, "आप सबसे मैं यही आशीर्वाद माँगती हूँ कि जब तक मेरे पैरों में चलने की ताकत है और जब तक मेरे भीतर साँस है, जो काम मैंने अपने हाथ में लिया है, वह चलता रहे, चलता रहे, कभी खत्म न हो!..."

इस पर लोगों ने खूब जोश में तालियाँ बजाईं। वे एक साथ खड़े हो गए और प्रतिज्ञा की कि वे कभी, किसी हालत में मेरा साथ नहीं छोड़ेंगे।

बस, मुझे और क्या चाहिए था?

"आप लोग मेरे साथ हैं तो मुझे मौत का भी डर नहीं है। चाहे प्राण भले ही जाए, पर मैं अपने कदम पीछे नहीं हटाऊँगी।..." इन शब्दों के साथ मैंने अपनी बात खत्म की।

जब मैं मंच से उतरकर लोगों से बातें करते हुए अपनी कुटिया की तरफ जा रही थी, तो मेरे चाचा-चाची चुपके से पास आए। वही चाचा-चाची, जिन्होंने मुझे दुख-परेशानी के दिनों में दूर छिटक दिया था और अकाल में तो एकदम भुला ही बैठे थे।...

पर अब पास आकर वे बड़े प्रेम से बोले, "हमें नहीं पहचाना गोपा बेटी?"

मैंने हँसकर कहा, "आपको कैसे नहीं पहचानूँगी? आप मेरे चाचा जी...और चाची जी हैं। आज मैं जो कुछ भी हूँ, आपके कारण ही तो हूँ।"

हमारा आंदोलन बढ़ता गया, बढ़ता गया। दुनिया के दूसरे देशों ने भी उससे सीख ली। कुछ दिनों में हालत यह हुई कि रुनकपुरा गाँव का नाम भारत में ही नहीं, बल्कि दुनिया के दूर-दूर तक के देशों में भी छा गया।

इसके बाद तो दूर-दूर से मुझे बुलावे मिलने लगे। पूरी दुनिया में मैं घूमी। पूरी दुनिया मेरा घर, मेरा गाँव बन गई।

पाँव चलते रहे, चलते रहे। चलते-चलते कब जवानी गई, बुढ़ापा आ गया, मुझे पता ही नही चला। मुझे तो बस इतना पता है कि मेरे पाँव जो तब चले थे, आज तक चल रहे हैं। चलते ही जा रहे हैं...!

कहते-कहते गोपा दादी के होंठों पर एक पोपली मुसकान छा गई। अपनी पूरी कहानी उन्होंने सुना दी थी।

❐

[11]

वह मीठी, पोपली हँसी

"अच्छा गोपा दादी, आपका परिवार, बेटे-बेटियाँ...?" गोपा दादी की कहानी में खोई नन्ही लतिका ने एकाएक पूछ लिया।

"अरे, तुम लोग हो न मेरा परिवार, बेटे-बेटियाँ, नाते-नातियाँ...सब। यही तो है मेरा परिवार!" कहते-कहते गोपा दादी पोपले मुँह से हँसीं तो हँसती ही चली गईं।

फिर कुछ रुककर बोलीं, "मैं जगह-जगह घूमती हूँ तो लोग भी यही सवाल पूछते हैं।... बहुत पहले में अमेरिका गई थी तो वाशिंगटन में एक भली सी औरत थी, मिसेज नीला। उसने भी पूछ लिया था कि गोपा दादी, आपने शादी नहीं की। घर नहीं बसाया। आपको अफसोस नहीं होता क्या इसका?...तो उसकी बात सुनते हुए मैंने हँसते हुए कहा कि काहे का अफसोस? पहले रुनकपुरा गाँव मेरा घर था, पर अब तो सारी दुनिया ही मेरा घर बन गई है। जहाँ-जहाँ हरियाली है, वहाँ-वहाँ मेरा घर है। जितने भी पेड़-पौधे है, वे सबके सब मेरी संतानें हैं!...

"तब से वह नेक और भली औरत मिसेज नीला इतनी प्रभावित हुई कि मेरी पक्की शिष्या बन गई। और आज वो अमेरिका में एक आश्रम बनाकर रहती है और मेरे काम को आगे बढ़ाने में जुटी है। एक बार भारत भी आई थी, और कोई दो-तीन महीने मेरे साथ रही थी। मेरे साथ-साथ घमा करती थी, और पेड़-पौधे लगाती थी। मेरी पूरी कहानी सुनकर गई थी। कहती थी, गोपा दादी, मैं आप पर पूरी एक किताब लिखूँगी। मैंने कहा, क्यों बेकार परेशान होती हो नीला? मेरे हाथ से लगाया हुआ एकएक पेड़ मेरी कहानी सुना रहा है। यही काफी नहीं है क्या...?"

गोपा दादी एक क्षण के लिए रुकीं। फिर मुसकराती हुई बोलीं, "तो बच्चों, मेरे लिए तो यही सबसे बड़ा सुख है कि मेरे हाथ से लगाए गए पेड़-पौधे बड़ी शान से सिर उठाए खड़े हैं। मैं बच्चों को मस्ती से बगीचों या पार्कों में खेलते देखती हूँ, तो लगता है कि मैंने लाखों

पेड़ ही नहीं लगाए, आदमी के लिए इतने भले-भले दोस्त तैयार कर दिए हैं।...आदमी के सपने और उसके दिल और उसकी आत्मा की हरियाली बचाई है। बच्चों की किलकारी और खिलखिलाहट बचाई है। और इससे भी बढ़कर बात यह कि मैं भारत की बेटी हूँ, तो भारत को एक हरा-भरा, सुंदर और खुशहाल देश बनाने में मैंने अपना पूरा जीवन लगा दिया। कोई अपनी जिंदगी में इतना ही कर ले, तो क्या यह कम है...?"

बच्चे कहानी सुनते-सुनते इस कदर खो गए थे कि गोपा दादी की कहानी कब खत्म हो गई, उन्हें यह भी होश नहीं रहा।

"अच्छा दादी, अब आप जहाँ भी जाएँ, हमारे साथ जाएँ। आपको सहारा भी रहेगा। और फिर आपने अपना काम कर दिया, अब आपके काम को हमें आगे बढ़ाना है।" बच्चे एक साथ कह रहे थे।

"और हाँ दादी, आप अपने जीवन की सच्ची कहानियाँ भी हमें जरूर बताएँ। उन्हें हम लिखेंगे। ताकि लोग जानें कि एक थीं गोपा दादी, जो सब्जपरी से मिली थीं!" नन्हा गोलू-मटोलू देबू मुसकराते हुए बोला।

"और सब्जपरी से मिलकर हमारी गोपा दादी खुद भी सब्जपरी बन गई थीं—धरती की सब्जपरी।" लतिका ने बात आगे बढ़ाई।

सुनकर गोपा दादी हँस पड़ीं। उनकी मीठी, पोपली हँसी सुनकर बच्चे भी हँस रहे थे।

इतने देर में देबू अपनी लिखी जाने वाली किताब का नाम सोचता रहा। अचानक उसके चेहरे पर मुसकान खिल उठी। नाम उसे मिल गया था। उसने तय कर लिया था कि उसकी किताब का नाम होगा, 'कहानी धरती की सब्जपरी की!'

देबू ने गोपा दादी को यह बात बताई, तो उन्होंने प्यार से उसे छाती से लगा लिया। और सिर पुचकारते हुए बोली, "लिखना देबू,...जरूर लिखना। ताकि लोग जानें कि यह धरती की हरियाली कैसी अनमोल है, जिसके लिए तेरी गोपा दादी ने अपना पूरा जीवन लगाया था...!"

कहते हुए गोपा दादी के चेहरे पर अनोखी उजास थी। होंठों पर बड़ी मीठी सी मुसकान।

देबू ने, लतिका ने, बिल्लू और सारे बच्चों ने देखा, तो एक साथ बोल उठे, "गोपा दादी, आप सचमुच परी हो! धरती की सब्जपरी...!!"

जब वे कह रहे थे तो सचमुच सब्जपरी का हरियाला मुकुट गोपा दादी के चेहरे पर झिलमिल-झिलमिल कर रहा था।

❐

खंड-6

स्वच्छता की निर्मल परी है जानकीबाई

[1]

जियावनपुर गाँव की वह लड़की

जानकीबाई का नाम आज कौन नहीं जानता? जियावनपुर में तो लोग जानकीबाई को देवी की तरह पूजते हैं। और बहुत से लोग तो यह भी कहते हैं कि वह तो एक सुंदर परी है, जो जियावनपुर का नाम ऊँचा करने के लिए आई है।

आसपास के गाँव-कसबों और शहर के लोग भी उसे बड़े प्यार से 'निर्मल परी' कहकर याद करते हैं। सबके होंठों पर बस उसी का ही नाम, जैसे जियावनपुर की जानकीबाई हर दिल में बस गई हो!

यों जानकीबाई की कहानी भी कुछ अजीब है। उसके पिता थे नहीं। अम्माँ आसपास के घरों में छोटा-मोटा काम करके उसे किसी तरह पाल रही थीं। पर जानकीबाई के सपने ऊँचे थे। वह थी भी कुछ अलग सी। सोचती, 'बड़ी होकर मैं ये करूँगी, वो करूँगी...वो...वो करूँगी! मतलब..मतलब...सब कुछ कर डालूँगी, जो कोई न कर सका हो।'

अम्माँ उसकी जाने कैसी-कैसी बुद्धूपन वाली बातें सुनकर हँसती, "अरे, पहले बड़ी तो हो जा मेरी लाडली!"

पर जानकीबाई सोचती, "क्या बड़ा होना जरूरी है कुछ भी करने के लिए? तो क्या बच्चे कुछ भी नहीं कर सकते!"

फिर एक दिन रिमझिम परी की कहानी सुनकर उसे लगा, 'हाँ-हाँ, बच्चे भी कुछ कर सकते हैं। जरूर कर सकते हैं।' बल्कि उसे लगा कि उसे भी कुछ करने का रास्ता मिल गया है।

रिमझिम परी की कहानी।...

हाँ, जब से जानकीबाई ने सुनी है यह कहानी उसे सब कुछ बदला-बदला सा लगता है।

उसे लगता है कि जो भी वह चाहेगी, जरूर कर लेगी, क्योंकि रिमझिम परी उसके साथ है।

पता नहीं, रिमझिम परी पर इतना यकीन कैसे हो गया जानकीबाई को?

❐

[2]

सुरसती बुआ की कहानियाँ

असल में शाम के समय जानकीबाई पड़ोस में रहने वाली सुरसती बुआ से कहानियाँ सुना करती थी।

एक दिन सुरसती बुआ ने उसे कहानी सुनाई एक परी की, जिसका नाम तो नहीं पता, पर वह बादलों में रहती थी। इसलिए हर कोई रिमझिम परी कहकर बुलाता था।

बड़ी दयालु और नेक थी रिमझिम परी। एक दिन उसने एक छोटी सी लड़की की मदद की, जो बगीचे में एक पेड़ के नीचे बैठी रो रही थी।

रिमझिम परी ने उसकी आँखों में आँखें डालकर मुसकराकर कहा, "हँसो, ओ नन्ही प्यारी बच्ची, हँसो!"

और लो, चमत्कार हो गया।

उस दिन के बाद वह नन्ही सी बच्ची, खुशी जिसका नाम था, खुश रहने लगी।

फिर पता नहीं क्या हुआ कि वह जीवन में आगे ही आगे बढ़ती चली गई। रिमझिम परी ने उसे वरदान ही ऐसा दिया था!

जानकीबाई ने सुना, तो हैरान रह गई...

ओह, कितनी अच्छी है रिमझिम परी। और बच्चों से कितना प्यार करती है। किसी की आँखों में आँसू नहीं देख सकती। जानकीबाई ने सोचा, तो बस सोचती ही रह गई।

'कितनी कमाल की कहानी है। सचमुच, कितने कमाल की!' जानकीबाई ने सोचा, 'और फिर रिमझिम परी ने खुशी को वरदान भी दिया तो कैसा अनोखा! खुश रहने का वरदान। खुश रहो तो तुम दुनिया में आगे ही बढ़ते जाओगे, आगे ही बढ़ते जाओगे। बस, जरूरत है मन की खुशी की और लोगों को वही तो नहीं मिलती!'

कहानी सुनने के बाद जानकी बाई ने सोचा तो बस सोचती ही चली गई।

उस दिन के बाद जानकीबाई को बड़ी अजब सी बीमारी लग गई। सोचने की बीमारी।...

वह हर वक्त सोचती रहती, बस सोचती ही रहती। पता नहीं, क्या-क्या!

और आज भी तो यही सारा घनचक्कर उसके दिमाग में चल रहा है। जानकीबाई अपने छोटे से खटोले पर बैठी थी और सोच रही थी। जाने क्या-क्या!

रात का अँधेरा घिर आया था। पास में ही अम्माँ गहरी नींद सो रही थी, पर जानकीबाई की आँखों में भला नींद कहाँ? इसलिए कि वह तो सुरसती बुआ की कहानी याद आ रही थी, एक छोटी सी बच्ची खुशी और रिमझिम परी की कहानी।

'परी ने वरदान दिया भी तो क्या? वाह!' वह फिर-फिर सोच रही थी, 'कैसी कमाल की बात है कि एक छोटे से वरदान ने खुशी की जिंदगी बदल दी!'

सोचते-सोचते जानकीबाई के दिमाग में एक बात कौंधी, 'काश!...काश, मुझे भी कोई परी मिल जाती तो?'

मन में यह विचार आते ही उसे इतनी खुशी हुई कि उसका सारा शरीर झनझना गया। फिर वह सोचने लगी कि, 'अच्छा जी, अगर परी मिल भी जाती तो भला मैं उससे माँगती क्या?

हाँ-हाँ, मान लो, रिमझिम परी मेरे आगे खड़ी है और हँसकर कह रही है कि ओ री ओ जानकीबाई, माँग क्या माँगती है, तो भला मैं परी से क्या माँगूँगी?

क्या खूब सारा पैसा?
क्या ढेर सारा सोना-चाँदी?
क्या बढ़िया-बढ़िया पकवान!
या फिर...महल-अटारी?

ना जी ना, इसमें क्या धरा है? ये चीजें तो बहुतों के पास हैं। वरदान माँगो तो वह कुछ अलग सा होना चाहिए। है ना! तो फिर क्या माँगूँ मैं परी से? क्या...!'

तभी उसे याद आया, उसके मोहल्ले में और आसपास कूड़ा-करकट बहुत है। लोग अपने घरों की सफाई करके कूड़ा बाहर सड़क पर फेंक देते हैं, जैसे सड़क कोई बहुत बड़ा कूड़ेदान हो। जगह-जगह कूड़े और गंदगी के ढेर!

बाजार में लोग खोमचे और ठेले वालों से चाट-पकौड़े, कुल्फी, आइसक्रीम और जाने क्या-क्या चीजें लेकर खाते हैं और खाने के बाद दोने, कुल्हड़ और पत्तल जहाँ-तहाँ फेंक देते हैं। कितनी बुरी बात...बहुत बुरी बात!

और अब तो प्लास्टिक की थैलियाँ, बोतलें, गिलास और प्लेटें भी चल गई हैं। वे जगह-जगह लुढ़कती-पुढ़कती पड़ी रहती हैं। देखकर जी खराब होता है। यह गंदगी न होती, तो कितना अच्छा होता अपना जियावनपुर!

'कितना अच्छा हो कि परी से यही वरदान माँग लूँ कि अपना जियावनपुर खूब साफ-सुथरा हो। वहाँ जगह-जगह गंदगी के ढेर न हों। गलियों में और सड़कों पर जहाँ-तहाँ कूड़ा-करकट न बिखरा हो।' जानकीबाई ने सोचा।

तो क्या वह परी से यह वरदान माँगेगी? अजीब वरदान...! सोचकर उसे हँसी आई। उसने हँसते-हँसते अपने आप से कहा, "ऐसा वरदान तो परी से किसी ने न माँगा होगा।"

पर जानकीबाई को सफाई इतनी अच्छी लगती थी और जियावनपुर में जगह-जगह कूड़े-करकट के पहाड़ देखकर इतनी कोफ्त होती थी कि वह कुछ और सोच ही नहीं सकी।

उसे लगा कि अगर अपना जियावनपुर एकदम साफ-सुथरा, चम-चम चमकता और सुंदर हो जाए तो आसपास के शहर और कसबों के लोग भी उससे सीख लेंगे। यह कितनी अच्छी बात होगी, सचमुच कितनी अच्छी बात!

"ठीक है...ठीक, परी आए तो मैं उससे यही माँगूँगी कि वह जियावनपुर को स्वच्छ, सुंदर बना दे।" जानकीबाई ने मन ही मन कहा और लेट गई।

❐

[3]

सपने में रिमझिम परी

जानकीबाई को नींद तो आ गई, पर पूरी रात उसे तरह-तरह की शक्लों में यही सपना आता रहा।

कभी उसे लगता कि रिमझिम परी उसके सामने खड़ी है और शर्म के मारे उससे कुछ बोला ही नहीं जा रहा।

कभी लगता कि उसने जैसे ही परी से यह अजीब सा वरदान माँगा, वह फिक्क से हँस पड़ी। हँसते-हँसते उसका बुरा हाल हो गया। वह पेट पकड़कर देर तक हँसती ही रही, बस हँसती ही रही।

कभी उसे लगता कि उसकी बात सुनते ही रिमझिम परी ने बड़े प्यार और दुलार से उसके सिर पर हाथ फेरा और कहा, 'तुम सबसे अलग हो जानकीबाई, सबसे अलग! तुमने अपने लिए नहीं, सबके लिए माँगा। तुम्हारा मन बड़ा और उदार है। इसलिए तुम मुझे बहुत अच्छी लगती हो। देखना, जियावनपुर को सुंदर बनाने का तुम्हारा सपना एक दिन पूरा होगा, जरूर पूरा होगा!"

जानकीबाई को पूरी रात सपने में बस रिमझिम परी ही नजर आई। उससे बातें करते हुए उसे लगा कि उसके भीतर एक अलग तरह की खुशी फूट रही है।

दीवाली की फुलझड़ियों की तरह।

❑

[4]
जियावनपुर को सुंदर बनाना है

अगले दिन रोज की तरह सुबह-सुबह जानकीबाई उठी तो सपने की बात सोचकर मुसकरा उठी।

वह अभी सोच रही थी कि क्या करूँ, क्या नहीं? इतने में किसी ने बड़े मीठे स्वर में उसके कानों में कहा, "चलो जानकीबाई! भूल गईं, तुम्हें जियावनपुर को सुंदर बनाना है?"

सुनकर जानकीबाई चौंकी, 'ऐं...हाँ-हाँ!'

पर उसके भीतर खुदर-बुदर सी थी, 'अरे, यह कौन बोला, कौन?

किसने उसके कानों में कही जियावनपुर को सुंदर बनाने की बात?...कहीं रिमझिम परी तो नहीं!'

एक पल के लिए जानकीबाई कुछ सोच में पड़ गई। पर फिर जाने क्या हुआ, उसने झटपट एक बड़ा सा थैला उठाया और उसे लेकर बड़ी तेजी से घर से निकल पड़ी। जैसे उसके सपनों में पंख लग गए हों।

रास्ते में जितने भी कागज-वागज, खाली लिफाफे, पुराने कपड़े की कतरनें, प्लास्टिक की थैलियाँ, लोहा-लंगड़ या इधर-उधर बिखरा कबाड़ नजर आया, सबको उठा-उठाकर वह उस बड़े से थैले में भरती जाती।

जब थैला भर गया तो उसने वह कूड़ा शहर के बाहर बने बड़े से कूड़ाघर में डाल दिया।

इसके कुछ देर बाद फिर निकल पड़ी।

इस बार वह अपने घर के पास बने बड़े से पार्क में जा पहुँची। वहाँ इधर-उधर कागज, अखबार के टुकड़े, प्लास्टिक की बोतलें, गिलास और प्लेटें बिखरी पड़ी थीं।

लोग शाम के समय यहाँ खाने-पीने की चीजें लेकर आते। पर खाना खाकर अखबार और दूसरा सामान वहीं बिखरा छोड़ देते। सुबह देखने पर पार्क का हुलिया बड़ा बेढंगा लगता।

जानकीबाई ने यहाँ-वहाँ बिखरा जितना भी कूड़ा था, उसे भी थैले में भरा और जाकर कूड़ेदान में डाल दिया।

लोग देख-देखकर हैरान थे। सोच रहे थे, 'यह क्या कर रही है जानकी? कहीं यह पगला तो नहीं गई?'

पास ही कसरत कर रहे भोला चाचा ने पूछ ही लिया, "अरे, यह क्या कर रही हो बिटिया। रहने दो। यह तुम्हारा काम थोड़े ही है!"

"पार्क तो हम सबका है न चाचा। तो फिर इसे साफ रखना भी तो हमारा ही जिम्मा है ना!" जानकीबाई ने धीरे से हँसकर कहा।

इस पर भोला चाचा चुप।

कुछ देर बाद फिर से कसरत करने में जुट गए। पर साफ लग रहा था कि कसरत में उनका मन लग नहीं रहा। जैसे बार-बार जानकीबाई की कही हुई छोटी सी बात उनके भीतर खलल पैदा कर रही हो।

पर जानकीबाई तो निश्चिंत होकर बड़े धीरज से अपने काम में लगी थी।

वह पक्का निश्चय कर चुकी थी। और अब तो परी का भी उसे वरदान मिल चुका था। फिर उसे क्या चिंता थी?

❐

[5]

नया जोश, नया उत्साह

अगले दिन वह दो थैले लेकर घर से निकली और बड़ी सुबह से अपने काम में जुट गई। और ज्यादा उत्साह से।

इस बार पार्क में घूमने आए कुछ बच्चों ने भी उसका साथ दिया। एक नन्हे से बच्चे काकू ने जानकीबाई को पार्क की सफाई करते देखकर पूछा, "आप यह क्या कर रही हो दीदी?"

"देखते नहीं काकू, कितना कूड़ा है यहाँ? क्या यह अच्छा लगता है? अगर हम इस पार्क को साफ रखें तो खुद हमें कितना अच्छा लगेगा!" जानकीबाई ने समझाया।

'बात तो सही है।' काकू ने सोचा। फिर उसे उसी समय पार्क में सैर करने आए बच्चों को आवाज दी, "सारे बच्चे आ जाओ जल्दी से। जानकी दीदी पार्क की सफाई कर रही हैं। हम भी उनके साथ मिलकर सफाई करेंगे।"

देखते ही देखते आठ-दस बच्चे इकट्ठे हो गए। कुछ बच्चे दूर खड़े थे। सकुचा रहे थे। कूड़ा साफ करने का काम उन्हें गंदा काम लग रहा था। पर जानकीबाई ने समझाया, कूड़े के बीच रहना गंदा है या कूड़ा हटाकर पार्क को साफ-सुथरा रखना।

बात सबको समझ में आ गई।

अब तो पंद्रह-बीस बच्चों की टोली बन गई थी और जानकीबाई से पूछकर सब काम कर रहे थी। जानकीबाई खुद भी काम कर रही थी, दूसरों को समझाती भी जा रही थी।

देखते ही देखते कुछ बड़े लोग भी शामिल हो गए। कुछ ने घास की भी कटाई-छँटाई कर दी। पार्क थोड़ी ही देर में इतना सुंदर लगने लगा कि देखकर छोटे-बड़े सभी रीझ गए।

जानकीबाई खुश थी और काकू समेत बहुत से बहुत से बच्चे तो एकदम रोमांचित थे। उनमें से कुछ बच्चे तो खुशी ककी तरंग भी नाचने-कूदने भी लगे। देखकर पार्क में घूमने आए लोग जोरों से हँस पड़े। ❐

[6]

यह क्या कर रही हो बेटी

अगले दिन जानकीबाई की टोली और बड़ी हो गई। उसने सबके साथ मिलकर पार्क ही नहीं, सरकारी स्कूल के आसपास का कूड़ा-कबाड़ भी साफ कर दिया। अपने घर के सामने वाली गली और और बाजार जाने वाली सड़क भी।

आज भी कई लोगों ने हैरान-परेशान होकर पूछा, "यह क्या कर रही हो बेटी? तुम...अ...तुम्हें यह सूझा क्या? और ये बच्चे, ये...ये भी तुहारी तरह...?"

जानकीबाई हँसकर बोली, "जो काम बड़ों को करना चाहिए, अगर वे नहीं करते, तो बच्चे भला क्यों पीछे हटें? हम किताबों में पढ़ते हैं, जहाँ सफाई है, वहाँ ईश्वर रहता है। पर घरों के बाहर इतना कूड़ा जहाँ-तहाँ बिखरा पड़ा है, किसी को जरा भी चिंता-फिक्र नहीं। तो फिर हम बच्चों ने सोचा कि चलो, हमीं शुरुआत करते हैं।"

फिर सड़क पर इधर-उधर बिखरे कागजों और प्लास्टिक की थैलियों की ओर एक नजर डालकर उसने कहा—

"लोगों को सोचना चाहिए कि वे इधर-उधर कूड़ा न फैलाएँ। पर कोई सोचता नहीं। लोग कागज-पत्तर उधर डाल देते हैं। मगर मैं इतने दिनों से देख रही हूँ, कि यहाँ सफाई करने तो कोई आता नहीं। कितना बुरा लगता है, जब कागज इधर-उधर उड़ते हैं। मेरी अम्माँ कहती है कि एक जमाने में इतना सुंदर होता था जियावनपुर कि क्या कहने! क्या आज फिर पहले जैसा नहीं हो सकता...?"

कुछ देर बाद खुद ही बोली, "अगर लोग आदत सुधार लें तो हो सकता है, जरूर हो सकता है।"

❏

[7]

उठो, मेरी नन्ही परी, उठो!

जल्दी ही जानकीबाई की नन्ही तपस्या का फल दिखाई देने लगा। उसे अपनी छोटी सी टोली के साथ सड़क पर से फालतू कागज-पत्तर उठाते देख, जियावनपुर के लोगों ने सोचा, 'नन्ही सी जानकीबाई को कितनी परेशानी उठानी पड़ रही है। तो क्यों न हम अपनी आदत सुधारें?'

और वाकई लोगों की आदत सुधरने लगी।

अब वे राह चलते सड़क पर केले या मूँगफली के छिलके न डालते। कूड़ा-कर्कट न फैलाते। धीरे-धीरे जियावनपुर वैसा ही सुंदर हो गया, जैसे जानकीबाई की दादी और नानी के समय था।

आसपास के लोग आते, तो इस कसबे की सुंदरता को मन ही मन सराहते। कुछ कहते, "आदमी एक छोटी सी चीज भी ठान ले और उसे अमल में लाए, तो आखिर दुनिया बदल सकती है!"

और जानकीबाई...? वह मन ही मन परी को धन्यवाद देती है। आखिर उसी ने तो जानकीबाई के कानों में फुसफुसाकर कहा था, "चलो जानकी, नहीं चलोगी!"

अब भी कभी जानकीबाई की नींद न खुले तो परी सुबह-सुबह उठा देती है। उसकी मीठी आवाज सुनाई देती है, "उठो, मेरी नन्ही परी, उठो! तुम्हारा समय हो गया।"

सुबह पाँच बजे उठकर जानकीबाई अपना काम शुरू कर देती।

धीरे-धीरे और बच्चे भी साथ आ जाते हैं और उसकी टोली पूरी उमंग के साथ गीत गाते गाते हुए अपने काम में जुट जाती है। पूरा कसबा चमचमा उठता है।

देखकर हर कोई हैरान! सबकी आँखों की चमक कह उठती है, "अरे वाह, कोई धुन का पक्का जिद ठान ले तो क्या नहीं हो सकता। जानकीबाई की एक धुन ने क्या कमाल कर दिखाया!"

जानकीबाई को अब जियावनपुर के लोग 'निर्मल परी' के नाम से जानते हैं, जिसने जियावनपुर की शक्ल बदल दी।

उससे प्रेरणा लेकर और दूसरे गाँव-कसबे और शहरों में भी 'सफाई रखो अभियान' शुरू हो गया।

जगह-जगह लोग जानकीबाई के सफाई आंदोलन में साथ देने के लिए आगे आ गए। लोगों में कुछ नया करने का जोश था। कुछ कर दिखाने का जोश।

स्वच्छता के निर्मल देवदूत अब हर जगह नजर आते थे और उनके चेहरे दमक रहे होते थे। कई स्कूल और संस्थाएँ भी इसमें शामिल हो गईं।

❒

[8]

एक लंबा कारवाँ

यों 'निर्मल परी' के पीछे एक लंबा कारवाँ नजर आने लगा। जब जानकीबाई सड़क पर आती, ठठ के ठठ लोग उसकी मदद के लिए आगे आ जाते। यू.एन.ओ. से उसे 'सफाई की देवी' का खिताब मिला।

मगर हजारों लोगों ने उसे इससे भी बड़ा खिताब दिया। जियावनपुर और आसपास के लोग उसे कहते, "निर्मल परी...! हमारी प्यारी निर्मल परी!"

यों देखते ही देखते जानकीबाई लाखों लोगों की प्रेरणा बन गई। अब लोग उसकी दिखाई राह पर चलकर, देश को सुंदर बनाने की मुहिम में जुट गए थे।

लोग कहते, "जानकीबाई भारत की सच्ची बेटी है। इसीलिए तो इसने पूरे देश में उजाला कर दिया।"

मेरा खयाल है, जो बच्चे और किशोर पाठक इस कहानी को पढ़ेंगे, उनमें से भी कुछ तो जरूर निर्मल परी की दिखाई राह पर चलेंगे।

❐

खंड-7

फिर जला घर-घर में ज्ञान का दीया

[1]

सुबह उठकर घंटा-दो घंटा पढ़ने के बाद थोड़ी देर बाहर लॉन में टहलना घोष बाबू का रोज का नियम है। और अकसर वे बाहर टहल रहे होते, तभी मिल्दू आता था। घरों का कूड़ा उठाने के लिए।

"कूड़ा...!" उसकी रोज की आवाज। एक साथ कई घरों में गूँजती।

कुछ लोग उसी समय झटपट ताला खोलते। दरवाजा खोल देते, मगर कुछ मिल्दू के घंटी बजाने पर देर तक बेपरवाह सोए रहते।

पर घोष बाबू के यहाँ मिल्दू को कोई मुश्किल नहीं थी। क्योंकि ऐसा कभी नहीं हुआ कि वह आया हो और घोष बाबू का बाहर का दरवाजा बंद हो।

बल्कि कभी-कभी तो घोष बाबू और उनकी पत्नी मिताली दोनों ही बाहर वाले लॉन में आरामकुर्सी पर बैठे चाय पी रहे होते और बातें कर रहे होते। मिल्दू आता तो वे प्यार से कहते, "आओ बेटा।"

एक-दो बार उन्होंने नाश्ता करते हुए मिल्दू से बात करने की भी कोशिश की। यही कि वह रहता कहाँ है? घर में और कौन-कौन हैं और कब से यह काम कर रहा है?

पर मिल्दू संकेत में जवाब देता, फिर आगे अपने काम पर निकल जाता। जैसे उसकी इस तरह के सवालों में कोई दिलचस्पी न हो।

मिताली अपने पति से कहती, "जब वह बात नहीं करना चाहता तो आप क्यों बार-बार छेड़ देते हैं?"

घोष बाबू कटकर रह जाते। पर अगले दिन मिल्दू आता तो फिर उनके मुँह से निकलता "आओ बेटा, ठीक तो हो न?"

एक बार घोष बाबू जब नाश्ता कर रहे थे तो उन्होंने मिल्दू को प्लेट में पड़े बिस्कुट उठाकर खाने को दिए। कहा, "लो बेटा, खा लो।" पर उसने मना कर दिया। बोला, "रहने दीजिए बाबू जी, ऐसे ही ठीक हूँ।"

घोष बाबू को अचरज हुआ। वे फिर से मिल्दू के बारे में सोचने लगे। सोचते, 'देखो, कपड़े कितने मामूली हैं, फटे-पुराने। लेकिन बोलना-चालना इसका...सबमें कुछ नफासत है। जैसे काफी समझदार हो। अपनी उम्र से ज्यादा समझदार। फिर इनकार भी किया तो किस तरह?'

एक बार की बात, इतवार का दिन था। घोष बाबू को आज दफ्तर नहीं जाना था। मिल्दू कूड़ा उठाने के लिए आया। कूड़ा उठाने के बाद वापस कूड़ेदान रखकर जाने लगा तो घोष बाबू ने उसे पुकार लिया। बोले, "मिल्दू, कुछ काम है तुमसे। कब फ्री होगे?"

"कौन सा काम?" मिल्दू एकाएक चौंका। जैसे बात का सिरा न पकड़ पा रहा हो।

"वह तो बाद में बताऊँगा। पर पहले बताओ, तुम्हारा यह काम कब तक खत्म हो जाएगा। फिर कोई और काम तो नहीं है।"

पता चला, कोई बारह-साढ़े बारह बजे तक मिल्दू सब घरों का कूड़ा उठाता है और उसे शहर के बाहर वाले बड़े कूड़ेदान में डालकर घर पहुँच जाता था। नहाता-धोता है, नाश्ता करता है और कोई एक बजे बिल्कुल फ्री हो जाता है।

फिर यह भी पता चला कि शाम को पाँच-साढ़े पाँच बजे उसे कहीं और भी काम पर जाना होता है।

"तो ठीक है, साढ़े बारह या एक बजे सही। थोड़ा सा काम है आ जाना।"

❐

[2]

मिल्दू आया तो सुबह से काफी कुछ अलग लग रहा था। नहाया-धोया हुआ, साफ-सुथरा। उसके चेहरे पर आत्मविश्वास की दीप्ति।

"हाँ बाबू जी, बताइए?" उसने गंभीरता से कहा।

घोष बाबू मुसकराए। बोले, "बैठो, काम भी बताता हूँ। पर पहले दो-चार बातें तो कर लें।"

अब मिल्दू थोड़ा निश्चिंत सा आराम से बैठ गया और बातें चल निकली।

पता चला कि मिल्दू के पिता नहीं हैं। कोई पाँच साल हुए वे गुजर गए। मिल्दू तब सात-आठ साल का रहा होगा। तभी से वह यह काम कर रहा है। घर में माँ हैं, एक छोटी बहन भी और वे भी यही काम करती हैं।

"क्या हमेशा यही करोगे, यही करते रहोगे?" घोष बाबू ने पूछा और गौर से मिल्दू की आँखों में देखने लगे।

मिल्दू ने हैरानी से घोष बाबू की ओर देखा कि वे कहना क्या चाहते हैं?

"इसलिए कह रहा हूँ मिल्दू कि जिस फैक्टरी में मैं काम करता हूँ, उसमें भी तुम्हें काम मिल सकता है। क्या नहीं करना चाहोगे? मैं मैनेजर साहब से कह दूँगा, वे तुम्हें रख लेंगे। तनख्वाह अच्छी है। और काम भी कुछ अलग सा।"

"पर...पर साहब ये कैसे?" मिल्दू कुछ हैरान हुआ। और यह हैरानी उसके चेहरे पर साफ पढ़ी जा रही है।

"कुछ खास नहीं। मैं मैनेजर साहब से कह दूँगा तो वे रख लेंगे। तुम यकीन मानो।" घोष बाबू ने एक बार फिर दोहराया।

इस बार मिल्दू की आँखों में चमक दिखाई दी। "सच?" उसने अंदर की खुशी छिपाते जैसे कहा।

"हाँ, सच...बिल्कुल सच।" मिल्दू के चेहरे पर अचानक आई रौनक देखकर घोष बाबू इतने खुश हुए, मानो उन्हें कोई खजाना मिल गया हो।

"पर साहब, वह कैसे?" थोड़ी देर बाद मिल्दू फिर पूछ रहा था।

"वही तो बता रहा हूँ।" घोष बाबू हँसकर बोले।

"काम तुम्हें मिल सकता है। बल्कि निश्चित मिल जाएगा। और इससे बहुत अच्छा काम होगा। पर अभी नहीं, तुम्हें उसके लिए अभी पढ़ना होगा।"

"अच्छा मिल्दू, तुम कितनी जमात पढ़े हो?" घोष बाबू ने पूछा।

"कक्षा चार, बाबू साहब। उसके बाद तो पढ़ाई छूट ही गई।"

"तो क्या हुआ, मैं पढ़ाऊँगा।" घोष बाबू ने कहा। "एक साल बाद तुम पाँचवीं का इम्तिहान दे देना। फिर आगे हाईस्कूल तक तो तुम्हें पढ़ना ही चाहिए। प्राइवेट भी हाईस्कूल का इम्तिहान दे सकते हो। काम करते रहो और पढ़ते भी रहो। पढ़ाऊँगा मैं और किताबें भी दूँगा। कोई चिंता की बात नहीं।"

मिल्दू सोच रहा था 'यह कैसे होगा, होगा भी कि नहीं? यह सच है कि सपना?' उसे इतनी खुशी हुई जैसे अभी उठकर नाचना शुरू कर दे।

"पर यह काम...?" उसने घोष बाबू ने पूछा। फिर खुद ही कहा, "यह तो जरूरी है वरना तो साहब, हमारा घर नहीं चल सकता।"

"इसे करते रहो, बस मेरे पास शाम के समय आ जाया करो। रोजाना कोई दो-ढाई घंटे पढ़ा दिया करूँगा और इतवार को जब मेरी छुट्टी रहती है, दोपहर को भी आ सकते हो।"

"पर साहब, किताबें...?" मिल्दू ने कुछ परेशान होकर कहा।

इस पर घोष बाबू अंदर गए और बच्चों की एक सुंदर सी किताब लेकर आए। उसे मिल्दू के हाथ में पकड़ाते हुए कहा, "लो, पढ़ो।"

उस सुंदर रंग-बिरंगी किताब में बच्चों के लिए छोटी-छोटी कविताएँ और कहानियाँ थीं।

घोष बाबू बोले, "मिल्दू, यह रही तुम्हारी किताब। मैं बोल-बोलकर पढ़ दूँगा, तुम सुनते जाओ। चित्र भी हैं इनमें। बाद में खुद पढ़ना, अच्छे से समझ में आएगा।"

फिर घोष बाबू ने दो-तीन कविताएँ, कहानियाँ पढ़कर सुनाई तो मिल्दू का चेहरा खिल गया। एक कहानी शरारती चूहे और दर्जी की थी। उस शरारती चूहे ने अपनी टोपी बनवाने के लिए दर्जी को क्या खूब छकाया? कहानी सुनकर मिल्दू को खूब जोरों से खिलखिलाकर हँसा।

मिल्दू की वह हँसी घोष बाबू के मन में गड़ी रह गई। सोचने लगे, अब इसके भीतर जो

बच्चा है, वह सही माहौल मिले तो अच्छे संस्कारित रूप में सामने आ सकता है। आगे चलकर कुछ बन सकता है, कुछ कर सकता है। अब तो जो जिम्मेदारी का बोझ इसके सिर पर है, उसने इसके बचपन को पूरी तरह कुचलकर रख दिया है।

इसके बाद मिल्दू रोजाना घोष बाबू के घर आने लगा। खूब ध्यान से पढ़ने-लिखने लगा। एक-दो बार घोष बाबू उसके घर भी गए। उसे वहाँ घर के आगे एक पेड़ के नीचे बैठकर पढ़ाया, तो देखकर आसपास के और बच्चे भी आ गए। उनमें से ज्यादातर स्कूल नहीं जाते थे। सबकी हालत मिल्दू जैसी ही थी। मिल्दू ने सबको बता रखा था घोष बाबू के बारे में। घोष बाबू को देखा तो वे बच्चे पहले तो शरमाए, फिर हिम्मत करके पास आ आकर बैठ गए। और घोष बाबू ने मिल्दू के साथ-साथ उन्हें भी मजेदार कविता-कहानियाँ सुनाई, खूब बातें कीं और पढ़ाया भी।

तो अब तय हुआ कि घोष बाबू हर इतवार को यहाँ बस्ती में आकर पढ़ाया करेंगे, ताकि मिल्दू के साथ-साथ और बच्चे भी पढ़-लिख लें। बाकी दिनों में मिल्दू शाम के वक्त घोष बाबू के घर जाकर पढ़ आया करेगा।

मिल्दू खूब उत्साहित था। बस्ती के और बच्चे भी। उन्होंने तय किया कि वे अपने घर के सामने वाले मैदान को साफ करके बच्चों के बैठने का इंतजाम कर देंगे। बस्ती के बड़े बुजुर्गों ने भी मदद करने का फैसला किया।

❐

[3]

इतवार आया तो शाम के समय घोष बाबू के आने से पहले ही सब बच्चे मैदान में बैठ गए। और घोष बाबू के आने का इंतजार करने लगे। घोष बाबू की सुनाई हुई कविताएँ और कहानियाँ उन्हें याद आ रही थीं और सोचते थे, 'देखें, भला आज घोष बाबू क्या सुनाते हैं?'

थोड़ी देर में घोष बाबू और उनकी पत्नी मिताली दोनों आ पहुँचे। उन्होंने सब बच्चों को सुंदर-सुंदर किताबें बाँटीं, फिर खूब मजेदार कविताएँ-कहानियाँ सुनाईं। थोड़ी गिनती और क, ख, ग सिखाया। बोलना और पढ़ना भी सिखाया। कुछ आसपास की दुनिया-जहान की बातें। और फिर अँधेरा छाने लगा तो सब बच्चों से विदा लेकन अगले इतवार को वादा करके वे दोनों चल पड़े।

अगले इतवार को मिताली और घोष बाबू आए; तो पहले से कहीं ज्यादा बच्चे उस मैदान में जमा थे। सब पढ़ना चाहते थे, कविता-कहानी सुनना भी चाहते थे और खुद भी बहुत कुछ सुनाना चाहते थे।

इस बार घोष बाबू और मिताली ने बच्चों को एक नाटक की तैयारी कराई। नाटक का नाम था 'पढ़ोगे लिखोगे तो बनोगे अच्छे'। बच्चों ने इतनी अच्छी तरह से अपना-अपना पार्ट किया कि घोष बाबू को बहुत अच्छा लगा। कहा, "थोड़ी और प्रैक्टिस करो तो इसका बढ़िया सा प्रदर्शन होगा यहीं तुम्हारी बस्ती और मोहल्ले में।"

और उस बार तो नहीं, पर दो-तीन इतवार छोड़कर नाटक के प्रदर्शन की भी तैयारी हुई। उसी मैदान में बल्लियाँ गाड़कर शामियाना लगाया गया। रंग-बिरंगी झंडियाँ लगीं। सुंदर सा मंच बना और फिर 'डम-डम-डम...डम डमाडम' संगीत के साथ नाटक शुरू हुआ तो उस बस्ती के सारे लोग वहाँ इकट्ठे हो गए। बच्चों ने अपना-अपना पार्ट बड़े लाजवाब ढंग से निभाया। बीच-बीच में चुटीली हँसी वाले संवाद थे। कहीं-कहीं तो इतनी मजेदार सिचुएशन थी कि नाटक देखने वाले दर्शक हँस-हँसकर पागल हो गए।

बस्ती के बच्चों का जोश अब बढ़ गया था। और मिल्दू तो उन सबका जैसे नेता बन गया हो। वह सभी को समझाता, "हम इसी हालत में क्यों रहें? क्या हमें ईश्वर ने कूड़ा उठाने के लिए पैदा किया है? क्या हम बड़े-बड़े काम नहीं कर सकते? क्यों नहीं कर सकते?"

मिल्दू की बातें सुनकर बस्ती के सारे बच्चों में पढ़ने-लिखने की खासी ललक पैदा हो

गई। अब तो घोष बाबू और मिताली पढ़ाने आते तो पूरा मैदान बच्चों से भरा होता। आसपास उनके मम्मी-पापा और बड़े लोग भी आकर बैठ जाते। कभी-कभी तो इतने ज्यादा लोग हो जाते कि पढ़ाने-लिखाने में भी दिक्कत होने लगी।

घोष बाबू को एक तरीका सूझा। उन्होंने सोचा, 'मिल्दू को जल्दी से पढ़ा-लिखा दिया जाए, तो वह बड़ा काम कर सकता है। वह दूसरों को तो पढ़ाएगा ही, पूरी बस्ती में भी जागृति की लहर पैदा हो सकती है।'

घोष बाबू ने मिल्दू को बुलाकर कहा, "देखो मिल्दू, अब गरमी की छुट्टियाँ होने वाली हैं। तो अब मेरे पास ज्यादा समय होगा। तुम चाहो तो ज्यादा देर तक पढ़ लो, ताकि हाईस्कूल तक का कोर्स तुम्हारा जल्दी से खत्म हो जाए। फिर इम्तिहान जब होगा, दे देना।"

मिल्दू दो-तीन महीने में ही खासा पढ़-लिख गया। तो अब वह खुद भी बस्ती के बच्चों को थोड़ा-बहुत पढ़ा दिया करता। इतवार को घोष बाबू और मिताली पढ़ाने आते और बोलते-बोलते थक जाते तो बीच में मिल्दू खड़ा हो जाता। वह सब बच्चों को पढ़ाता, उनकी कॉपियाँ चेक करता और उन्हें नए जीवन की सीख देने वाली बातें भी बताता।

धीरे-धीरे समय बीता। मिल्दू ने हाईस्कूल की परीक्षा पास कर ली। अच्छे नंबर आए तो घोष बाबू के कहने पर इंटरमीडिएट में दाखिला ले लिया। इंटरमीडिएट में वह और ज्यादा उत्साह से पढ़ा और अच्छे नंबरों से पास हुआ। उसके बाद घोष बाबू के घर गया। बोला, "गुरुजी आपने मुझे मंत्र दिया था, शिक्षा का मंत्र! देख लीजिए मैं आपकी कसौटी पर सही उतरा हूँ या नहीं?"

सुनकर घोष बाबू ने उसे छाती से लगा लिया। फिर कहा, "मुझे खुशी है, मैंने तुम्हारी आँखों में जो प्रकाश देखा, तो वह आज तुम्हारे पूरे जीवन में फैल गया है। पर यह प्रकाश केवल तुम्हारे जीवन में न रहे, बल्कि बस्ती के सब बच्चों तक पहुँचना चाहिए। मेरी इच्छा है कि बस्ती के बस बच्चों को पढ़ाओ। हम एक स्कूल खोलते हैं। वहाँ कोई फीस नहीं ली जाएगी। हर बच्चा एडमिशन ले सकता है। वहाँ मुफ्त किताबें मिलेंगी, मुफ्त पढ़ाई। और अध्यापक का जिम्मा तुम्हें लेना पड़ेगा। तुम्हारा वेतन मैं दूँगा और स्कूल चलाने का खर्च भी।" और घोष बाबू और मिल्दू की कोशिशों से बड़ी जल्दी वह स्कूल खुल गया, जिसका नाम था—नवप्रभात स्कूल।

घोष बाबू कहते, "मिल्दू, अब बस्ती का अँधेरा छट जाएगा। यह नवप्रभात स्कूल बस्ती के लोगों को शिक्षा का एक नया मंत्र देगा। बस, तुम इससे दूर मत जाना। तुम्हीं इस नवप्रभात स्कूल की आत्मा हो।"

[4]

और सचमुच नवप्रभात स्कूल खूब चल निकला। उसमें घोष बाबू मिताली मिल्दू तो पढ़ाते ही हैं। धीरे-धीरे एक-दो और उत्साही अध्यापक आ गए। पढ़ाने के अलावा डिबेट होती, नाटक होते, कला और संगीत की शिक्षा दी जाती और खेल-कूद भी।

मिल्दू की तो हालत यह थी कि जैसे उसे पंख लग गए हैं। जब से यह स्कूल खुला था, रात-दिन वह इसी के बारे में सोचता। और रहता भी यहीं था। वही इस स्कूल का प्रिंसिपल भी था, कर्ता-धर्ता भी। और घोष बाबू और मिताली तो दौड़-दौड़कर इस स्कूल में आते और कहते, "इन साधारण बच्चों को पढ़ाते हुए इतना सुख मिलता है कि हम नहीं जानते, स्वर्ग का सुख क्या होता है?"

कोई घोष बाबू से उनके बच्चों के बारे में पूछता तो हँसकर कहते हैं, "भाई, हमारे तो यही बच्चे हैं। सबसे प्यारा बच्चा है मिल्दू, और फिर ये सारे बच्चे।"

मालूम पड़ा घोष बाबू का एक ही बेटा था, जो इंजीनियरिंग पढ़ने अमेरिका पढ़ने गया और फिर वहीं बस गया। साल में एक-दो बार आ जाता है मिलने।

घोष बाबू अपने बेटे से कम प्यार करते हैं ऐसा नहीं, पर उनका मन तो गरीब बस्ती के इन गरीब बच्चों को देखकर ही खिलता है। और वे सबसे कहते हैं, अब तो यही हैं मेरी आशा के केंद्र। इन्हीं में मेरा मन रमता है।

ऐसे ही वर्षों बरस गुजर गए। मिल्दू का स्कूल चलता रहा और तरक्की करता रहा। घोष बाबू और मिताली का आशीर्वाद भी बना रहा। इस स्कूल की रौनक दिनों-दिन बढ़ती ही जा रही थी, कम नहीं हुई। इन बच्चों में पढ़कर कुछ तो दूर-दूर चले गए, पर वहाँ से घोष बाबू और मिताली के लिए उनकी चिट्ठियाँ आतीं।

शिष्यों की चिट्ठियाँ आतीं, तो घोष बाबू के चेहरे पर बड़ी प्यारी मुसकान आ जाती। खुश होकर कहते हैं, रोशनी दूर-दूर तक फैल रही है।

मिल्दू अब नवप्रभात स्कूल का अध्यापक ही नहीं, ज्ञान का हरकारा भी है जो दूर-दूर तक नई रोशनी का संदेश फैलाता नजर आता है।

कहीं भी कोई बच्चा अनपढ़ हो, तो मिल्दू उसके घर पहुँचकर टेर लगाता है। बस्ती में अब स्कूल खुल गया है तो कोई भी बच्चा भला अनपढ़ क्यों रहे? जल्दी से स्कूल भेजिए उसे, पढ़ाने-लिखाने की सारी चिंता हमारी। आप तो उसे बस स्कूल भेजना शुरू कीजिए।

घोष बाबू कभी-कभी आह्लादित होकर कहते हैं, "मिल्दू, हमने एक बहुत बड़ा दीया जलाया है, ज्ञान का दीया। वह तुम हो। तुम्हारे जैसे उत्साही लोग हों धरती पर तो अँधेरा नहीं रहेगा। कभी नहीं।"

श्रीमती मिताली घोष कहतीं, "हमने एक दीया जलाया था और मिल्दू ने एक से एक करते हुए हजारों दीए जला दिए। मिल्दू का काम हमसे ज्यादा बड़ा है।"

और मिल्दू रात-दिन अपने नवप्रभात स्कूल को सँवारते हुए यही सोचता है कि घोष बाबू का सपना जल्दी से जल्दी पूरा हो, उसे पूरा होना ही चाहिए। क्योंकि तब कोई बच्चा सिर्फ कूड़ा बीनने के लिए अपनी पूरी जिंदगी बरबाद नहीं करेगा।

घोष बाबू की आँखों में यह सपना अब और भी तेजी से झिल-मिल, झिल-मिल करता नजर आता है, 'हमारा पूरा देश साक्षर होगा। घर-घर ज्ञान का दीया जलेगा...अक्षरों का दीया, और उससे अज्ञान का अँधेरा भागेगा। एक दिन होगा यह, होगा, जरूर होगा!'

❒

खंड-8

देश के लिए

देश के लिए

उस अजीबोगरीब जर्मन जासूस आर.आर. विंटरटन का कभी पता न चलता, अगर अपना टीनू उर्फ मिस्टर लिटिल जासूस ऐसा कमाल न दिखाता, जिसके आगे आर.आर. विंटरटन के सारे तीर-तरकस बेकार हो गए। और बेचारा अंधी खाई में ऐसे गिरा...ऐसे कि भई क्या कहने!

अब तो हालत यह है कि हर कोई टीनू की पीठ थपथपाकर उसकी हौसला-अफजाई कर रहा है। हर किसी के होंठों पर शब्द हैं, "हमारा लिटिल जासूस ग्रेट है, सिंपली ग्रेट!"

मोहल्ले के लोग टीनू की पीठ थपथाते हुए, उसे 'देश का सच्चा बेटा' कहते हैं। और पुलिस कप्तान मिस्टर श्रीवास्तव ने तो बाकायदा प्रेस कांफ्रेंस करके, टीनू की भरपूर तारीफ करते हुए कहा—

"आज देश को ऐसे ही जागरूक और हिम्मत वाले बच्चों की जरूरत है। अगर टीनू के पापा चाहें तो बड़े होने पर खुशी-खुशी इसे पुलिस की कोई शानदार नौकरी दी जा सकती है। मुझे पूरा यकीन है, यह तमाम छँटे हुए, घाघ अपराधियों को पकड़कर पुलिस का हौसला ऊँचा करेगा तथा देश का नाम करेगा।"

ऐसा नहीं कि टीनू को इससे खुशी न हुई हो। बल्कि उसके भीतर अपने अभियान में सफल हो जाने की खुशी का पारावार ठाठें मार रहा था। और उसका मन हो रहा था कि वह नाचे, नाचता रहे देर तलक।

पर वह अजब परेशानी में फँसा था। सोच रहा था, कहीं पापा नाराज तो नहीं होंगे? आखिर जासूस को पकड़ने में जिस कैमरे का इस्तेमाल किया गया था, वह उसके पापा का ही था। और वह भी पापा के दफ्तर का। टीनू ने चुपके-चुपके उसका इस्तेमाल करके अपराधी को पुलिस की हथकड़ियाँ पहना दी थीं। पर टीनू के पापा यह कहाँ जानते थे! अभी तो उन्हें कुछ पता ही न था कि...

'जब उन्हें पता चलेगा तो...?' सोच-सोचकर टीनू परेशान था।

टीनू के पापा मि. द्वारकानाथ शर्मा सी.बी.आई. में बड़े अफसर थे। टीनू ने अपराधी को पकड़ने के लिए जो टेक्टिस अपनाई थी, वह एक तरह से उसके पापा की ही बताई हुई थी। पर टीनू ने इतनी होशियारी से उसका इस्तेमाल किया था कि पहले ही निशाने में... दुश्मन साफ!

यों तो मि. द्वारकानाथ शर्मा कभी दफ्तर की कोई बात घर पर नहीं बताते थे। वे जानते थे कि दीवारों के भी कान होते हैं। कहीं कोई ऐसी बात लीक न हो जाए जिससे किसी अपराधी को फायदा हो जाए और वह कानून के शिकंजे से बच निकले!

पर होंठों को भरपूर बंद करने की कोशिश के बावजूद, दो-एक छोटी-छोटी बातें तो जब तब उनके होठों से फिसल ही पड़ती थीं। और उसका कारण भी यह है कि टीनू हद दर्जे का जिज्ञासु है। उसके ऐसे-ऐसे उत्सुकता भरे सवाल होते हैं कि न चाहते हुए भी द्वारिकाप्रसाद शर्मा बेटे की जिज्ञासा शांत करने के लिए दो-एक बातें बता ही देते हैं। और फिर बात आगे निकलती है, तो बातों ही बातों में उनके मुँह से कुछ ऐसा भी निकलकर सामने आ जाता है कि टीनू अवाक सा रह जाता है कि "अच्छा पापा, ऐसा भी होता है? फिर और आगे...फिर आगे...!" और न चाहते हुए भी आगे चल पड़ती है कहानी!

सच तो यह है कि टीनू बचपन से ही थोड़ा शरारती है, पर खासा इंटेलीजेंट भी। उसके सवाल ही ऐसे होते थे कि मि. शर्मा न चाहते हुए भी कुछ न कुछ बेटे को बताने को मजबूर हो ही जाते थे। जैसे एक दिन टीनू ने पूछ लिया, "पापा, पापा, सी.बी.आई. माने क्या? लोग कहते हैं आप जासूस है। मुझे भी लोग 'जासूस का बेटा' कहकर खिल्ली उड़ाते हैं। तो क्या सच है कि आप जासूस है? आप किसकी जासूसी करते है पापा और क्यों?"

टीनू की बात सुनकर मि. शर्मा एक पल के लिए भौचक्के रह गए। उनकी समझ में नहीं आया कि वे उसे किस तरह जवाब दें कि उसके मन में खामखा जो एक गलत तसवीर बना दी गई है, वह मिट जाए और वह नए, या कहें कि सही ढंग से सोचने लगे।

आखिर कुछ सोच-विचारकर उन्होंने कहा, "बेटे, जासूस पुराना शब्द है। असल में हम जासूसी नहीं करते, देश की सुरक्षा को हर घड़ी मजबूत करने की कोशिशों में लगे रहते हैं, ताकि दूसरे देश का कोई जासूस या अपराधी हमारे सुरक्षा-घेरे को भेदकर हमारे देश, देशवासियों तथा देश के राजनेताओं और शासकों को कोई नुकसान न पहुँचा सके। यानी हम जासूस नहीं है, बल्कि दुश्मन के जासूसों और अपराधियों को पकड़ने का काम करते हैं। समझ गए न!"

"अच्छा पापा, लेकिन पता कैसे चलता है आपको किसी जासूस या अपराधी का?" टीनू का अगला सवाल था।

"कई तरह से...!" टीनू के पापा मुसकराकर बोले, "उस व्यक्ति की बातों से। उसके व्यवहार, रहन-सहन, हर चीज से। यहाँ तक कि उसके चेहरे के हाव-भाव और उसकी बॉडी लेंग्वेज से भी। बड़े होओगे तो तुम खुद-ब-खुद समझ जाओगे।"

"और पापा, ऐसे अपराधी को पकड़ने और कानून के शिंकजे में कसने की तरकीब क्या है?" टीनू ने गोल-गोल आँखें घुमाते हुए पूछा, "क्या आप उसके इर्द-गिर्द जाल बिछाते हैं और वह उसमें मछली की तरह फँस जाता है?"

इस बार मि. शर्मा ने गौर से बेटे की ओर देखा। सोचने लगे, 'इस जरा-से बच्चे को ऐसी चीजों से क्या मतलब है? कौन उसके दिमाग में ये बातें भर रहा है? 'जाल' शब्द का इसे कैसे पता चला? हो सकता है, इसके साथियों में आपस में यह गप्पबाजी चलती हो, पर... यह उम्र बच्चे के खेलने की है या इन पेचीदगियों में उलझने की है?'

"पापा, आपने मेरी बात का जवाब नहीं दिया!' पापा को चुप देखकर टीनू यह कहने से खुद को रोक नहीं पाया कि "पापा, आपको ऑफिस से मना किया गया है न इन बातों के बारे में बोलने से। कहा गया है न कि घर में अपनी पत्नी और बेटे को भी ये बातें नहीं बतानीं, इसीलिए आप छिपाते हैं न!"

टीनू ने कहा तो मि. द्वारकानाथ शर्मा के चेहर के रंग उतर गया। बोले, "ऐसी तो कोई बात नहीं है, बेटे!"

"तो पापा, फिर आप बताइए न, अपराधियों को पकड़ने की आप लोगों की टेक्टिस क्या है? मेरा मतलब, कोई अचूक तरीका, जिससे वह एकदम घिर जाए और बच न सके!" टीनू ने जिद की।

मि. शर्मा ने सोचा, कुछ न कुछ तो बताना ही चाहिए। नहीं, तो पता नहीं टीनू के मन में इन सवालों को लेकर जाने कैसी गुत्थी बन जाए! बोले, "टीनू बेटे, अपराधियों को पकड़ने की कोई एक रणनीति तो है नहीं। जैसा अपराधी होता है, उसके परिवेश और परिस्थितियाँ देखकर जैसा ठीक लगता है, वैसा ही कर लेते हैं। कोई बहुत पढ़ा-लिखा अपराधी है या एकदम अनपढ़, इससे भी फर्क पड़ता है। फिर उसका अपराध किस किस्म का है, यह भी देखना होता है। कोई बहुत चालाक, दुष्ट या शातिर है, या...या मान लो, हत्यारा है और आगे और भी हत्याएँ कर सकता है, तो उसके लिए कुछ अधिक कड़ा इंतजाम करना जरूरी होता है।"

फिर कुछ रुककर बोले, "हम अपराधी के जीवन जीने के ढंग या जीवन-शैली को देखते हैं। उसके बारे में तमाम तरह की जानकारियाँ हासिल करते हैं। सबूत जुटा लेते हैं। फिर जब जैसा जरूरी होता है, वैसा कर लेते हैं। कभी-कभी तो सीधा छापा डाल देते हैं, कभी पक्का सबूत न होने पर पहले उसे किसी अपराध में फँसने दिया जाता है और हम दूर से छिपकर सब कुछ देखते हैं। फिर अपराधी रँगे हाथों पकड़ में आ जाता है। जैसे कोई घूसघोर अफसर किसी काम को करने के लिए घूस माँग रहा हो, तो वह अकसर इस तरह पकड़ में आ सकता है।"

मि. द्वारिकाप्रसाद शर्मा को लगा कि उन्होंने अपनी बात बहुत अच्छी तरह समझा दी है, ताकि टीनू के मन में कहीं कोई गुत्थी न रहे। पर टीनू की जिज्ञासा इतनी आसानी से शांत हो जाने वाली कहाँ थी।

उसके सवालों के पिटारे में से एक नया सवाल निकलकर सामने आया, जासूसी कैमरे को लेकर।

"पापा, मैंने सुना है, कुछ लोग एक छोटा सा कैमरा छिपाकर रखते हैं और कैमरे की फिल्म देखकर अपराधी को पकड़ लेते हैं—यानी कैमरे में उस अपराधी के कारनामों की पूरी वीडयो फिल्म...!" टीनू से जानना चाहा।

"हाँ, ऐसा होता तो है।" टीनू के पापा ने टालने वाले अंदाज में कहा।

"तो पापा, क्या कैमरा इतना छोटा भी होता है कोई...कि छिपाकर रख दें और अपराधी को पता ही न चले?"

"हाँ, क्यों नहीं?" टीनू के पापा ने हँसकर कहा, "कैमरे तो बेटा, आजकल इतने छोटे आने लगे हैं कि कोई चाहे तो उन्हें अपने बटनहॉल में लगा ले, और इससे इतनी साफ फिल्म हासिल हो सकती है कि क्या कहने!"

"पापा, मैंने एक फिल्म देखी थी। उसमें सैनिक पतंगें उड़ाकर पहाड़ के दूसरी ओर बसे शत्रुओं की जासूसी की खबरें पता कर लेते हैं। उन पतंगों पर भी शायद छोटे-छोटे कैमरे लगाकर यह काम किया गया होगा।" टीनू ने पूछा।

"हाँ, ऐसा हो तो सकता है।" टीनू के पापा ने कुछ सोचते हुए कहा, "यहाँ तक कि लोग किताबों में भी कैमरे छिपाकर रख देते हैं और फिर दुश्मन की सारी गतिविधियाँ पता चल जाती हैं।"

"किताब में कहाँ पापा...उसकी जिल्द में?" टीनू ने जानना चाहा।

"हाँ, और कहाँ?" पापा कुछ टालने वाले अंदाज में कहा, "पर तुझे अभी से ऐसी

चीजों की क्या पड़ी है! बड़ा होकर जो ठीक लगे, करना। पर अभी तो अपनी पढ़ाई में मन लगा। चल तो, अपनी गणित की किताब निकालकर नई वाली यूनिट के सवाल कर ले।"

पर टीनू की उलझन शायद अभी भी सुलझी नहीं थी। बोला, "पापा, मुझे छोटा वाला कैमरा देखना है। एक बार, बस एक बार मुझे दिखा देना!"

पापा हँसकर बोले, "तू तो बहुत जिद्दी है, टीनू!"

फिर टीनू के पापा जल्दी से अंदर से एक चमड़े की जिल्द वाली मोटी किताब लेकर आए। नीले रंग की किताब। उसमें किताब के पीछे एक जगह छोटा-सा नीले रंग का स्टिकर चिपका था। टीनू के पापा ने उसे सावधानी से उतारा, तो नीचे से गत्ते का एक टुकड़ा निकला और उसके नीचे था कैमरा।

टीनू के पापा बोले, "देख टीनू, तुझे दिखाऊँ! जब इस कैमरे से काम लेना होता है तो बस, ऊपर का गत्ता निकाल दिया जाता है और कैमरा झट अपना काम शुरू कर देता है। गत्ता निकालकर इसे कमरे में कहीं भी रख दे, तुझे खुद-ब-खुद पता चल जाएगा।"

टीनू भला यह मौका कैसे छोड़ता? उसने किताब को झट अलमारी के ऊपर वाले खाने में इस तरह रखा कि कैमरे का लैंस बाहर की तरफ रहे। उसके बाद कोई पाँच मिनट तक टीनू कमरे में इधर-उधर नाचता हुआ अलग-अलग मुद्राएँ बनाता रहा। कभी उसने पापा के पास आकर बातें की तो कभी नाच-गाने का अभ्यास किया। फिर पापा से बोला, "वाह जी पापा, वाह! आज तो मेरी फिल्म बनकर रहेगी।"

सुनकर पापा जोर से हँसे। बोले, "वाह जी टीनू, वाह! मगर ऐसी फिल्में खुद की ऐक्टिंग देखने के लिए नहीं, बल्कि अपराधी को पकड़ने के लिए तैयार की जाती हैं। समझे!"

फिर पापा ने किताब उठाकर कैमरा निकाला और उसकी फिल्म रिवाइंड की और उसे कंप्यूटर के बड़े स्क्रीन पर दिखाया तो टीनू हक्का-बक्का रह गया। उसके नाचने-गाने के साथ-साथ उसका चेहरा...चेहरे का एक-एक भाव उस फिल्म में आ गया था। यहाँ तक की उसकी बातें, गाने और डायलॉग भी। साथ ही कमरे की पूरी तसवीर भी। पापा और उसके बीच होने वाली बातचीत भी एकदम साफ सुनाई पड़ रही थी।

"तब तो पापा, दिन भर कोई कमरे में क्या-क्या करता रहा है या उसके कमरे में कौन आया, कौन गया, पूरा किस्सा यह किताब बता देती होगी।" टीनू ने जानना चाहा।

"हाँ, क्यों नहीं?" टीनू के पापा ने कहा, "क्या अब भी कोई शक है?"

बेटे की जिज्ञासा और समझदारी से मि. द्वारिकानाथ शर्मा खुश थे, लेकिन उसे थोड़ा समझाना भी जरूरी था कि वह फिलहाल पढ़ाई-लिखाई में ही अपना ज्यादा ध्यान लगाए।

इसलिए उन्होंने थोड़ा प्यार से डाँटते हुए कहा, "बस टीनू, बस, अब तू यह चक्कर छोड़कर अपनी पढ़ाई-लिखाई में लग जा। ऐसी बातों के लिए तो पूरी उम्र पड़ी है!"

कहकर पापा ने वह मोटी-सी किताब अपनी अलमारी के ऊपर वाले खाने में रख दी।

उस दिन टीनू ने अपनी छोटी सी डायरी में लिखा :

'मेरे पापा मुझे छोटा समझते हैं। मैं छोटा हूँ भी। पर इतना छोटा तो नहीं हूँ, कि यह भी न समझ सकूँ कि इस समय हमारा देश संकट में है। कई तरह के संकट हैं। कुछ भीतरी, कुछ बाहरी। इसमें केवल सरकार कुछ नहीं कर सकती। केवल सेना कुछ नहीं कर सकती। केवल प्रधानमंत्री नरेंद्र मोदी सब कुछ नहीं कर सकते। देश के हर नागरिक को जागना होगा। सबको अपनी जिम्मेदारी समझनी होगी।

हम बच्चे छोटे हैं, पर इतने छोटे भी नहीं कि अपने देश के लिए कुछ न कर सकें। मैंने एक जिम्मेदारी ली है और मैं भारत माँ की कसम खाकर कहता हूँ कि उस जिम्मेदारी को हर हाल में पूरा करूँगा, ताकि देश के दुश्मन यों खुले आम न घूमें। उन्हें सींखचों के भीतर होना चाहिए, और वे होंगे।

उसके लिए मुझे क्या करना है और कैसे करना है, यह मैं अच्छी तरह जानता हूँ। और समय आने पर मैं उसे करके दिखा दूँगा, तो सिर्फ मेरे मम्मी-पापा ही नहीं, सारी दुनिया देखेगी और लोग मान जाएँगे कि छोटे बच्चे भी चाहें तो आखिर क्या नहीं कर सकते!

टीनू,

2 सितंबर, 2022'

जिस दिन टीनू ने उस किताब को देखा था, वह उसकी आँखों में गड़ गई। और जब-जब वह अपनी गली के दूसरे छोर पर रहने वाले शख्स मि. आर.आर. विंटरटन के बारे में सोचता, उसे इस किताब की जरूर याद आती।

जाने क्यों टीनू को लग रहा था, यह गोरा, लंबा-सा और बेहद आकर्षक-सा दिखने वाला आर.आर. विंटरटन नाम का शख्स ठीक नहीं है।

टीनू को देखते ही उसके चेहरे पर जो एक चोरी का-सा और जाने-अनजाने कुछ छिपाने का भाव आ जाता था, टीनू से वह बच नहीं पाता था। टीनू को हर बार आर.आर. विंटरटन से मिलकर कुछ अजीब ही लगता। उसे लगता, जैसे यह कुछ छिपा रहा है। यानी यह कोई ठीक आदमी नहीं है। अंदर-अंदर कोई चाल चल रहा है! चाल के अंदर फिर कोई और चाल!

लगता है, इस आदमी के भीतर कोई बड़ा तहखाना-सा है जिसमें बहुत कुछ है, बहुत

कुछ। उसे जानना जरूरी है, ताकि जल्दी से जल्दी उसके हाथों में हथकड़ियाँ डाली जा सकें।

'आदमी के भीतर तहखाना...?' सोचकर टीनू को हँसी आ जाती, पर जाने क्यों विंटरटन को देखकर उसे सबसे पहले तहखाने का ही ख्याल आता था।

फिर भी शायद यह आर.आर. विंटरटन को जानने की जिज्ञासा ही थी कि टीनू ने उसकी बगल में रहने वाले अपने दोस्त के घर आने-जाने के बहाने विंटरटन के कमरे में झाँकना और कभी-कभी 'हाय-हैलो' करना नहीं छोड़ा। हाँ, अब वह चौकन्ना जरूर हो गया था। और हर बार उस कमरे में जाते या आते समय ध्यान से पूरे कमरे पर एक सरसरी नजर जरूर डाल लेता।

विंटरटन के पूछने पर टीनू ने सहज भाव से ही बता दिया था कि उसके पिता सी.बी.आई. में हैं। हालाँकि विंटरटन यह बात पहले से ही जानता था और उसने सिर्फ टीनू के मुँह से सुनने भर के लिए ही यह सवाल किया था कि टीनू, तुम्हारे पापा क्या करते हैं...?

टीनू ने सीधे-सादे ढंग से यह बताया तो विंटरटन को लगा कि यह लड़का तो एकदम सीधा है और इससे कुछ अंदर की बातें पता चल सकती हैं। तब से विंटरटन उससे बड़े प्यार से बोलता और कुछ न कुछ भीतरी बात जानने की कोशिश करता।

शुरू में टीनू ने इस बात पर ज्यादा ध्यान नहीं दिया था। पर अब तो वह खूब अच्छी तरह समझ गया था कि जरूर दाल में कुछ काला है। पर फिर भी उसने यह बात प्रकट करने की जरूरत नहीं समझी। हाँ, अंदर-अंदर कुछ और ज्यादा चौकन्ना जरूर हो गया।

विंटरटन कई बार चालाकी से ऐसा सवाल पूछता कि टीनू को पता ही नहीं चल पाता था कि असल में सवाल पूछने के पीछे उसका इरादा कुछ और जानना ही है...या कोई ऐसी बात निकलवाना है जिसका संबंध उसके पापा या उनके दफ्तर से हो!

शुरू में टीनू का ध्यान इस बात पर नहीं था। पर धीरे-धीरे वह इसे लेकर खूब सतर्क होता गया। और उसने सोच लिया है कि विंटरटन के इरादों को कामयाब नहीं होने देना।

एक बार विंटरटन ने उससे पूछा, "टीनू, तुम्हारे पापा तो दफ्तर से आ गए होंगे कि नहीं?"

टीनू ने सहज ही जवाब दिया, "नहीं, अभी तो नहीं आए।"

"क्या बहुत देर से घर आते हैं?" विंटरटन ने अगला सवाल किया।

"हाँ, रात को तो नौ-साढ़े नौ तक बज जाते हैं। कभी-कभी तो और भी देर लगती है।" टीनू ने बताया।

"और सुबह घर से जाते कितने बजे हैं?" विंटरटन ने पूछा।

"घर से आठ-साढ़े आठ बजे निकलते हैं, मगर कभी-कभी बहुत जल्दी भी जाना पड़ता है।" टीनू ने बताया।

"जल्दी क्यों...?" विंटरटन ने मुसकराते हुए पूछा।

मगर यहाँ आते-आते टीनू बुरी तरह चौंक गया था। उसे लगा कि इस आदमी को तो इतनी बातें नहीं बतानी चाहिए थी। पता नहीं, वह इसका कहाँ, किस षड्यंत्र के लिए उपयोग करे!

ओह, मैंने इसे यह सब बताकर गलती की। टीनू जैसे मन ही मन पछता रहा था। उसने मानो अपने आपसे कहा, "कहीं इससे मेरे पापा के जीवन के लिए कोई संकट न पैदा हो जाए? हे राम, यह मैंने क्या किया!"

अब तो टीनू को अपने आप पर गुस्सा आ रहा था कि आखिर क्यों वह इस आदमी के जाल में बार-बार फँस जाता है? यह तो वाकई कुछ गड़बड़ सा आदमी है! ऊपर से यह सीधा-सादा बनता जरूर है, मगर सीधा-सादा हरगिज नहीं है। अंदर से बड़ा पेंचदार, घुन्ना और चालाक है। और खतरनाक भी हो सकता है।...ओफ! उसे तो पहले ही यह बात सोच लेनी चाहिए थी।

तब से टीनू विंटरटन के सवालों का जवाब देते समय खास सतर्क हो जाता। या तो उन्हें हँसी-हँसी में टाल ही जाता या फिर उलटे-सीधे और ऐसे भरमाने वाले जवाब देता था...कि विंटरटन को सही जवाब मिलने के बजाय कहीं कुछ और भटकना ही पड़ जाता है। और एक बार तो उसने यह कहकर कि उसके पापा कुछ फ्रॉड किस्म के चालाक विदेशियों की धर-पकड़ शुरू करने वाले हैं, विंटरटन का ब्लडप्रेशर एकाएक बढ़ा दिया था।

"ऐसे कुछ खुर्राट और शातिर अपराधियों को उन्होंने पकड़ा भी है!" टीनू ने अपनी आवाज को कुछ धीमा और रहस्यमय बनाते हुए कहा।

"व..व..व्हाट...?" कहते-कहते विंटरटन का चेहरा एकदम सर्द हो गया था।

"यस, मि. विंटरटन...बट व्हाई यू बौदर? यू आर नॉट दैट टाइप आफ पर्सन, आई थिंक।" टीनू ने सीधा उसकी आँखों में देखते हुए कहा।

"य..य..यस-यस-यस!" कहते हुए भी विंटरटन की हकलाहट गई नहीं थी। और टीनू को मजे-मजे में खेल मिल गया था, जिससे वह जब चाहे, विंटरटन को नचा सकता था। एकदम चूहे-बिल्ली वाला खेल।

उसकी समझदारी से विंटरटन एकदम चकरा जाता और मूर्खों की तरह उसकी ओर

देखने लगता। तब टीनू मन ही मन उसकी हालत पर हँसता हुआ, दो-चार और अधिक चकराने वाली गोलमोल बातें कहकर उसकी परेशानी और बढ़ा देता था।

कभी-कभी टीनू आवाज को धीमा करके कोई रहस्यात्मक बात बताने वाले अंदाज में कहता, "मि. विंटरटन, डू यू नो, व्हाट इज गोइंग टु हेपन?" सुनते ही विंटरटन के पूरे शरीर में कान लग जाते। फिर टीनू गोपनीय सूचनाओं के नाम पर जान-बूझकर कुछ ऐसी बेपर वाली बातें हवा में उड़ा देता था, ताकि विंटरटन यहाँ से वहाँ, वहाँ से यहाँ फालतू में दिन भर भटकता रहे।

और सचमुच होता भी यही था। टीनू से सूचनाएँ हासिल करते ही विंटरटन थोड़ी देर बाद कमरे से निकलता और पूरे शहर का चक्कर लगाने लगता, ताकि उसे काम की कुछ चीजें मिल जाएँ जिनका कुछ सुराग टीनू ने उसे दिया है। मगर टीनू सुराग नहीं देता था, कुछ ऐसी गुत्थियाँ छोड़ देता था जिनमें विंटरटन दिन भर बेकार के कामों में फँसा रहता था। और इस चक्कर में बिना बात थककर चूर हो जाता था।

टीनू दूर से उसे परेशान होते देखता, मन ही मन हँसता और उसकी परेशानी का भरपूर मजा लेता। फिर आगे के लिए ऐसी ही नई-नई पहेलियाँ सोचना शुरू कर देता, जिनमें विंटरटन को उलझाया जा सके।

पर विंटरटन की पापा में इतनी दिलचस्पी अब भी टीनू को ठीक-ठीक समझ में नहीं आ रही थी। इन दिनों उसके पापा हथियारों के एक सौदे को लेकर कुछ बड़े विदेशी षड्यंत्रों और धोखाधड़ी के अपराध के मामले की छानबीन कर रहे थे। कहीं विंटरटन की असली दिलचस्पी इसी में तो नहीं है?

टीनू कभी-कभी सोचता तो उसे लगता कि उसकी यह आशंका एकदम गलत तो नहीं है।

इस बात से टीनू कुछ और बेचैन हो जाता था और कही अधिक गौर से गली के आखिरी मोड़ पर के विंटरटन के कमरे और उसके पास आने वाले मेहमानों पर अपनी सतर्क आँखें गड़ा देता।

एक दिन तो टीनू इतना परेशान हुआ कि कहीं उसके पापा को कुछ न हो जाए, सोचकर उसकी आँखों में आँसू आ गए, और वह अकेले में ही फूट-फूटकर रो पड़ा।

उस दिन टीनू ने रात सोने से पहले अपनी डायरी में लिखा :

'अब तो मुझे पूरा यकीन हो गया है कि विंटरटन अपराधी है, अपराधी है, और पक्का

अपराधी है। यह मेरे पापा को नुकसान पहुँचाना चाहता है। अब मैं इसे किसी भी कीमत पर छोड़ूँगा नहीं। जेल की हथकड़ियाँ डलवाकर रहूँगा। ऐसे अपराधियों की जेल ही सही जगह है।

विंटरटन मुझे बच्चा समझकर चलाना चाहता है। पर वह नहीं जानता कि मैं उस भारत माता की संतान हूँ, जिसके बच्चे खेल-खेल में शेर के दाँत गिनना जानते हैं। अगर इसके विष के दाँत हुए, तो भी परवाह नहीं। मैं इसकी चालबाजियों से बचूँगा, इसके जहरीले दाँतों की मार से भी, और इसे दिखा दूँगा कि भारत माँ के वीर बच्चे शत्रु के जहरीले दाँत तोड़ना भी जानते हैं।

कल मैं मनु अंकल से मिला था। उन्होंने मुझे अपना लिखा हुआ, देशप्रेम का बहुत सुंदर उपन्यास दिया था, 'भारत माता पुकार रही है'। उसे पढ़कर मुझे लगा, जैसे चारों ओर से आवाजें आ रही हैं—भारत माता पुकार रही है, भारत माता पुकार रही है...भारत माता पुकार रही है, कि टीनू तुम हारना नहीं। अपना काम पूरा करके दिखा देना, ताकि सारी दुनिया देखे कि भारत के बच्चे अपनी पर आ जाएँ, तो भला क्या नहीं कर सकते!

बस, मुझे सावधानी रखनी होगी, ताकि मेरा एक भी कदम गलत न पड़ जाए। नहीं तो वह मेरे साथ-साथ मेरे पापा के लिए भी बहुत भारी पड़ सकता है।

टीनू,
7 सितंबर, 2022

टीनू ने गौर किया कि पिछले कुछ दिनों से विंटरटन के पास काफी विदेशी लोग आने लगे हैं। उनमें से ज्यादातर जर्मनी के थे। कुछ इंग्लैंड और अमेरिका के भी। और एक आश्चर्यजनक बात उसने यह नोट की थी कि विंटरटन का कमरा ज्यादातर अब बंद ही रहता था। बाहर से दरवाजा बंद होता और अंदर से खुस-फुस की आवाजें आतीं।

अब जब कभी टीनू विंटरटन के कमरे में जाता, तो वह बड़ी अजीब-सी आँखों से घूरता हुआ दरवाजा खोलता और बड़ी अरुचि से उसका परिचय अपने मेहमानों से कराता। उसने पहले ही शायद सबको टीनू और उसके पापा के बारे में बता दिया था। शायद यही वजह है कि टीनू के वहाँ पहुँचते ही वे लोग अपनी बातचीत बंद कर देते और उनके चेहरे पर एक अबूझ-सा परेशानी का भाव आ जाता।

तब टीनू समय काटने और कमरे की चीजों पर थोड़ा गहराई से गौर करने के लिए इधर-उधर की फिजूल बातें शुरू कर देता और बेपर की गप्पें हाँकने लगता। इन्हीं में कुछ

गलत सूचनाएँ भी फिट कर देता...कि परसों मेरे पापा ने वहाँ छापा मारा! कल फलाँ जगह छापा मारा गया...और इतनी-इतनी चीजें पकड़ी गई। पंद्रह करोड़ की हेरोइन भी।

फिर अपनी आवाज को थोड़ा और धीमा, और रहस्यमय बनाकर वह बताता, कि कुछ लोग वीजा खत्म होने के बाद भी छिपकर रह रहे थे। वे पकड़े गए। तीन विदेशी जासूसों को पकड़कर जेल के सींखचों के अंदर...! ऐसी बातें कहते समय वह बड़े गौर से विंटरटन और उसके साथियों की ओर देखता, जिनके चेहरों का रंग उड़ चुका होता!

टीनू समझ गया कि यह कोई गड़बड़ किस्म का गैंग हैं। और जब किसी अपराधी गैंग के पकड़ने की बात कही जाती है, ये लोग जरूरत से ज्यादा सतर्क हो जाते हैं...यानी ये भी उन्हीं में से एक हैं। इनकी असलियत किसी न किसी तरह खोलनी होगी। वैसे भी ये पापा के बारे में इतनी बातें जान गए हैं कि अगर जल्दी ही इन्हें जेल की हवा न खिलाई गई तो ये पापा को नुकसान भी पहुँचा सकते हैं।

यह सब सोचते हुए टीनू एक क्षण के लिए तो डरा, पर फिर एकाएक उसके मन में एक बड़ा शानदार आइडिया आया और वह खुलकर मुसकरा दिया।

उस समय टीनू विंटरटन के कमरे में ही था। विंटरटन ने टीनू को यों मजे से मुसकराते हुए देखा तो पूछा, "क्यों टीनू, कोई जोरदार बात याद गई क्या?"

"हाँ-हाँ, जोरदार, बहुत जोरदार!" टीनू ने विंटरटन के कानों में धीरे से फुसफुसाकर कहा, "बस दो-तीन दिन इंतजार करो! जल्दी ही कोई बहुत धाँसू सूचना आप लोगों को मिल सकती है जो शायद आपके बहुत काम आए। बदले में आप मेरे जर्मनी जाने और वहाँ पढ़ाई का इंतजाम कर दें!"

सुनकर विंटरटन उछल पड़ा। हँसकर बोला, "पक्का, एकदम पक्का!...हाथ मिलाओ टीनू यार?"

उसी समय घर आकर टीनू ने उस नीली किताब को देखा जो उसके पापा ने उसे दिखाई थी। वह अब भी वहाँ पड़ी थी। बस, एक क्षण में ही उसने मन ही मन योजना बना ली।

अगले दिन वह विंटरटन के कमरे पर गया और जब वह थोड़ी देर के लिए बाथरूम गया, उसने उस किताब को सावधानी से विंटरटन की अलमारी के ऊपर वाले खाने में ऐसी जगह रख दिया, जहाँ से कैमरे में पूरे कमरे की तस्वीर ठीक-ठीक आ सके, पर यह किताब किसी को नजर भी न आए।

जब विंटरटन लौटा तो टीनू ने कुछ इधर-उधर की बातें कीं और फिर चलते-चलते

कहा, "दो दिन...बस दो दिनों में कोई बहुत महत्त्वपूर्ण खबर आपको मिलने वाली है—वेट, वेट प्लीज!"

और टीनू थोड़ी देर तक इधर-उधर की बातें करने के बाद घर चला आया। घर आकर उसने महसूस किया कि उसका दिल बुरी तरह धुक-धुक कर रहा है! और सच ही पूरे दिन उसका दिल धुक-धुक करता रहा।

टीनू सोच रहा था वह नीली किताब तो मेरी नहीं, पापा की है! और सच तो यह है कि वह पापा की भी नहीं, पापा के आफिस की किताब है, जो हो सकता है, उन्होंने किसी खास काम से घर पर लाकर रखी हो। अगर वह किताब वापस न मिल पाई तो क्या होगा? अगर पापा को कभी उस किताब की जरूरत पड़ी और उन्होंने पूछ लिया तो?

पर टीनू को यकीन था कि उसने किताब को इस तरह रखा है कि विंटरटन का ध्यान उस पर नहीं जाएगा।

अगले दिन सुबह होते ही टीनू फिर से विंटरटन के कमरे की ओर दौड़ा। सौभाग्य से इस समय विंटरटन अकेला ही था। सुबह का नाश्ता करते हुए वह अखबार पढ़ रहा था।

टीनू बोला, "अंकल, कल आपने कॉफी बहुत अच्छी पिलाई थी। इतना अच्छा उसका टेस्ट था कि क्या कहूँ! मुझे तो रात भर उसके सपने आते रहे। आज भी वैसी ही कॉफी बनाकर पिलाइए ना! फिर मैं आपको एक बढ़िया...बढ़िया क्या, खासी शानदार खबर देने वाला हूँ।"

विंटरटन खुशी से उछला, "हुर्रे!" और अखबार वहीं फेंककर जल्दी से रसोईघर की ओर दौड़ पड़ा। टीनू को बस इसी क्षण की प्रतीक्षा थी। उसने जल्दी से अपनी निगाहें अलमारी के ऊपर वाले हिस्से की ओर दौड़ाई। किताब अब भी नजर आ रही थी। उसने झटपट उसे उठाया, अपने बैग में रख लिया और विंटरटन के आने से पहले अखबार उठाकर अखबार पढ़ने में लीन हो गया।

विंटरटन बड़े उत्साह से कॉफी बनाकर लाया। टीनू ने जल्दी से कॉफी पी और उसकी भरपूर तारीफ की। फिर विंटरटन को एक-दो नहीं, कई उलटी-सीधी चकरा देने वाली बातें बताकर दौड़ा-दौड़ा घर आया। उत्तेजना के मारे उसके पैर सीधे नहीं पड़ रहे थे। आते ही उसने झट डिजिटल कैमरे को कंप्यूटर से जोड़ा और अगले ही पल कंप्यूटर के परदे पर उस फिल्म को देखा जा सकता था जो विंटरटन के कमरे पर कल घटित हुई एक हकीकत थी।

विंटरटन के कमरे पर दिन भर जो-जो लोग आए और जो-जो बातें हुईं, टीनू थोड़ी ही

देर में सबसे वाकिफ हो गया। अब तो एकदम यह साफ हो गया कि विंटरटन और उसके साथियों के इरादे सही नहीं हैं। और उनमें कुछ तो बड़े ही खतरनाक और शातिर लोग हैं।

टीनू समझ गया कि उसके पापा हथियारों की खरीद के मामले में विदेशी अपराधियों के गैंग को पकड़ने में लगे हैं, इसीलिए टीनू और उसके पापा में विंटरटन की इतनी दिलचस्पी है। या तो वह किसी तरह दवाब डालकर मामले को रफा-दफा करना चाहता है या फिर कोई ऐसा रास्ता निकालना चाहता है कि पापा को ही रास्ते के कंकड़ की तरह ठोकर मारकर हटा दिया जाए।

टीनू को अब यह भी समझ में आ गया था कि उसके पापा ने चारों ओर अपराधियों पर जो जाल बिछा दिया है, उसमें कई बड़े-बड़े अपराधी फँस चुके हैं और जो फँसे नहीं हैं, वे भी कानून के हाथों से ज्यादा दूर नहीं है। इनमें विंटरटन भी एक है। विंटरटन के कुछ और दुष्ट साथी भी हैं।

इनमें एक जो मोटा और गंजा-सा आदमी था, कैमरे की उस फिल्म में बार-बार चिल्लाकर कह रहा था, "अगर मि. द्वारकानाथ शर्मा रास्ते पर नहीं आते, तो हम उसे रास्ते से हटा देंगे। किक हिम...शूट हिम, शूट हिम एटवंस!"

और तब एक लंबी नाक वाला बूढ़ा विदेशी बीच का रास्ता लेते हुए धीरे से उसे समझा रहा था कि "नो-नो, मि. वाटसन, हमें इसकी जरूरत नहीं है। ऐसा करके तो हम और उलटे फँस जाएँगे। द्वारकानाथ शर्मा सी.बी.आई. के बड़े अफसर हैं। उनको खत्म करने की बजाय हमें और किसी बड़े अफसर से मिलना चाहिए, ताकि मि. द्वारकानाथ शर्मा का इस पोस्ट से ट्रांसफर हो जाए। फिर हम अपनी मनमानी कर लेंगे।...

"अब इतना तो साफ हो ही चुका कि द्वारकानाथ शर्मा ईमानदार आदमी हैं, सख्त हैं। किसी का कोई दबाव मानने वाले नहीं हैं। तो इनके रहते हमारी दाल नहीं गल सकती।..."

विंटरटन और उसके बहुत-से साथियों की यही राय थी। लेकिन वह गुंडा-सा दिखने वाला गंजा आदमी बार-बार कह रहा था, "आई शैल शूट हिम... आई शैल शूट मि. द्वारकानाथ शर्मा, आई स्वेयर!"

सुनकर टीनू को सिहरन हुई। उसने सोचा, "ये लोग तो कुछ भी कर सकते हैं, कुछ भी।"

"तो क्या ये पापा को सचमुच मार सकते हैं...? क्या सचमुच!" टीनू ने मानो अपने आप से पूछा और यह सवाल पूछते-पूछते जैसे उसे थरथराहट-सी हुई।

"क्या मुझे पापा को यह सब बता देना चाहिए?" टीनू ने अपने आप से पूछा, "कहीं सब कुछ बता देने पर पापा डाँटेंगे तो नहीं?"

तब टीनू को आखिर एक रास्ता सूझा। उसे याद आया, पुलिस वाले अंकल मि. श्रीवास्तव कभी-कभी घर आया करते हैं। एक-दो बार टीनू से भी उनकी बात हुई है। वे हर बार उसकी प्रशंसा ही करते हैं।...तो क्यों न उन्हीं को सब कुछ बता दिया जाए? सारी बात जानने के बाद वे जरूर उसकी मदद करेंगे। और ये सारे के सारे अपराधी पकड़े भी जाएँगे। तब उसके पापा के लिए भी कोई खतरा नहीं रहेगा।...

टीनू को यही सही रास्ता लगा। उसने उसी समय पापा की टेलीफोन डायरेक्टरी से देखकर मि. श्रीवास्तव के दफ्तर का फोन लगाया। कहा, "अंकल, मैं अभी आपसे मिलने आना चाहता हूँ।"

और उसी समय टीनू अपनी साइकिल लेकर मि. श्रीवास्तव के दफ्तर की ओर दौड़ पड़ा। वहाँ जाकर उसने सारी बातें और सबूत मि. श्रीवास्तव के आगे रख दिए। कहा, "अंकल, वे लोग निश्चत रूप से किसी दुश्मन देश के जासूस हैं और हमारे देश में किसी बुरे इरादे से आए हैं। वे पापा को भी नुकसान पहुँचाना चाहते हैं। उन्हें आप जल्दी से जल्दी गिरफ्तार कर लीजिए, नहीं तो वे फिर हाथ नहीं आएँगे। वे कोई बड़ा षड्यंत्र कर रहे हैं। आप चाहें तो मेरे घर आकर मेरे कंप्यूटर स्क्रीन पर देख लें। आप सब कुछ जान जाएँगे।"

और सारा खेल सिर्फ घंटे-दो घंटे में एक उत्तेजना भरी कहानी में ढलकर खत्म हो गया। टीनू की समझदारी से सचमुच विंटरटन ही नहीं, उससे भी खतरनाक अपराधी पुलिस के शिकंजे में आ गए। उनमें गंजा वाटसन सबसे खूंखार अपराधी था, जिसकी पुलिस को कई मामलों में तलाश थी। यों एक बड़ा षड्यंत्र कामयाब होते-होते रह गया।

बाद में सब पुलिस अधिकारियों ने मिलकर कंप्यूटर स्क्रीन पर वह पूरी फिल्म देखी, जिसे टीनू एक बड़ा खतरा उठाकर अपने कैमरे की फिल्म में दर्ज कर लाया था। चारों ओर फोन पर फोन खड़क रहे थे, तो फिर टीनू के पापा को यह सब कैसे पता न चलता! पुलिस कप्तान मि. श्रीवास्तव ने ही उन्हें यह सुखद सूचना दी थी।

टीनू के पापा को पूरी कहानी पता चली तो उनके उत्साह का भी ठिकाना न था। उनके चेहरे पर एक रंग आ रहा था, एक जा रहा था। उनका इतना छोटा-सा बेटा, छुटका-सा टीनू भी इतना बड़ा कमाल कर सकता है! टीनू के पापा को मानो विश्वास नहीं हो रहा था।

बाद में टीनू के पापा ने टीनू को पास बुलाया और सबकुछ पूछा, तो टीनू ने धीरे-से सिर झुकाए हुए कहा, "पापा, माफ करना, मै चाहता तो आपको पहले भी बता सकता

था, क्योंकि इस विंटरटन पर शक मुझे पहले से ही था। पर मैंने सोचा, एक बार मैं खुद ही अजमाऊँ! बड़े-बड़े केस आप हैंडल करते हैं, पर एक छोटा-सा केस तो आपका बेटा भी हैंडल कर सकता है न पापा। बस, सोचा यही था कि कुछ बात बन जाए, तभी आपको बताऊँ...और सचमुच, वोक्काटा!"

मि. श्रीवास्तव ने मुसकराते हुए टीनू के पापा से कहा, "मि. द्वारकानाथ शर्मा जी, आपके बाद आपका बेटा! लगता है, आपका पूरा परिवार देश की ही सेवा के लिए बना है!"

सुनकर टीनू के पापा ने धीरे-से टीनू का माथा चूम लिया।

टीनू जो अब तक डर रहा था, अब उसका संकोच थोड़ा कम हुआ। उसने झिझकते हुए पापा से कहा, "पापा, आप मुझसे नाराज तो नहीं हैं?"

"क्यों, क्यों...किसलिए? तूने तो इतना बड़ा काम किया है, पगले!" मि. द्वारकानाथ शर्मा ने लाड़ जताते हुए कहा।

"असल में पापा...पापा, मैं आपकी नीली वाली किताब ले गया था। वही किताब जो आपने दिखाई थी, जिसमें वीडियो कैमरा फिट था। मुझे उसकी जरूरत पड़ी...और फिर इतना समय भी नहीं मिल पाया कि आपसे पूछ लूँ।"

सुनकर टीनू के पापा जैसे सब समझ गए। बोले, "नहीं टीनू बेटा, मैं तुमसे बिल्कुल नाराज नहीं हूँ। बल्कि मुझे आज पक्का यकीन हो गया कि तुम कुछ भी गलत नहीं कर सकते!" इस पर टीनू को लगा कि उसकी सारी चिंताएँ खत्म हो गई हैं।

"हाँ, पर टीनू, एक बात जरूर कहनी है कि ये काम तुम करना जरूर, लेकिन पढ़ाई को छोड़कर नहीं, पढाई पहले, बाद में कुछ और! क्यों, वादा करते हो?" टीनू के पापा कह रहे थे।

"हाँ, पापा...वादा, पक्का वादा!" टीनू ने मुसकराकर कहा।

*

अगले रोज 'नेशनल टाइम्स' के पहले पन्ने पर टीनू के साहस और चतुराई की यह पूरी कहानी छपी थी, जिसे देश के कोने-कोने में लाखों लोगों ने एक साथ पढ़ा और हैरानी से यह देखा कि एक छोटा-सा बच्चा भी अगर ठान ले, तो अपनी समझदारी से क्या कुछ नहीं कर सकता!

साथ ही टीनू का फोटो और उसका इंटरव्यू भी छपा था जिसमें टीनू ने कहा था, "मैं देश की सेवा के लिए अपना पूरा जीवन लगा देना चाहता हूँ।"

उस दिन टीनू ने अपनी डायरी में लिखा :

'मेरी सारी इच्छाएँ पूरी हो चुकी हैं। बस, एक ही इच्छा मन में बाकी है, कि खुद प्रधानमंत्री मुझे अपने दफ्तर में बुलाकर, अपने हाथों से पुरस्कार दें। हालाँकि मैं जानता हूँ, यह मुश्किल है, बहुत मुश्किल। आखिर प्रधानमंत्री के पास कितने तो काम होते हैं। क्या उनके पास मुझे जैसे एक छोटे बच्चे से मिलने का समय भी होगा?

टीनू,

14 सितंबर, 2022

और आश्चर्य, अगले ही दिन प्रधानमंत्री के सचिव का फोन। उन्होंने सीधे टीनू से बात की और प्रधानमंत्री का यह संदेश दिया कि वे टीनू से मिलना चाहते हैं, ताकि खुद उसे शाबाशी दे सकें, और एक सुंदर सा उपहार भी।

टीनू हक्का-बक्का सा। हे, भगवान, उसके सारे सपने एक-एक करके पूरे हो रहे हैं। इसका मतलब, उसने जो राह चुनी है, वह गलत नहीं है।

टीनू ने दिल्ली जाने की पूरी तैयारियाँ कर ली हैं। और इतना ही नहीं, अब उसने सचमुच पक्का इरादा कर लिया है कि वह भी बड़ा होकर पापा की तरह ही देश के बड़े-बड़े काम करेगा। आखिर देश को ऐसे हिम्मत वाले लोगों की ही तो जरूरत है!

❑

खंड-9

बच्चा पार्टी ने कर दिया कमाल

बच्चा पार्टी ने कर दिया कमाल

कुणाल परेशान सा अपने घर की छत पर घूम रहा था। वह सोच रहा था, क्या करे, क्या न करे? क्या वह पापा को बता दे उस नीली आँखों वाले लड़के के बारे में, जिसकी कुछ अजीब आदतें उसने नोट की थीं!

नीली आँखों वाला लड़का...?

हाँ, नीली आँखों वाला वह कुछ अजीब सा लड़का मोहल्ले में पिछले कुछ ही दिनों से दिखाई पड़ा था। लंबा कद, गेहुआँ रंग, चेहरे पर काफी घनी दाढ़ी। देखने-भालने में खूब अच्छा। पर अकसर उसका रास्ता चलते हुए अजीब ढंग से चौकन्ने होकर इधर-उधर देखना कुणाल के मन में कुछ शक पैदा करता था।

उसका मन कहता था, कहीं कुछ गड़बड़ है इसमें। लेकिन क्या...?

उसका बात, बिना बात चौंकना और हर बार नजरें छिपाने की कोशिश।

ऐसी आँखें किसी चोर की ही होती हैं, उसका मन कह रहा था। और चोर का मतलब केवल चोरी करने वाला ही नहीं। वह भी तो चोर ही है न, जो किसी बड़े भेद को चोरी-चोरी अपने अंदर छिपा रहा हो। या चुपचाप कोई षड्यंत्र कर रहा हो।

अंदर ही अंदर कोई खेल, जिसके पीछे कोई गहरी साजिश हो। और यह कोई देश-विरोधी साजिश भी हो सकती है।

कुछ दिनों से कुणाल लगातार उसी के बारे में सोच रहा था। और यह चक्कर उसे बिल्कुल चैन नहीं लेने दे रहा था। उसे लग रहा था कि यह कुछ रहस्यपूर्ण सा लड़का है जिसके साथ कोई विचित्र रहस्य जुड़ा है, जो खतरनाक भी हो सकता है। पर कौन सा रहस्य? वह इसी उधेड़बुन में था।

बाद में पता चला कि उसका नाम एन. राजन है और वह उसी गली के आखिरी छोर वाले एम.एम. मनचंदा अंकल के यहाँ रहता है।

इसीलिए कुणाल से बार-बार उसका सामना भी हो जाता था। और हर बार उसे देखकर कुणाल को लगता था, इसमें कुछ गड़बड़ है...कुछ गड़बड़...कुछ गड़बड़...?

लेकिन क्या...?

कुछ दिनों से कुणाल ने इसी चक्कर में मनोविज्ञान की किताबें पढ़नी शुरू की थीं। कई बार उसने कुणाल की साइक्लॉजी को जानने के लिए किताब में छानबीन की तो उसे उत्तर मिला, ऐसा व्यवहार किसी अपराधी का हो सकता है।

यानी, राजन अपराधी...?

अपराधी एस. राजन...!

सोचते हुए कुणाल का दिमाग घूम जाता।

कई बार उसका मन कहता, कहीं वह एस राजन को कुछ ज्यादा महत्व तो नहीं दे रहा? हो सकता है, वह कोई साधारण सा आदमी हो, जिसमें ऐसी कोई गड़बड़ न हो।

पर उसका मन नहीं मान रहा था। उसके अंदर से आवाज आ रही थी, कहीं कुछ गड़बड़ है, कहीं कुछ गड़बड़...!

और फिर जल्दी ही उसे इसका सबूत भी मिल गया।

यह घटना हाथी बाग की है, जिसके बाद संदेह की कोई गुंजाइश नहीं रह गई थी।

उस दिन उसने एस. राजन का असली चेहरा देख लिया था। बिल्कुल साफ-साफ।

असल में कुणाल के घर के बिल्कुल पास ही था हाथी बाग, जहाँ वह शाम के समय अकसर घूमने चला जाता था। वहीं उसने देखा था एस. राजन को, एकदम असली रूप में। उसके साथ दो विदेशी भी थे। एक मोटा आदमी और एक सुंदर सी, गोरी और लंबी औरत। उनके दो-चार शब्द उसके कानों में पड़े थे और उन्हीं से वह चौंका था।

वे पता नहीं कैसे नक्शे की बात कर रहे थे।

"मैप...मैप...दैट मैप वी वांट एट एनी कॉस्ट...!" मोटा आदमी बार-बार उत्तेजना से भरकर कह रहा था।

और नीली आँखों वाला लड़का राजन जवाब में कह रहा था, "ठीक है, ठीक है सर, ओ.के., हो जाएगा। पर उसके लिए पैसा कम है, थोड़ा और बढ़ाना होगा।"

शाम कब की ढल चुकी थी। हाथी बाग में अब घुप अँधेरा था और खासा सन्नाटा।

लेकिन आवाजें उस अँधेरे को चीरती हुई वहाँ से आ रही थीं, और बार-बार चौकन्ने कुणाल के कानों तक पहुँचती थीं।

हाथी बाग के सबसे पीछे वाली बेंच पर एकदम धीरे-धीरे फुसफसाते हुए ये बातें हो रही थीं, पर कुणाल सर्तक था। लिहाजा उनकी बातें सुनने में उसे कोई मुश्किल नहीं आ रही थी।

नीली आँखों वाला वह लड़का और उसके दोनों साथी शायद सोच ही न पाए हों कि रात के इस सन्नाटे में बारह बरस का एक लड़का, इतने ध्यान से उनकी ये बातें सुन रहा है। लिहाजा वे खुलकर बातें कर रहे थे और कुणाल के आगे एक ऐसा राज खुलता जा रहा था कि उसके भीतर तेज आँधी चल पड़ी थी।

हालाँकि कुणाल तो सिर्फ यह जानने के लिए झाड़ी की ओट बैठा था कि ये विदेशी होते कैसे हैं और इनका बोलने-चालने का ढंग कैसा होता है। पर जो कुछ उसने सुना, उससे वह बुरी तरह चौंक गया था।

मोटे आदमी की बातों में बार-बार किसी मैप के साथ-साथ मिलिट्री और सीक्रेट फाइल्स की चर्चा थी।

"यू सी राजन, एनी हाउ, वी वांट इट। वी वांट इट, आइ टेल यू, स्पेशली फाइल नंबर नाइन। वी विल पे...विल गिव यू, गोल्ड, कैश, डॉलर...एनी थिंग। एनी थिंग, एनी टाइम, यू विश।"

"ओह, गोल्ड...गोल्ड आई विश। व्हाट विल यू पे, प्लीज पे इन गोल्ड। आइ लाइक गोल्ड। इट्स सेफ।..."

फुसफुसाती आवाजों में भी ये शब्द कुणाल को साफ सुनाई दे रहे थे।

टूटे-टूटे शब्द, जो अंदर की पूरी कहानी कह रहे थे। देशद्रोह, धोखे और विश्वासघात की कहानी...!

कुणाल को सारी बातें उसकी समझ में नहीं आई थीं। फिर भी जितना वह समझ सका, उसी से उसके भीतर हलचल सी मच गई थी।

वह समझ गया था कि कहीं कुछ गड़बड़ है। कहीं कोई भारी गड़बड़, जिससे देश की सुरक्षा खतरे में पड़ सकती थी।

ओह, पैसे के लिए ये एस. राजन जैसे लोग अपने देश के साथ गद्दारी कर सकते हैं। कैसे नीच और मक्कार हैं ये लोग। इन्हें जीने का हक क्या है?

और अगर जिएँ भी तो इनकी जगह जेल के सींखचों के भीतर होनी चाहिए।

उसे उन विदेशियों के बोल-चाल के लहजे से यह भी समझ में आ गया था कि ये लोग एक पड़ोसी देश के एजेंट हैं, और किसी भी कीमत पर कुछ जरूरी नक्शे हासिल करना चाहते हैं।

उसने ध्यान से सुना तो समझ में आया कि बातें सेना के कुछ गोपनीय नक्शों के बारे में हो रही थीं। सोचकर उसे झुरझुरी सी हुई।

इसके बाद नीली आँखों वाला राजन और दोनों विदेशी लोग उठे, और धीरे-धीरे चलते हुए हाथी बाग से बाहर चले गए।

कुणाल कुछ देर बौखलाया हुआ सा वहीं घूमता रहा। एक साथ बहुत सी चीजें उसके दिमाग में आ रही थीं, जा रही थीं। मैं क्या करूँ, क्या नहीं? बार-बार वह अपने आप से पूछता।

क्या मैं अभी पुलिस स्टेशन जाकर इन गद्दारों के बारे में बता दूँ? यह बात बार-बार उसके दिमाग में आ रही थी।

पर फिर उसके मन में आता, 'कोई पुख्ता सबूत तो मेरे पास है नहीं। ये लोग पकड़े भी गए तो छूट जाएँगे। इससे फायदा...?'

'काश, मेरे पास कोई अच्छा सा टेप रिकार्डर होता, और मैंने इनकी बातें टेप कर ली होतीं तो...?' उसने अपने आप से कहा।

पर उसे क्या पता था कि आज हाथी बाग में यह अजीब सी घटना घटने वाली है, जो उसके भीतर एक भूचाल पैदा कर देगी।

और यह भूचाल उसे चैन नहीं लेने दे रहा था।

उसका मन कह रहा था, अब तो कुछ न कुछ करना ही होगा। जल्दी, बहुत जल्दी।...

कुछ देर बाद कुणाल बाग से निकला, तो उसकी बेचैनी कम नहीं हुई थी।

उसके कदम अपने घर की ओर मुड़ रहे थे कि अचानक उसका मन हुआ, जरा मनचंदा अंकल के घर के पास से होकर गुजरा जाए। देखें, क्या ये तीनों भी वहाँ पहुँचे हैं या...?

उसका अनुमान सही था। राजन और उसके दोनों साथी वहीं राजन के कमरे पर ही थे। लगता था, राजन ने कमरे पर पहुँचते ही फौरन दरवाजे बंद कर लिए थे। तो भी अंदर से आती आवाजें कुछ-कुछ सुनी जा सकती थीं।

इन आवाजों को पहचानना अब उसके लिए मुश्किल नहीं था। और इससे यह अनुमान लगाना भी उसके लिए मुश्किल नहीं था कि मामला अब हद से आगे बढ़ गया है।

कुणाल उस दिन घर आया तो बुरी तरह परेशान था। उसके मन में तरह-तरह के खयाल आ रहे थे। वह पूरी रात उसने जागते हुए गुजारी।

आखिर उसने सोचा, 'अपनी बच्चा जासूस पार्टी की ही मदद ली जाए। यही सबसे अच्छा तरीका है।'

उसे अपनी बच्चा जासूस पार्टी पर यकीन था। गर्व भी।

पहले भी बच्चा जासूस पार्टी ने बड़े-बड़े कमाल किए थे। एक से बढ़कर एक पेचीदा मामले सुलझाए थे, और अपराधी को रँगे हाथ पकड़ लिया था।

ये मामले मोहल्ले के स्तर के थे। ज्यादा बड़े नहीं। तो भी बच्चा जासूस पार्टी ने अपराधी का चेहरा तो बेनकाब कर ही दिया था।

फिर चाहे मोहल्ले में कारों के कलपुर्जे चुराने वाला गैंग हो, या फिर शाम होते ही मोटरसाइकिल पर बैठकर झपटमारी करने वाले लड़कों का गिरोह। बच्चा जासूस पार्टी ने इन्हें पकड़कर पुलिस के हवाले किया था, और इस पर मोहल्ले भर में उनकी खूब प्रशंसा हुई थी।

लेकिन इतना बड़ा केस शायद पहली बार बच्चा जासूस पार्टी के सामने आने वाला था। हालाँकि उसे पूरा यकीन था कि बच्चा जासूस पार्टी इस बार भी कामयाब होगी।

बच्चा जासूस पार्टी की पहचान ही थी उसकी एक निराली धुन। या कहिए, सिग्नेचर ट्यून, 'हम होंगे कामयाब!' जिसे सुनते ही बड़े-बड़ों के कान खड़े हो जाते थे।

इसे गाया भी कुणाल ने ही था, जो बच्चा जासूस पार्टी का हेड था। उसके एक इशारे पर सब साथी दौड़े चले आते थे, और फिर एक से एक कमाल और धमाल होने लगते थे।

सबके होंठों पर एक ही सुर—
मिलकर चलो, मिलकर चलो,
मिलकर चलो रे!
आओ साथी, जल्दी आओ,
आगे बढ़ो रे,
मिलकर चलो, मिलकर चलो,
मिलकर चलो रे!...

याद करके कुणाल को रोमांच सा हो आया।

अगर इस बार भी जासूस पार्टी सफल रही, तो कहाँ-कहाँ तक उसका नाम पहुँच जाएगा। सोचते हुए कुणाल का जोश थम नहीं रहा था।

पर कहीं न कहीं उसके अंदर उधेड़बुन भी थी। कहीं बच्चा जासूस पार्टी इनमें कामयाब न हुई तो...?

पर फिर उसने फैसला कर लिया, बच्चा जासूस पार्टी ही इस मामले में अपराधियों को जेल के सींखचों तक ले जाएगी।

हाँ-हाँ, बच्चा जासूस पार्टी...!

कुणाल के दिल की धड़कनें तेज हो गई थीं। किसी तरह उसने खुद को सँभाला, और सोने की कोशिश करने लगा।

सोते समय भी उसके होंठों पर वही शब्द थे, जो अब बच्चा जासूस पार्टी की पहचान बन गए थे—

हम होंगे कामयाब,
होंगे कामयाब, एक दिन...
मन में है विश्वास
पूरा है विश्वास,
हम होंगे कामयाब,
एक दिन...

अगले दिन सुबह-सुबह कुणाल अपने दोस्त नीटू के पास पहुँचा। बच्चों की जासूस पार्टी का वह प्रमुख सदस्य था।

दुबला-पतला था नीटू। लेकिन दिमाग खूब तेज। वह भी कुणाल की कक्षा में ही था। सातवीं कक्षा में। लेकिन बड़ी-बड़ी बातें सोच लेता था। कुणाल की तरह उसे भी खूब किताबें पढ़ने का शौक था।

सारी बात सुनकर नीटू भी परेशान हुआ। कुछ सोचकर बोला, "तुम अपने पापा से क्यों नहीं कहते? वे तो बड़े पुलिस अधिकारी हैं। चाहें तो...!"

कुणाल के पापा डी.आई.जी. थे। वह जानता था कि अगर उन्हें बताया जाए, तो कुछ ही देर में राजन जेल की सलाखों के अंदर होगा। पर सवाल तो उसके पूरे नेटवर्क को

खँगालने का था। साथ ही पुख्ता सबूत जुटाने का। यह काम बच्चों की जासूस पार्टी बखूबी कर सकती थी।

लिहाजा कुणाल कुछ गंभीर होकर बोला, "पर नीटू, मुझे लगता है, यह मामला हमारी बच्चा जासूस पार्टी को निबटाना चाहिए।"

फिर कुछ रुककर बोला, "क्यों, तुम्हें संदेह है नीटू, कि हम इसे नहीं कर पाएँगे?"

"नहीं, नहीं ऐसी कोई बात तो नहीं, लेकिन...!" नीटू कहते-कहते रुक गया।

"लेकिन क्या?" कुणाल ने पूछा।

"मामला बहुत बड़ा है। बहुत सीरियस, और अपराधी बहुत शातिर हैं।" नीटू ने थोड़े में अपनी बात कही।

"क्या मामला बड़ा है और अपराधी शातिर हैं, इसलिए बच्चा पार्टी को यह केस नहीं लेना चाहिए?" कुणाल का सवाल।

"मैं यह बात नहीं कह रहा कुणाल। तुम मेरी बात समझो।" नीटू बोला, "वे हमें नुकसान भी पहुँचा सकते हैं। हो सकता है, उनके पास ऐसे हथियार हों, जो...!"

"हम बच-बच के करेंगे अपना काम, नीटू और बहुत होशियारी से करेंगे।" कुणाल ने भरोसा दिलाया।

"वह तो हम करते ही हैं। नहीं तो इतनी कामयाबियाँ कैसे मिलतीं बच्चा जासूस पार्टी को?" नीटू मुसकराया।

"और उनमें से ज्यादातर की सफलता का श्रेय तुम्हें है नीटू, तुम्हें।" कुणाल ने जोर देकर कहा।

"मेरा काम तो सिर्फ एक्शन का है कुणाल। जबकि बच्चा जासूस पार्टी का असली दिमाग तो तुम हो। तुम इतने अच्छे तरीके से पूरी की पूरी प्लालिंग न करते, तो भला हम कामयाब कैसे होते?"

"वह तो मैं अब भी करूँगा" कुणाल के चेहरे पर दृढ़ निश्चय की छाया थी।

"तो फिर पक्का...!" नीटू बोला।

"क्या...?" कुणाल ने जानते हुए भी पूछ लिया।

"यही कि बच्चा जासूस पार्टी इस मामले को लेकर आगे बढ़ेगी, और अपराधियों को जेल के सींखचों तक ले जाएगी।"

"ओह, नीटू, मुझे तुम पर यकीन था।" कहते हुए कुणाल की खुशी छिप नहीं रही थी। उसने नीटू को बाँहों में भर लिया।

"ठीक वैसे ही, जैसे मेरा तुम पर यकीन है।" नीटू ने मुसकराते हुए कहा।

सचमुच कुणाल का नीटू पर और नीटू का कुणाल पर पक्का यकीन था कि एक बार वे किसी बात पर हाँ कह दें, तो उसे पूरा करने के लिए जी-जान लगा देते थे।

"सुनो कुणाल," नीटू ने कुछ जोश से भरकर कहा, "तो अब साथियों को जल्दी से बताना होगा।...तुम कहो, तो मैं निक्की और टिल्लन से बात करूँ?"

"हाँ, जरूर। तभी बात बनेगी। सत्ते और मोनू से मैं बात करता हूँ।" कुणाल ने कहा।

टिल्लन और निक्की भाई-बहन थे, बेहद हिम्मती और समझदार। बच्चों की जासूस पार्टी में वे कुछ बड़े कारनामे कर चुके थे।

सत्ते और मोनू भी जिस काम में लगते थे, एड़ी से चोटी तक का जोर लगाकर उसे पूरा करते थे। सत्ते सातवीं कक्षा में था, मोनू छठी में। लेकिन दोस्ती दोनों की खूब पक्की थी। दोनों ही कुणाल के घर के पास रहते थे, और कुणाल किसी काम के लिए कहता, तो उसे हर हाल में पूरा करते थे।

आखिर सभी दोस्त कुणाल, नीटू, टिल्लन, निक्की, सत्ते और मोनू शहर के बाहर वाले खँडहर में मिले। वही इस जासूस पार्टी का कामचलाऊ हेड ऑफिस था। चारों ने खूब सोचा, योजनाओं पर योजनाएँ बनने लगीं।

"काम बड़ा है, बहुत बड़ा। हमें इसे हाथ में लेने से पहले दस बार सोचना चाहिए।" सत्ते बार-बार यही कहता।

टिल्लन का जवाब, "काम बड़ा है तो क्या हुआ? बच्चा जासूस पार्टी अभी तक छोटे-छोटे मामलों पर काम करती रही, इसका यह मतलब तो नहीं कि हम बड़े मामले नहीं कर सकते।"

"क्यों नहीं कर सकते? जरूर कर सकते हैं। हम बड़े मामले हाथ में लेंगे, और अपराधियों को पकड़वाएँगे, तभी तो लोगों को समझ में आएगा कि बच्चा जासूस पार्टी अपनी पर आए, तो क्या नहीं कर सकती।...फिर इतने बड़े-बड़े अपराधी! देश के गद्दार! इन्हें तो हमें हर हाल में पकड़वाना ही होगा।"

निक्की ने जोश से भरकर कहा, तो मोनू ने सिर हिलाते हुए कहा, "सही बात है निक्की,...एकदम सही बात।"

"तो अब सब लोग बताएँ कि असली अपराधी को पकड़ने के लिए आप क्या-क्या कमाल कर सकते हैं?" नीटू ने पूछा।

कुणाल बोला, "मुझे लग रहा है कि हमें राजन के चारों और शिकंजा कसना चाहिए। उसके साथ ही सभी षड्यंत्रकारी पकड़ में आ जाएँगे।" फिर कुछ सोचकर बोला, "मैंने सोचा है, मैं सेल्स बॉय बनूँगा। खाने-पीने का सामान और घर की जरूरी चीजें लेकर उसके घर जाऊँगा। शायद मेरा जादू चल जाए। फिर तो...फिर तो रास्ता निकल आएगा।"

'वाह, बिल्कुल सही।" नीटू बोला, "वंडरफुल आइडिया। ग्रेट, सिंपली ग्रेट!"

"और मैं अगर खाना पकाने वाली बन जाऊँ तो...? अभी तो गरमी की छुट्टियाँ हैं, इसलिए समय भी है।" निक्की ने कहा।

"मुझे पता है, तुम यह रोल बहुत अच्छी तरह से निभाओगी। वैसे भी तुमने नाटकों में काम किया है।" कुणाल बोला।

बाकी सबने भी सिर हिलाकर निक्की की हिम्मत बढ़ाई।

"हाँ, लेकिन वहाँ पुराने कपड़े पहनकर जाना। तुम्हारे ये कपड़े नहीं चलेंगे।" सत्ते की सलाह।

"हाँ, जी हाँ। मैंने पहले ही इस बारे में सोच लिया है। जरा देखना, मैं क्या करती हूँ। एकदम खाना बनाने वाली मामूली लड़की ही लगूँगी।" निक्की ने हँसते हुए कहा।

"मैं चूरन वाला बनूँगा। राजन के घर के सामने वाले पार्क में चूरन, टॉफी और खटमिट्ठी गोलियाँ बेचा करूँगा। और नजर रहेगी राजन के बंगले पर! क्या खयाल है?" नीटू ने मंद-मंद मुसकराते हुए कहा, तो झट से उसका प्रस्ताव पारित हो गया।

टिल्लन से पूछा गया, तो उसने कहा, "मैं बीच-बीच में निक्की दीदी के साथ जाया करूँगा। और वहाँ क्या करूँगा, यह मुझ पर ही छोड़ दिया जाए।"

सत्ते और मोनू ने चूरन वाले के ग्रहक बनकर वहीं आसपास डटे रहने का फैसला किया। ताकि अपराधियों में से कोई भागा, तो उसे मिलकर दबोचा जा सके। साथ ही सोचा गया कि वे सूचनाएँ इधर से उधर पहुँचाते रहेंगे, ताकि सभी साथियों को एक-दूसरे की गतिविधियों की खबर होती रहे। और सभी के कामों में परस्पर तालमेल बना रहे।

सभी ने तालियाँ बजाकर एक-दूसरे के आयडियाज की दाद दी। वे इस कदर खुश और रोमांचित थे, जैसे किसी जबरदस्त नाटक की तैयारी कर रहे हों।

और वाकई जो वे करने वाले थे, वह खुद में किसी रोमांचक नाटक से कम नहीं था।

इसके लिए कपड़े और स्वाँग बनाने के लिए किस्म-किस्म का सामान जुटाना भी बड़ा काम था। पर उन्हें यकीन था कि वे इसे कर लेंगे। ताकि सही दिन, सही समय पर, सही एक्शन शुरू किया जा सके।

अगले दिन से 'आपरेशन यंग स्टार्स' शुरू हुआ। यह एक तरह से एक्शन की शुरुआत ही थी।

या कहिए, एक्शन के लिए अभी सही माहौल बनाने का काम करना था। और यह कोई छोटा काम नहीं था। इसलिए कि इसी से राजन के मन में भरोसा पैदा किया जा सकता था।

इसी पर अगले एक्शन का पूरा दारोमदार था।

इसके लिए सबसे पहले कुणाल को ही अपनी प्रभावशाली भूमिका में उतरना था। इसलिए सुबह से ही वह व्यस्त था। उसने अपने घर के स्टोर रूम में से एक बड़ा सा पुराना थैला ढूँढ़ा। फिर अपने दोस्त रफीक की जनरल मर्चेंट की दुकान से रोजाना घर में काम आने वाली अच्छे ब्रांड की कुछ चीजें लेकर बैग भर लिया।

कुणाल का खूब बड़ा सा बैग किस्म-किस्म के बिस्कुट, नमकीन, चाय पत्ती, सर्फ, डिटरजेंट पाउडर, रोटी रैपर जैसी चीजों से भर गया था। उसने पैंट भी थोड़ी पुरानी, घिसी हुई पहनी। सिर पर एक बड़ी सी नीली कैप लगा ली, जिससे उसके घुँघराले बाल छिप गए और चेहरा काफी बदला हुआ सा लगने लगा। और फिर सड़क पर इधर-उधर चहलकदमी करता हुआ, वह बड़े स्टाइल से राजन के कमरे पर पहुँचा और दरवाजे की घंटी बजा दी।

राजन ने दरवाजा खोला तो सामने एक अजनबी बच्चे को देखकर कुछ चिढ़ सा गया। पर कुणाल का बात करने का अंदाज इतना शानदार था कि राजन उससे प्रभावित न होता, यह हो ही नहीं सकता था।

"सर, प्लीज...प्लीज आप एक बार देख तो लीजिए।" कुणाल बड़े विनम्र लहजे में कह रहा था, "सभी अच्छे ब्रांड की चीजें हैं मेरे पास। कीमत भी बहुत कम।...बाजार में भी आपको इतनी अच्छी और कम रेट की चीजें नहीं मिलेंगी सर। मैं आपको आपके लिए काफी कम रेट लगा दूँगा।"

राजन पर असर पड़ता देख, उसने खुद को एक दुखी, मजबूर बच्चा बताकर, अपनी मजबूरी की दर्दनाक कहानी सुनानी शुरू की। एक आह भरकर बोला, "ले लीजिए सर।

अगर ठीक से बिक्री हुई तो मेरी फीस के पैसे निकल जाएँगे। नहीं तो मेरी पढ़ाई...!"

अब के राजन पर कुछ ज्यादा असर पड़ा। वह एक क्षण गौर से उसे देखता रहा। फिर थोड़ी हमदर्दी से भरकर बोला, "अच्छा, ला...दिखा, क्या है तेरे पास?"

उसने कुणाल से रोजमर्रा की जरूरत का सामान दिखाने के लिए कहा, तो कुणाल ने बड़ी विनम्रता से कहा, "सर, सामान देखने की बिल्कुल जरूरत नहीं है। आप पैसा एक भी न दें, पहले मेरी चीजें तो इस्तेमाल करें। मैं अगले हफ्ते आऊँगा। अगर आपको सामान ठीक लगे, तभी पैसे दीजिएगा।"

इस पर राजन ने कई बिस्कुट, नमकीन के पैकेट के साथ ब्रुक बांड की चाय पत्ती, रोटी रैपर, सर्फ और डिटर्जेंट भी खरीदा। फिर खुद ही आग्रह करके पैसे भी दिए।

जल्दी ही कुणाल से उसकी दोस्ती हो गई।

अब तो कुणाल हर दूसरे-तीसरे दिन वह राजन के कमरे पर दिखाई देता। उसके जल्दी-जल्दी चक्कर लगने लगे। कई बार तो दिन में दो-तीन बार भी। राजन से उसकी खूब खुलकर बातें होतीं।

एक दिन बातों-बातों में राजन ने कुणाल से कहा, "यार कुणाल, क्या तुम किसी ऐसे रिटायर्ड फौजी को जानते हो, जो सेना के बारे में कुछ जरूरी जानकारी दे सके। तुम जगह-जगह घूमते हो। अगर कुछ पता चले तो बताना।"

"सेना के बारे में जानकारी, किसलिए?" कुणाल ने मासूमियत से पूछा।

"कुछ नहीं, अ...अ...कुछ नहीं। असल में मैं...अ...कुछ रिसर्च करना चाहता था!" राजन ने बात बनाने की बहुत कोशिश की, पर उसका झूठ छिपाए छिप नहीं रहा था। उसकी घबराहट से कुणाल को पता चल गया कि मामला संगीन है।

फिर भी उसने बात बनाते हुए कहा, "इस मोहल्ले में एक मिलिटरी के रिटायर्ड अफसर रहते तो हैं, मि. खोसला। बड़ी-बड़ी मूँछों वाले। एकदम कड़क।...वे सच्चे देशभक्त हैं। बच्चों को भी इस बारे में बताते रहते हैं। एक बार किसी ने सेना के कुछ भेद जानने के लिए उनसे संपर्क किया और लाखों रुपए की रिश्वत देनी चाही, पर उन्होंने उलटा उसी जासूस को पकड़वा दिया। अखबार में छपी थी यह खबर। पढ़कर मुझे बहुत अच्छा लगा।"

सुनकर राजन की आँखें झुक गईं। बोला, "ऐसा है, तो उन्हें रहने दो...रहने ही दो।"

"क्यों, क्यों...वे बड़े पुराने अफसर हैं।" कुणाल बोला, "उनके पास जरूर बहुत सारी जानकारियाँ होंगी। आपको रिसर्च के लिए जानना है, तो वे जरूर बताएँगे।...आप चाहेंगे

तो मैं आपको उसे मिलवा दूँगा। मुझे वे बहुत प्यार करते हैं। पर आजकल वे थोड़े बिजी रहते हैं। अपनी आत्मकथा लिख रहे हैं।"

"अच्छा, ठीक...ठीक, मैं बताऊँगा।" कहते हुए राजन अपनी आँखें छिपा रहा था।

इससे कुणाल वह भी समझ गया, जो राजन ने उससे कहा नहीं, पर कहना चाहता था।

राजन के बारे में जो-जो बातें उसने सोची थीं, आज पूरी तरह सच लग रही थीं।

'यह एक खतरनाक अपराधी है। देशद्रोही, गद्दार! अगर जल्दी से इसका खेल खत्म न किया गया, तो यह देश को भारी नुकसान पहुँचा सकता है।' कुणाल ने अपने आप से कहा।

कुछ देर बाद राजन से विदा लेकर घर आ गया। पर उसका मन बुरी तरह अशांत था।

*

इसी तरह कुछ दिन बीते। एक दिन कुणाल ने नीली आँखों वाले राजन से पूछा, "आपको खाना बनाने के लिए तो किसी की जरूरत नहीं है?...असल में हमारे पड़ोस में एक लड़की रहती है। वह गरीब घर की है, थोड़ी जरूरतमंद है। पर काम-काज में होशियार है। खाना तो इतना अच्छा बनाती है कि आप उँगलियाँ चाटते रह जाएँगे।"

राजन खुश होकर बोला, "ठीक है, फिर तो मिलवाना। बल्कि कह दो, कल ही से काम शुरू कर दे।"

निक्की गरमी की छुट्टियों में बोर हो रही थी। उसे बच्चों की जासूस पार्टी की ओर से किए जा रहे 'आपरेशन यंग स्टार्स' का यह रोमांचक काम सौंपा गया, तो बड़ी खुश हुई। उसने अपने पुराने कपड़ों की गठरी निकालकर खासकर ऐसे कपड़े चुन लिए, जिनके रंग धुँधला गए थे। फिर मंद-मंद मुसकराते हुए सोचने लगी, 'कपड़े तो हो गए। लेकिन घर में काम करने वाली महरी कैसे बात करती है, यह अंदाज भी सीखना होगा।'

अगले दिन निक्की कुणाल के साथ राजन के घर गई। बोली, "मैं सुबह-शाम खाना बना दिया करूँगी। पैसे जो आप ठीक समझें, दे दें।"

और फिर जैसा होना था, बड़ी जल्दी निक्की भी अपनी रसोईदारिन की भूमिका में पास हो गई।

उसे थोड़ा-बहुत खाना बनाना आता था, पर बड़ी जल्दी उसने मम्मी और पड़ोस वाली रीमा आंटी से पूछ-पूछकर सब तरह की चीजें बनाना सीख लिया था। राजन उसके बनाए खाने की अकसर तारीफ करता। कहता, "वाकई कुणाल ने ठीक कहा था। तुम खाना बहुत अच्छा बनाती हो। जितना मैंने सोचा था, उससे बहुत अच्छा।"

निक्की अकसर राजन के घर आते-जाते हुए नीटू से बात करके जाती। नीटू कुरता-पजामा पहने, ठेठ चूरन वाला बनकर अपना जलवा दिखा रहा था। मोहल्ले के ढेर सारे बच्चे उसे घेरे रहते। उनसे उसे राजन और उसके घर आने-जाने वालों की पूरी जानकारी मिल जाती। निक्की नीटू से सारी जानकारी लेकर कुणाल तक पहुँचाती।

फिर सत्ते और मोनू तो थे ही, जो नीटू के आसपास मँडराते रहते। कभी-कभी टाफी खाने के बहाने नीटू के पास आ जाते, और सूचनाओं का आदान-प्रदान करते। निक्की या कुणाल को किसी चीज की जरूरत पड़ती, तो भी वे दौड़कर ले आते। बच्चा जासूस पार्टी की वे गश्ती सेना थे।

अब तो राजन के सारे करतब रोज के रोज सभी को पता चलने लगे। वह किन-किन से मिलता है, फोन पर किस-किस से क्या बातें होती हैं, निक्की को सबकी खबर रहती। फिर ये बातें जासूस बच्चा पार्टी की डायरी में दर्ज हो जातीं।

टिल्लन था जासूस बच्चा पार्टी का सबसे छोटा सदस्य...! वह जब-तब निक्की के साथ जाने लगा। यों बच्चों की जासूस पार्टी के सभी सदस्य अब सही मोरचे पर डट गए थे।

आपरेशन यंग स्टार्स के सभी साथी काम करने के दौरान जो बातें देखते, वे कोड भाषा में एक-दूसरे को बताते। फिर समय तय करके उसी खँडहर में दिन में एक बार जरूर मिलते। आगे की योजनाएँ बनतीं।

टिल्लन सबसे छोटा था, मगर सबसे ज्यादा वही बेसब्र हो रहा था। वह बार-बार कहता, "अब हमें जल्दी से दुश्मन को पकड़ना चाहिए। एक्शन, एक्शन...एक्शन!"

पर कुणाल और नीटू का कहना था कि अभी सही मौका नहीं है, थोड़ा और इंतजार करना ठीक रहेगा।

फिर वह मौका भी आ गया। एक दिन राजन ने निक्की से कहा, "कल मेरे कई दोस्त खाने पर आ रहे हैं। खाना बहुत अच्छा और लजीज बनना चाहिए। कोई आठ-दस लोग आएँगे।"

निक्की बोली, "आप चिंता न करें। खाना ऐसा बनेगा कि लोग याद करेंगे। मैं अपने छोटे भाई टिल्लन को भी साथ ले आऊँगी। बड़ा चुस्त है। वह काफी मदद कर देगा।"

*

अगले दिन पार्टी थी। निक्की और टिल्लन ने खूब मेहनत से खाना बनाया। किसी चीज की जरूरत पड़ती तो सत्ते और मोनू दौड़कर ले आते।

खाना परोसने का जिम्मा टिल्लन और कुणाल का था। कुणाल बिस्कुट-नमकीन के कुछ बढ़िया पैकेट्स के साथ पहुँच गया था और राजन ने उसे भी रोक लिया था। यों पूरी आपरेशन यंग स्टार्स मंडली एकदम चौकस थी और उत्सुकता से आने वालों का इंतजार हो रहा था।

कुछ देर में एक-एक करके आठ लोग आ गए। अपनी-अपनी आलीशान गाड़ियों से उतरकर वे भीतर आए, तो कुणाल ने पहचाना कि इनमें दो तो वे ही विदेशी हैं, जिन्हें उसने हाथी बाग में देखा था। बाकी लोगों में दो सेना के रिटायर्ड मेजर थे।

कुणाल की बच्चा पार्टी अब आपरेशन यंग स्टार्स के लिए पूरी तरह तैयार थी।

सबसे ज्यादा दारोमदार कुणाल और टिल्लन पर था। टिल्लन ने अपनी शर्ट पर कैमरा फिट किया हुआ था, जबकि कुणाल की जेब में छिपा हुआ टेप रिकार्डर अपना काम कर रहा था। सबके चेहरे ही नहीं, बातें ही रिकार्ड हो रही थीं। नीटू, सत्ते और मोनू को आने-जाने वालों पर निगाह रखने वाले वाचमैन की भूमिका दी गई थी और निक्की संदेशवाहिका बनी थी।

जिस समय लजीज खाना खाने के बाद राजन और मेहमानों के बीच लेन-देन की बातें हो रही थीं और मिलिट्री के जरूरी नक्शों के लिए पूरे दस लाख में सौदा हो रहा था, कुणाल और टिल्लन किसी बहाने से बिल्कुल पास आ गए थे, ताकि सारी बातें साफ-साफ दर्ज हो जाएँ।

आगे के लिए कुछ और सौदों की बात विदेशियों ने की थी और उसके लिए दोगुनी रकम देने की बात की थी। यह भी कुणाल और टिल्लन के रिकार्ड में आ चुका था।

*

अब राजन का सारा खेल खत्म हो चुका था और सबके पुख्ता सबूत भी हासिल हो गए थे। विदेशी लोगों का भीषण षड्यंत्र भी। इस कमरे में देश की इज्जत ही नहीं, देश की आजादी का भी सौदा हो रहा था।

कुणाल इस कदर उत्तेजित था कि उसका मन हुआ, वह चिल्ला पड़े, “देश के दुश्मनो, तुम्हारी यह मजाल...!”

पर यह वक्त सावधानी से काम करने का था, वरना सारी योजना मिट्टी में मिल सकती थी।

आखिर कुणाल चुपके से निकला। उसने दूसरे कमरे में जाकर पापा को फोन किया,

"पापा, आपको यहाँ पहुँचना है—अभी, जल्दी, एकदम जल्दी, वरना खेल खराब हो सकता है!"

कुणाल के पापा पहले तो सारी बात सुनकर हक्के-बक्के रह गए। पर जल्दी ही वे सँभले। बोले, "ठीक है, बेटे। बिल्कुल फिक्र न करना, हम जल्दी ही पहुँच रहे हैं।"

थोड़ी देर में ही कुणाल के पापा, डी.आई.जी. समरेश दास के नेतृत्व में पुलिस बल ने राजन के मकान को चारों ओर से घेर लिया। चप्पे-चप्पे पर पुलिस की छाया थी।

राजन ने भागने की कोशिश की, पर नीटू, सत्ते और मोनू उसके घर के आगे एकदम चौकन्ने खड़े थे। उन्होंने कसकर उसे पकड़ा और पुलिस वालों को सौंप दिया। इतना ही नहीं, नीटू, सत्ते और मोनू को राजन और उसके घर आने-जाने वालों की बड़ी अच्छी तरह पहचान थी। लिहाजा उनके इशारे पर दूसरे अपराधी भी पुलिस के जाल में आ फँसे। वे छिपे हुए गद्दार भी पकड़े गए, जो कुछ पैसों के लालच में देश की सुरक्षा का सौदा कर रहे थे।

जब सभी को पकड़कर पुलिस जीप में बैठाया जा रहा था, तो राजन को सबसे ज्यादा हैरानी इस बात से हुई कि उन्हें पकड़वाने वालों में कुणाल, निक्की, टिल्लन और नीटू सबसे आगे थे। सत्ते और मोनू भी, जो कुछ दिनों से उसके घर के आसपास ही मँडरा रहे थे।

पापा ने कुणाल और उसके दोस्तों की पीठ थपथपाकर कहा, "अरे, ये तो ऐसे खतरनाक लोग हैं, जिनकी हमें बरसों से तलाश थी। तुम्हें इनका कैसे पता चला? तुमने मुझे बताया क्यों नहीं! अगर कुछ हो जाता तो...?"

"असल में पापा, पहले हम लोग खुद कोशिश करके देखना चाहते थे!" कुणाल ने कुछ शरमाते हुए कहा। उसके दोस्त भी मंद-मंद मुसकरा रहे थे।

कुणाल के पापा ने कुणाल, नीटू, निक्की, सत्ते, मोनू और टिल्लन सबकी खूब पीठ ठोंकी। खासकर टिल्लन की सबसे ज्यादा तारीफ हुई, क्योंकि उम्र में वह सबसे छोटा था, पर काम उसने बड़ा किया था।

अगले दिन अखबारों में 'आपरेशन यंग स्टार्स' की पूरी रिपोर्ट छपी थी। उसे पढ़ने के लिए लोग टूट पड़े थे।

दूर-दूर तक कुणाल और उसके बहादुर साथियों की चर्चा थी। आखिर जासूस बच्चा पार्टी ने अपनी समझदारी से ऐसा कारनामा कर दिखाया था, जिसे पढ़कर बड़े भी दंग थे।

खुद बच्चा जासूस पार्टी को भी पूरा यकीन नहीं था कि वे यह जंग जीतेंगे। पर वे जीते, और देश के दुश्मन अब जेल में थे।

यह जीत का क्षण था। कामयाबी की घड़ी। लिहाजा बच्चा जासूस पार्टी के साथ-साथ अब शहर के हजारों लोग मिलकर गा रहे थे—

हम होंगे कामयाब,
होंगे कामयाब एक दिन—
हमको है विश्वास
पूरा है विश्वास,
हम होंगे कामयाब,
एक दिन...!

अलबत्ता आपरेशन यंग स्टार्स के बाद हुआ यह कि बच्चों की जासूस पार्टी का नाम पड़ा 'जासूस पार्टी न.1' और आज भी शहर के लोग उसे यही कहकर बुलाते हैं।

❒

खंड-10

और फिर पकड़ गए दुश्मन के जासूस

CERTIFIC

और फिर पकड़ गए दुश्मन के जासूस

ठुनठुनिया तो ठुनठुनिया ही था। वह कब क्या कमाल कर दे, कोई नहीं जानता था। पर वह ऐसे-ऐसे कमाल कर दिखाता, जो केवल ठुनठुनिया ही कर सकता था।

कुछ दिन पहले ही उसने अपने गाँव के पास, नदी किनारे के हरे-भरे पेड़ काटने वाले लालची लटूरीराम को पकड़ा था, और उसे जेल की हवा खिलाई थी। तब से हर कोई कहता, "वाह रे ठुनठुनिया, वाह। तेरा जवाब नहीं।"

कोई-कोई कहता, "ठुनठुनिया जो ठान ले, वह काम तो होकर ही रहता है।"

ठुनठुनिया के दोस्त भी यह जानते थे, इसलिए उसकी खूब तारीफ करते थे।

एक दिन की बात। इतवार का दिन था। ठुनठुनिया अपने दोस्तों के साथ घर के पास वाले मैदान में लँगड़ी कबड्डी खेल रहा था।

इस बीच बादल घिर आए। बड़ी ठंडी-ठंडी हवा चल रही थी। मीतू ने सुझाव दिया, "जरा देखो तो, मौसम कितना अच्छा है! चलो जंगल में चलें। नदी के किनारे-किनारे घूमेंगे, बड़ा मजा आएगा।"

और बस चारों दोस्त उछलते-कूदते और बीच-बीच में दौड़ लगाते हुए, जंगल की तरफ चल दिए। सभी मस्ती के रंग में थे।

भागते-दौड़ते वे नदी के किनारे पहुँचे और नदी की रेत पर मजे से खेलने और उछलने-कूदने लगे।

ठुनठुनिया ने रेत पर एक के बाद एक पचासों दफा ऐसी-ऐसी कलामुंडियाँ खाकर दिखाईं कि सभी दोस्त झूम उठे। फिर पकड़म-पकड़ाई का खेल शुरू हो गया। और वो भागमभाग हुई...वो भागमभाग और पेड़ की डालियों से उछल-कूद, कि सभी पसीने-पसीने। सभी की बुरी तरह हँफनी छूट रही थी।

आखिर बुरी तरह थककर वे आम के बगीच में सुस्ताने के लिए बैठे। ठुनठुनिया और

सुबोध ढेर सारे आम तोड़ लाए। उन्हें नदी के पानी में धोकर सभी चूसने लगे। फिर गपशप भी शुरू हो गई।

ठुनठुनिया बोला, "अगर आज मेरे पास बाँसुरी होती तो एक से एक बढ़िया सुर निकालकर दिखाता। तुम लोगों को खूब मजा आता।"

इस पर मनमोहन बोला, "कोई बात नहीं। अगली बार आना तो बाँसुरी साथ लाना। जंगल में बाँसुरी की आवाज खूब गूँजती है। सुनकर सचमुच मजा आता होगा!"

सुबोध ने सुझाव दिया, "बाँसुरी नहीं है तो क्या हुआ? आज अपन नौका-यात्रा की करते हैं।"

मीतू ने नदी की ओर देखकर कहा, "नाव तो यहाँ है, पर नाव चलाने वाला कोई दिखाई नहीं दे रहा।"

"तो क्या हुआ?" ठुनठुनिया बोला, "नाव मुझे चलाना आता है। बस, कहीं से चप्पू मिल जाएँ।"

इतने में सुबोध चप्पू ढूँढ़ लाया। बोला, "अजीब बात है, ये चप्पू किसी ने झाड़ियों के बीच छिपाकर रखे हुए थे, ताकि किसी को नजर न आएँ।"

"मगर किसने किया होगा ऐसा!...और मल्लाह गया कहाँ?" ठुनठुनिया थोड़ा परेशान होकर सोचने लगा।

"अरे, किसी ने छिपाकर रखे हैं, इससे हमें क्या! बस, चप्पू तो मिल गए न! अब मजे से नाव चलाएँगे और नौका-यात्रा का पूरा मजा लेंगे।" सुबोध अपनी तरंग में था।

"चलो भई ठुनठुनिया और मीतू...तुम लोग चप्पू सँभालो। हो जाओ तैयार! आज नौका-यात्रा का आनंद लेंगे।" मनमोहन ने कहा।

और सचमुच नदी की लहरों पर नौका इस तरह मजे से हिचकोले लेते हुए चलने लगी, जैसे किसी सपने की दुनिया में ले जा रही हो। फिर नदी की ठंडी-ठंडी हवा का अपना आनंद था। लग रहा था, यह सुहानी हवा चारों के शरीर को नरम उँगलियों से गुदगुदा रही है।

चारों दोस्तों के मन खुशी से थिरक रहे थे। कभी वे आपस में जोर-जोर से बातें करने लगते और कभी उमंग में आकर कोई सुर छेड़ देते। सोच रहे थे, ऐसी मस्ती क्या रोज मिलती है?

मीतू को एक प्यारी-सी कविता याद आई। बोला, "सुनो भाई सुनो, यह हरेंद्रनाथ चट्टोपाध्याय की कविता है। जाने-माने फिल्मी अभिनेता, मगर कविताएँ भी क्या गजब की

लिखी हैं! सुनकर तुम्हारा जी भी खुश हो जाएगा।" और वह उछल-उछलकर गाने लगा—

नाव चली, नाव चली
नानी की नाव चली,
नानी की, नानी की
नानी की, नाव चली...

मीतू गाता तो सारे दोस्त जोर-जोर से कविता की पंक्तियाँ दोहराने लगते। पूरे जंगल में मानो कविता के सुर गूँज रहे थे, "नानी की नाव चली...नानी की नानी की नानी की नाव चली...!"

"मैं तो पहली बार इस नदी पर नौका-यात्रा कर रहा हूँ। मुझे पता नहीं था, यहाँ इतना अच्छा लगता है।" मनमोहन हँसकर बोला, तो ठुनठुनिया खूब मजे में ठठाकर हँसा और उसने अनोखा सुर छेड़ दिया, "हेऽऽऽ...हे...हे...हे...! राम जी की नौका, राम जी का चप्पू, खेवनहार ठुनठुनिया रे...हेऽऽ हेऽऽ...!"

"देखो भाई ठुनठुनिया, आराम से चलाओ—आराम से! गिरा न देना। कहीं नाव उलट गई तो...!" मनमोहन को थोड़ा डर लग रहा था।

"कैसे उलट जाएगी?" ठुनठुनिया हँसकर बोला, "कोई मजाक है! और उलट भी गई, तो खुद को बाद में बचाऊँगा, पहले तुम सभी को! आखिर मेरा नाम इसीलिए तो ठुनठुनिया है।"

इस पर चारों दोस्त एक साथ खिलखिलाकर हँसे। यह हँसी भी चारों ओर बिखर गई। लगा, नदी और उसकी तरंगें भी साथ-साथ हँसी हैं। और जंगल की हवा भी!

क्या ही मजे की बात थी।

"तुम कभी उधर गए हो? उधर...नदी पार! क्या है दूसरी तरफ?" मनमोहन ने अचानक ठुनठुनिया से पूछा।

"मैं तो कभी गया नहीं।" ठुनठुनिया बोला, "वैसे यहाँ से देखो तो एकदम सन्नाटा-सा लग रहा है। बिल्कुल सूना-सूना...! दूर-दूर तक खेत भी नहीं हैं!"

बहरहाल चारों दोस्तों की नौका-यात्रा बड़े आनंद और उत्साह के साथ चल रही थी। ठुनठुनिया बहुत अच्छा मल्लाह है, यह जल्दी ही सब दोस्तों का पता चल गया। इसलिए शुरू में तो सबको डर लग रहा था, फिर डर काफूर हो गया, मजा आने लगा।

"यार मनमोहन, लगता है, यह नौका चलती रहे, चलती रहे!" सुबोध तरंग में आकर बोला।

शरारती हवा बार-बार उसके बालों से खेल रही थी और बाल माथे पर आ जाते। सुबोध झटके से उन्हें पीछे करता और हँसता।

"अ-हा-हा, कितनी शीतल हवा! हम धरती पर हैं कि स्वर्ग में...?" मीतू ने कहा तो सारे दोस्त फिर एक साथ खिलखिलाकर हँस पड़े। सचमुच पानी की छुवन से मन में कितना जीवन, कितना उल्लास भर जाता है, सभी महसूस कर रहे थे।

मीतू को एक पुराना गाना याद आ गया और उसने सुर छेड़ दिया, "ए हो...रेऽ, ताल मिले नदी के जल में, नदी मिले सागर में...सागर मिले कौन-से जल में...कोई जाने ना, ओ हो रेऽऽ, ताल मिले नदी के जल में...!"

गाना इतना सुरीला था कि चारों का मन उसी में अटक गया। लग रहा था, धरती हो, नदी का पानी या आकाश, सब ओर खुशी की तरंगें बिखरी हुई हैं। छप-छपाछप-छप करती अनगिनत तरंगें। सब ओर एक ही सुर, "ए हो रेऽ...ओ हो रेऽ...ए हो रेऽऽ...!"

नौका-यात्रा करते चारों मित्र नदी के दूसरे किनारे पर पहुँचे, तो एक क्षण के लिए सहम गए।

सचमुच सब ओर सन्नाटा पसरा हुआ था—एक अजब तरह की सुनसान शांति।... पत्ता भी हिले तो आवाज हो! ऐसा चुप-चुप...चुप-चुप...चुप-चुप सन्नाटा।

"मैं तो आज तक कभी इधर नहीं आया।" ठुनठुनिया ने गौर से इधर-उधर देखते हुए कहा।

"हाँ...और मैं भी!" मीतू बोला, "देखो तो, कितना सन्नाटा है। डर-सा लग रहा है। दूर-दूर तक कोई आदमी नहीं...!"

"हम जंगल के बारे में सुना करते थे। असली जंगल तो यह है, पहाड़ी चट्टानों के बीच!" मनमोहन ने उन विशालकाय घने पेड़ों की ओर देखते हुए कहा, जिनकी वजह से दिन में भी यहाँ अँधेरा लग रहा था।

"कहीं कोई जंगली जानवर आ गया तो...?" सुबोध ने सहमकर कहा।

"अरे, जानवर चाहे कोई भी हो, तुम चुपचाप अपनी राह पर चलते जाओ, बगैर डरे, तो वह तुम्हारा कुछ नहीं बिगाड़ सकेगा।" ठुनठुनिया ने समझाया।

तब तक सुबोध को भी एक काम की बात याद आ गई। बोला, "मेरा एक दोस्त कह रहा था कि डरना नहीं चाहिए। अगर तुम बाघ की भी आँख में आँख डालकर देखो तो वह डरकर भाग जाएगा। हाँ, पर अगर तुम डरे, तो मरे!"

अभी वे नौका को वहीं छोड़, इसी तरह धीरे-धीरे बातें करते हुए आगे बढ़े ही थे कि ठुनठुनिया को दूर एक पहाड़ी गुफा दिखाई दे गई। बोला, "देखो-देखो, पहाड़ के बीच वह गुफा। चारों ओर पेड़ों से घिरी हुई है, मगर फिर भी यहाँ से दिखाई दे रही है!"

"चलो, चलते हैं। वहाँ शायद कोई रहता हो।" मनमोहन ने कहा तो चारों दोस्तों के पैर उधर ही बढ़ गए।

"और अगर...?" सुबोध ने धीरे से फुसफुसाकर कहा, "वहाँ कोई शेर हुआ तो!"

इस बात से सबके कदम ठिठक गए। पर ठुनठुनिया हिम्मत के साथ बोला, "अरे! शेर हुआ तो क्या! शेर की गंध तो दूर से ही पहचान में आ जाती है। शेर हुआ तो हम सब चुपके-चुपके लौट आएँगे।"

चलते-चलते वे गुफा के पास पहुँचे। वे गुफा के अंदर झाँककर देखना चाहते थे। पर उन्हें यह देखकर हैरानी हुई कि गुफा का मुँह तो एक भारी पत्थर रखकर बंद कर दिया है। उसके आसपास खूब सारी जंगल की कँटीली झाड़ियाँ रख दी गई हैं, ताकि किसी का ध्यान इस गुफा की ओर न जाए।

"इसका मतलब तो यह है कि गुफा के अंदर कोई नहीं है।" ठुनठुनिया ने उत्साह के साथ कहा, "चलो दोस्तो, अंदर चलकर देखते हैं।"

बड़ी मुश्किल से गुफा के मुँह पर रखे भारी पत्थर और कँटीली झाड़ियाँ हटाकर गुफा का रास्ता खोला गया। बाहर से ही गुफा को देखकर यह अंदाजा लगाया जा सकता था कि गुफा का मुँह सँकरा है, पर अंदर वह काफी चौड़ी है।

चारों दोस्त सावधानी से बिना पैरों की आवाज किए चुपके-चुपके अंदर की ओर बढ़े। उन्होंने इशारे से एक-दूसरे को समझा दिया था कि कुछ बोलना नहीं है। बस, चुपचाप सब कुछ देखना है।

वे भीतर से कुछ सहमे हुए भी थे। सोच रहे थे, पता नहीं क्या कुछ देखने को मिल जाए? पर थोड़ा भीतर जाने पर ही उनका भय खत्म हो गया। इसलिए कि वह गुफा एकदम खाली थी। चारों उसमें इधर-उधर निगाह घुमा रहे थे, हालाँकि कहीं कुछ नजर नहीं आया।

पर अचानक मीतू चौंका। गुफा में चहलकदमी करते हुए एक पत्थर के नीचे उसे नीले रंग के कुछ कागज दबे हुए मिले। लग रहा था, इन्हें छिपाने के लिए ही ऊपर पत्थर रख दिया गया है।

मीतू ने झट से वे कागज बाहर निकाले तो चारों दोस्त दौड़कर वहाँ इकट्ठे हुए। मनमोहन ने इशारा किया, 'देखो, देखो, यह भारत का नक्शा बना है!'

चारों मित्रों को हैरानी हुई कि जितने भी नीले रंग के कागज थे, सभी पर भारत का नक्शा बना हुआ था। उन सभी नक्शों पर तारीखें पड़ी थीं। सब पर लाल स्याही से कुछ खास जगहों पर निशान लगाए गए थे। साथ ही अजब-सी भाषा में हाशिए में जगह-जगह कुछ लिखा हुआ था, जो बिल्कुल पढ़ने मे नहीं आ रहा था।

गुफा में रोशनी बहुत कम थी, फिर भी अब धीरे-धीरे दीवारें और आसपास की चीजें कुछ साफ दिखाई देने लगी थीं।

ठुनठुनिया ने देखा कि गुफा की दीवारों पर कुछ अजीब-से चित्र बने हैं। उनके नीचे अजीब-सी भाषा में कुछ लिखा हुआ है। ये ही चित्र उन नक्शों के पीछे भी बने थे और उन पर भी यही सब लिखा हुआ था।

'इनका मतलब क्या है?' किसी को यह ठीक-ठीक समझ में नहीं आ रहा था। लेकिन इतना तय था कि यह रहस्यमय गुफा अब उनके लिए इतनी रहस्यमय नहीं रह गई थी। साफ लग रहा था कि यहाँ कोई गुप्त षड्यंत्र चल रहा है।

जरूर किसी दुश्मन देश के जासूस यहाँ छिपकर मीटिंग करते हैं। हो सकता है, पूरे देश में उथल-पुथल फैलाने के लिए आतंकवादी योजनाएँ यहाँ बनती हों। शायद...

ठुनठुनिया बोला, "मुझे तो भारी गड़बड़ लग रही है। जरूर यह देश के दुश्मनों का अड्डा है। ओफ, कैसी जगह ढूँढ़ निकाली उन्होंने?"

मनमोहन ने कहा "जरूर ये दुश्मन के जासूस होंगे। मैंने एक किताब पढ़ी थी, उसमें लिखा था। दुश्मन के जासूस किस तरह भेद लेकर फिर षड्यंत्र करते हैं। देख रहे हो न, भारत का नक्शा? उस पर जगह-जगह लाल स्याही से निशान...! जरूर देश पर आतंकवादियों के हमले की योजना इसमें छिपी है। यानी अलग-अलग दिनों में अलग-अलग जगहों पर हमले या विस्फोट...! जरूर कुछ ऐसा ही है।"

"हो सकता है, ये लोग रात में यहाँ छिपकर योजना बनाते हों और दिन में अपना काम करने के लिए इधर-उधर निकल जाते हों।" मीतू ने कहा।

"चलो, अब जल्दी से चलें।" सुबोध बोला, "वरना इन लोगों को शक हो सकता है।"

मीतू ने नीले कागजों में से एक कागज उठाया और चुपके से जेब में डाल लिया। बाकी कागज उसने उसी तरह पत्थर के नीचे दबे रहने दिए।

फिर चारों दोस्त झटपट बाहर आए। उसी तरह गुफा के दरवाजे पर पत्थर रखा, झाड़ियाँ भी जस की तस रख दीं और फिर नौका लेकर चल पड़े। शाम हो जाने से पहले ही वे दूसरे किनारे पर सुरक्षित पहुँच जाना चाहते थे।

रास्ते में ठुनठुनिया ने कहा, "कुछ-न-कुछ तो करना होगा। क्यों न थाने जाकर पुलिस को बता दें!"

"पर पता नहीं, वे हमारी बात पर विश्वास करेंगे भी कि नहीं?" मनमोहन ने कहा, "उलटे बात और फैल जाएगी। तब तक ये लोग यहाँ से डेरा उठाकर कहीं और चल पड़ेंगे।"

"तो चलो, गजराज बाबू के यहाँ चलते हैं।" ठुनठुनिया ने सुझाया, "वे जरूर कुछ-न-कुछ करेंगे। उन्हें हम सारी बात बता देंगे। वे हमारे साथ पुलिस थाने चलेंगे तो पुलिस भी कुछ-न-कुछ जरूर करेगी।"

"हाँ-हाँ, ठीक...बिल्कुल ठीक!" सभी को ठुनठुनिया की यह बात जँच गई।

आखिर चारों दोस्त नदी पार करते ही तेज कदमों से रायगढ़ की ओर चल दिए। शहर आते ही वे गजराज बाबू की हवेली की ओर बढ़े। गजराज बाबू ने उन्हें परेशान देखा तो हड़बड़ाकर कहा, "क्यों ठुनठुनिया, सब ठीक तो है न? आज लगता है, तुम फिर किसी परेशानी में घिर गए हो!"

"बाबू साहब, बात तो ठीक है।" ठुनठुनिया बोला, "पर यह परेशानी मेरी नहीं, हम सबकी है। और अगर जल्दी ही कुछ न किया गया, तो कल कुछ भी हो सकता है।"

"अच्छा, ऐसी क्या बात हो गई?" गजराज बाबू चौंके। बोले, "भीतर आओ, तसल्ली से सारी बात बताओ।"

इस पर ठुनठुनिया ने शुरू से लेकर आखिर तक सारी बात बता दी। उस रहस्यपूर्ण पहाड़ी गुफा का पूरा ब्योरा दिया और बताया कि उसमें ऐसे कागज हैं जिनमें देश का नक्शा बना है। उन पर अजीब-सी भाषा में कुछ लिखा है और लाल स्याही से बीच-बीच में गोल निशान बने हैं।

"लगता है, यह देश के किसी दुश्मन का काम है, जो हमारे देश के अलग-अलग शहरों में हमले...या विस्फोट...!" ठुनठुनिया ने उत्तेजना से भरकर कहा, "हमें जल्दी कुछ करना चाहिए।"

अभी ठुनठुनिया यह बता ही रहा था कि मीतू ने झट जेब से कागज निकालकर दिखा दिया। बोला, "बाबू जी, यह लीजिए कागज। ऐसे ढेरों कागज वहाँ हैं। सबमें अलग-अलग निशान लगे हैं, अजीबोगरीब चित्र भी बने हैं। मैं उनमें से बस एक उठा लाया हूँ, ताकि किसी को ज्यादा शक...!"

वह कागज देखते ही गजराज बाबू गंभीर हो गए। बोले, "सचमुच, यह तो देश के

दुश्मनों का काम है, एक साथ देश के कई हिस्सों में हमला करने की योजना बन रही है। संसद, प्रधानमंत्री निवास, राष्ट्रपति भवन, इंडिया गेट—एक साथ हर जगह बम-विस्फोट करने की योजना! ये लोग तो बहुत शातिर अपराधी लगते हैं...बहुत भयंकर!"

उसी समय गजराज बाबू ने कपड़े पहने और बच्चों को साथ लेकर थाने की ओर चल दिए। थानेदार ने सारी बात सुनी तो भौचक्का रह गया। कुछ सोचते हुए बोला, "हो सकता है, उन लोगों के पास अति-आधुनिक हथियार हों। हम उनका मुकाबला कैसे करेंगे?"

आखिर में आनन-फानन में पास के मिलिट्री कैंप तक खबर भेजी गई। सेना के जवानों ने आधी रात के समय नदी पार करके गुफा को चारों ओर से घेर लिया और पूरी मोरचेबंदी कर ली।

अब तक आतंकवादी लौटकर गुफा के अंदर छिप चुके थे। उन्होंने अंदर से गोलियाँ चलाकर सेना के जवानों का मुकाबला करना चाहा।...बम-विस्फोट की धमकी दी! पर सुबह होते-होते वे सब पकड़ लिए गए। पता चला कि बच्चों का अंदेशा एकदम सही था। वे पड़ोसी देश के जासूस ही थे, जो भारत में आतंक पैदा करने के लिए भेजे गए थे।

*

अगले दिन 'नव प्रभात' अखबार में सेना के द्वारा पकड़े गए आतंकवादियों के फोटो छपे, तो साथ ही ठुनठुनिया और उसके दोस्तों के भी। उस रहस्यमय गुफा की पूरी कहानी भी लिखी गई थी, जिसे ठुनठुनिया और उसके दोस्तों ने खोज निकाला था।

गजराज बाबू और मिलिट्री के अधिकारियों का भी बयान छपा कि अगर ये चारों नन्हे दोस्त समय पर सूचना न देते, तो कुछ भी हो सकता था।

सेना के अधिकारियों ने चारों नन्हे मित्रों को वीरता का सर्टिफिकेट देने के साथ-साथ एक-एक हजार रुपए का खास इनाम भी दिया।

कुछ देर बाद गुलजारपुर में एक बड़ी-सी सभा हुई, जिसमें गजराज बाबू ने ठुनठुनिया और उसके दोस्तों की पीठ ठोंकते हुए कहा, "ये चारों नन्हे दोस्त गुलजारपुर का गौरव हैं। हमें इन पर नाज है!"

सभा के बाद ठुनठुनिया ने आकर माँ के पैर छुए, तो माँ ने प्यार से उसका माथा चूमकर कहा, "जुग-जुग जिओ बेटे...आज मैं सचमुच बहुत खुश हूँ रे ठुनठुनिया!"

❐

खंड-11

चंद्रलोक पर फहराया तिरंगा

चंद्रलोक पर फहराया तिरंगा

धरती पर चारों ओर भारत देश के किशोर वैज्ञानिक आशुतोष, आशुतोष...आशुतोष का शोर! सभी ओर उसके नाम की चर्चा हो रही थी।

आशुतोष ने सचमुच धरतीवासियों के लिए एक क्रांति ही तो कर दी थी। अब उसकी दुनिया का विस्तार इतना हो गया था कि खाली पृथ्वी ही नहीं, सारे ग्रह भी उसमें शामिल हो चुके थे और उन ग्रहों में रहने वाले विलक्षण प्राणी भी, जो धरती के लोगों से कहीं अधिक सभ्य और विकसित थे।

इन नई खोजों के बाद हुआ यह कि आदमी और आदमी के बीच की दीवारें ढह गईं और सारा ब्रह्मांड एक नजर आने लगा था, जैसे वह एक बड़ा परिवार हो।

और यह सब—आप यकीन मानिए—एक विलक्षण किशोर आशुतोष के करतब का परिणाम था, जिसने चंद्रमा पर सिर्फ पैर ही नहीं रखे, बहुत कुछ बदल भी दिया।

मजे की बात यह है कि इस विलक्षण चंद्रयात्री आशुतोष को शुरू में गप्पी क्या, महागप्पी ही समझा जाता था। जब वह छोटा ही था तब चाँद को देखकर न सिर्फ ललकता था, बल्कि हर बार उसकी एक ही जिद होती कि "पापा, देख लेना मैं एक दिन चाँद पर जाऊँगा...जाऊँगा जरूर!"

आशुतोष के पापा सुकुमार बाबू एक स्कूल में हिंदी के अध्यापक थे। वे इस बात से हैरान थे। कभी-कभी थोड़ा खुश होते तो कभी सोच में भी डूब जाते।

"यह बच्चा तो थोड़ा एबनॉर्मल है!" कभी-कभी वह अपनी पत्नी सविता देवी से कहा करते, "इसकी बुद्धि सीधी नहीं, लगता है, टेढ़ी-टेढ़ी ही चलती है। अब बताओ तुम, कहता है, चाँद पर जाऊँगा, चाँद पर...जैसे यह खेल हो! अरे भई, दुनिया के बड़े से बड़े वैज्ञानिक यह सपना देख नहीं सकते और ये जनाब हैं कि...!

इस पर साँवले रंग की खुशमिजाज सविता देवी हँस देतीं। अपने बेटे की बलैयाँ लेकर

कहतीं, "क्या पता, मेरा लाल दुनिया के बड़े से बड़े वैज्ञानिकों से भी बड़ा हो। कौन जानता है कि यह बड़ा होकर क्या कारनामा कर दे!"

इस पर सुकुमार बाबू भी दिल में हलकी-सी गुदगुदी महसूस करते। पर उसे छिपाकर कहते थे, "अरे भई, सब बच्चे तो इस उम्र में चंद्र-खिलौना लेने की जिद करते हैं। तुलसी और सूरदास के जमाने से लेकर आज तक चला आता है, 'मैया मोरी, चंद्र खिलौना लैहों...!' यह सूरदास ही लिख गए हैं। तो देख लो, सदियाँ गुजर गईं, हम तो यही देख रहे कि सब बच्चे चाँद को लेना चाहते हैं, पर यह जनाब है कि चाँद पर जाना चाहते हैं। कैसे जाओगे भई? कोई ऐसा झूला तो है नहीं कि झूलते-झूलते चाँद पर एक लंबी छलाँग लगा दो...!"

कहते-कहते जोर से हँस पड़ते सुकुमार बाबू।

साथ ही सविता देवी भी खिक्क से हँस देतीं। कहतीं, "भाई, जाए न जाए, पर उसे चाँद का सपना देखने से तो नहीं रोक सकते न तुम!"

"हाँ, यह तो ठीक ही कहती हो तुम।" सुकुमार बाबू गुन-सुन करके कहते और फिर अपने कामों में लग जाते।

❐

[2]

पर जो झुक जाए, उसे आशुतोष तो नहीं कहते, फिर चाहे जो भी कहते हों। तो जैसे-जैसे वह बड़ा होता गया, उसकी जिद भी बढ़ती गई कि चाँद पर जाना है, चाँद पर जाकर दिखा देना है सारी दुनिया को!

अभी वह बारह वर्ष का ही हुआ था कि उसने अंतरिक्ष के बारे में किताबें पढ़नी शुरू की। चाँद के बारे में तो उसने खासकर बारीक से बारीक जानकारियाँ इकट्ठी कीं। यहाँ तक कि चाँद पर पहुँचने वाले मानव-यानों और मानवरहित यानों के बारे में भी उसने विस्तार से पढ़ा। फिर रात-दिन उन्हीं के बारे में सोचता रहता।

"काश, भारत में भी इतने साधन होते कि चाँद की यात्रा आसान हो जाती!" आशुतोष मन-ही-मन सोचा करता था।

भारत का राकेश शर्मा रूसी यान में अंतरिक्ष-यात्रा पर गया था, लेकिन चाँद पर क्या किसी भारतीय के कदम...?

आशुतोष सोचता, 'क्या चाँद की यात्रा भी बड़े मुल्कों की बपौती है! क्या भारत अपने बलबूते पर चाँद पर उतरने की योजना नहीं बना सकता? और फिर भला सरकार से ही क्यों उम्मीद की जाए! मैं खुद क्यों नहीं कर सकता? आदमी चाहे तो आखिर उसके लिए क्या मुश्किल है।'

आशुतोष ने सोचा, बड़ी गहराई से सोचा। हर मुद्दे पर सिलसिलेवार सोचा और उस दिन के बाद उसने चाँद की यात्रा के लिए ठोस तैयारियाँ शुरू कर दी। इस बारे में उसने इतनी किताबें पढ़ ली थीं कि उसका आधा कमरा इन्हीं किताबों से भरा हुआ था। और अब उसे कुछ-कुछ रास्ता सूझ रहा था।

'चाँद पर जाने का सबसे आसान और सुविधाजनक तरीका क्या है। हमें चाँद के किस भाग पर उतरना चाहिए?' इस शीर्षक से आशुतोष का लेख 'नेशनल टाइम्स' के संपादकीय पन्ने पर छपा तो सब ओर हड़कंप मच गया। कई बड़े वैज्ञानिकों ने लिखा, "चमत्कार!...हमारा ध्यान तो इस ओर गया ही न था, जिधर इस नन्हे वैज्ञानिक ने इशारा किया है।"

अब तो उसके चाँद के बारे में लिखे गए लेख अखबारों में बहुत प्रमुखता से छपते, जिनमें वह बार-बार दोहराता कि अगर बहुत थोड़े-से साधन हों, तो भी चाँद पर आसानी से पहुँचा जा सकता है। भारत जैसे देश के लिए चाँद पर पहुँचना कतई मुश्किल नहीं।

"चंद्रमा पर पहुँचता लगातार आसान होता जा रहा है। नई से नई तकनीकों और खोजों ने इसमें मदद दी है।" वह बार-बार अपने लेखों में लिखता, "बहुत जल्दी यह समय आने वाला है कि जैसे हम गरमी की छुट्टी बिताने के लिए कुल्लू-मनाली या शिमला जाते हैं, ऐसे ही हम हर साल चंद्र-यात्रा का प्रोग्राम बनाया करेंगे।"

लोग किसी रोचक किस्से-कहानी जैसे लगने वाले आशुतोष के ये लेख पढ़ते, हँसते और एक ओर रख देते थे।

एक लेख में आशुतोष ने यह चिंता जताई कि कहीं ऐसा न हो कि शक्तिशाली देश चंद्रमा पर पहले पहुँचकर वहाँ पर अपना कब्जा जमा लें। इसलिए भारत जैसे देश को पहले से वहाँ पहुँचकर अपना झंडा लहरा देना चाहिए।

"हमें पहले वहाँ कदम रखकर अपने देश की महान सभ्यता और संस्कृति के निशान छोड़ने चाहिए। और यही नहीं, हमे चंद्रवासियों से दोस्ती करके जल्दी से जल्दी उनसे अपने सांस्कृतिक-राजनीतिक रिश्ते पक्के कर लेने चाहिए। चंद्रवासियों का झंडा और भारत का तिरंगा साथ-साथ लहराए, मेरा यह सपना है!" अभी हाल के 'नवयुग' में छपे एक लेख में आशुतोष ने लिखा था।

आशुतोष का यह लेख पढ़कर लोग उपहास की मुद्रा में बुरी तरह हँसे। खासकर चंद्रवासियों की उसकी इस अजीबो-गरीब कल्पना पर। कोई एकाध तो कह भी देता, "अरे मूर्ख, वहाँ लोग नहीं रहते, केवल पत्थर है पत्थर! लगता है तुमने चंद्रमा के बारे में लिखी गई विज्ञान की किताबें अच्छी तरह नहीं पढ़ीं...और सिर्फ सपनों की दुनिया में रहते हो!!"

इस पर आशुतोष का जवाब होता, "आप लोगों ने अभी किताबें ही पढ़ीं है, मैंने किताबों से बहुत अधिक पढ़ा है...!"

इस पर कुछ लोग चौंकते। सोचते, 'कही सचमुच आशुतोष कोई असाधारण जीनियस तो नहीं!' पर ज्यादातर लोग जिनमें पढ़े-लिखे विद्वान भी थे, उसे जीनियस नहीं, असाधारण मूर्ख ही मानते थे।

"चंद्रमा पर निश्चित रूप से जीवन है। चंद्रमा पर जीवन न हो, ऐसा हो ही नहीं सकता। वहाँ पानी भी है। नदी-नहरें भी। मेरी नवीनतम खोजें और निष्कर्ष यही कहते हैं।" आखिर

'नेशनल टाइम्स' में आशुतोष का पूरे पन्ने का यह लेख छपा। काफी खोजबीन और गहरे अध्ययन के बाद आशुतोष ने यह लेख लिखा था और बिल्कुल नए ढंग के तर्क दिए थे।

पर इस पर भी उसकी हँसी उड़ाने कम न थे।

'नेशनल टाइम्स' के एक पाठक ने विनोद और उपहास के भाव से लिखा, "अगर आशुतोष की यह बात सही है तो इतने यान जो चंद्रमा पर पहुँचे और एक के बाद एक उनके निष्कर्ष आए, वे सभी एक साथ गलत साबित होंगे। वे जो चंद्रमा से पत्थर लेकर आए और चंद्रमा पर अपने पैरों के निशान छोड़कर आए, वे आशुतोष के मुताबिक तो मानो चंद्रमा पर गए ही नहीं, कही और सैर-सपाटा करके या पिकनिक मनाकर लौट आए।...यानी सही है तो अपने यही एक 'आशुतोष भगवान' जो लगातार रहस्यमय भाषा में चंद्रमा की आरती उतारते रहते हैं—जय हो, जय हो, जय हो!"

पर इस तरह के तीखे व्यंग्यात्मक पत्रों का जवाब आशुतोष ने सिर्फ एक पंक्ति से दिया। उसके शब्द थे, "वे जो पत्थर लेने गए थे, चंद्रमा से पत्थर लेकर लौट आए। मैं जीवन लेने जाऊँगा और सचमुच जीवन लेकर लौटूँगा।"

और फिर आशुतोष का वही लेख कुछ अकाट्य तर्कों और प्रयोगात्मक निष्कर्षों के साथ न्यूयार्क से निकलने वाले 'इंटरनेशनल जर्नल ऑफ न्यू साइंटिफिक आइडियाज' में छपा तो जैसे पूरी दुनिया में भूचाल आ गया। हर ओर एक उथल-पुथल-सी मच गई।

अब तो देश और विदेश की बहुत-सी संस्थाओं ने आशुतोष से वादा किया कि अगर वह चंद्रमा पर जाना चाहता है तो वे उसकी हर तरह से मदद करने को तैयार हैं।

आशुतोष को अब खुले हाथों हर तरह की आर्थिक मदद मिल रही थी। दुनिया के सब देशों की सरकारें टकटकी लगाए उसके अभियान की सफलता की प्रतीक्षा कर रही थीं। और भारत सरकार भी बेसब्र होकर देख रही थी कि आगे होता क्या है?

❐

[3]

जिस दिन आशुतोष अपने खासतौर से निर्मित किए गए एक विशिष्ट डिजाइन वाले गोलाकार यान में बैठकर, इस महत्त्वाकांक्षी चंद्रयात्रा पर रवाना हुआ, तो कई देशों के राष्ट्राध्यक्षों ने चंद्रवासियों के नाम अपने मैत्री, संदेश भेजे। कुछ ने कागजों पर लिखकर पत्र दिए तो कुछ ने मेल और सी.डी. के जरिए अपनी बातें पहुँचाने की कोशिश की।

कई दिनों की थका देने वाली यात्रा के बाद आखिर आशुतोष चाँद की सतह पर पहुँचा।

उसने वहाँ कई दिनों तक रहने के लिए भी बड़ी विशिष्ट तैयारियाँ की थीं और बहुत से साधन भी जुटाए थे।

वहाँ के अजीबो-गरीब परिवेश में उसके लिए साँस लेना, चलना, खाना-पीना हर चीज मुश्किल ही नहीं, बल्कि एक मुसीबत जैसी थी। हालाँकि फिर भी उसे आनंद आ रहा था। उसे लग रहा था कि उसके पैर अब जमीन पर नहीं है और वह हवा में उड़ रहा है...और शायद जीवन और मौत के बीच कहीं लटका हुआ है!

हालाँकि उसके इरादे मजबूत थे और उसने मन में ठान रखा था कि वह जिस बड़े उद्देश्य से यात्रा पर निकला है, उसे भूलना नहीं है। उस हरगिज हारना नहीं है, लौटना है और जीतकर ही लौटना है।

पर चंद्रमा की सतह पर उतरने के बाद भी आशुतोष खुश नहीं था। इसलिए कि जैसा उसने सोचा था, वैसा यहाँ कुछ नहीं था। दूर-दूर तक लोग कहीं दिखाई नहीं पड़ रहे थे। कहीं घर नहीं थे। सड़कें, मोहल्ले, बाजार नहीं थे। पीने के लिए पानी नहीं था। पेड़ नहीं थे। नदियों, नहरें, सागर नहीं थे।

आशुतोष ने निराश होकर अपने-आप से पूछा, 'क्या मैं खुद ही तो किसी भ्रम का शिकार नहीं हो गया? कहीं ऐसा तो नहीं कि जो कुछ मैंने लिखा-पढ़ा और निष्कर्ष निकाले, वे सिर्फ हवा-हवाई ही हों और हकीकत कुछ और ही हो! तो क्या इसीलिए लोग मुझ पर हँसते थे, जब मैं चंद्रमा पर जीवन होने की बात किया करता था?'

आशुतोष के चेहरे पर छाई गहरी विषाद की कालिमा अब सारी दुनिया को नजर आ रही थी। वह यहाँ अकेला होकर भी अकेला नहीं था और उसकी उदासी को पढ़ने वाले दुनिया के अनंत लोग थे। इसलिए कि आशुतोष चंद्रमा पर भले ही चला गया हो, पर सारी दुनिया की निगाहें उस पर टिकी थीं और सारी दुनिया के कैमरे उसे देख रहे थे।

'ऐसे में क्या खाली हाथ लौटना उचित होगा? बिना कोई महत्त्वपूर्ण उपलब्धि हासिल किए इस तरह लौट जाने से कितनी खिल्ली उड़ेगी!' आशुतोष इस चिंता में था और जाने-अनजाने मानो मजबूरी में ही सही आगे बढ़ता जा रहा था।

तभी अचानक पैर के नीचे उसे कोई चीज महसूस हुई। लगा कि अभी-अभी उसका पैर किसी चीज से टकराया है। लेकिन किससे? वह चीज दिखाई तो नहीं पड़ रही!

उसने उस अदेखी चीज को उठाया। हाथों में उसे महसूस तो किया, पर उसे वह नजर नहीं आई। यह कितनी अजीब बात थी...!

वह हाथों से उसे लगातार टटोल रहा था, यह देखने के लिए कि यह रहस्यमय चीज आखिर है क्या!

तब उसकी आँखों ने नहीं, उसके हाथों और टटोलती उँगलियों ने उसे बताया कि वह रहस्यमय चीज शायद चश्मा है। उसी तरह सामने की ओर जड़े काँच के दो बड़े-बड़े लैंस और साइड में वे पतली डंडियाँ जो कान पर आकर टिक जाती हैं।

'अरे चश्मा! यह तो सचमुच चश्मा ही है। मगर यह चश्मा यहाँ कैसे आया?' उसने हैरान होकर सोचा।

शायद यह मुझसे पहले चंद्रमा की यात्रा पर आए रूस या अमेरिका के किसी चंद्रयात्री का चश्मा हो, जो भूल से गिर गया हो।

'मगर...मगर फिर यह दिखाई क्यों नहीं देख रहा? चश्मा है तो उसे दिखाई भी तो देना चाहिए। मैं किसी अंधे की तरह इसे हाथों से टटोल रहा हूँ। और तब मुझे अंदाजा हुआ कि अच्छा, यह चश्मा है।'

अचानक आशुतोष के हाथ बढ़े और देखते ही देखते वह अदृश्य चश्मा उसकी आँखों पर आ गया और तभी...

जी हाँ, और तभी क्षण भर में जैसे सारी दुनिया ही बदल गई! वह चाँद जहाँ सिर्फ पत्थर ही पत्थर नजर आ रहे थे, कुछ और नहीं, मानो वह बेडौल, ऊबड़-खाबड़ पत्थर और चट्टानों का ही एक रूखा-सूखा धरातल हो, वहाँ अब एक हँसता-खिलखिलाता

संसार नजर आने लगा, जिसमें रंग, रूप और शक्लें थी। और इनसान अपनी सभी मनोहारी छवियों के साथ मौजूद था।

चारों ओर एक से एक सुंदर, सजीले छोटे-छोटे घर। घरों के बाहर पेड़। बड़े-बड़े लॉन और बगीचे। हँसते-खिलखिलाते फूल और हरियाली। अत्यंत व्यवस्थित बाजार, सडक़ें, ट्रेफिक, दफ्तर, लोग। लोगों की खासी चहल-पहल...मगर कहीं भीड़, भड़क्का नहीं। कहीं कोई अफरा-तफरी नहीं। कही कोई हाय-हाय और हबड़-तबड़ नहीं।

'अरे यह क्या!' आशुतोष एकाएक उत्तेजित हो उठा।

उसने हैरान होकर सोचा, 'मैं कहाँ आ गया? यह कौन-सी दुनिया है, जो अभी तक मेरी आँखों से छिपी रही और अब प्रकट हुई तो इस तरह जैसे कोई यह कोई बड़ा भारी जादू-मंतर हो।...एक पल पहले जो नहीं था, एक पल में ही वह सबका सब अचानक किस जादू के जोर से आया और सब ओर बस गया। यह जीवन, यह संसार अपनी पूरी खूबसूरती के साथ!'

अगर यह चाँद है तो वह क्या था...पत्थर, पत्थर ही पत्थर!

❐

[4]

इतने में कुछ छोटी कद-काठी के सफेद पोशाकें पहने दो लोग उसे नजर आए जिनके माथे दमकते हुए थे। साथ ही सिर पर कुछ अजीब तरह की सफेद चाँदिया प्लेटें, जिनमें से अजीब सम्मोहित करने वाले रेडिएशंस निकल रहे थे।

"आप धरती से आए हैं न...इधर आइए!" उन दोनों ने एक साथ जैसे आदेश देने वाले अंदाज में कहा।

आशुतोष डर गया।

उसने उन अजनबियों को अपने मन की बात बता देनी चाही कि वह तो यहाँ दोस्ती करने और चाँद के मनोहर संसार को उसकी असलियत में समझने के लिए आया है। ताकि चंद्रमा और धरती के वासी एक दूसरे से अनजान न रहें और जल्दी से जल्दी आपस में हाथ मिला लें।

"मैं यहाँ किसी गलत इरादे से नहीं आया। आप लोग मेरा यकीन करें।"

आशुतोष से सच्चाई बता देनी चाही, "मैं भारत देश से आया हूँ। आशुतोष मेरा नाम है। मेरे दिल में चंद्रमा और चंद्रमा के लोगों के लिए अपार मोहब्बत है...! और मैं अकेला ही ऐसा नहीं हूँ, हमारे यहाँ बहुतेरे लोग ऐसे हैं। चंद्रमा हमारे लिए प्यार की निशानी है। चंद्रमा हमारे लिए खूबसूरती का पैमाना है और हमारे बड़े तो बड़े, बच्चे भी चंद्रमा लेने की जिद करते हैं, मानो वह कोई खिलौना हो!"

आशुतोष की बात सुनकर दोनों सफेद पोशाकधारी लोगों के चेहरों पर हँसी झलक उठी।

"वह हम समझ गए थे...कि आप वैसे नहीं है! आप वैसे हो ही नहीं सकते, इसीलिए चंद्रलोक पर आपका स्वागत है। हम हैं चंद्रलोक के सैनिक दीपंकर और चंद्रेश्वर...!" उन दोनों ने एक साथ कहा तो आशुतोष को लगा दूर एक उजाला सा फैल गया है।

हँसते हुए उसने कहा, "तो दीपंकर और चंद्रेश्वर जी...यानी चंद्रलोक के बड़े प्यारे और अद्भुत सैनिकों, मुझे एक बात बताइए, क्या आपको दिमाग को पढ़ना भी आता है? भला कैसे जान लिया आपने कि मेरे भीतर क्या कुछ चल रहा है। मेरे भीतर भावनाओं की

सारी उथल-पुथल और दिमागी हलचल...! यह सब कैसे बूझ लिया आपने? क्या आपके सिर पर लगी हुई ये सफेद चाँदिया प्लेटें आपकी मदद करती हैं जिनसे हर समय रेडिएशंस निकलते हैं...?"

आशुतोष बड़े खिलंदड़े अंदाज में बोल रहा था। अब वह भी थोड़ा-थोड़ा खुल रहा था और चंद्रमा पर आने की खुशी में सचमुच उसके पैर जमीन पर नहीं पड़ रहे थे।

"सबसे पहले तो तुम जो भारत देश के लोगों का मैत्री-संदेश लेकर आए हो...तुम्हारा स्वागत! बहुत-बहुत स्वागत! तुम जितने दिन रहना चाहो, रहो और निर्भय रहकर रहो। चंद्रलोक पर कोई तुम्हारा बाल बाँका नहीं करेगा। इसलिए कि सच तो यह है कि जिस तरह भारत के लोगों के दिल में चाँद बसा हुआ है, वैसे ही चंद्रवासियों के दिल भारत देश के लिए धड़कते हैं। तुम उसी महान देश के बेटे हो। स्वागत आशुतोष, स्वागत!"

दीपंकर और चंद्रेश्वर ने मानो एक साथ कहा और आशुतोष को बाँहों में भर लिया।

फिर दीपंकर ने मुसकराते हुए कहा, "और हाँ, अब तुम्हारे इस सवाल पर बात की जाए—क्या हमने तुम्हारे दिमाग को पढ़ लिया, तो इसका जवाब है, हाँ! हमारे सिर पर लगी ये चाँदिया प्लेटें वहीं हैं, जैसा तुमने सोचा था। इनसे निकलने वाले रेडिएशंस सब कुछ कह देते हैं जो कुछ तुम्हारे भीतर चल रहा हो। अगर तुम्हारे भीतर कहीं कुछ गड़बड़ होता, कोई षड्यंत्र ये सूँघते, तो इन रेडिएशंस का रंग बदल जाता और वह पूरा षड्यंत्र हमारे कंप्यूटर के स्क्रीन पर नजर आने लगता।"

फिर कुछ रुककर कहा, "मानना पड़ेगा आशुतोष कि तुम चतुर हो और सचमुच अपनी चतुराई के बल पर ही चंद्रलोक तक आ पाए हो!"

सुनकर आशुतोष को खुशी महसूस हुई। पर उसके भीतर अभी कुछ और भी चल रहा था, जिसका कोई हल उसे नहीं मिल पा रहा था।

"आखिर यह जादू क्या है जो मैंने अभी-अभी देखा?" आशुतोष ने डरते-डरते उन चंद्रवासियों से पूछ ही लिया।

"जादू! कैसा जादू?" उन चंद्रवासियों ने मानो चौककर पूछा।

"आखिर तो यह जादू ही था न कि अभी-अभी यहाँ कुछ नहीं था और फिर एकाएक सब कुछ नजर आने लगा, सब कुछ। पूरी दुनिया जैसे पल भर में आँखों के आगे बस गई हो। यह सब अचानक...?"

इस पर दोनों चंद्रवासियों ने उसकी आँखों पर लगे चश्मे की ओर इशारा किया। चश्मा

जो आँखों में लगा था तो सब कुछ नजर आ रहा था। मगर वह चश्मा अब भी नजर नहीं आ रहा था।

आशुतोष ने फिर से हाथ बढ़ाकर अपनी आँखों पर लगे उस रहस्यमय चश्मे को टटोला और अपनी भूल पर खुद ही शरमा गया। बोला, "हाँ, यह चश्मा...! यह मुझे रास्ते में मिला था। इसे पहनने के बाद ही...! हाँ, वाकई पहनने के बाद ही कहीं कुछ हुआ! जो कुछ दिखा, इससे पहनने के बाद दिखा...! तो क्या इसी चश्मे में यह जादू है? और भाई मेरे, यह चश्मा जो सारी दुनिया को दिखाता है, खुद नजर क्यों नहीं आता?"

आशुतोष की बात सुनकर दोनों चंद्रवासी हँसने लगे। बोले, "इधर धरतीवासियों के लोभ-लालच के साथ-साथ उनके झगड़े भी कुछ ज्यादा बढ़ गए थे। धरतीवासियों की आपस की मारकाट और लगातार युद्ध, भीषण लड़ाइयाँ, स्वार्थ और लालच के खेल... ऐसा नहीं कि यहाँ नजर न आते हों। बल्कि वे बातें जो धरती पर चलती है, यहाँ दूर से हमारे गुप्तचर कंप्यूटरों पर कहीं ज्यादा खुले रूप में और विस्तार से नजर आती हैं। धरती के लोगों की तृष्णा बढ़ती ही जाती है। क्या आश्चर्य कि उनकी यह तृष्णा बढ़ते-बढ़ते चंद्रमा पर भी चली आए और समूचे चंद्रमा को अपने लालच की डोरियों में लपेट लें। यह आशंका ज्यादातर चंद्रवासियों को थी। इसीलिए यहाँ के लोगो के मन में काफी उथल-पुथल थी, काफी आशंकाएँ...!

"तो सच तो यह है आशुतोष, कि धरती के लोलुप प्राणियों से खुद को बचाने के लिए हमको अदृश्य होना पड़ा, ताकि धरती के लोग यहाँ आएँ तो उन्हें सिर्फ यहाँ चट्टानें ही नजर आएँ। वे इन चट्टानों और पत्थरों से मिलकर ही लौट जाएँ! यह चश्मा पहनने के बाद ही किसी को चंद्रलोक की असली सूरत और असली दुनिया नजर आए!...तो भई आशुतोष, कायदे से तो तुम्हें भी यहाँ से पत्थर बटोरकर यहाँ से औरों की तरह वापस चले जाना था, पर पता नहीं, किसकी भूल से यह जादुई चश्मा जिसे विज्ञान के अद्भुत करिश्मों की मदद से बनाया गया है, यहाँ गिर गया और संयोगवश तुम्हें मिल गया। और इसके बाद तो...!"

"जी हाँ, इसके बाद की कहानी तो मैं जानता ही हूँ। लेकिन चाहे जिस किसी की गलती से यह चश्मा गिरा हो, मुझे तो उसकी यह भूल खासी रास आई, वरना...!"

"वरना क्या?"

"वरना तो कभी मैं यह नहीं जान पाता कि चंद्रमा पर जो लोग रहते हैं, वे हमसे किस कदर-मिलते जुलते हैं और उनके दिलों में हमारे लिए कितना प्यार है!"

"पर आप तो लगातार चंद्रमा पर लेख लिखते रहे हैं! आपकी चंद्रवासियों के प्रति

दृष्टि और नजरिया बाकी लोगों से एकदम अलग है, इसे हम लोग जानते हैं और तारीफ करते हैं। बल्कि चंद्रमा पर सभी यह जानते हैं।"

"अरे, आपको कैसे पता?" आशुतोष ने हैरान होकर पूछा।

"हमें क्या नहीं पता!" दीपंकर और चंद्रेश्वर दोनों के चेहरों पर एक साथ मीठी हँसी झलकी।

फिर एक पल रुककर उन्होंने बताया, "धरती ही नहीं, हर ग्रह से हमारे यहाँ समाचार आते हैं। और उन खबरों की हमारे यहाँ लगातार स्क्रीनिंग होती है। मुख्य खबरों की सुर्खियाँ हमारे लोक-संचार कक्ष में हर दिन लगाई जाती हैं, जिससे चंद्रवासी खाली चंद्रमा के नहीं, बल्कि पूरी दुनिया के समाचार रोजाना सुबह होते ही जान लेते हैं।

"अच्छा...!" आशुतोष ने हैरानी से कहा, "मुझे कुछ-कुछ अनुमान था, पर इतना नहीं।"

"जी, हाँ....अभी बहुत कम लोग चंद्रमा के बारे में सच्चाई जान पाए हैं। जबकि हमारी जानकारी बहुत व्यापक है।" दोनों चंद्रवासियों ने कहा, "हमारे इंटरनेट पर भी जो अखबार नजर आते हैं, वे खाली चंद्रमा के ही नहीं, सारी दुनिया की खबरें देते हैं! तो हमारे लिए यह जानना कतई मुश्किल नहीं, कि धरती पर क्या हो रहा है? और खासकर चंद्रमा के बारे में कोई लिखे, तो उसके बारे में तो हमारी दिलचस्पी होना लाजिमी है। तो मोटी-मोटी बातें तो यहाँ हर कोई जानता है और अगर कोई चाहे या किसी की खास रुचि हो तो दुनिया की हर खबर के बारीक से बारीक डिटेल्स भी जान सकता है।"

"तो क्या दूसरे ग्रहों पर भी आपके अखबारों के संवाददाता काम करते हैं?" आशुतोष ने जानना चाहा।

"हाँ-हाँ क्यों नहीं! चंद्रवासियों के सारे अखबार असल में विश्व एडीशंस होते हैं। इसलिए हर अखबार को दुनिया भर की खबरें देनी ही होती है। इसीलिए सारी दुनिया में हमारे संवाददाताओं का जाल बिछा पड़ा है। हाँ, वे खबरें हमें जिन सूक्ष्म यंत्रों के जरिए देते हैं, अभी आप उनकी कल्पना ही नहीं कर सकते। क्योंकि तकनीकी ज्ञान-विज्ञान के लिहाज से अभी धरती चंद्रमा से पिछड़ी हुई है। तो जो संवाददाता हमें खबरें देते हैं, हर इतवार को वे खुद यहाँ आते हैं और अपने-अपने क्षेत्रों का पूरा हालचाल बताते हैं।" दीपंकर ने कहा।

फिर कुछ रुककर बोला, "एक बात और आपको बड़ी दिलचस्प लगेगी। और वह यह कि हर इतवार को पूरे चंद्रलोक के प्राणी एक विशाल जनसभा की शक्ल में जुटते हैं और फिर यहीं मेले-ठेले, पिकनिक, खेलकूद और उल्लास! कितना ही जीवन यहाँ चारों

ओर ठिठका हुआ नजर आता है। खेल का खेल और जानकारी की जानकारी। इस तरह से चंद्रलोक पर आप देखेंगे कि सामाजिकता कहीं अधिक है।"

"पर जब पृथ्वीवासियों के लिए आपके दिलों में इतनी मोहब्बत है, तो उस दिन अपने आनंद-पर्व में पृथ्वी ग्रह के कुछ विशेष प्रतिनिधियों को आप क्यों नहीं बुलाते हैं?" आशुतोष ने जानना चाहा।

"माफ कीजिए, आपके यहाँ यानी पृथ्वी पर जितनी हिंसा और भ्रष्टाचार है, उतना किसी और ग्रह में नहीं है।" दीपंकर ने जवाब दिया, "इसीलिए जान-बूझकर अपने आपको बचाने के लिए हमें दूर-दूर रहना पड़ता है। यहाँ तक कि इसीलिए हमें अदृश्य हो जाना पड़ा। आपमें से ज्यादातर लोगों ने यह मान लिया था कि चंद्रमा पर जीवन नहीं है और वह बस, बेडौल पत्थरों का ग्रह है और हम आपके इस झूठे विश्वास पर नाराज नहीं, खुश थे। हमें लगा, आप लोग यही मानते रहे तो हम लोग सुरक्षित रहेंगे।...

"हालाँकि हमें हैरानी इस बात की है कि धरती पर किसी ने इस झूठ को तोड़ने की भरसक कोशिश नहीं की। नए उदीयमान वैज्ञानिकों में बस एक आपको यकीन था आशुतोष, कि चंद्रलोक जीवन-विहीन नहीं हो सकता। जरूर चंद्रवासी हैं और उनकी सभ्यता हमसे कही ज्यादा समुन्नत है! भारतीय मिथकों में जो यह विश्वास था, शायद उसी ने आपको बल दिया और आप अपनी कोशिशों में लगे रहे। आज आपने अपने विश्वास को असलियत में बदलते देख भी लिया। पर सच कहूँ तो हमें डर है कि कहीं धरती के लोगों को यह बात पता चले तो वह फौरन भीड़ की भीड़ बनाकर चले आएँगे और फिर हमारे लिए मुसीबत...!" दीपंकर ने थोड़े तैश में आकर कहा।

इस पर चंद्रेश्वर ने, जो थोड़ा विनम्र था, बात सँभालने की कोशिश की। उसने कहा, "हालाँकि यह ठीक है कि यह चश्मा...! अत्यंत उन्नत तकनीक से बना यह जादुई चश्मा बड़े काम की चीज है और बगैर इसके चंद्रलोक और उसकी असलियत को देख पाना नामुमकिन है, पर फिर भी...एक भय जरूर चंद्रवासियों के दिलों को मथता रहता है। माफ करें, इसके पीछे आप पृथ्वीवासियों द्वारा अतीत में दिए गए जख्म ही हैं जो जाने कब फिर-फिर हरे हो जाते हैं!"

इस पर आशुतोष क्या कहता! उसका सिर जैसे खुद-ब-खुद नीचे झुका जा रहा था और पैर जमीन में गड़ते जा रहे थे। उसे इस कदर शर्मिंदा देखकर दोनों चंद्रवासियों ने आग्रह किया, "क्या यह संभव है कि आपने चंद्रलोक पर जो कुछ देखा और उसके रहस्यों को

जाना, उसके बारे में कुछ न लिखें, ताकि एक बड़ा रहस्य रहस्य ही रहे। कम से कम हम चंद्रलोक वासियों का इससे बड़ा भला होगा।''

पर आशुतोष को यह किसी कदर मंजूर नहीं था। उसने साफ लफ्जों में कहा, ''नहीं मित्र, मुझे लिखना ही होगा। मैं यह सब न लिखूँ तो नहीं चलेगा। बल्कि यह तो मेरी बहुत बड़ी हार होगी। बचपन से ही जब से मैंने होश सँभाला, मेरा यह विश्वास था कि चाँद पर जीवन है और चंद्रलोक वासी भी हमारी ही तरह के प्राणी होते हैं। भले ही उनकी सभ्यता हमसे ज्यादा उन्नत सभ्यता हो!...आज जब मेरा विश्वास हकीकत में बदला है तो मेरा तो मन होता है कि मैं खुशी से चीखकर धरती के उस छोर से इस छोर तक सभी लोगों को यह बताऊँ कि मैंने एक सत्य को पा लिया है—एक महासत्य को पा लिया!''

उत्तेजना के मारे आशुतोष से बोला नहीं जा रहा था। कुछ रुककर उसने अपनी बात पूरी की, ''हाँ मित्र, पर मैं धरतीवासियों को आप लोगों का यह संदेश जरूर दे दूँगा कि वे चंद्रमा पर तभी आएँ—तभी अपने पैर यहाँ रखे, जब वे मन से पूरी तरह निर्मल हो चुके हो और हिंसा और प्रदूषण से मुक्त हो।''

इस पर चंद्रवासियों ने आशुतोष को गले से लगाकर दाद दी और उसे चंद्रलोक के विशिष्ट अधिकारियों और सम्मानित नागरिकों से मिलाने ले गए।

आशुतोष को आधुनिक सुविधाओं से सज्जित एक बड़े से हॉल में ले जाया गया, जिसमें चंद्रलोक के बड़े से बड़े वैज्ञानिक, लेखक, कलाकार, चित्रकार, चिंतक, विचारक, दार्शनिक सभी थे। उनसे बात करते हुए आशुतोष को लगा ही नहीं कि वह धरती पर नहीं, चंद्रलोक में विचरण कर रहा है और चंद्रलोक के वासियों से मिलकर विचारों का आदान-प्रदान कर रहा है। हर कोई बड़ी गंभीरता से उसकी बात सुन रहा था।। शायद इसलिए कि धरती और धरतीवासियों के लिए उनके मन में उत्सुकता बहुत अधिक थी।

हाँ, सबसे मिलते हुए आशुतोष ने एक बात जरूर महसूस की कि चंद्रलोक में जिससे भी मिलो, वह इतवार का जरूर जिक्र करता है। हर किसी ने उससे यही आग्रह किया कि आ ही गए हो, आशुतोष, तो हमारे सुखद और प्रसन्न इतवार के मेले में जरूर शरीक होना। यह सचमुच एक अद्भुत मेला है और चंद्रलोक में बगैर किसी नागा के, हर इतवार को यह मेला आयोजित होता ही है जिसमें चंद्रलोक के प्राणी उमड़कर आते हैं और शामिल होते हैं।

ओह, तब तो उसे चंद्रलोक के इस अनोखे मेले में शरीक होना ही चाहिए।

❑

[5]

और फिर वह इतवार भी आया जब चंद्रलोक के उस महा विशाल मेले में वहाँ के निवासी बड़े उत्साह से भरकर उमड़ पड़े थे। पर इस बार के मेले की खासियत यह थी कि उसमें आशुतोष के सम्मान में एक शानदार भोज दिया गया था, जिसमें सभी चंद्रवासी आमंत्रित थे।

पहले तो वहाँ के लोग आशुतोष को देखकर कुछ शंकित से हुए, पर फिर धीरे-धीरे आशुतोष की बातों और उसकी सरल भावना ने सभी को मोह लिया। सभी को लगने लगा कि यह तो पृथ्वीलोक का ऐसा प्रतिनिधि है जिसके दिल में प्यार और मोहब्बत भरी हुई और नफरत रंच-मात्र भी नहीं है!...यह पता लगते ही चंद्रवासियों ने आगे बढ़कर आशुतोष का स्वागत किया और उसे धरती के बारे में तरह-तरह के प्रश्न करके जानकारियाँ हासिल करने लगे।

जिस महाविशाल शानदार पार्क में इस मेले का आयोजन हुआ था, आशुतोष की आँखें तो उसे देख-देखकर थकी जा रही थीं। दूर-दूर जहाँ तक उसकी निगाहें जाती, बस लोग ही लोग नजर आते। हँसते हुए, प्रसन्न, खुशनुमा लोग, जिन्होंने शायद दुख को जाना ही नहीं था और हिंसा, ईर्ष्या जैसी बुराइयों को मीलों पीछे छोड़ चुके थे। लिहाजा आशुतोष को उस मेले में बस खुशियों और प्यार के रंग बरसते नजर आ रहे थे जो आकाश में उड़ते रंग-बिरंगे गुब्बारों की तरह सबके दिलों में उत्साह भर रहे थे। लोग या तो टोलियों में बैठे थे या फिर आस-पास घूम फिर रहे थे। सबको अपनी मनपसंद चीजें खाने-पीने की छूट थी और इसके बदले उन्हें कोई पैसा नहीं देना था। उस विशाल मेले में किस्म-किस्म के झूले, सर्कस और फिल्में थीं। तरह-तरह के तमाशे भी...और यह मेला रात भर चलता रहा।

आशुतोष को सबसे ज्यादा मजा तब आया, जब उसने एक सिनेमा घर में यह विज्ञापन देखा कि इसमें रात भर धरती के अनोखे मुल्क भारत के महान कलाकार राजकपूर की फिल्में दिखाई जाएँगी! आशुतोष चौंका, 'राजकपूर क्या यहाँ चंद्रलोक पर भी...?'

उसकी यह जिज्ञासा और भोला प्रश्न सुनकर उसके साथ चल रहे चंद्रलोक के एक वैज्ञानिक चंद्रहासन ने मधुर-मधुर मुसकराते हुए कहा, "और तुम क्या समझते हो आशुतोष,

कि राजकपूर क्या सिर्फ तुम्हारी ही जागीर है? अरे भई, महान कलाकार किसी एक देश या ग्रह के नहीं होते, वे तो सारे विश्व और ब्रह्मांड के होते हैं! और राजकपूर ही क्या, सभी ग्रहों के महान कलाकारों की महान फिल्में हम लोग यहाँ देखते-दिखाते हैं। हालाँकि यह अलग बात है कि राजकपूर जैसी लोकप्रियता यहाँ किसी को नहीं मिली। समझो कि चंद्रलोक का बच्चा-बच्चा राजकपूर का दीवाना है। उसकी 'आवारा', 'श्री 420', 'मेरा नाम जोकर' और 'बूटपालिश' समेत शायद ही कोई फिल्म होगी जिसका एक-एक संवाद और गाना हम चंद्रवासियों को रटा न पड़ा हो।

इस पर आशुतोष को कुछ हँसी आ गई। बोला, "माफ कीजिए, यह तो बड़ी अजीब बात लगती है। आप चंद्रवासी हम लोगों से यानी धरती के लोगों से तो इतनी नफरत करते हैं, पर हमारी फिल्में और कलाकार आपको दीवानगी की हद तक प्रिय हैं।...यह बात तो कुछ समझ में नहीं आई!"

"देखिए-देखिए, आप हमें समझने की कोशिश कीजिए!" चंद्रहासन ने बीच में टोकते हुए कहा, "आपने गलत कहा कि हम आपसे नफरत करते हैं। हम बिल्कुल आपसे नफरत नहीं करते...बल्कि सच्ची बात तो यह है कि हम धरती के कुछ लोगों से ही नफरत करते हैं। और इससे भी सही बात यह है कि हम उनसे नफरत नहीं करते, बल्कि जिनके दिलों में नफरत भरी है, उनसे थोड़ा डरकर रहते हैं। हमारा मानना है कि धरती पर भी ज्यादातर लोग प्यार और शांति से रहना चाहते हैं, लेकिन उन्हें रहने नहीं दिया जाता। खासकर राजनेता उन्हें लड़ाते हैं, क्योंकि जनता लड़ती रहे, इसी में उन्हें फायदा है।...

"आपको आश्चर्य होगा कि इसीलिए हमारे यहाँ राजनीति नहीं चलती, बल्कि कहना होगा कि चंद्रलोक में सच्चा प्रजातंत्र है। यहाँ सच में प्रजा ही निर्णय करती है! कोई भी मसला हो, उस पर विचार और निर्णय करने के लिए एक अलग समिति बना दी जाती है और वह पूरी समिति जो भी निर्णय करे, उसे सभी को मानना पड़ता है।"

"अच्छा कोई राजा नहीं, कोई रानी नहीं...मंत्री और प्रधानमंत्री भी नहीं! तो फिर आप लोगों का काम कैसे चलता है? शासन और व्यवस्था कैसे चलती है?" आशुतोष ने थोड़ा हैरान होकर पूछा।

इस पर चंद्रहासन ने चंद्रलोक की मुकम्मल व्यवस्था के बारे में आशुतोष को जो कुछ बताया, उससे उसकी हैरानी कम होने के बजाय बढ़ ही गई, लेकिन उसमें खासी प्रसन्नता भी शामिल थी। क्योंकि उसने समझ लिया था कि जो चंद्रलोक में हो सकता है, वह पृथ्वीलोक पर भी हो सकता है। बस, थोड़े दृढ़ इरादे की जरूरत है।

तभी आशुतोष का ध्यान एक और समस्या की ओर गया। उसने पूछा, "मिस्टर चंद्रहासन, अभी-अभी आपने बताया कि दुनिया के हर देश की बनी फिल्में आप देखते हैं। दुनिया की हर भाषा का साहित्य डिजिटल फार्म में आपके पुस्तकालय में है, जिसका यहाँ निरंतर अध्ययन किया जाता है। तो क्या भाषा की समस्या आपको परेशान नहीं करती?"

इस पर चंद्रहासन से मुसकराते हुए कहा, "भई आशुतोष, हमारे पास जो आधुनिकतम सॉफ्टवेयर है, वे दुनिया की किसी भी भाषा को पढ़, समझ और लिख सकते है और उसका अनुवाद चंद्रलोक की भाषा चंद्रायनी में कर सकते हैं। इसलिए दुनिया की किसी भी भाषा को समझने में हमें मुश्किल नहीं आती। असल में हमारे सॉफ्टवेयर भाषा की समस्या को समस्या नहीं रहने देते और हम अलग-अलग मुल्कों की भाषाओं का खासा आनंद भी लेते हैं।"

ऐसी ही बातें। बातें, खूब बातें...! आशुतोष रात भर चंद्रलोक के उस प्रसन्नता और उल्लास भरे मेले में घूमता रहा। उसे लग रहा था कि वह गुब्बारों की तरह हवा में उड़ रहा है, फूलों की तरह महक रहा है और उड़ते-उड़ते सपनीले आकाश के तारों को छू आया है...!

रात भर का मेला आशुतोष के लिए एक जिंदगी भर न भुलाया जा सकने वाला रंगभरा सपना भी था, जिसके रंगों की चमक कम होने के बजाय बढ़ती ही जाती थी और उसमें खुशियों की ओस टपक रही थी। शायद इसलिए कि चंद्रवासियों के प्यार की पूरी ऊष्मा आशुतोष के साथ थी। मानो चंद्रवासियों ने अपने प्यार से आशुतोष को नहला दिया हो।

चलते समय आशुतोष को चंद्रलोक के निवासियों ने ही नहीं, बल्कि सभी ग्रहवासियों ने एक से एक सुंदर और बेशकीमती उपहार दिए। और फिर आशुतोष जिस तरह प्यार भरा धड़कता दिल लिए चंद्रमा पर आया था, उसी तरह खुशी से कँपकँपाती उम्मीदों के साथ धरती की ओर उड़ चला। चंद्रलोक के वासियों की शुभकामनाएँ और प्यार उसके साथ था।

❐

[6]

भारत में वापस आकर आशुतोष ने चंद्रलोक की यात्रा का वर्णन बताते हुए चंद्रवासियों के प्यार का जिक्र किया, तो धरती पर तो मानो भूचाल आ गया।

जब आशुतोष ने धरती के लोगों के बारे में चंद्रवासियों की राय बताई तो कइयों ने शर्मिंदगी महसूस की और सोचा, 'क्या हम पृथ्वी को बुराइयों और नफरत से नहीं बचा सकते?' फौरन इसी इरादे से एक बहुत बड़ा विश्व सम्मेलन बुलाया गया, जिसमें जोर-शोर से यह बात दोहराई गई कि पूरी धरती एक परिवार है। हमें सिर्फ एक देश की सीमाओं में सिकुड़कर नहीं रहना, बल्कि पूरे मानव-परिवार से प्यार करना है। और अगर ऐसा हो गया तो नफरत की दीवारें ढह जाएँगी और कोई किसी के खून का प्यासा न रह जाएगा।...

तेजी से कोशिशें हुईं, योजनाएँ बनीं और हर किसी ने दिल से साथ दिया। यह पृथ्वी का एक नया 'कायाकल्प' था।

जल्दी ही पृथ्वी को सारे रोग, शोक और परेशानियों से बचाकर एक नई, सुंदर और सुहानी पृथ्वी बनाने का आंदोलन शुरू हो गया। धरती के एक छोर से दूसरे छोर तक। और फिर चंद्रवासियों का तथा दूसरे ग्रहों के लोगों का वहाँ आना-जाना शुरू हुआ।

भारत दुनिया का पहला देश बना, जिसके चंद्रसासियों से इतने मधुर संबंध थे।

इसके कुछ ही दिनों बाद, पहली बार आशुतोष अपने देश के बहुत से लोगों को साथ लेकर चंद्रयात्रा पर गया। और वहाँ सभी को उसने भ्रष्टाचार और बुराइयों से मुक्त धरती की असलियत बताई। साथ ही लोगों को यह समझाया कि अगर चंद्रवासी आपस में प्यार करते हुए, हमसे भी ज्यादा सभ्य और उन्नत हो सकते हैं, तो हम क्यों नहीं हो सकते! हम भला बुद्ध और ईसा की करुणा के रास्ते पर क्यों न चलें?...कौन हमें रोक रहा है!

आशुतोष की बातों का सब पर गहरा असर पड़ा। और जब भारत के लोग चंद्रमा से उतरकर वापस आए, तो उनकी आँखों में अपने देश को भी चंद्रमा के समान नया-नया झिलमिल-झिलमिल रूप देने का सपना तैर रहा था। और एक नया सुहाना भविष्य मानो पास आने की प्रतीक्षा में था।

❐

खंड-12

शब्द-भेदी तीर

शब्द-भेदी तीर

चलिए, कहानी की शुरुआत में हम जरा प्रशांतपुरम और वहाँ लोगों से मिल लें।... प्रशांतपुरम! यानी एक ऐसा देश जिसके लोग युद्ध से घृणा करते हैं और अमन-चैन से रहना पसंद करते हैं। इसलिए प्रशांतपुरम के लोगों को भगवान बुद्ध और महावीर के अंहिसा के उपदेश सबसे अधिक भाते हैं। न वे किसी पर हमला करना चाहते हैं और न चाहते हैं कि कोई खामखा उनके अमन-चैन में खलल पैदा करे।

प्रशांतपुरम सभ्य देश है, जहाँ का हर व्यक्ति पढ़ने-लिखने और अपना काम करने में व्यस्त रहता है। उसका लक्ष्य ही है पूरे संसार को प्यार और शांति का उपदेश देना। यों ऐसा भी नहीं कि वे लोग किसी पुरातनपंथी दुनिया के लोग हो और केवल धर्मग्रंथ ही पढ़ते हों। वहाँ आधुनिक सभ्यता का उजाला पूरी तरह फैल चुका है और विज्ञान का बहुत विकास हुआ है। सारी दुनिया का आधुनिकतम तकनीकी और इलेक्ट्रॉनिक ज्ञान भी प्रशांतपुरम वालों के पास है। खासकर आणविक शक्ति हासिल करने के लिए तो वहाँ के वैज्ञानिकों को अथक कोशिश करनी पड़ी। पर उस आणविक शक्ति का प्रयोग प्रशांतपुरम में विकास के लिए होता है, विनाश के हथियार यानी परमाणु बम बनाने के लिए नहीं।

हालाँकि कुछ साल पहले इस बात को लेकर प्रशांतपुरम में एक तीखी बहस भी हुई थी, जिसने पूरे देश में एक तरह की उथल-पुथल ही पैदा कर दी थी। प्रशांतपुरम आमतौर से आसानी से अशांत नहीं होता, पर वे ये दिन थे जब प्रशांतपुरम की शांति छिन्न-भिन्न हो गई थी। प्रशांतपुरम में दो दल बन गए थे और हर आदमी चाहे वह छोटा हो या बड़ा, एक तीखी बहस की लपेट में था।

लोगों के एक वर्ग का कहना था, "हमें परमाणु बम बनाना चाहिए। इसलिए कि हम चाहे शांतिमार्गी है, पर हम सारी दुनिया को तो शांति-पथ पर चलने के लिए नहीं मना सकते न। अगर कोई दूसरा बुरे इरादों का आदमी हम पर हमला करे, तो हम क्या करेंगे? आज के

जमाने में ईंट का जवाब पत्थर से देने वाला ही अमन-चैन से अपने घर में बैठ सकता है। वरना तो लोग यहाँ किसी को जीने नहीं देना चाहते।"

ये गरम दल के लोग थे, जो कहते थे कि हमें एकदम व्यावहारिक रास्ता अपनाना चाहिए। खाली अच्छी-अच्छी बातें कहने से तो दुनिया बदल नहीं जाएगी।

पर नरम दल के लोग भी चुप नहीं बैठे थे। उनका कहना था कि, "अगर कोई अपनी सभ्यता छोड़ दे तो क्या जरूरी है कि हम भी अपनी हजारों वर्ष पुरानी महान सभ्यता और उसके उपदेशों से मुँह मोड़ लें? हम अपने सिद्धांतों से समझौता क्यों करें? अगर हम शांति की नीति को मानते हैं तो हमें शांति के पथ पर चलकर ही अपने देश को आगे ले जाना होगा। नहीं तो हमें मान लेना चाहिए कि हमारे सिद्धांतों की हार हुई है। यानी आज के समय में शांति और अंहिसा का कोई मतलब नहीं...! और फिर ऐसा कहने के बाद चाहे हम चाहे परमाणु बम बनाएँ, या फिर तोप, आग्नेयास्त्र...कुछ फर्क नहीं पड़ता! पर कम से कम हमारी कथनी और करनी में कोई फर्क तो न हो।"

इस पर दूसरे पक्ष का कोई आदमी कहता, "ये बातें तो सारी ठीक हैं, पर सवाल यह है कि अगर हमारे ऊपर कोई परमाणु बम से हमला करे, तो हम कर क्या सकते हैं? ऐसी हालत में तो हम अपना बचाव तक नहीं कर सकते? ऐसी शांति से क्या फायदा जिसमें बेमौत मरना लिखा हो? या वह शांति कैसी जिसमें रिरियाहट और हीनता भरी हो। हम शांति से रहना चाहते हैं लेकिन दीन-हीन बनकर तो नहीं! फिर हम क्यों न परमाणु बम बनाएँ?"

"नहीं, यह सब कहने की बाते हैं!" नरमसंथी दल के लोग कहते, "अगर आप चुपचाप शांति से अपनी राह पर चले जा रहे हैं तो क्या दूसरे को किसी पागल कुत्ते ने काटा है कि वह अपनी राह चलते किसी बंदे पर परमाणु बम का हमला कर देगा?"

"पर...हमारी सीमाओं की रक्षा-पंक्ति मजबूत हो, भला इसमें किसी को क्या आपत्ति हो सकती है? आखिर हम अपने बचाव के लिए ही तो परमाणु बम बना रहे हैं, किसी पर हमला करने के लिए तो नहीं!" परमाणु बम-वादी तबका बड़े जोर-शोर से अपने पक्ष में तर्क उपस्थित करता।

अहिंसावादी लोगों के पास इसका कोई जवाब नहीं था।

परमाणु बम के पक्षधर लोगों ने एक तर्क यह भी दिया कि भारत शांति से रहने वाला देश है, फिर भी यहाँ आतंकवादी हमले क्यों होते है? क्यों कारगिल युद्ध की नौबत आती

है? क्यों इराक जैसे छोटे देश पर अमेरीकी महाशक्ति पागलों की तरह टूट पड़ती है और उसे बुरी तरह रौंद डालती है। ऐसे तमाम संग्रहालय जिसमें इराक की प्राचीन सभ्यता और संस्कृति के बेशकीमती दस्तावेज थे और जो विश्व धरोहर थे, उन्हें किस वहशियाना तरीके से बर्बाद कर दिया गया! पर किसी ने अमेरिका का क्या बिगाड़ लिया? लिहाजा ऐसे हालात में अपनी सुरक्षा की चिंता सबसे पहले होनी ही चाहिए। और आत्म-सुरक्षा के लिए परमाणु बम बनाने में कोई बुराई नहीं है।

यों प्रशांतपुरम में अंहिसावादी पहली बार इस कदर मुसीबत में पड़े थे। वे परमाणु बम बनाने के समर्थकों के तर्कों के जवाब में बस, गौतम बुद्ध और भगवान महावीर के उपदेश दोहरा रहे थे या उनके जीवन-प्रसंगों की चर्चा कर रहे थे। कोई अंगुलिमाल के हृदय-परिवर्तन की बात करता तो कोई अजातशत्रु की चर्चा करता, जिसका जीवन बाद में चलकर एकाएक बदल गया।

अजब कशम-कश का क्षण था, जिसमें निर्णय मुश्किल था और सब अपनी बात किए जा रहे थे। बस, तर्कों पर तर्क देते जा रहे थे।...मगर समाधान अभी दूर, बहुत दूर था।

❒

[2]

तब आत्मविश्वास से भरा एक किशोर, सनत जिसका नाम था, आगे आया और देखते ही देखते सारा दृश्य बदल गया।

सनत एक अनोखा तीरअंदाज था। उसकी खासियत यह थी कि उसका लक्ष्य-संधान अचूक था। उसके तीर चलाने के कौशल की बड़े-बड़े सूरमा भी तारीफ करते थे।

सनत ने जब महासभा में बड़े-बड़े दिग्गजों को अपने-अपने तर्कों के सहारे आपस में उलझते-झगड़े देखा तो वह आगे आया और सिर झुकाकर बोला, "क्षमा करें...! अगर आप लोग चाहे तो प्रशांतपुरम की सुरक्षा का जिम्मा मुझे दे दें। मैं प्राण-पण से देश की रक्षा करूंगा। अगर मुझसे कोताही हो तो आप परमाणु बम बनाने पर विचार करे, इससे पहले नहीं!"

इस पर महासभा में उपस्थित सभी विद्वान और दिग्गज चौंके। सबकी आँखों में एक साथ यह सवाल कौंधा, "यह कौन है...यह कैसे हो सकता है? यानी जो यह कह रहा है, क्या वह यकीन करने लायक भी है!"

"अरे बेटे, तुम तो छोटे-से हो। इतने बड़े देश की सुरक्षा का जिम्मा कोई मामूली बात नहीं है। यह लाखों लोगों के जीवन-मरण का प्रश्न है। तो भला तुम्हें हम प्रशांतपुरम की सुरक्षा का भार कैसे सौंप दें! और भला तुम अकेले यह भार उठाओगे कैसे?"

"नहीं-नहीं, मैं यह नहीं कहता कि आप अभी से पूरी तरह प्रशांतपुरम की सुरक्षा का जिम्मा मुझे सौंप दें।" सनत ने कहा, "अभी प्रशांतपुरम की सुरक्षा यहाँ की सेना उसी तरह करे, जैसे अब तक करती आई है। अगर आप चाहें तो मुझे यह अवसर दे दें कि आगे आने वाले किसी भी तरह के संकट का सामना करने के लिए मैं एक अकाट्य सुरक्षा-घेरा प्रशांतपुरम के चारों ओर बना दूँ। और जब मैं अकाट्य सुरक्षा-घेरा कह रहा हूँ, तो यह सचमुच अकाट्य ही होगा। कोई उसे काट नहीं पाएगा, लाँघ नहीं पाएगा। और उसके बाद परमाणु बम हो या कोई और हमला, यहाँ तक कि कोई बड़े से बड़ा भीषण प्रक्षेपास्त्र प्रशांतपुरम के भीतर आकर उसे नुकसान नहीं पहुँचा सकेगा।...यकीन मानिए, सारी चीजें प्रशांतपुरम के उस सुरक्षा घेरे से बाहर ही रहेंगी, अंदर नहीं आ पाएँगी। मैं पूरे आत्मविश्वास के साथ यह बात कह रहा हूँ।"

इस पर प्रशांतपुरम के बूढ़े-जवान सभी लोगों ने अचकचाकर उस भोले-भाले से दिखने वाले बारह वर्ष के किशोर की ओर देखा।

क्या यह सीधा-सादा सा लगने वाला किशोर बालक टैंकों, मिसाइलों और परमाणु बम के हमलों को निष्फल कर पाएगा? है इतना माद्दा इसमें! है इतना साहस! है विज्ञान की कोई ऐसी शक्ति?

क्या सचमुच यह संभव है, सचमुच!

सनत के चेहरे पर भरपूर आत्मविश्वास था। लेकिन लोगों के सवाल खत्म नहीं हो रहे थे। सवालों में से फिर और-और सवाल।...

"पर यह होगा कैसे? तुम अभी छोटे-से हो सनत। फिर तुम्हारे पास अपने ऐसे कोई साधन भी नहीं। अकेले दम पर तुम यह कैसे करोगे? बताओ, तुम्हें अपना यह प्रयोग सफल करने के लिए क्या-क्या साधन और कितने लोग चाहिए?" एक बूढ़े-से दिखने वाले महासभा सदस्य ने प्यार से सनत के सिर पर हाथ रखते हुए कहा।

इस पर सनत ने अपना तीर-कमान निकाला। शांत लहजे में बोला—

"आप लोगों को भरोसा दिलाने के लिए मुझे बड़ी-बड़ी बातें कहने की जरूरत नहीं है। जो मुझे करना है, करके दिखा देता हूँ। अभी प्रशांतपुरम के बाहर वाले वन क्षेत्र के किसी खुले मैदान में चलें। वहाँ आप मेरा निशाना देखें। आप देखेंगे कि किसी भी दिशा में जहाँ आवाज होगी, वहाँ मेरा तीर ध्वनि की बारीक से बारीक तरंगों का पीछा करते हुए खुद-ब-खुद पहुँच जाएगा। और मैं उस दिशा में देखूँगा भी नहीं।...बस, मेरा तीर ध्वनि का पीछा करते हुए वहाँ पहुँचेगा और लक्ष्य को बेध डालेगा।"

फिर एक पल रुककर उसने अपनी बात पूरी की, "चाहे तो तसल्ली के लिए आप मेरी आँखों पर काली पट्टी बाँध दें, और फिर मेरी अचूक तीरअंदाजी और निशाने की परीक्षा करें। बस, कहीं कोई आवाज होनी चाहिए, और मेरा तीर सनसनाता हुआ अपने निशाने की ओर बढ़ चलेगा और अपना कमाल दिखाएगा।"

क्या सचमुच...?

लोग हैरान थे और सोच रहे थे, क्या सच ही कोई विलक्षण किशोर उनके सामने खड़ा है, जिसकी बातों में दम है।

क्या सचमुच...? लोग एक-दूसरे की ओर सवालिया निगाहों से देख रहे थे। भीतर ही भीतर कुछ टटोल रहे थे, ताकि जल्दी से बात के मर्म तक पहुँच सकें। असलियत जान सकें।

❑

[3]

सनत की बातों में एक चुनौती थी।

इसलिए प्रशांतपुरम के लोग चौंक पड़े। फिर सोचा, हमें इस दिलेर और हिम्मती किशोर की निशानेबाजी की परीक्षा तो लेनी ही चाहिए। देखें तो सही, कि वह क्या कर सकता है! कितना माद्दा है इसमें?

और सचमुच हुआ! यह करिश्मा हुआ, जिसे दो-चार, दस-बीस लोगों ने नहीं, प्रशांतपुरम के हजारों चकित लोगों ने खुद अपनी आँखों से देखा।

हुआ यह कि वन-क्षेत्र के एक खुले मैदान में सनत अकेला खड़ा था। वहाँ से कोई पाँच-सात सौ गज की दूरी पर किसी ने लोहे के घंटे पर दूर से पत्थर उछाला। जोर से टंकार हुई। यह आवाज सनत के कानों में पहुँची ही थी कि एकाएक उसका तीन छूटा और सनसनाते हुए आगे बढ़ा, लोहे के घंटे के ठीक बीचोबीच लगा। और सिर्फ लगा ही नहीं, भीतर गड़ गया। उसने सचमुच अपने लक्ष्य को बेध दिया था।

प्रशांतपुरम के नागरिक चौंके, यह क्या, यह कैसी अनहोनी है! क्या लोहे को किसी तीर से ऐसे भी बेधा जा सकता है?

इस पर सनत हँसा। बोला, "यह मामूली तीर नहीं है, इलेक्ट्रॉनिक तीर है। इनके अगले हिस्से पर तीव्र रेडिएशंस हैं। ये लोहा तो क्या, दुनिया की किसी भी सख्त से सख्त और अभेद्य समझे जाने वाली धातु को तोड़ सकते हैं। चट्टानों को चकनाचूर कर सकते हैं...और यहाँ तक कि अगर दुश्मन पहाड़ के पीछे छिपा हो, तो पहाड़ को चीरकर भी उसके सीने में धँस सकते हैं।"

यह बात सुनकर लोग जो अभी तक विनोद भाव से हँस रहे थे, एकाएक सनाका खा गए।

सफेद बालों वाले एक ममतालु बुजुर्ग ने पूछा, "पर बेटा सनत, तुमने यह अनोखी कला या अनोखा विज्ञान सीखा कहाँ से? तुम्हारी तो यह पढ़ने-लिखने की उम्र है।"

इस पर सनत ने गंभीर मुद्रा में कहा, "यह उधेड़-बुन मेरे भीतर कोई साल दो साल से चल रही थी कि प्रशांतपुरम की सुरक्षा कैसे की जाए? जब दुनिया के सब बड़े से बड़े देशों के पास आणविक हथियार मौजूद हैं और हमने अपने अहिंसा के सिद्धांत के कारण क्षमता

होते हुए भी जान बूझकर अभी तक नहीं बनाया, तो फिर हम अपनी सुरक्षा भला कैसे करेंगे? कोई दो साल से पूरा प्रशांतपुरम आंदोलित था और उसकी गूँजें-अनगूँजें हम बच्चों के दिलों में भी उतर रही थी। सब मिलकर सोचते थे, क्या करें, क्या नहीं! तब प्रशांतपुरम के सारे बच्चों ने मिलकर मुझे यह जिम्मा सौंपा कि मैं कुछ ऐसा करूँ जिससे प्रशांतपुरम के लोगों का बाल बाँका न हो।"

फिर कुछ रुककर बोला, "इसमें मेरे नन्हे-मुन्ने दोस्तों, बल्कि प्रशांतपुरम के सब बच्चों ने बड़ी मदद की। जो-जो चीजें मुझे चाहिए थी, सब दौड़-दौड़कर मेरी छोटी-सी प्रयोगशाला में ला-लाकर जमा करते रहे। जो-जो किताबें मुझे इस क्षेत्र में अध्ययन के लिए चाहिए थीं, उन्हें बच्चों ने ही अपने घरों और पुस्तकालयों से ला-लाकर मेरे पास पहुँचाया। इसलिए इस अनोखे इलेक्ट्रॉनिक तीर का आविष्कार सिर्फ मेरी ही खोज नहीं, इसमें प्रशांतपुरम के सभी बच्चों का पूरा-पूरा योगदान और प्रोत्साहन है।..."

सनत साँस लेने के लिए रुका। फिर अगले ही पल अपने जोशीले लहेजे में उसने बात आगे बढ़ाई—

"मैं जानता था, आखिर एक दिन इसकी जरूरत पड़ेगी। आप लोग पिछले दो वर्षों से इस महासभा में यह बहस चलाए हुए थे कि हमें आणविक हथियार बनाने चाहिए या नहीं? देश में परमाणु बम बनना चाहिए या नही?...मैं यह सब पढ़ता रहा। भीतर-भीतर गुनता रहा और मैंने अपनी तरह का एक ऐसा परमाणु हथियार बना लिया जो एकदम अहिंसक है और बिना किसी का नुकसान किए अपना काम करता है। आप कह सकते हैं कि मैंने परमाणु बम बनाने के बजाय परमाणु की शक्ति को एक निराले रूप में, अपने अनोखे और अचूक तीरों में ढाल लिया है।...

"मेरे ये तीर परमाणु बम से कम प्रभावी नहीं है। पर ये परमाणु बम की तरह तबाही नहीं मचाते। बेकसूरों को मौत के घाट नहीं उतारते। सिर्फ उसी शत्रु का संहार करते हैं जो नुकसान पहुँचाने के इरादे से पास आए।...और अब तो मैं समझता हूँ, जब यह अनोखी शक्ति प्रशांतपुरम को मिल गई है तो फिर परमाणु बम बनाने की हमें सचमुच कोई जरूरत नहीं है।"

सनत की बातों का लोगों पर इतना गहरा असर पड़ा कि दूर-दूर तक शांति और सन्नाटा नजर आता था। यहाँ तक कि किसी के साँस लेने की आवाज तक सुनाई नहीं देती थी।

प्रशांतपुरम के इतिहास में यह एक अनोखी घटना थी।

❐

[4]

तभी बड़ी-बड़ी मूँछों वाले एक नौजवान ने सनत के कंधे पर हाथ रखकर कहा, "ठीक है सनत, हमें तुम्हारी बातों पर पूरा-पूरा भरोसा है...पर तुम तो अकेले हो! तुम क्या-क्या करोगे, कहाँ-कहाँ लड़ोगे? क्या हम तुम्हारे साथ-साथ प्रशांतपुरम के बच्चों की सभी सेना भी भेज दें प्रशांतपुरम की रक्षा के लिए? यह तो हम सभी बड़ों का अपमान होगा। होगा कि नहीं?"

किसी और ने कहा, "भला आज के आणविक जमाने में तुम कहाँ-कहाँ अपने तीर-कमानों से लड़ोगे? तीर-कमान अब सचमुच एक गुजरी हुई दुनिया की चीज हो गई है सनत। वे तो अब सिर्फ पुराण कथाओं में या फिर आदिवासियों के हाथों में ही अच्छे लगते हैं।"

इस पर सनत मुसकराया। बोला, "आप लोग सम्मानित लोग है और मैं आपके सामने छोटा बच्चा ही हूँ। फिर भी यह शिकायत तो मैं कर ही सकता हूँ, आपने मेरी बातों पर पूरा ध्यान नहीं दिया। मैंने यह नहीं कहा था कि प्रशांतपुरम की सुरक्षा के लिए अकेला मैं ही लड़ूँगा। मैंने यह कहा था कि पूरे प्रशांतपुरम के चारों ओर मैं एक ऐसा अकाट्य सुरक्षा-घेरा बना दूँगा कि दुश्मन का कोई भी वार कामयाब नहीं होगा। उसका कोई भी अस्त्र उसे तोड़ नहीं पाएगा। दुश्मन कितना ही महाबली क्यों न हो, वह हमारी सुख-शांति को भंग नहीं कर पाएगा।...मैं दरअसल अब भी उसी सुरक्षा-घेरे के बारे में सोच रहा हूँ कि उसे कैसे सही-सही रूप दिया जाए। उसमें किसी को तीर चलाने की जरूरत न होगी, पर अगर किसी ने हम पर हमला किया तो हमारे राधाए हुए अनोखे इलेक्ट्रॉनिक तीर, जो ऑटोमेटिक प्रणाली से चलते हैं, उसे पल भर में बेध डालेंगे। और यों प्रशांतपुरम पहले की तरह प्रशांत बना रहेगा... अशांत न होगा!"

इस बार सनत की बातों ने सचमुच लोगों के दिलों पर गहरा असर डाला, पर अभी भी कुछ थे जिनके मन में गहरी शंका थी। उन्होंने फिर से अपना सवाल सनत के आगे रखा।

विश्वविद्यालय में दर्शनशास्त्र पढ़ाने वाले आचार्य शुभदर्शन ने पूछा, "सनत, तुमने अपने तीरों की बहुत लंबी-चौड़ी व्याख्या की, पर तुम्हारे तीरों में ऐसा नयापन क्या है? ऐसे शब्द-भेदी तीर तो महाराज दशरथ के जमाने में भी होते थे और खुद महाराज दशरथ के पास थे। और आगे बढ़ो और इतिहास में आओ, तो पृथ्वीराज चौहान के पास भी ऐसे ही शब्दभेदी तीर थे, नहीं?"

"हाँ, आप ठीक कह रहे हैं।" सनत ने कहा, "मैं आपकी बात काट नहीं रहा हूँ, पर इतना तो

कह ही सकता हूँ कि उन शब्दभेदी तीरों से मेरे तीरों में एक फर्क तो है। और वह यह कि दुश्मन कितनी ही दूरी पर क्यों न हो, तब भी ये इलेक्ट्रॉनिक तीर उसे छोड़ेंगे नहीं। हर हाल में उसका संहार करके ही रहेंगे। और तो और, ये हजार मील दूर तक बड़े मजे से दुश्मन का सफाया कर सकते हैं। हालाँकि किसी बेकसूर की जान ये हरगिज नहीं लेंगे। फिर इन तीरों की एक खासियत यह है—जैसा कि मैंने पहले बताया कि ये किसी भी सख्त से सख्त धातु, यहाँ तक कि पहाड़ों का सीना भी चीर सकते हैं।...और जब हमारा प्रशांतपुरम का सुरक्षा-घेरा पूर्ण हो जाएगा, तब तो एक नायाब चीज यह होगी कि इन तीरों को कोई नहीं चलाएगा। सुरक्षा-घेरे की बाहरी दीवारों से ये खुद-ब-खुद चलेंगे। सिर्फ कंप्यूटर से हम उन्हें गाइड करेंगे कि उन्हें किस हालत में कब चलना है, कब नहीं। और फिर सब कुछ अपने आप होगा।

"बस आप समझ लीजिए, कि शत्रु अगर सात पहाड़ों के पीछे भी छिपा होगा तो भी ब्रह्मास्त्र की तरह घातक इन इलेक्ट्रॉनिक तीरों से बच नहीं पाएगा। अगर एक बार इन्हें शत्रु की सही पहचान बता दी जाए, तो ये जरा भी देर न करते हुए एकदम सीधे उसकी छाती में लगते हैं और उसे मौत की शांत नींद सुला देते हैं।"

सनत के शब्द हवा में गूँज रहे थे, लोगों के दिलों में भी। उसकी बातों में गहरा आत्मविश्वास था। जैसे उसने समस्या के हर पहलू पर बड़ी गंभीरता से विचार किया हो और अब कहीं कोई उलझन उसके सामने न हो। एक पल रुककर अपनी बात पूरी करते हुए उसने कहा—

"फिर एक फर्क यह है भी कि इस इलेक्ट्रॉनिक घेरे के पास सिर्फ अपने अक्षय किस्म के इलेक्ट्रॉनिक तीर ही नहीं, एक विलक्षण इलेक्ट्रॉनिक दूरबीन भी होगी जिसे दुनिया के किसी भी मिसाइल या टैंक से नष्ट नहीं किया जा सकेगा। वह बता देगी कि शत्रु कब, किन गतिविधियों में लीन है...और कहाँ छिपकर कैसे-कैसे षड्यंत्र रच रहा है। यह सब आपको किसी कंप्यूटर के परदे पर इस तरह देखने को मिल जाएगा जैसे आप कोई फिल्म देखते हैं और यों सब कुछ साफ हो जाएगा, दिन के सूरज की तरह!"

अब भला पूछने को क्या रह गया था?

प्रशांतपुरम के लोगों ने अपनी विशाल महासभा के एकमत से हुए निर्णय के बाद सनत को यह पूरा अधिकार दे दिया कि वह इस दिशा अपनी खोजें जारी रखे और जल्दी से जल्दी प्रशांतपुरम के चारों ओर एक मजबूत और अभेद्य सुरक्षा घेरा बना दे।

इसके लिए सनत को जरूरी धन-साधन मुहैया करवाने के अलावा एक खूब बड़ी-सी, अच्छी प्रयोगशाला भी बनवा देने का भी वचन दिया गया था, ताकि वह इस दिशा में अपने प्रयोग जारी रख सके।

❐

[5]

तो यानी कि परमाणु बम बनाने का इरादा खत्म...! यह अहिंसावादियों की बहुत बड़ी विजय थी।

अभी तक सनत के साथी सिर्फ उसकी उम्र के छोटे-छोटे बच्चे ही थे। वे अब भी पूरी तरह सनत के साथ थे और उसकी अनोखी बाल सेना की तरह उसके आदेश का पालन करने के लिए बेसब्र रहते थे। पर इसके साथ ही अब बड़े से बड़े वैज्ञानिकों ने भी जरूरत पड़ने पर सनत को अपनी सेवाएँ देना और उसकी मदद करना शुरू कर दिया था।

कोई सात साल की अनोखी साधना के बाद सनत आखिर सफल हुआ था और प्रशांतपुरम के चारों ओर ठीक वैसा ही सुरक्षा-घेरा बन गया था, जैसी कि सनत की कल्पना थी। यह सचमुच एक अभेद्य दीवार थी, जो जरूरत पड़ने पर दुश्मन को मार भी लगाती थी और उसकी छिपी हुई गतिविधियों और षड्यंत्रों की सूचना भी लगातार प्रशांतपुरम के सूचना-केंद्र को देती रहती थी। उसके परदे पर पूरी हलचल दिखाई देती थी।

पर फिर भी अभी शंकाएँ तो थी ही। आखिर कैसे मान लिया जाए कि एक किशोर वैज्ञानिक द्वारा बनाई गई यह सुरक्षा-दीवार सचमुच वैसी ही अभेद्य और अकाट्य है, जैसा कि दावा किया गया? तो फिर इस दावे की परख कैसे हो?

आखिर एक दिन यही हुआ।

रिहर्सल! युद्ध का रिहर्सल...!

प्रशांतपुरम पर भीषण हमला!...यह हमला नकली था और हमला करने वाले भी प्रशांतपुरम के सैनिक थे, जिन्होंने कुछ खास तरह के परमाणुरोधी सुरक्षा-वस्त्र पहन रखे थे। उन्होंने टैंकों और मिसाइलों के जरिए प्रशांतपुरम पर भीषण हमला किया। साथ ही उनकी वायु सेना भी अपनी तीखी मार कर रही थी।...यह किसी को नहीं बताया गया था कि हमलावर प्रशांतपुरम के ही लोग हैं। सबकी पहचानें गुप्त थी और सिर्फ इतना ही कहा गया था कि एक अज्ञात शत्रु ने प्रशांतपुरम को नष्ट करने के लिए चारों ओर से उस पर हमला बोल दिया है। सबको होशियार और सतर्क रहना है।

लेकिन पहले हमें अपनी अभेद्य सुरक्षा-दीवार को अपना काम करते देखना है। अगर

वह ठीक से दुश्मन को माकुल जवाब नहीं दे पाई, तो फिर प्रशांतपुरम की सेना आगे बढ़ेगी।...

पर नहीं, खत्म—सब कुछ खत्म! कोई आधे घंटे के भीतर हमला करने वाली शत्रु सेना नेस्तनाबूत हो चुकी थी। बाद में यह राज खुला कि यह शत्रु-सेना कोई और नहीं, प्रशांतपुरम के सैनिकों की ही एक गुप्त टोली थी जिसके पास आधुनिकतम टैंक, रॉकेट, मिसाइलों जैसे हथियार थे। पर प्रशांतपुरम की सुरक्षा-दीवार ने सभी का असर खत्म कर दिया।

शत्रु-सेना के सारे साधन खत्म हो गए और जो सैनिक बचे, वे भी इसलिए बच पाए क्योंकि उनके पास परमाणुरोधी वस्त्र थे। वरना तो प्रशांतपुरम की अनोखी सुरक्षा-दीवार ने अपना काम करते वक्त सभी कुछ तबाह कर डाला था।

प्रशांतपुरम के लोगों ने सनत का यह अनोखा जादू देखा, तो खूब जोर से तालियाँ बजाकर उसका स्वागत किया। और फिर हमले तथा सुरक्षा-दीवार की कारगर रणनीति की पूरी वीडियो फिल्म प्रशांतपुरम के लोगों को दिखाई गई, ताकि वे देख लें कि एक छोटे से किशोर वैज्ञानिक सनत ने कैसा चमत्कार कर दिखाया था!

अब सचमुच प्रशांतपुरम के लोगों को यकीन आ गया था कि वे बड़े से बड़े सैन्य हमले और शत्रु-देशों की गतिविधियों से बचे हुए हैं, महफूज है।

साथ ही लोगों ने इलेक्ट्रॉनिक सुरक्षा-घेरे के साथ-साथ इलेक्ट्रॉनिक दूरबीन का भी यह कमाल देख लिया था कि धरती पर हो या आकाश में, दुश्मन कहीं भी वह इस इलेक्ट्रॉनिक दूरबीन की आँख में जरूर नजर आ जाएगा और फिर सनत के जादुई तीरों से बच्च नहीं पाएगा।

यहाँ तक कि कुछ दुश्मन सुरक्षा-दीवार को चकमा देने के लिए एक ही दिशा में भागने के बजाय अलग-अलग दिशाओं में भागे। झाड़ियों, दीवारों और चट्टानों के पीछे छिप गए, तो भी उनकी पहचान करने में इन इलेक्ट्रॉनिक तीरों को जरा भी मुश्किल नहीं आई। एक ही साथ तीर छूटते थे, पर वे अलग-अलग दिशाओं में अलग-अलग जगहों पर छिपे शत्रु सैनिकों को बेध डालते थे। यह अलग बात है कि परमाणुरोधी वस्त्रों के कारण वे वहाँ जज्ब हो जाते थे।

❐

[6]

इस नकली हमले के बाद प्रशांतपुरम में अनोखी शांति छा गई। इसलिए कि प्रशांतपुरम मे लंबे अरसे से चल रही एक बेचैन बहस कि परमाणु बम बनना चाहिए या नहीं, अब हमेशा-हमेशा के लिए खत्म हो गई। लोगों ने समझ लिया था कि उनके पास जो कुछ है, वह परमाणु बम से कही ज्यादा शक्तिशाली है।

सनत जो बचपन में ही लक्ष्य-संधान करने का शौकीन था, उसकी तीरंदाजी ने सचमुच अब के ऐसा संधान किया कि प्रशांतपुरम हमेशा के लिए प्रशांतपुरम हो गया।

हर दिशा में सुना यह जा रहा था कि इस बार का नॉबेल पुरस्कार सनत को ही मिलेगा। क्योंकि उसने लोगों को युद्ध नहीं, शांति के लिए प्रेरित किया था और उसका बस चले तो वह सारी दुनिया से युद्ध को समाप्त कर देगा।

सनत का दावा था कि वह अपने इलेक्ट्रॉनिक तीरों को ध्वनि की गति से चला सकता है और अगर उसके प्रयोग जारी रहे तो वह उन्हें प्रकाश की गति से भी आगे बढ़ाएगा, ताकि शत्रु तो मारा जाए, लेकिन बेकसूर जनता को किसी तरह का नुकसान न हो, जो परमाणु हथियारों के खौफ से पूरी शताब्दी तक काँपती आई है।

साथ ही एक पौराणिक प्रसंग अचानक प्रशातपुरम के लोगों को याद आया। यहाँ तक कि वहाँ के बच्चे-बच्चे की जबान पर सुनाई देने लगा।...वह अनोखा प्रसंग था लंका में लंका नाम की एक राक्षसी का, जो किसी व्यक्ति की छाया देखकर उसे ग्रस लेती थी। हनुमान जब लंका जा रहे थे तो इस राक्षसी ने हनुमान की छाया देखकर उन्हें पकड़ लिया था। लोग कहते, सनत के आगे के प्रयोग संभवत: इसी तरह के होंगे। वह दुश्मन की गतिविधियों को कंप्यूटर के परदे पर देखकर ही उन्हें उसी समय नेस्तनाबूत कर देगा। कहीं तीर नहीं चलेंगे और दुश्मन खत्म हो चुका होगा। उसके बाद तो अमरीका जैसे महाबलियों के बावजूद प्रशांतपुरम को कभी किसी शत्रु का भय नहीं रहेगा।

सनत की इस अनोखी सुरक्षा-दीवार का उद्घाटन करते हुए प्रशांतपुरम के प्रधानमंत्री प्रफुल्लमुखम् ने कहा, "हमारा नारा है कि हम किसी पर हमला नहीं करेंगे, पर हमारे दुश्मनों को जो मानवता के दुश्मन भी है, यह जरूर समझ लेना चाहिए कि अगर हम पर हमला किया तो प्रशांतपुरम पर हमला करके कोई बच नहीं पाएगा। हम युद्ध नहीं, शांति के पक्ष में हैं, लेकिन युद्ध थोपने वाले आतताइयों को हम बख्शने वाले भी नहीं है।"

प्रशांतपुरम में सनत और उसके अनोखे साथी बाल और किशोर वैज्ञानिकों की यह अनोखी एकदम अनोखी रिसर्च अभी तो पूरी दुनिया के लिए रहस्य ही है।

सुना है, अमेरिका, रूस, ब्रिटेन, जापान, जर्मनी सहित कई देश बड़े-बड़े साधन झोंककर इस दिशा में नई-नई खोजें करना चाहते हैं, ताकि सनत के प्रयोग की काट की जा सके। या कम से कम ये देश अपने लिए ऐसी ही इलेक्ट्रॉनिक सुरक्षा-दीवार बना सकें। पर अभी तक तो इनमें किसी को जरा भी सफलता नहीं मिली। इन देशों के वैज्ञानिकों ने यह कोशिश भी कि प्रशांतपुरम के वैज्ञानिकों के कामों की टोह ली जा सके और किसी जासूस के जरिए वहाँ के भेद लेकर उनके आविष्कारों की नकल की जा सके। पर प्रशांतपुरम के देशप्रेमी नागरिकों ने उनकी इस योजना को भी फेल कर दिया।

यों प्रशांतपुरम शांति के मामले में ही नहीं, अपनी विज्ञान की खोजों के कारण भी अभी तक तो दुनिया में अजेय बना हुआ है—और बना रहेगा अभी शायद युगों तक—क्योंकि वहाँ सनत जो है... या फिर सनत जैसे उत्साही, कल्पनाशील बाल वैज्ञानिक हैं जिनकी नई-नई खोजें अब भी जारी है।

यह कहानी खत्म करते हुए, सिर्फ एक बात कहनी बाकी है, कि क्या आज प्रशांतपुरम की तरह भारत को भी किसी सनत की जरूरत नहीं है?

❑❑❑

www.ingramcontent.com/pod-product-compliance
Lightning Source LLC
LaVergne TN
LVHW100639051026
849519LV00001B/269